新 潮 文 庫

杏 っ 子

室 生 犀 星 著

新 潮 社 版

1547

目次

杏《あんず》っ子《こ》

血統

蟹《かに》

小説家の平山平四郎は、自分の血統については、くわしい事は何一つ知っていない、人間の血すじのことでは、たとえば父とか母とかを一応信じて見ても、わかい父が何時《いつ》何処《どこ》で、どういう事情で何をしていたかは、判《わか》るものではない、父親という名前の偉大さは、何《なに》も彼《か》も匿《かく》してしまわなければならなくなる。父親は子供がうまれると急に立派な人間面《づら》をするし、どんな正直者でも、うっかりしたことを喋《しゃべ》らなくなる。父親のわかい日の匿し事のなかで、或《あ》る時に関係した女がいても、それは父親の死んだ後でも判らない、そのくらい一日の行状が血統のうえでどういう不幸な現われがあっても、うわべでは誰も知る事が出来ない、恐ろしい事である。

人間は或る地位に達すると、たとえば家庭の父親であっても、大臣とか高官とか、えらい音楽家になっても、時々、彼自身の地位とか名誉とか信頼とかを、或る日には美事《みごと》に叩《たた》き潰《つぶ》して出直す必要がある、得体《えたい》のわからない仲間のなかに、自分を見さだめることで、さらに人間というものを建て直して見たいのである。

小説家平山平四郎という人間の素性も、その血統にいたっては、一生つながれている犬にくらべて、犬の方がよほど正しいと見た方がよい、一人の人間の素性をあらい立てて見ることは、この物語ではぬきさしならぬことなのだ、平四郎はどうして生れたかということは、やはり一人の人間の生きることが、必要であったかなかったかを意味するものである。

北陸道の曲りくねった小さい都会金沢も、西北の郊野をうしろにした、ひょろ長い町裏に、足軽小畠弥左衛門《おばたやざえもん》の屋敷があった。家禄《かろく》二百石の足軽組頭は畠《はたけ》に果樹を植え、野菜を作ってやっとその日を暮していた。女中のお春は今夜も二振りの佩刀《はいとう》を抱えて、だいぶ永くかかって長町の刀屋から、金に替えて戻って来た。家禄からはなれた武家や足軽らは、毎日売り食いするより外に、飯の食べようがなかった。

お春はあと二た月で出産だったが、今夜もその赤ん坊の始末を、どう片づけるかに弥左衛門との間に話し合った結果、お春が金の用意をしに行って来たのだが、二十円という金を前に置いて、弥左衛門は蟹のような悲しい顔付で言った。

「町の入口に青井という変な女がいるね、あれは貰《もら》い子なら、幾らでも貰うという話じゃないか。」

「けれども、あれはお金が見込みで子供がどうなるか分りはしません。」

「それなら金を付けてやればよい。」

あなたは簡単にそういうが、女の身ではせめて一年くらい赤ん坊は手元に置いてから、出すようにしたいと何時もの、愚痴になった。毎晩おなじ愚痴のくりかえしになり、弥左衛門はだまり込むと、それきり話は途絶えてしまった。

卵のあかり

弥左衛門は毎日杏《あんず》や枇杷《びわ》、巴旦杏《はたんきょう》を吊《つる》し籠《かご》に入れ、大橋を渡り大通りを突っ切って、市場に売りに出掛けるのだが、町の入口にある青井の前をこのごろでは、注意ぶかく、二人の姉弟らしい子供が遊ぶのを見て通った。着物にも、頭髪のぐあいにも、余り構っているふうがなく、ときには、その子供を呼ぶ烈《はげ》しい癇性《かんしょう》の女の声が通りにまで、つんざいて聴えた。身長のある弥左衛門は見かけは立派だったが、市場通いは佩刀の時とちがい、みすぼらしいものであった。

青井のおかつは隣の寺の住職とつれあい、別の表はしもたや作りの控え家に住んでいた。いまの姉弟も貰い子であり、乳母をつけて育てていたが、弥左衛門は人をやって赤ん坊を一人貰ってくれないかというと、乳母の用意もあるから、余り月日が経《た》つと、母ごは手放しにくいであろうから、直《す》ぐにでも貰おうという返事を聞いて、弥左衛門はそれは重畳《ちようじよう》と喜んだが、お春は直ぐにでもという言葉に慄乎《ぞつ》とした。

弥左衛門の長男の種夫は、近村の小学校長を勤めていたが、弥左衛門と女中お春との関係を知ると、家に戻って来なかった。だから、赤ん坊はお春のお腹《なか》から出たら、すぐにでも何処かに出さなければならないのだ、弥左衛門は市場で果実類を売ると、その金でおなじ市場で魚や穀類を自分で買い、お春の腹が人眼にさわる時分から、外出を控えさせていた。

市中には食えない武家くずれ共が、天蓋《てんがい》をかむり、袈裟錦《けさにしき》の襟飾《えりかざ》りを垂れ、白綾《しろあや》の帯をしめ、漆塗りの派手な履物をはいて、尺八を吹いて歩いていた。まだわかいお春の眼はそれらの虚無僧《こむそう》姿を見て、その翌日にはすぐ黒塗りのはき物を買って、はいて嬉《うれ》しがった。小さい置時計を時計店でちらと見ただけで、印籠《いんろう》と白鞘《しらさや》物とを持って行き、金に換えて時計を茶棚《ちやだな》の上に飾って置いていた。この愛すべき時計はお春になにか秘密を話しかける、こまかい、いじらしい言葉を生きてたくさんに話しかけているようであった。

お春は鶏を飼い、鶏《とり》小屋を作った。

弥左衛門が何故《なぜ》鶏を飼うのかと訊《き》くと、お春は十七くらいの女の子が笑うように、顔一杯に笑っていった。

「青井に赤ん坊をやったら、卵をとどけておばさんに食べさせてあげるのです。」

砂糖をためている甕《かめ》には、少しずつではあったが、砂糖は食《は》み出していたし、畠の青みかんだけは売ってくださるなと、お春はいい、冬は青井に持って行く物がなくなった時の用意に、取って置きにしますと眼をほそめていった。

女の子が生れた場合に彼女のわかい時分の着物をとき、下駄《げた》まで押入にしまい込んで、持たせるのだと言った。弥左衛門はこの女にいままで見ないものを毎日眺めた。櫛《くし》こうがいの類も、塗筐《ぬりばこ》に入れ、まとめて、大きくなったらみんな子供にやるのだといった。

お刀

弥左衛門には長男の種夫が、何時越して来るかも判らないし、お春の懐妊はともかく、出産のていたらくを見せたくなかった。弥左衛門はお春の身の始末をしなければ家には入らぬことを、予《かね》て種夫は腰強く言い張っていたのだ。だから弥左衛門はお春に目ぼしい金になる物、たとえば揃《そろ》った膳部《ぜんぶ》に夜具類と茶器、衣類なぞも、いまの内に搬《はこ》べるだけ搬んだ方がいいと言い、お春はなるべく人手を借りずに小物の皿小鉢《さらこばち》から、寺町裏通りにある赤門寺という寺に、一部屋借りて其処《そこ》に搬んで行った。どうかすると、弥左衛門が風呂敷《ふろしき》包を背負い、お春が手に提げられる小物を提げて、さびしい藪《やぶ》つづきの町うらを通って行くと、お寺の灯《とも》しびが藪の奥の方に見えた。

「わたくし達は盗んで品物をはこんでいるみたいね。」

結局、赤ん坊がうまれると、いまの家を立ち退《の》いて、此《こ》の赤門寺に越して行かねばならない、それほどに、搬ぶ品物に、そういう躾《しつけ》を受けているようだった。お春は藪畳のまん中で、こんな盗みをするみたいな荷物搬びは、いやだといって、だだをこねた。弥左衛門はわかいお春に、では、お前がいやなら、おれが明晩から搬んでやるといった。お春は何時までも、この藪の中から歩き出そうとしないで、しがみ付いて、弥左衛門が困り切っているのを見て、わざとしている困らせ方に思われ、弥左衛門はこの女を持て余して、抱いたままじっとしていた。

彼女はなりの高い弥左衛門の胸のところで、甘えて言った。

「わたくしお刀がもっとほしい……」

お春は翌晩、自分で抱えきれない大刀を風呂敷につつみ、弥左衛門に見送られて搬んだ。一たいに長身の弥左衛門は二尺五寸以上の長刀ばかりを佩《は》いていて、お春がそれを抱えて出かけるのに、鞘にひそむ刀身のきらきらしたものまで感じて、弥左衛門はお春のすがたをかいがいしく、なまめいて眺めた。実際、すぐ、まとまった金になるものは、値は下がっていても、刀ばかりだった。

夏が来てお春は男の子の赤ん坊を生んだ。

赤ん坊はやせて、みにくい、弥左衛門が蟹なら、赤ん坊はその蟹の子の子蟹であった。

一と月と経ない間に、何処から聞いたか青井の家から使が来て、赤ん坊を早速にいただこう、幸い乳母が村の方から泊りがけに来ているから、今日からでも引取ろうといって来た。

お春は弥左衛門が何といっても聴き入れない手剛《てごわ》さで、赤ん坊を放さなかった。

「厭《いや》、厭。」

やせた赤ん坊は余りに泣き立つので、おへそから血がにじんで頭がむやみに熱かった。

弥左衛門は赤ん坊の泣く声が、隣家にきこえはしないかと、暑いのに早くから雨戸を閉め、産婦は息苦しがって開けて開けてと呼んだ。

赤ん坊

弥左衛門も余りにお春が聞き分けがないので、一体どういう考えなんだ、此方《こちら》で育てられないことも分っている筈《はず》だし、先方では乳母まで呼んで待っているというじゃないかと、弥左衛門もかっとなった。

「あと三日すれば渡すわ。」

三日経っても、お春は暑いのにくるくる赤ん坊を包んで、渡しに行かなかった。その次の日も、埒《らち》が明かず、お春はやせた子におむつを取り替えながら言った。

「誰が人手に渡したりなんかするものですか。」

「そりゃ本気で言うのか。」

「本気だわ、うそなんか言うものですか。」

「おのれ、」

弥左衛門は恰度《ちょうど》刀簞笥《かたなだんす》のある処《ところ》に立っていたので、踞《かが》むとさっとその大抽斗《おおひきだし》を開けると、手にあたった刀を一本ざっくり取り出して、それを一呼吸《ひといき》に鞘をはらった。そして彼は呼吸せきながら言った。

「赤ん坊もお前も殺《や》って了《しま》う、おれも腹を掻《か》き切る。」

ついぞない事なので、お春は逃げようにも腰が立たないし、身動きが出来なかった。

そして今日ほど弥左衛門の背丈がこんなに高いとは気づかなかった。鴨居《かもい》に頭がすれすれだった。

「赤ん坊をやるか。」

「明日きっとお渡しします。」

やっとお春はこれだけ言えたが、弥左衛門の刀身の先が次第にふるえて来て、畳のうえに、だらりと下がった、弥左衛門はすごすごと刀身を鞘におさめた。

「どうせ縁のない子なんだ。」

お春はだまって時計を見た。

日没にはまだ残照があった。風呂敷包には仕立てた着類に、例の守りの小脇差《こわきざし》と、買って置いた幾足かの草履《ぞうり》や下駄までつつみこんだ。

「いまから行く気か。」

「何だかきゅうにきょう渡さないと、もう渡す決心がつかないんでございます。」

「そうか、よく決心してくれた。」

弥左衛門も手伝って荷作りしていると、そこに、青井のおかつがじかに話をきめようと、玄関の戸を軋《きし》らせて這入《はい》って来た。弥左衛門はいまからお伺いするのだと言い、保育料の紙包をおかつに手渡したが、おかつの機嫌はすぐ直った。

「人眼があるから裏通りを行きましょう。」

町裏に大河があって、町家の裏口が堤防添いに列《なら》び、其処の堤防を突き当ると、青井の裏口になっていた。

「おとんちゃん、赤ん坊が来たよ。」

奥からおとんちゃんと呼ばれた、日にうまく焦《こ》げたような顔があらわれた。眼がほそく柔《やさ》しそうだった。お春はこれが乳母だと思い、よい乳母らしいなつこさを覚えた。

「ほら、これが小畠の赤ん坊だよ。」

ひょいと簡単な手つきで、おとんちゃんに赤ん坊を手渡した。

　茶の間に通ると、もう、胸をはだけたおとんちゃんの大きい乳房に、赤ん坊はしがみ付いていた。お春は風呂敷包をといて、当座の着類とおむつをならべたが、青井のおかつは草履と下駄を見ると、赤ん坊に草履はまだ早いと笑った。

「お前、これ履けるか。」

　これも貰い子らしく、膝《ひざ》を列べてかしこまっている姉弟の男の方に、下駄と草履を見せて言った。

「履けるよ。」男の子は嬉しそうに言った。

　女の子に草履をはかせて見てから、草履はお前にやると、おかつは更《あらた》めてぞんざいに言った。二人の子供は下駄と草履を一揃えずつ、膝の前に置いて、やはりかしこまってお春の顔を不審そうにながめていた。彼方《あちら》に行ってもよいとおかつがいうと、やっと此の姉弟は茶の間を出て行った。その四角張ったきびしい光景は、お春へのつら当てにそう見せているようにうけとれた。

「名前をつけておありですか。」

「平四郎とつけてございます。」

「平四郎ちゃんか。わたしゃお武家様だからもっと立派なお名前かと思った。」

お春は、お腹の上まで赧《あか》くなった。

この平四郎と名付けられ、ねずみの子のようにぐにゃ・ぐにゃした赤ん坊は、その時、熱いおしっこをもらした。おとんちゃんはそれを手際好《てぎわよ》く始末をし、お春はあやまった。彼女は別の包からためてあった例の卵を、おとんちゃんに、精分がつくから召し上ってくれと、押しやって言った。

突然おかつは何が気に咎《とが》めたのか、立ち上ると納戸《なんど》から、外からも数の判《わか》る卵籠を持って出てくると、言った。

「おとんちゃんには、ちゃんと卵は食べさせてあるんですよ。」

殊更《ことさら》におとんちゃんに卵をすすめたのが、気に障《さわ》ったらしい、お春は済みませんと、また頭を垂《さ》げた。

お春は、ではなにぶん宜《よろ》しくたのみますと言って、裏庭から例の堤防添いに出て行った。夏の永い残照はまだあって、先刻の子供の男の方が大河の洗い場の石段で、なにか石に摺《す》りよせて洗っていた。

お春は棒切れで、その灰吹の中をぐるっと洗って遣《や》り、この男の子の着付の前はだけを直して、一緒に石段をのぼってさよならを言い、堤防添いに戻って行った。

お春はからからからになった大河の乏しい水を見て、喉《のど》が乾いて、なにかわすれ物をした感じで、乳房にぞくぞく寒気が感じられた。彼女は赤ん坊の臭《にお》いを自分の襟《えり》のあたりにかいで見て、赤ん坊は大河の向う岸にいて、瀬波のなかで、ぎゃあ・ぎゃあ泣きわめいた。赤ん坊・平四郎はふにゃ・ふにゃしたねずみの子ではございません、河から泣く筈がない、……彼女ははじめてこの大河に抵抗するように、優しく睨《にら》んで見せた。

不義密通の餓鬼共

お春はなにかと、がっかりした語調で投げ出して、よく溜息交《ためいきまじ》りで言った。

「とうとう赤ん坊は取られちゃった。」

お春は町に使に出ると、蛤坂《はまぐりざか》という坂の上にある、写真館の硝子《ガラス》入りの額に、ながいこと見入った。明治二十二年代の写真館の内部には、秘密めいた機械がたくさんあって、火薬で人間の顔をいぶし撮るといわれ、わかいお春は此処《ここ》で赤ん坊平四郎の写真を一枚撮って置きたかった。併《しか》しもう遅いのだ。

お春は秋口になり日がみじかくなると、例の堤防づたいに青井の裏口の、台所の板敷の上に卵を七つとか九つとかを、せっせと、通うて届けていた。夕食の時間で茶の間に青井の皆がいるあいだ、あんないを乞《こ》わずに、板敷のうえで卵が各個にゆう明りをあつめ合い、こっそりと話し合っているようなあかるさを見さだめて、また、堤防のうえを戻って行った。届け物の切れることは気が気でなく、物悲しい。それらの届け物をするために、しだいに、お春は空巣ねらいのこそこそ足で、しのんで青井の台所に置いて戻るだけでも、お春には一杯の忙しさであった。

赤ん坊がぎゃあ・ぎゃあ泣くのを聞くと、この家の庭木である桑の枝で顔をはじかれたり、お茶の木の株に慌《あわ》てて足を踏み入れ、これらの桑やお茶の木を憎んだ、生ぐさい生鰯《なまいわし》の洗い汁をこやしにやった蕗《ふき》の葉が、一枚だけひらりと動いて傾くと、お春はうしろに飛び退《ず》さる程、驚いた。

この時代の流行だった貰《もら》い子制度には、母方は一たん里子に出したら絶対に子供に顔を見せてならぬ事、途中で行き会っても、知らん顔をして行くのが立派ということになっていた。貰った方も、母方へは、たとえ死にかかっていても、呼びにやらないのだ、凡《すべ》てが他人づきあいである。盆と暮とに、盆にはそうめん何把とか、歳晩《さいばん》にはいなだの一尾とかを、やっとその貰い子に持たせてこのように、大きくなったという、顔見せに使に出すくらいであった。

大てい貰い子はその保育料という、纏《まとま》った金がめあてであることは勿論《もちろん》であるが、それは二十円といえば飛び切りの方だった。先《ま》ずその保育料をしぼり上げ、届け物は年じゅう掠《かす》め、子持女のどうにもならないのを何処《どこ》からか連れて来て食わせ、それを乳母といってその給料等もたぐり上げていた。そのねずみの子のような不義密通の餓鬼共は、六つか七つくらいから、掃除、子守、使い走り、洗濯物にこきつかい、十二、三になると役所や会社の給仕の勤めに出し、一と月働いて一円五十銭の俸給になるやつを、それを全部取り上げていた。貰い子の親はただ食わせているだけの、手数のかからない犬を飼っているのと、どれだけも、変りがなかった。何処にも此処にも、そういう不義密通の果に出来たがき共が、虐《いじ》められることに慣れ、殆《ほと》どのぼろ着で、果樹園町の裏通りで巴旦杏《はたんきょう》や林檎《りんご》を盗んで嚙《か》じることに、くせ付けられていたのである。

あれを見よ

青井のおかつは、恰度、引窓からも余光が下りて来ない時刻に、台所にふらりと出て、板敷のうえと、井戸蓋《ぶた》の上を見あらためていた。そこに、お春がくらくなった時分を見《み》計《はか》い、卵とか樽柿《たるがき》とか白菜とか、蒸菓子や、煎餅《せんべい》類をはこんで置いてあった。二年後三年後には品不足になり、足袋一足、手拭《てぬぐい》二枚というぐあいに手元のらくでない事までが、品物の届け方で見分けが付けられていた。

「そろそろお手詰りかな。」

四年五年経《た》つと、さすがに、おかつは、もう台所にお春からの届け物のあるかないかを、見には出なかった。実際、季節の果実のほかは、無理をしても、あらかた着物まで運んだ後では、お春は何もいまは持っていないのだ。

も一つ弥左衛門が青井の前を通るのが、何時《いつ》も朝なので、朝機嫌の悪いおかつは、汚な口で子供を叱《しか》り飛ばしているのが、よく聴えた。どうやら平四郎がいじめられているらしく、時とすると、逃げ廻《まわ》る平四郎を追い廻す足音までが、ばたばた通りに聴えた。それは弥左衛門ばかりでなく、ある夜なぞお春は生憎《あいにく》通りかかって、平四郎の泣き声を聴いたのである。彼女の届け物が出来ない家の事情であったとはいえ、もう、お春はいのるような気でとどける卵さえ、持ってゆくのがいやになっていた。三年も四年ものあいだ、堤防を通うているうち、石鹸《せっけん》製造会社や豆腐屋の者にも、呆《あき》れた眼付で見られていたので、どうにも、足が川べりにはこべなかった。

平四郎は六歳になった。

毎朝、弥左衛門が野菜籠《かご》にその日の交換条件である、果実を一杯に入れ、青井の前を通ってゆく姿が、簾編《すあみ》戸になった茶の間から、よく見ることが出来た。

「あれを見なさい。」

おかつは、平四郎の耳をつまんで、簾編戸のそばに、痛た痛たというのも構わずに、引き摺って行って言った。

「あれを見い、あれがお前のお父さんだ、大したお父さんだろう。」

彼女は平四郎の後頭部に手を当てて、ごりごり平四郎の額が簾編戸に揉《も》み付くまで、手をはなさなかった。

「あんなに沢山実っているぶどうだって、一房もお前にとどけてくれない奴《やつ》らじゃないか。」

平四郎はそれがぶどうだか何だか、籠にはいっていて判らないが、通る人は父親であることは判っていた。

弥左衛門は一時間の後に、から籠に魚を買い入れ、干瓢《かんぴょう》とか椎茸《しいたけ》の袋包もそえて、戻って来た。おかつは何処で遊んでいても、先ず、平四郎の小さい耳をつまんで、また、例の簾編戸の前に引き据えて言った。

「あれを見い。」

平四郎はそれゆえ父親が嫌いになっていた。

置時計の中

或《あ》る日突然、弥左衛門の門の内に、どうして紛れこんだのか、平四郎が棒切れを持って突っ立っていた。眼はくらく肩先は怒り、しじゅう怒っていなければ、いられないふうの子供の顔だった。

「お前どうして来た。」

惘《あき》れ返って物もいえないお春は、畠《はたけ》にいる弥左衛門を呼んだ。遊んでいて不意に這入って来たものらしく、平四郎は茶の間につれこまれると、めずらしい小さい置時計を見つめ、手に取ってこのぴかぴか光る胴体に、何が生きて入《は》いりこんでいるかを、試すように少時聴きいった。

「あんなあばずれに、彼《あ》の子を遣るんじゃなかった。あの子の眼付のたちの悪そうなのはどうだ、碌《ろく》な人間になれないだろう。」

お春はそれでも嬉《うれ》しそうに答えた。

「わたくしの顔をしげしげ見て何も言わずに、ちょっと頭を下げて行きましたが、まるでおとなみたい。」

「そのおとなみたいなのが、悪聡《わるがし》こい証拠だ、あれはおれも、ちょい・ちょい見たことがあるが罪人の眼付さ。」

その年の暮に、弥左衛門は死去した。

長男のわかい種夫と、その妻に、三人の男の子があって乗りこんで来た。雪が車の幌《ほろ》の上につもり、ほんの僅《わず》かな間に油紙の上を辷《すべ》って落ちた。お春は平四郎を迎えに遣り、黙って一等先の葬列に加わった。かえると、平四郎はまた青井の家に戻って行った。記憶としては雪がさかんにふっていたことと、車の幌のずっと奥に、非常に小さく、また、非常に高いところに母の顔が見えていたことだ、それは彼女の膝の上から無理に顔を押し枉《ま》げて、あおぐようにしてやっと見られた母の顔であった。これが後年にやっと小説家になれた、平山平四郎の母親の顔を見た一等おしまいのものだった。三十六、七であったろうか。

女中お春は、長男の種夫が落ちつくと、追ん出されてしまった。彼女は赤門寺の兼て道具類をはこんで置いた部屋に、諸道具の間にはさまって住んでいた。

彼女も間もなく死去した。それは何時どういうふうに何処で死んだかも、判らない、ただ、赤門寺で死んでそこに墓もあるという、これは道聴《どうちょう》のただのはなしに過ぎないが、名もなくゆかりのない人間は、このように今も昔も死ななければならなかったのだ、小説家平山平四郎がいくらじたばた踠《もが》いても、その母をもう見ることが出来ないのである。ただ、このような物語を書いているあいだだけ、お会いすることが出来ていた。弥左衛門の言いぐさではないが、遂《つい》に碌な者にはならなかったけれど、物語をつづるということで、生ける母親に会うことのできるのは、これは有難いことと言わざるをえない、有難いことのなかの特に光った有難さなのである。

泥《どろ》鮒《ぶな》

平四郎はおとなを、恐れていた。

自分の五倍も六倍も年をとり、背丈も三倍くらいある化け物の、おとなというものを怖《こわ》がった。

青井おかつという女が、平四郎の母親になったが、一体このおかつの素性は何者を父母として、わかい時分に何をして生きて来たかは、平四郎には捜《さぐ》る手づるがない、身長もありでっぷりふとったおかつは、夏は肌ぬぎだった。

膳部《ぜんぶ》や皿小鉢の類が普通の家庭に、見られぬ程たくさんあったことから、或る時期には飲屋をいとなみ、それ以前の娘時分には、飲屋に出ていたこともあったらしい、ともかく、したたか者であって男というものの数を、どれだけ潜《くぐ》り抜けて来たかは、その酒の量でも判っていた。

黒塗りの箪笥《たんす》の小《こ》抽斗《ひきだし》には江戸絵という、役者の似顔の木版画や源平合戦の武者絵があったが、春画というものは見当らなかった。この家がらに不似合な江戸絵がどうして、青井にあったかが不思議であった。

いつも、平四郎はこのおかつからいわれる言葉は、ふたとおりあった。

「お前はおかんぼ（妾《めかけ》）の子だ、そしてわたしが拾ってやったのだ。」

おかつの言葉どおりにいえば、平四郎は捨子であって、いつも例のおへそに血がにじんでいたといっていた。おかつが平四郎に悪体口《あくたいぐち》を叩《たた》くのには、なにか外に手重い原因があるように思われるが、実はそんなふかい原因はないのだ、何時もでたらめの悪口を叩くことで、その日の都合の悪いことのうさ晴らしにしていたもののようである。

おかつは朝の長火鉢で煙草《たばこ》をのんでいると、平四郎は自分を叱るあらをさがして、ああ考えこんでいるものに思われた。或る日の何々大臣が非常に不機嫌な顔付で登庁すると、守衛はその顔つきで大臣のその日の機嫌のよい悪いかが判っていた。この青井の女大臣は、くらい眼付の平四郎にあたらしい叱言《こごと》を生み出すことが、しごとだった。したたか者はいつも自分の箸《はし》にも棒にもかからない、自分のあくどさをつねに吐き出していなければならないものだ、吐けないと頭が重く、むねがむか付くのである。

なんの材料もなく、泥鰌が泥を吐ききれない苦しまぎれにいう言葉は、全く嘘《うそ》ではない、不意に飛んでもないところに吐き付けられていた。

「お前、お春をおぼえているか。お春は女中であったことを知っているか。」

さらにお前は女中の子であるということを、おぼえているかと言うのだが、平四郎はここまで来ると、とどめを刺されてしまい、どうにも返す言葉がない、毎朝、平四郎はきようこそは叱られないようにしようと、腹でそう決めて起きるのだが、この女中の子という言葉が吐かれると、なにくそという気がし、そこらを蹴飛《けと》ばして表に遊びに出かけた。

兄は十三になり裁判所の給仕を勤め、姉は十六で毎日三味線の稽古《けいこ》をし、金箔《きんぱく》の扇を持って踊りを習いに行った。芸者にするためだ、兄の月給は二円五十銭であったが、おかつは状袋にはいって威張り返っている一円札というものを、平四郎の眼の前でしわを伸《の》ばして言った。

「お前も裁判所に勤めるんだぞ。」

「厭《いや》なこった。」

平四郎はふくれ面《つら》で断った。

兄も姉も、それぞれに貰い子であるが、一ぱしのつかい者になるまでには、おかつの苛酷《かこく》な手剛《てごわ》さはとうに骨抜きの人間に、かれらを叩き上げていた。姉弟は冷たい飯を食い、食べ終ると自分のお椀《わん》は自分で洗い、お膳もきれいに拭《ふ》き上げていた。骨抜きの姉弟は温和《おとな》しく、おりおりは前に坐《すわ》らせられ、何処の馬の骨だかも、ついに平四郎ですらもその素性を洗うことの出来ない母という女は、茶碗《ちゃわん》酒をぐいぐい呷《あお》りつづけ、そのさかなに、くどくどと得体の判《わか》らない屁理窟《へりくつ》を、ええ、ええとうなずいて聴聞《ちょうもん》している碌でなし共に言い聴かせ、こいつらも、そろそろ金になるわいという見込みが立つと、酒は美味《うま》かった。

ただ此《こ》の碌でなしの尻尾《しっぽ》にいる平四郎が、うまく叩きのめされないのが、おかつにはくやしかった。眼はくらく肩は怒り、逃げ足の早いこの小わっぱは、飯も食わずに裏の堤防の上にいるか、河原にしゃがんでいるか、それを捜し出すのに手がかかった。小わっぱのいる堤防は小わっぱの母お春が、時折悲し紛れに抵抗して睨《にら》んでも見た大河だった。それを平四郎もまた、こんな河なんか怖くないぞと、出水の泥濁りが洪水になると飛び込んで行き、河と闘った、それもおかつの見ている前で、平四郎は濁波の中に飛び込んで行ったのだ、平四郎はどんどん流れて行き、おかつは気狂《きちが》いのように濁波と平行して、叫んで走り続けなければならなかった。

「平四郎。」

と、叫ぶおかつの声は平四郎の鼻先に、せせら笑いになって消えた。

平四郎は決して河の膨《ふく》れている真中には泳いで行かない、石垣すれすれに泳いでいた。石垣の近くは河床が盛り上っていて、処々《ところどころ》足が河床にとどく浅さだった。これは誰も知らないことで、濁り水をむやみに恐《こわ》がっているのだ。

平四郎はいい加減に泳ぐと、石垣をつたって上って来た。実際は平四郎は碌々泳ぎも知らなかったから、或るところでは河床に足をとどかせ、さも、泳ぎ抜手を切るように、口から水を吐いて活潑《かっぱつ》の風ていを見せていた。

おかつは平四郎が石垣に這《は》い上るのを見て、平四郎に飛びかかって折檻《せっかん》すると、ふたたび此の小わっぱは濁波に飛び込みそうに身構えた。何て空恐ろしいがきだろうと、おかつは飛びかかることを控えた。

ひね餓鬼

家の中で、おかつと顔を合すことが、怖かった。平四郎を見るこの母親の眼が、すぐ平四郎を叱り飛ばすための材料がつねに用意されていたからだ。遊んでいてもやはりおかつの眼が見え、何処で悪戯《いたずら》をしていても、この眼をのがれることが出来ない、平四郎はあまえて物を言った覚えもないし、あまえるということが、どういうことがらだかも、知らなかった。だから、甘えて見ようという気がなかった。

夕食の酒がだらだらに寝るまで続くと、おかつは床にはいってから深酒で寝付かれないむしゃくしゃの頭で、一種長いふしをつけて、平四郎・平四郎と枕元《まくらもと》から大声で呼び続けた。どんなに睡《ねむ》くとも枕元に行くまでおかつは大声で呼び続けた。

平四郎は母親の頭ばかり見える枕元で、寒さでがちがち歯を合せた。

「平四郎、お前は誰の子だ。」

「平四郎、お前が事ごとにあたしに食ってかかろうとしているが、おかつはな、まだお前のような、ひね餓鬼に騙《だま》されはしない、餓鬼も餓鬼の、ひね餓鬼だ。」

呂律《ろれつ》の廻らないこの女は、口から出任せのさっぱり判らないくだを捲《ま》いて、何時《いつ》おさまる様子もない、平四郎はひと言もいわずに膝《ひざ》を揃《そろ》えて坐っていた。

遂々《とうとう》、平一を呼べ、平一にも聞かそうという何時もの、くせが出て来た。平四郎は、兄の平一の部屋に行って、また呼んでいるよ、と、とうに眼をさましている平一を起した。あ、また始まったのかと、平一も枕元に行って坐った。

「な、わたしゃこんなちんぴらに馬鹿《ばか》にされると思うと、寝ても寝ていられん。」

おかつはぐっと語調を柔げて訴えた。平一は夜具の空きや裾《すそ》を合したり、枕の端の方にずれた母親の頭を、枕のまん中にやったり、この利口者は酔っぱらいをなだめて、早うお寝《やす》みなさいと言った。

「この餓鬼はな、寝ているあたしの髪の毛をむしり兼ねない奴だ。」

こんどは平一が男であるが気が付くとか、孝行者だとかいって褒《ほ》めた。

「官員さんの子はちがったもんだ、百姓さむらいのなれの果とは違うぞ。」

こんどは威丈高《いたけだか》の語調に変って、言った。

「孝を呼べ、お孝を呼べ、家で一等大切なお孝ちゃんを呼べ。」

平一と平四郎は顔を合せて眼で合図をした。平一はもう大人のような鈍重な眼付で、この死に損《ぞこな》いのくそばばあめという光を、眼から射っていた。かれらは二人揃って姉のお孝を起しに行ったが、姉のお孝もそろそろ順番だろうというふうに、起き上って細紐《ほそひも》を腰にぐるぐる捲いていた。

「手に負えないばばあだ。」

平一は口をひんまげて、吐き出して言った。

三人の貰《もら》い子共は、ぞろぞろ、中の間の、おかつの枕元に行って坐った。

十七の少女

姉のお孝は気を利《き》かして茶碗と酒瓶を、勝手から持って来た。それをこの四十過ぎの大がらな女は、黙って首をあげると、がぶっと一呼吸《ひといき》に半分ぐらいを呷り、つぎにあとはがぶがぶと飲み下ろした。姉は後ろ手に一升瓶をたぐり寄せ茶碗の中にまたつぎこんだ。盛り潰《つぶ》す手をこころえたまだ十七の少女は、それがどんなに有害で、或る意味での惨忍《ざんにん》を強《し》いるものであることは知らない、ただ、寝させなければ弟達が夜ぴて震えて坐っていなければならないことを、知っているだけである。

「お孝ちゃんは芸者になってあたし達をたすけてくれるんだ、平四郎、お前は芸者になれるか。」

「男が芸者になれるか。」

「何だと、」

「芸者は女がなるもんや。」

「それなら裁判所の給仕になるか。」

「厭なこった。」

「平一に頼め、ゆくすえは官員さんになれるぞ。」

「厭なこった。」

「ならぬか。」

「厭なこった。」

突然、おかつは床の上に起き直った。

「平四郎、捨子同様の奴《やつ》がきょうまで育てられたのが、誰のおかげだ。」

姉のお孝はまた茶碗に酒をどどどとついだ。それをぐいとあおって、また、平四郎にからみついて来た。その澄し返った姉の酒をつぐ手つきが、対手《あいて》がこんないやな母であっても、やはり酷《ひど》い毒になると思った。

「平四郎、此処《ここ》の家がいやなら出て行け、お孝と平一さえ居ればたくさんなんだ。」

「出て行くとも。」

「ちんぴらめ、何処《どこ》で寝泊りが出来ると思うんだ。」

平四郎はこの寝泊りという言葉が、実際の感覚で、絶望した子供心を粉砕して来た。

この家を出て了《しま》っては、全く行く処がない、平四郎は黙りこんだ。

も晩《おそ》いからあんたらも寝なければならんし、お母さんも早くおやすみなさいと、お孝はまた、どどどと酒をついだ、深酒を掻《か》き廻した二度目のがぶ飲みは、もう、この女の眼ざかいが判らないほど、酔が廻っていた。突然、この女は神様ではないかと疑われる程、はっきりした声で、例のどどどとつぐ酒を恐ろしそうにぐいとあおって、お孝のしばしばする眼の柔《やさ》しさを、掻きむしって苦しそうに叫んでいった。

「お孝、お前はわたしを殺す気か。」

「おいやならあがらなければいいわよ。」

「水だ。」

四十女はそういうと打《ぶ》っ倒れ、その上に夜具をかぶせた。すぐ寝息が聴えた。三人の貰い子は寒さにふるえながら、毎晩、いやだな、酒さえ飲めばああだからな、盛り潰すより手がないわよと、やはり姉は確《しっ》かりと言って退《の》けた。

四十年後の喧嘩

われわれが父と呼ぶ真乗は、ふつうのお寺のお坊さんであった。越中の氷見《ひみ》市からながれて来たお坊さんが、この金比羅《こんぴら》さんを祭ったお寺に、どんな工合に坐り込んだものか判らないが、背丈はちんちくりんであったが、美貌《びぼう》だった。お坊さんはどういう意味でも、一応美貌である方がよい、青井おかつがかれこれ二十七、八になり、やっと捉《とら》えたのが真乗上人《しょうにん》であったのであろう、美貌のうえに小金がふんだんにはいる真乗を、おかつは手放すわけがない、真乗は好人物で、おかつの言いなりに躾《しつけ》づけられ、殆《ほとん》どおかつと言い争いも、なかったようである。

「この寺を建て直したのもあたしだ、あたしの来た時は蓆《むしろ》の上に赤銭が二つ三つこぼれているのが、せいぜいだった。」

青井のおかつは、とうとう自分らのいる今の控え家も建てたのである。子供達は真乗贔屓《びいき》で、真乗から、小遣銭を貰い、おかつには黙っていた。真乗もなかなかの豪酒だが、晩酌の時にはその晩酌代のその当時の二十銭銀貨を一枚長火鉢の猫板の上に、夕方になると、かちんと置いて酒にありついていた。そんな習慣はおかつが飲屋につとめていた頃を、あ、そうかと肯《うな》ずかせるものがあった。おかつはその銀貨が置かれていないと、猫板の上を人差指の頭でこつんと敲《たた》いて見せた。たまに、それを渋りながら置く真乗の顔を平四郎はよく眺めた。だが、かれらが夫婦であるという観念はまるでない、夫婦というものの仲が判ろう筈《はず》がないのだが、金というものがこの二人の人間を一しょに住ませていることは判っていた。

或《あ》る雨のふる晩に、平四郎はこの二人の枕元を通って厠《かわや》に行ったが、重い襖戸《ふすまど》を開けると、二人はくみ合って喧嘩《けんか》をしていた。小便をしながら平四郎は、一体何で父母達が夜中に喧嘩しているんだろうと思った。かえりに喧嘩はもう済んでいて、何時もより行儀好《よ》く二人は寝ていた。それから十年も二十年も経《た》ち、平四郎は親達の喧嘩をわすれていた。三十年経ち四十年くらい経った或る日ひょんなことから、雨のふった晩の出来事は、あれは喧嘩でなかったことが、実に四十年後にまじめな考えの中に現われて来た。かれらもそうであったか、そしてかれらの生態には微塵《みじん》も色気や、ふざけたところを見せなかったことで、やはり教えられるものがあった。この誰にも見せない色気とか、ふざけ方とかいうものは、偉大どころではなく、人間の屑《くず》のような人達に固くまもられていることで、平四郎はかれらも偉いところを持つ人間であることを感じた。われわれは先《ま》ずどんな偉いことはしなくてもいいが、青井おかつがひとりでまもった女の行いを、その貰い子どもに見せなかったことでは、これは嘆賞にあたいすることではなかったか、われわれがかれらから貰ったものでは、こいつが一等ぴかっと今でも光っているものであった。

他人の背中

平四郎は裁判所の給仕の勤めに出て、姉のお孝は見こみどおりに芸者に売り、平一と平四郎の月給はおかつの酒代に変っていた。おかつは当時女形の役者の鶴之助《つるのすけ》というのに入れ上げ、鶴之助は芝居がはねると、控え家の二階で出前の料理で酒を呑《の》んで泊って行った。それでも、真乗は当てがわれた酒を飲み、二階にはこぶお燗番《かんばん》をしていた。近くから手伝女が来ていて、放心状態の真乗上人をいとしがったが、真乗はそれでも二階から下りて来るおかつに、ちょっとと呼ぶ間もなく外され、真乗は次ぎに下りて来るのを待っていた。十二時を打ち一時を打ち二時を打っても、おかつは下りて来なかった。

或る日、平四郎は庭の木の根元に、一つのぐにゃ・ぐにゃの玉になった、二疋《ひき》の蛇のかたまりを見かけた。つるんでいるのか、くみ合って喧嘩しているのかよく判らないが、とにかく、二疋のたまになり結ばれた奴は、かんかんに固まっていた。平四郎は煮湯のたぎっている薬罐《やかん》を下げて来ると、それをそのかたまりに打っかけたのである。殆どそれと同時に二疋の蛇は飛び立った気色を見せて、もう其処《そこ》らにはいなかった。平四郎はこんなに早く、あんなに長い奴がいなくなったことに、自分の眼の見あやまりでないかと思ったくらいだった。

おかつはこれらをじっくり見て言った。

「平四郎は恐ろしい奴になった。」

「恐ろしいのはお母さんだ、鶴之助を家に入れて何になる。」

「口を出すな、この餓鬼め。」

平四郎は父の真乗をつれて、午前も早くにお湯に行った。何彼《なにか》と真乗のからだを洗うためである。平四郎は自分のきんたまを見せないように、巧みに足をつかい、洗い桶《おけ》をつかってかぼうた。平四郎にふしぎな少女の羞《はず》かしさが、この真乗の前にひろがることを感じて、自分でかくれる位置をさがすことで、忙しかった。反対に父は、そんな細かい気づかいをしていない、ぶらんとしたものは、ぶらんとしているままで、平四郎のほうが参って了った。そして見まいとする眼に、そこにあるしらがが見えて来た。しらがというものは頭髪にだけ生えるものに考えていたのに、ここで見るものは、そうではなかったのだ、平四郎は見てはならないものを見た感じで、何処の人だかわからない人の背中を洗った。なんだか尊敬というものが急に平四郎には、圧《お》し潰された気になった。何処の人だかわからない人の背中という感じが、ふかくなって来るのだ。

平四郎は真乗をお湯につれてゆくのが、気が気でなく、平一に連れて行って貰うよう、巧《うま》くその時を外した。ああいうものを見ることが、余りに平四郎自身を悲しがらせた。訳のわからない悲哀ではあったけれど……。

熱い人

平一が結婚した。為子という花よめは、全くこのくらい家で、花を見るような清潔さがあった。市区改正で削られた平一の部屋が三角型になり、おかつは為子に付ききりになって、襖の前をうろうろしていた。おかつは大河の段々で洗濯している為子に、洗濯物をすすぐ時には、流れに出てじゃぶ・じゃぶ力をいれて、よごれをすすぐものだと、石の段々を下りて言った。

「もっと着物を捲《まく》って、ずっと股《また》まで捲って、……」

温和《おとな》しい為子は、言われるままになり、太股のあたりまで着物を端折《はしょ》った。山の煤《すす》をまぜた流れが、慌《あわ》ててこのわかい女の太股の、伸びちぢみする、かげを捉えた。

「其処はまだ浅いわ、洗濯物に砂が食う、も少し前に出てご覧」

為子はまた着物をたぐり上げ、瀬裏の深みに出て行った。そこからは、もう、青いよどみがあって、前にすすめないのだ、為子は太腿《ふともも》まで見せて、すすぎはじめた。おかつはそれらをゆっくり見ていられない眼付で、大きな股を大きいために、にくらしげに見つめた。こんな温和しい為子が、こんなに大きい股をもっているということは、女は顔に似合わない物を持っているものだと、おかつは驚いた。

平四郎はやはり為子のあとをつけていた。為子が平一という兄のよめであるということが、この為子を一層円まったころころした、へんなものに見せていた。そのへんなものというのは、平四郎の考えていることも、何でも聞いてくれそうな気のする事であった。平四郎は石垣のうえから、為子が洗濯物をすすぎ終った分を脛《あし》に引っかけ、流れの迅《はや》さはその洗濯物にちからを集め、何度も、為子は足を奪《と》られそうな恰好《かっこう》をするのを見た、そのたびに、彼女の大腿部《だいたいぶ》の位置が、光を発して大きく映った。

平四郎が石垣のうえにいることは、為子は勿論《もちろん》、おかつも知らない、やっと気づくと、おかつは平四郎を睨《にら》んで言った。

「南瓜《かぼちゃ》め、何の用があるのだ。」

驚いた為子は、身仕舞いをしようにも、あらわした大腿は隠そうにも、かくしようがなかった。

平四郎は石垣を去った。

何のために母が彼処《あそこ》までついて廻るのか、それがわかるには平四郎の年齢が足りなかった。

為子の坐《すわ》っていた畳のあとは、何時も熱かった。遠慮して座ぶとんは敷いていないし、それをすすめるようなおかつではない、為子は畳と自分の膝とをぴっちりと合せて坐っているので、ふつうのやせた人のように寒くはないのであろう、平四郎は彼女の立った後で、その畳の熱さがちょっとではさめきらないことを、少時、素足をあてて見ながらこころみていた。

熱い人のわかれ

白菜を洗っている手つきを、おかつは立って理由もなく見ていた。為子は窮屈さでもがきたい気持があって、平四郎にもそれがきゅうくつに感じられた。平四郎はよく為子の頬のうえに、非常にちいさな人間になって散歩して見たかった。ひろくて柔らかいからである。

或る日為子は里がえりに行き、一週間くらい戻らなかった。平一が迎えに行ったが、帰った為子はもとどおりの、ばかみたいな、言われるままの温和しい女であった。滅多に笑ったことがないが、それは笑えないからである。そして真面目《まじめ》くさった顔付で、永く坐っていて、ふいに立ちあがるときのさびしさ、それは用事があるのではなくて、立って、呼吸《いき》をしたいためであった。おかつはやはり食付いて放れそうもない、夕食後に平一と為子とがたまに出掛けると、前の通りに出たおかつは、大河から取った用水の堤防に腰かけ、平一と為子の帰るまで動かなかった。おかつ自身もそんな事までしたくないらしいが、頭のもやもやがくしゃ付いて来て、家にはいられなさそうだった。平四郎もやはり茶の間から中の間、三角部屋までぶらついて、とんとん二階にあがり、埃《ほこり》だらけの部屋をうろつくのである。そんなに為子のことを考えても、何にもならないが、言わば為子にある色気みたいなものが、決して平四郎からはなれて、くれないのである。

為子は或る時、平一にわけの分らない事の一つを、為子らしいその時代の女の言葉をのこして、一年余りで、青井の家を去って行った。それはとうていおかつのやきもちが、人間なみでなかったからだ。

彼女はその晩、平一に身をまかせながら、いとも、ふしぎそうに紙のような低い声でささやいた。

「何のためにそんな事をなさるのか、とても、あたくしには判《わか》らないわ。」

為子が去ると、おかつは第二番目のよめを、暇にまかせて捜し歩いた。真乗はこの類《たぐ》い稀《ま》れなる悪妻と、なるべく顔を合さないで、寺の炉端で小さいからだをくの字に折って、横になっていた。金はそっくり持って行かれるし、乱酒のあとのくだは為子が出てから、いよいよ烈《はげ》しく手の付けようがなかった。厠に行って廊下で打倒れたまま寝入っていることが、あった。

平一兄弟は、こんな様子を見ても、あわてることもなく、枕《まくら》をあてがい掻巻《かいまき》をかぶせた。

「この人はこれでいいのさ、打倒れても傷一つついていないじゃないか。」

平一はこのままにして置こうと、彼はおかつのよくやるように冷酒をあおって、気がつくと自分で起きるよ、僕らは寝ようじゃないかと平四郎を急《せ》き立てて、おかつをもう見かえることもしなかった。

悲しい橋

すぐ次ぎのよめが、平一に当てがわれた。それは全くおかつが捜し出して来て、よいも悪いもなく当てがわれるのである。彼女は顔にむけむけがあって、ざらざらした粗悪な感じの女であったが、おかつはこの女にちやほやし、先のよめはぐずぐずして手まめでなかったと言った。

「あんたにたすけて貰《もら》わにゃならん。」

このおしいという女は、巧みに足をつかって床を敷き、両手に盆物をささげている時には、足の指先で障子戸を開けた。為子は坐るとおちついて縫物をしていたが、おしいは一処《ひとところ》にじっとしていないで、そこらに何があるかを覚えるために、立ち働いた。午後の四時に役所の退《ひ》ける時間を見計《みはから》って、何度も表に出て見るか、庭から大橋を渡る平一のすがたを見に出ていた。

「あ、其処にいたの、一たい、何を見ているのか。」

おかつは石垣の上で、永いあいだ大橋の方を眺めているおしいに訊《き》いた。

「お兄さんがおかえりかどうか見ているんです。」

「時間が来れば帰るのに、でれでれしたお人だね。」

「だって、」

「前の為子さんはそんなでれでれた真似《まね》はしなかった。いちどだって迎えに出たことがない。」

　おしいは黙りこんだが、夜は殆ど夕食を済ませると、三角部屋に平一と二人でいて、茶の間に顔を見せなかった。夕食の膳《ぜん》の上の物も、平一には数の上ではたくさんつけるが、平四郎には些《ほ》んのちょっぴりしかつけていないとおかつはぐず付いて言った。

「こんどの女にはしまいに殺されるかも知れない、お前、膳の物に気がつかんのか。」

「沢山あると見れば沢山あるし、尠《すくな》いと見れば尠いさ、お母さんの腹が汚ないのだ。」

　平四郎はどんな場合でも、母のみかたをしなかったのだ。

「彼《あ》の人殺しをああやって家に置けると思うか。」

　おかつはおしいをまた付け廻した。

　あの女は家の金目の物をちょろまかすくらいは、平気でやる女だと言って、台所、茶の間、庭にある納屋《なや》、二階の各部屋にある押入を毎日紛失物はないかと、おかつはしらべて歩いた。

　平一は出勤前には、何か一品を巧みに抱えて行った。平四郎が隣の寺の境内で、前の晩に荷作りした品物を手渡すのである。おもに茶碗《ちゃわん》とか皿小鉢、盆類であって、それは県庁前の時計屋の一部屋に毎朝とどけられ、おしいと二人でその月の給料日に、その給料をうけとってから、しめし合せて夕方おしいが家を出て、時計屋で落ちあうことになっていた。こんどこそ、彼《あ》のばばあに一泡《ひとあわ》を吹かしてやると、平一は、為子は可哀想《かわいそう》だったといい、おしいをかばった。

おしい

給料日がくれても平一は帰らなかったし、昼過ぎにはおしいも何処《どこ》に行くとも言わないで、出掛けた。さすがにおかつはすぐ三角部屋にはいって行き、おしいの箪笥《たんす》の抽斗《ひきだし》を開けて見ると、みごとに着物は抜き取られ、鏡台にも化粧道具や頭髪につかう物はすでに運ばれていた。

「やつらは諜《しめ》し合せて抜け出したのだ、給料もそっくり持って行った。」

おかつはまた呟《つぶや》いた。小わっぱ共にまんまと一杯くわされたと言い、その拍子にひょいと平四郎の顔をながめた。おかつくらいになると他の人の顔色に、何がいろに出ているかが判るらしく、平四郎の眼に匍《は》い寄って言った。

「お前もぐるだね。」

平四郎は寝るしたくをし、立って茶の間を出ようとすると、おかつは、お前が荷物はこびをして、荷物は寺から持ち出したのだろうと、まったく見て居たように巧く言い当てた。平四郎は返事をしなかった。

突然、この女は何をまた思い付いたのか、勝手に起《た》って出て行き、瀬戸物棚の戸を一気にさっと開けた。瀬戸物のふだん使いが、処どころ間引《まびき》されてあった。

「ここまで気がついたのも、女の仕業《しわざ》だ、こんな事になるまでには、気を付けていたのだが。」

おかつは、平四郎を呼びとめた。

「何と何とを運んだかいえ、ありていに言うんだ。」

平四郎はたかが瀬戸物類であろう、外は知らないと、言い切った。

「あたしがこれから取り戻しに行って来る。処をいってくれ。」

おかつは、帯だけ別の分をしめ直した。

平四郎はこれも知らない、と言った。

「何としても言わぬか。」

「知らない、」

「大きくなると後砂を蹶《け》ってみんな飛び出す。誰のおかげで生きて来たのだ。」

おかつは白い瀬戸の口金のある酒瓶を、がちゃ・がちゃ音させて茶碗酒をあおった。

そして夜更《よふ》けてから平四郎を呼びつづけたが、もう平四郎は起きて出て行く程、この女が怖くなかった。むしゃぶり付いて来ても、振り放せば、たあいもなく突きはなされた。ただ、驚くべきことはかりにも母という名前のある人間に対《むか》っては、平四郎の腕力はその半分も出切らないで、どこかに、おずおずして強気に対手《あいて》に立ちむかうものを失うていたことだ。ただ、剛直にふせぐちからだけが、あった。母の方でも、きせるの雁首《がんくび》を叩《たた》きこむようなことは、何時《いつ》の間にかやめて、ただ、今は自分の言うままにならないくやしさで、詰め寄る剣幕を見せるだけだった。平四郎の硬《かた》い顔にはある機会には、とてもかなわないものさえ、次第に感じられた。

誕生

一応の憂愁

小説家に化けた平山平四郎は、書斎で、雑誌社からの原稿料というものが、百円札が四枚と拾円札が八枚あるのを見て、一応の憂愁と、また一応の傲慢《ごうまん》とを併《あわ》せて感じて、それを紙入にいれて家を出た。一応の憂愁とは、おれのような人間が文士と呼ばれている事、そして大した文章も書けないくせに、法外の金を貰《もら》っていることに、ひそかに舌を捲《ま》いて謙遜《けんそん》している状態であった。裁判所の雇員上りが物好き一つで詩文を弄《ろう》し、二十一歳から東京に出て三十の時に小説を書いて、眼のくらやむ早さで、ちんぴら小説家に化けたのである。本人の腹の底を叩《たた》いて見れば、全く何時《いつ》もがらんとして学識思想もないぼろ書生に過ぎなかった。そういう憂愁とは反対に、おれも一ぱしの小説家に化けたのであるから、四十八手の手を用いて化け終《お》おせなければならない、化ける方法もまだ知らないちんぴらの狸《たぬき》は、見よう見真似《みまね》で聡明《そうめい》な人間の岸辺にむかって泳いでいたのである。

平四郎は駿河台《するがだい》にある浜田病院の階段をのぼり、産婦人科の病室の扉を指の関節で、こつこつ敲《たた》いた。中から看護婦が出て来て、平四郎にいきなりおめでとうございますといい、平四郎はいろいろお世話になりました、と病室にはいって行ったが、妻のりえ子はだまって肯《うな》ずいてみせた。そして別の人に言うような変った声でいった。

「女だったわ。」

平四郎は看護婦が余りに眼に近く、赤ん坊を差し出したので、汚ない物を見るように鳥渡《ちょっと》位置を避けて、ながめた。ねずみの子のような、ぐにゃ・ぐにゃした皺《しわ》だらけの顔が、これがお前の子というものだ、驚くな、これを人間らしく生きて来た証拠に呉《く》れて遣《や》る、この一つの臓物のような軟膏《なんこう》物はお前が生きているかぎり、めんどうを見なければならないものだ。お前はこの臓物をどこかに届けて、手早く登録した方がよい、届先はお前のいのちをつなぐ道中にある役所なんだね、おわかりか、平四郎はこの問答に対して、よく判《わか》りました。併《しか》しこのねずみの子のような奴《やつ》は、何処《どこ》かで見かけたことがありますね、僕の赤ん坊の時でしょうかねと平四郎は訊《たず》ねた。これには答えがなかった。

「そこで此《こ》の間から名前を考えていたんだが、やはり杏子《きょうこ》にしようよ、愛称では杏《あんず》っ子《こ》と呼ぶのもいいじゃないか。」

「杏っ子はいいわね。」

平四郎は此処《ここ》で地震でもあったら困るというと、看護婦の丸山さんがそんな地震なんて今日や明日にあるもんですかと言った。

平四郎は例の百円札を三枚りえ子に渡し、月末だからお勘定してくれといった。明日は午後に来るから、ねずみの子は大切にしてくれと、平四郎は病院の階段を下りながら、病室というものは、家庭のつながりのように思えた。

火を消してえ

文士には月末というものはない、金のはいった時が勝負で、その日が月の真中でも支払日になっていた。併しきょうは不思議にりえ子は月末の支払いを、それぞれの入院費用を纏《まと》めて払い、丸山看護婦の分も済まして、何時もの支払いの終ったはればれしい気になった。お天気はいいし赤ん坊は時間的に、つやを増してふとって行った。全く赤ん坊が時間をとらえるのが、実に早い。

「赤ん坊って何処かで誰かのを見ているから、これが本物だということは生んで見なければわかりませんね。」

こんな途呆《とぼ》けたことをいう産婦の前で、丸山看護婦がせっせと間に合せの、赤ん坊の下着を縫うていた。きょうも暑いが、昼食の冷えた牛乳が美味《うま》かった。りえ子はそれをもう一口飲もうとした時に突然、この大病院がりえ子の足もとの方に、ガリガリと傾いた。薬瓶《くすりびん》や薬罐《やかん》、牛乳瓶、盆などが畳の上を辷《すべ》って、傾いた壁の方に片寄せられ、その揺れがもとに戻ったらしい間際《まぎわ》に、この病室の三面の壁が波をうって打ち合うような地震が襲来した、それと同時に丸山看護婦は、りえ子の上におもに赤ん坊を中心にして四つん這《ば》いの形をとり、落壁をふせぐ身構えをしながら殆《ほとん》ど低いひそひそ声音《こわね》で、りえ子に言った。

「ね、落着いて、」

「とても大地震ね。」

一つの音響のかたまりがばらばらに、引離されたときにふっとあたりが静かになり、丸山看護婦は四つ這いからはなれた。廊下ににわかにばたばた人が馳《はし》り出して、火を消してえ、外に出る用意をしてえと何人も同じ事を女の声が叫んで行った。余震は泡《あわ》を吹くような壁の割れ目の、乾いた泥をこすり落した。丸山看護婦は気を確かに持って、と言って、りえ子の着物を非常な早さで着替えさせると突如、命令のような硬い声で叫んだ。

「お立ちになって、」

りえ子は起き上った。立った。

「立てたわ。」

「これを杖《つ》いて、」彼女はそこにある箒《ほうき》を取り、りえ子に持たせた。りえ子はそれを杖いて、少し歩くと歩けた、また歩くと足が軽く動いた。

「歩けます看護婦さん。」

「鳥渡待ってて、」彼女は洗面器に鉄瓶のお湯をあけると、火鉢《ひばち》の火を灰煙を上げて、じゅうじゅうと打ち消した。そのはずみに丸山看護婦は床の間の林檎《りんご》と梨《なし》とビスケットの罐《かん》とを手当り次第に、脱ぎすてたエプロンに包みこむと、廊下に跳《おど》り出て叫んだ。

「も一人看護婦さん、来て、」

別の看護婦がとんで来ると、すぐその背中に赤ん坊に座布団《ざぶとん》をあてがって、座布団の穴の中にいれた。彼女はりえ子の手を肩に廻させ、確《しっ》かりするのよ、と子供にいうように呶《ど》鳴《な》った。大正十二年の大震災の日には、りえ子は出産後四日目であった。

動かない列

病院を出ると、患者達は長い珠数《じゅず》つなぎになり、みんな毛布を一枚ずつ携え、りえ子はお坊さんのけさの襟《えり》のような印をまいたが、そこには、施療《せりょう》病院という文字が記されていた。おもに婦人の患者ばかりで看護婦が付添っていたが、珠数つなぎは総勢三、四十人いたかも知れない、駿河台の通りに出ると、行列は直《す》ぐ一息に群衆の間に呑《の》み込まれ、進むことも退く事も出来ない、ただ、めまいのするような鈍《のろ》さで、のろのろと停っているのか、歩いているのか分らない状態であった。誰もこの患者の行列を指揮している者はいないが、気がつくと、たったいままでいた浜田病院は火に呑まれ、火を吹いていた。

患者達の行列はさすがにちょっと立ち停まり、皆は、火の手を仰いでたすかったと思った。大丈夫お歩きになれると丸山看護婦がいい、りえ子はちっとも疲れないと言い切った。何処にも此処にも火事がはじまっているらしく、着物の裏地のような煙がうすく、人家の屋根をかすめた。お茶の水橋にかかると、避難民が上手と下手から落ち合い、にっちも、さっちも身動きが出来なかった。

「放《はな》れないで下さい、前の人に食っ付いていて下さい。」

これも背後から、このどよめきの中で整然とした声音で、誰かが、叫んだ。お茶の水橋を渡ると、高等師範の校庭に患者の列はながれこんだ。病院を出てから、僅《わず》かな道のりを一時間半という永い時間がかかったのだ。そして誰がいうともなく、避難先の目的地は上野公園であることが、胸につたわった。お茶の水から上野まで歩けるかどうかは、もはや問題ではない、ただ上野公園まで行けばたすかるということだけが、確実に誰かが、何処の誰がいうこともなく証明してくれた。患者達はそれを信じはしていたが、この校庭に少時でも横臥《おうが》したい僅かなねがいが、患者達の症状がそれぞれに重かったから、へた張りながらずるけようとする考えを持った。いじらしいずるけ方は、この時、誰かが叫んだ声音によって、ふっと断ち切られた。

「順天堂に火がついた、」

隣にある大きな古い建物の廂《ひさし》に、一銭で買える金魚状の火の舌なめずりが、ちょろ・ちょろ非常な速力で、右と左に競走しながら走りはじめた。患者達の先頭はもう校門にかかり、後の患者はそのうしろに蹤《つ》いた。何故《なぜ》患者達は先を争わなかったか、行列に乱れと焦《あせ》りがなかったかといえば、患者達は走ろうにも馳《はし》られない出産後の人や、出産前や、手術後や手術前の重症がおもだったからである。特別にのろのろして行くので一人の落伍者《らくごしゃ》もなかったのだ。患者達の全部は何かしら半分あきらめ、半分たすかるとそらだのみをしていた。家族の付添いのいた者もあるが、りえ子は丸山看護婦だけがたのみであった。こんなに確かりした人であったかと思うくらい確かりした丸山看護婦は、小さいナイフでするすると皮を剝《む》いた林檎をほら患者さんお一つと笑って言って、くれた。美味かった。

鋭い人

患者の行列は途中で、家族達の迎えに出会った者から、どんどん歯抜きにされ、賑《にぎ》やかに皆さん左様ならごきげんようとか、お無事にとか、口々に呼び合いながら別れて行った。りえ子はその度に、自転車や手押車に乗ってゆく患者達を見送って、一たい、家ではどうして迎えに来てくれないのだろうと、腹のちからが抜けて行った。湯島天神に出る裏道ですら、待ち構えていた家族達が、患者と抱き合って喜ぶ景色があったが、りえ子の迎えは切り通しを下り切っても、来てくれなかった。

仲通りの呉服屋に、ふだん取引きした店があって、其処《そこ》に立ち寄ろうとした時は、もう大半帰って行きりえ子と外に二組の患者しか残っていなかった。大戸をおろした呉服屋には見知らない男がいて、電話をかけてくれませんかというと、電話なんか通じるもんかと、突っぱねられ、水をたくさん飲んで通りを広小路《ひろこうじ》に出たが、道幅一杯の人の洪水はみな上野公園を眼差《めざ》して、ずっと万世橋方面から続いているらしい、看護婦の背中にいる赤ん坊の顔を拭《ふ》こうとしても、立ち停まるすきもなかった。何にも知らずに泣きもしない赤ん坊の鼻の穴は真黒になり、煤《すす》と埃《ほこり》は顔じゅうにたまっていた。それを拭きりえ子は、病院にいることが判っているのに、それから後を尾《つ》けて来てくれたら何処かで出会《でくわ》したのに何をしているのかと、眼をあげると浅草あたりにあがる火の手に追われた大群衆が、上野駅で更にふくらがりを見せて押し寄せて来た。

「上野についてもだめね、これじゃ息もつけない、」

「もう一呼吸《ひといき》よ、美術館に這入《はい》れることになっているんですから、あと三十分の我慢です。」

りえ子は何かぶつぶつ言うと、看護婦は、だめよ、もう眼の前に上野を見ていながら何を仰有《おつしや》るんです。お宅のお迎えも、上野で待っていらっしゃるんですよ、看護婦は赤ん坊を背中にゆすぶり上げて、叱《しか》り付けた。

大密集の群衆の中では、広小路から上野の段々をのぼるまでには、殆ど一時間近い時間が無駄についやされた。しかも公園の中は、立ち停った群衆のまわりに、ほんの些《ちよ》っとした人のながれが付いていて、それも一人ずつしか通れない人のなかの、幅の狭い道すじに過ぎない、人の名前を書いた旗や、呼び合う名前の声の人捜しでごった返している処《ところ》に、残照もすっかりくれ切った群衆は、ろうそく火と、かんてら火で気狂《きちが》いのように喚《わめ》き立てていた。

ふだんは空屋になっている美術館についた時は、りえ子と外に二組と、ほかの病院の一行だけであった。看護婦は毛布をコンクリイトの上に敷き、もうしめたもんだと言ってビスケットの罐をこじ開けた。

「患者さんは臥《ね》ていらっしゃい。」

彼女は何処からか永い間かかって、水道の水をビスケットの罐に一杯つめて来た。何て気の利《き》く鋭い人だろうと、りえ子は眺めた。

がらんどうの美術館の明り窓は、どれも濁った火のいろが、絶え間なくどろどろにうごめいて、瞬間的にはかっと燃え明りが、射《さ》しては細れていた。十時に林檎とビスケットでお腹《なか》の足しにし、けんやくをして水を少しずつ飲んだ。丸山看護婦はきっと捜す場所を間違えているのだと言い、りえ子は間もなく昏睡《こんすい》状態の睡《ねむ》りにおそわれた。

翌《あく》る日の九月二日も、夜が明けると再び避難の群衆の声が、上野の山の周囲から新しく起った、ひっそりした昨夜からの群衆と揉《も》み合い、そのあいだに蟬《せみ》の声までまじるのが聞え、りえ子は上野から田端まで一日がかりなら歩けると言い、丸山看護婦はじっとりえ子の顔を見てから、この気丈夫な女は言った。

「お立ちになって見て、……」

「大丈夫立てるわ。」

りえ子は例の箒を杖《つ》いて立ち上ろうとしたが、股《また》が突っ張り、一歩も踏み出すことが出来なかった。

「だめね、とても。」

立ち上っただけで、りえ子は汗が、からだの一面ににじみ出た。

「まだ出産五日目ですものね、昨日此処まで歩けたのはまるでユメみたい。」

丸山はりえ子を臥させ、とにかく洗顔の水を取って来なければと言って、出かけた。水道のある通りは列を作り、人々は気狂いじみた声で順番を争って、瓶や鍋《なべ》、バケツに水を搬《はこ》んでいった。一人が汲《く》んでいるこぼれ水を、口で受ける水だらけの子供の顔が下の方にあった。やっとタオルに含めた水と空罐とを持って、人ごみの中を想像も出来ない永い時間をかけて、くぐり抜けた処に、いまお産がはじまろうとするうめき声が起り、丸山看護婦は固い人垣で中はちっとも判《わか》らないが、職業がらそれがすぐ判った。

丸山看護婦は白衣の仕事着を着ていたので、すぐ群衆はさっと美事《みごと》に二つに割れて、道をつけてくれた。彼女は妊婦を診《み》ている間、毛布で家族の者に群衆の眼をさえぎるようにさせた。そして一番前側にいる人達にむかって、殆ど命令に似た声でいった。

「向うをむいていて下さい。」

人々は気難しくまた当然にそうする礼儀をわきまえ、反対側に顔を向け、見世物ではないぜ、立ち停まるな、お産がはじまっているのだと、かれらは番人のように怒鳴り立てた。群衆の顔は殆どといっていいくらい、悲劇的にゆがめられた。そして彼等もまた向うむきになって、人垣と輪とをまた一重だけ固く作って行った、というより、其処から身動きの出来ない人間の渦が、停っているのでもなく、動くでもなく、どうにも施しようもなく続いていたのだ。それは上野公園の入口から始まっていたのである。

瞳《ひとみ》と水と

看護婦の職業を持っていることが、へんにあど気ない顔をしている妊婦にもすぐ判ったらしく、うめき声はきゅうにやんだ、そして眼だか、水だかわからない二つの瞳が、その瞳孔《どうこう》内をあふれて、烈《はげ》しい木《こ》洩日《もれび》の下できらめいた。

「看護婦さん、たすけて、」

「ええ、もうすぐらくになりますわよ、もうすぐだわよ、ちからを容《い》れて、」

妊婦はまたうめき声をきれぎれに立てたり、きゅうに捲《ま》き返したうめきに変って発せられたりした。そこに母親と夫らしい人とが、お湯を雑巾《ぞうきん》バケツに用意してわかしていて、しかも、これらの先を見越していたものらしく、炭火までおこされていた。

彼女はまたうめき声から正気に立ち戻っては、丸山の顔にくいいって見入った。

「看護婦さん、たすけて、」

「もう、わけはないわ、お母さんですか、ちょっと手をかして下さい。」

母らしい人は、丸山看護婦の向う側に失神した顔付のまま坐《すわ》った、そして丸山は烈しい手つきで、自分の手を洗った。それと同時にどこの赤ん坊だか、ここにもねずみの子のようなものが、ぎゃあと言ってうまれた。ぐるっとこの赤ん坊と母親をとりまいていた群衆は、出来たぞ、たいへんな処で生んだものだと呟《つぶや》きながら、その感傷風景をわざと叩《たた》きこわそうと、その顔をしがめっ面《つら》にかえることで、この風景の外廓《がいかく》に立とうとしているらしかった。

丸山看護婦は言った。

「わたくしも妊婦を一人預っているものですから、おあとはお母さんにお任せします。」

「何と言ってお礼を申していいやら、……」

その時、妊婦は物もいえないふうで、白い手を出してやたらに振った。丸山はそれを握り返して遣《や》り、また先刻とはずっと感動風になった群衆達が、通れるだけの人垣を美事に引き裂いてくれた。

りえ子は起き上っていた。

「まあ、どうしたの、一時間半も経《た》ったわ。」

「お産があったものですから、手をかしてあげないわけに行かなかったんです。」

「そして生れたの。」

「ええ、女の子でございました。」

僅かな時間だと思っていたのに一時間半も経ったかしらと、丸山は一部始終を話した。

でも初めは見物人の人だかりだったが、皆さん反対側を向いてくださいというとまるで兵隊さんのように向うむきになりましたわ、一人として此方向きになった人いなかったわ、此方向きになったら承知しないとわたくしもその時あがっちゃった、併《しか》し男の人もいざとなると、ちっとも姿勢を崩さずに向う側をむいていた……

「わたくしいい事をしたでしょう。」

「ほんとに有難う、お礼をいうわ。」

りえ子もちょっと頭を垂《さ》げていった。

オムレツの恐怖

その日、平四郎の家に詩人の百田《ももた》宗治《そうじ》の夫人が、病院にりえ子を見舞いに行くといって立ち寄り、間もなくお昼に近いので昼食をたべてから、平四郎も一緒に行くことになっていた。近くの料理店でお菜のオムレツを注文したが、その出前を待ちあぐんで、甥《おい》と女中が、食卓をととのえ、茶の間に坐ったときに、突然、畳ごと持ち上げられる上下動の地震が来て、それが激しい左右動に変ったときに庭の石燈籠《いしどうろう》が、ひと息にくずれて了《しま》った。

「オムレツを置いて行きますよ、や、地震だ、大地震だ、オムレツを置いて行きますよ。」

西洋料理店の出前持の声を聞いて、平四郎は庭に飛び出したが、あらゆる物体からほんの少しずつ発しる鳴動が、まとまって、ごうという遠い砲撃のようなものになって聴えた。平四郎は失敗《しま》った、避妊をとくのではなかったと、変なことを頭にうかべ、赤ん坊なぞ作るのではなかったと思った。これは大地震だ、なにも彼《か》もお終《しま》いの時が来た、平四郎はふとその時、表に子供がまだ四五人遊んでいるのを見ると、表に飛び出して行った。みんなおじさんのそばに固まっておいで、何処《どこ》へも行ってはいけないと言って、平四郎は子供達を道路の真中に、屋根瓦《がわら》と電柱の倒壊を避ける位置に立たせた。平四郎の顔色を見て地震を面白がっていた子供達は、地震の恐ろしさを初めて知って平四郎のまわりに集まり、すぐ、親達は迎えに来てつれて行った。

「では、わたくしはこれで失礼いたします。」

百田夫人は表で帰り支度をして、おろおろ声で言った。

「明日百田君に来て貰《もら》って下さい。」

平四郎は夫人が病院の方どうなりますといったので、平四郎はこれから直《す》ぐ出掛けますと言った。

平四郎が水道の水を飲みに勝手に出ると、四枚の西洋皿のうえの黄ろいオムレツが、皿のうえから辷《すべ》り出して、一枚は板敷のうえに、乗り出し、あとの三個の凝固体は皿のへりに引っかかっていた。平四郎は刻んであるキャベツがちっとも位置をちがえてないのに、オムレツだけがあわてて辷り出したような気がした。座敷にもどると、かんかん帽子の裏にたった一枚きりしかない百円札をしまい込み、細かいのを袂《たもと》に入れ、女中と甥《おい》の吉種に留守をたのんで出掛けた。

動坂下で自動車がつかまり、平四郎はそれに飛び乗ったが、根津八重垣町まで行くと、道路に荷物が積み出され、一杯の群衆が揉み合っている物々しさで、車どころではない、平四郎は引き摺《ず》り下ろされそうな気色なので自動車からすごすごと降りた。平四郎は少時ぽかんとしてこれはもっと計画して、迎えに行くなら行くべきだ、ふとったりえ子は一体何に乗せて田端に運んだらいいか、何処に見当をつけて行ったらいいか、病院の患者達は退避して了っているにちがいない、あわてるな、充分に用意して事を計るべきだと平四郎は考えた。

大震

平四郎は甥の吉種に、駿河台の浜田病院に行かせることにし、その退避場所とか病院がまだ無事であるかどうか、出来るだけ迅速にそれをしらべることにした。そして何としても人力車を一台用意することが、どんな事態が生じても出産後のりえ子に、欠いてはならない運搬用のものであった。永く出入りしている車やの長井の家に、出掛けてたのむと、直ぐ行くといい、平四郎と一緒に家に来てくれた。長井は車にあぶらをさしたり幌《ほろ》をかけ、一升瓶に水を入れ、平四郎の発案でお握りを作って、途中の用意に取りかかっていた。

併《しか》し夕方近くなっても、平四郎はわずかなこれらの準備と支度に、心頼みが感じられた。一走りに行こうかと車やの長井は言ったが、病院に出掛けた甥の吉種はかえって来なかった。では、私がこの人も途中で足を奪《と》られ時間が食うと病院困ると、平四郎は吉種の帰るのをぐらぐらした頭で待った。さまざまな情報では浜田病院もとうに焼け落ち、神田の或《あ》る一帯も焼けたということだ、何処に避難しているかも判らない、そのうち暑い日がすっかり暮れ切って、平四郎は長井と二人で夕飯を食べた、夕飯を食べながら女中のおシマを呼んだ。

「米はあるか。」

「月末に取り付けているものでございますから、もう、みんなになりました。」

「幾日くらいあるかね。」

「明日一日しかございません。」

「罐詰類《かんづめ》とか外に食糧はないかね。」

「奥さんが病院にいらしってから何も取って置きのものはございません。」

長井は醤油《しょうゆ》をとりに勝手に立つと、例のオムレツの皿を二枚持って来た。こんなご馳《ち》走《そう》があるじゃないですかと長井は箸《はし》をつけた。そして米は何とか心配しますといったので、食後に例の百円札を帽子の裏皮からつまみ出して、米を買いにゆく長井に渡したが、長井は間もなく戻って来ると、何処でも百円札はくずれません、煙草屋《たばこ》にはバットも何もない皆売り切れていると言った。がたっと地震が来てから、やっと七時間しか経っていない、米屋に廻って三升貰って来たといい、ここでも、百円札はこわれないから、長井が金は出して置いたといった。

吉種は八時過ぎに顔を煤《すす》だらけにして、病院焼失後、患者達は上野公園に避難している筈《はず》だといい、上野に行って捜すのがはやみちだと帰っていった。何処も此処《ここ》も火事だらけで道路はみな立ち塞《ふさ》がり、まるで荷物と人間の間を縫って歩いているようなものですといい、吉種のためにのこして置いた一枚のオムレツを、彼はあっという間にたべて了った。吉種は町から町を群衆に揉まれながら、そこを脱《ぬ》けるとまた次ぎの群衆に捲きこまれたといい、再び平四郎は失敗った入院させるんではなかったと思った。

杏子っ

ほほえみ

翌朝、車夫の長井と甥の吉種、それに百田宗治を加えて、てっきり上野公園に避難していると断定して、一行は電車のない道路を歩いて行った。この大震の後の東京は暑く、空地、庭、小路に人々は集まり、外でゆうべは寝たらしく、何処にどうながれるか判らない人のながれが、上野公園を中心にして一方は銀座方面から、またの一方は浅草の下町界隈《かいわい》から、さらに日暮里《にっぽり》・田端方面へ続いた人間の大河が、膨《ふく》れたり打《ぶ》つかったりして続いた。


百田宗治は言った。

「一たい君は昨日一日何をしていたの、昨日の内に上野に出掛けて捜したらよかったのじゃないか。」

「昨日は甥に病院の様子を見にやるだけで、一日終って了ったのだ、僕が昨日出かけていたらこんな手筈が巧《うま》くゆかなかった筈だ。」

いまはいない亡友が、わざと平四郎がぐずっていたように一応の叱責《しっせき》をすることで、平四郎の悶《もだ》えを察してくれているように受けとれた。

「平常の君なら、とうに片づいていた筈だが、さすが大事を取ったのかね。」

百田は鳥渡《ちょっと》反り返るような顔の位置で、さらに、どの人の顔を見ても、殺気がみなぎっていない者はないと言った。

「日本は内からは壊れないが、外国との交渉でこわれることがあるね、この大群衆の乱れは外から来たもので斯《こ》うなったのだ、どうもこれは地震というものばかりを見ていられないな。」

平四郎は突然こんな変なことを言う男である。

動物園裏から公園にはいると、小便の臭《にお》いと、人いきれと、人の名前を呼ぶ声と、そしてそれらの人間のながれが、縦横無尽に入り乱れ、幟《のぼり》に書いた人の名前、旗に記された家族の尋ね人に、鳥籠《とりかご》を下げた女の子までが交って息苦しく、泥鰌《どじょう》の生簀《いけす》のようだった。

殆《ほとん》ど全山隈《くま》なくさがし終えた時に、突然、一等年のわかい甥が短期美術館の建物の前に出たときに、彼はへんな声でいった。この中がくさいぞ。

併し扉は締っているが、表に鍵《かぎ》がかかっていなかった。別に番人もいる様子もないのに、この建物の内部はがらんとしていた。平四郎は殆ど無表情で扉をさっと曳《ひ》くと、よろけるくらい扉は軽く開いた。三十人くらいのどれも患者らしい群が起き直って、一せいに平四郎の方にぎらつく眼を向けた、その眼と顔かたちを非常な迅《はや》さで眺めわたしたときに、或る一つの見なれた眼と顔とが、少しの叫び声もあげずに気味わるく微笑《わら》って見せた、それを合図に皆は建物の中にはいりこんだ。微笑った顔はやっとのことで物が言える、吃《ども》った声音になって言った。

「遅かったわ、とても、遅かったわ。」

迎えに

丸山看護婦は赤ちゃんはぴんぴんですといい、平四郎は生後五日目の、全くのねずみの子だか、何かの臓物だかわからないものを、眺めた。顔は拭《ふ》いてあったけれど、早くも日にやけてくろずんでいた。

「杏《あんず》っ子は、すでに幼にして斯《か》くのごときか。」

平四郎は笑い、丸山看護婦に家まで付添って来てくれるよう頼むと、此処まで来たんですもの、何処までもお供しますわと言ってくれた。まだ、子供のない百田宗治は、ぐにゃ・ぐにゃした生きものと、ここまで暢《のん》びりしていられるものかというふうに、そんな性質のりえ子を見ると、よく駿河台から上野まで歩けたものですねといい、りえ子はもうむちゅうでしたが、もういまは一歩も歩けませんと言った。

長井に動物園前まで俥《くるま》を入れて貰い、そこまで長井はりえ子を背負ったり歩いたり、永い間かかって俥のある処《ところ》についた。赤ん坊を抱いて乗っているので、何処でお産をしたのかと、群衆は痛々しそうな顔をして道をあけてくれ、平四郎は鮒《ふな》のように喘《あえ》いで後ろについた。

音楽学校の前で、百田は言った。

「君の方はこれで安心だから、おれは省線で帰る。」

「省線があるものか。」

「そうだ今朝線路をつたって来たんだ、おれもどうかしている。とにかく失敬する。」

「また会おう、きょうは済まなかった。」

家に帰るとお隣でお湯をわかしてくれ、丸山看護婦が赤ん坊にお湯をつかわした後で、あんなに小さいお鼻から、煤だの埃のはなくそが沢山出たといって、笑った。あんな混乱のなかで泣き声も碌《ろく》に立てずにいながら、ねずみの子はねずみなりに生きて呼吸をしていたのかと、生きることに休みのないことを、そして生きつづけたことを平四郎は、赤ん坊自身の肉体に感じた。

地震襲来とともに乳が出なくなった人、出産の日がきょうに延びた人、月のものが停った人のあるなかで、りえ子は肉体の上に何の変化のなかったことは、後での話では、がたっと地震が来たときに、すぐ、迎えに来てくれるような気がして、暢気《のんき》に構えていたから、あわても、あせりもしなかったのだと言った。

六日目に医師から聞いたといって、芥川龍之介《あくたがわりゅうのすけ》がひょっこり現われた。うしろに、若いくせに、古文書《こもんじょ》なぞあさっている蒲原《かんばら》泰助がいた。蒲原は近くに宿を取り、芥川の知己を得ていた。

「杏子《きょうこ》嬢は無事か、奥さんは？」

芥川は書斎にあがると、部屋をぐるっと見わたしした。そして、書斎の隣の間にいるりえ子に、開いていた襖《ふすま》の間から顔を出して言った。

「酷《ひど》い目にあいましたね。」

「もう、むちゅうで帰って参りました。」

りえ子が起きなおろうとすると、芥川はそのままでどうぞと言った。

書斎にもどると芥川は低めの声でいった。

「君のところには食い物があるか。」

「何もない、昨日から百円札を一枚もっていても、どこでも、くずれないんだ。」

「百円札はくずれないよ、そんな物を持って歩くのは君らしい。」

芥川は可笑《おか》しそうにわらうと、これから、動坂に出て食糧をととのえようと思うんだが、君も行かないかといい、蒲原にむかって、君済まないがね、

「家に行って乳母車を曳いて来てくれないか、罐詰を積み込むんだ。」

「行って来ます。」

蒲原は表に出ると、近くの芥川の家にこの人も芥川のように、洋杖《ステツキ》をふり廻して行った。

動坂の橋をわたると、どの乾物屋や穀類を売る店々の棚《たな》は、みながらんと空いていて、列《なら》んでいる罐詰類は、粉ミルクの罐くらいしかなかった。

「おかしいね、罐詰がないなんて、大通りに出て見よう。」

大通りの店も、やはりがらんとしていた。

平四郎は一軒の店で粉ミルクを買い、

「罐詰はないんですか。」と低声《こごえ》で聞いた。

「罐詰なんかあんた、がたっと来たら夕方までに買い占められましたよ。」

「早い奴《やつ》がいるな、早いな、実に早いな。」

芥川は褒めるようにそういった。平四郎はその店で匿《かく》してあった鮭《さけ》罐を五個頒《こわ》けて貰《もら》い、乳母車の底の方にいれた。鮭罐は勲章のようにかがやいた。

「君、百円札は薬屋でこわすんだ、きっとこわれる。」

「何を買えばいいんだ。」

「石鹼《せっけん》・歯ブラシ、そのほか何でもいいじゃないか。」

平四郎は石鹼・歯ブラシと殆ど口移しに薬屋に行くと言って、思いついて氷枕《こおりまくら》や睡眠薬をまとめて買った。百円札は六日間持ち廻って、やっとくずれたのである。

「氷枕とはうまい物を買ったものだ。」

芥川はその思いつきを褒めた。

蒲原が角の店に乳母車を停めて漸《や》っと何かを買い当てたらしく、あった、あったと言って乳母車の中を見せた。勲章がまた五つふえていた。

「君、汁粉を食おう。」

「汁粉なんてあるものかね。」

動坂の角にふだん芥川の行きつけた汁粉屋があったが、お汁粉がありますかというと、まだ、いたして居《お》りませんと若い女の子が出て、甘い物好きの芥川を見知っていて、ていねいに言った。なんぼなんでも、汁粉をかかる混乱の巷《ちまた》にもとめるのは無謀ですよと、蒲原が敢然として言った。併《しか》し女の子の感じは柔《やさ》しかった。

威《い》嚇《かく》

全く蒲原のいうかかる混乱の巷に、へいぜいとは打って変った動坂の町に、三人が暢気そうに歩いていることも異様であるが、田端に汽車の発着があるというので、長身の蒲原でさえ、乳母車を群衆に打《ぶ》っつけたりして、操車するのもやっとであった。角の八百屋で蒲原は乳母車を停めて、さすがに人参《にんじん》ほうれん草があったので、平四郎の分も買いいれた。

「たった一日で東京の相が変ったね。」

「煙草なんかも一つもない。」

三人が裏通りの欅《けやき》の大きな株のある、お稲荷《いなり》さんのお堂の前で、乳母車の中を掻《か》き廻して頒け合った。

「君にはと、鮭罐五個に人参とほうれん草と、」

芥川は乳母車を覗《のぞ》きこんで言って、乳母車の必要はなかったと笑った。

「蒲原君には両方から鮭罐一個ずつを贈呈しようじゃないか。」

「おれもそう考えていたんだ。」

蒲原はあわてて断った。

「僕は下宿だから構わないんですよ、貰い罐詰ですからね。勲章だと先刻仰有《おっしゃ》ったが全くきれいだなあ。」

平四郎は新聞包を抱き込み、芥川の後ろから乳母車を押してゆく蒲原に別れた。

「用事があったら何でも言ってくれたまえ。」

平四郎は小学校の前に出ると、田端駅からつながっている群衆の尾が、此処《ここ》まで伸びているのを見た。そこに米一人前何合ずつかを配分する張紙が、校門に張られ、人さえ群れているところでは、汗あぶらの臭気と暑さが持ち廻って、こめられていた。

こんな東京にいるより郷里に行った方がよくないか、平四郎はこんな考えを持ちはじめ、郷里でなら赤ん坊もうまく育つだろう、何とかして汽車に乗る方法はないかと思った。平四郎は家にかえると四個の罐詰を畳の上に置いて、さて、あぐらを掻いて言った。

どうだ金沢に帰郷して一年ばかりくらそうじゃないか、何処《どこ》にいるのも同じだからと言ったが、りえ子もそれには賛成であった。聞けば赤羽から金沢方面の汽車の発着もあるといい、赤羽まで行けば何とかなるらしいと、平四郎もあいまいなことをそのまま受けとって言った。余震はあるし夜警は毎晩交替で、一軒の家から誰かが一人宛《ずつ》出なければならない、何のための夜警であるかは判《わか》らないが、判らないままの一種の威嚇《いかく》のようなものが、軍の方面からほとばしって出ていた。辻々《つじつじ》や町角に抜身の剣付の銃を持った兵隊が立ち、憲兵が行き来し戒厳令がしかれた。

一人の赤ん坊をまもるという口実のもとで、平四郎はこんな家財なぞ棄《す》ててしまえという気持で、帰郷のこころをさだめた。例の車夫の長井を呼んで赤羽までりえ子と赤ん坊を乗せ、自分は歩いてゆくつもりだった。

終りの女

赤羽から汽車に乗ることに決まって、長井は俥に水をいれた一升瓶を蹴込《けこ》みにひそませ、一週間前に上野から来たときと同じ装《よそお》いだった。甥《おい》と平四郎とが俥の後ろから尾《つ》いたが、この田端からつづく赤羽街道も、荷車や自転車に馬力をかこんだ一杯の避難民で、砂埃をあげて、何処がおしまいか判らない行列が、みな元気を失って草臥《くたび》れ切って、ただ、歩いているだけの有様だった。一たい、これだけの大群衆が赤羽から汽車に乗り込めるとは、考えるだけでも徒労であった。平四郎の一行も暑い日にあぶられたまま、だまりこくって歩いた。口も喉《のど》も砂埃にまみれてしまった。

「どうだ、赤ん坊は？」

「咳《せき》をしていますわ、ひどい埃ですもの。」

平四郎自身はつぎの言葉が、もう喉から出すだけでもいやだった。

平四郎自身の赤ん坊の時も不倖であり、十歳、十三、四歳の頃も、十七、八歳の時もつらい目にあっただけに、赤ん坊が女の子であったらというねがいが、あった。そしてこの赤ん坊の誕生は、どういう意味にも美しい女というものにゆくゆくはそれを仕立てて彼自身の頭にある女というものを、もう一遍くみ立てて行きたかった。つまり平四郎がさまざまな女に惚《ほ》れて来て、その惚れた女にあった惚れた原因のうつくしさを、自分でそだててゆく娘に生かしこみ、それを毎日見て生きてゆくことと他の女にあったうつくしさがどの程度のものであったかを、くらべて見たかったのだ。これは甘っちょろい考えではあるが、父親という化け物がかたちを変えて、妻のほかにも一人だけ女というものを見たい考えと合致していた。むしろ宗教的ともいわれる多くの父親どもは、その娘をじっと毎日眺め、なにやら或《あ》る日には機嫌好《よ》く、或る時はなにやらうかぬ顔付で沈みこんでいるのは、その娘がうつくしく映じた日と、映じない日の二つにわかれたその父親の嘆きではあるまいか。

娘というものはその父の終りの女みたいなもので、或る時は頬ぺを一つくらいつねって遣《や》りたい奴でもある。娘であっても、スカートから大腿部《だいたいぶ》のあたりをころげ出すことは、そんなにお行儀がわるいと言うだけのものではない、そこにこそ人間のからだの本来の美しさをみとめる高い眼があった。父と娘という威厳のある教えの下で、人間のうつくしさが言葉のほかに盛りこぼれているからである。どうも時々はらはらして困るねとはいうが、そのはらはらする鋭いものは父親のものではなく、もはや人類のものですらあった。だからこそ、父親ははらはらしたにちがいない。……つまり平四郎という男はいま眼の前の俥の上にいる、たった生れて一週間しか経《た》たない赤ん坊に、くたびれ切った頭で、塵埃《じんあい》の中でそういう思いに捉《とら》われている男なのである。

娘をもつひと

平四郎はどういうものか、わかい娘のいる家庭の父とか母とか、その兄とかに、余りわるく思われたくなかった。お弁茶羅《べんちゃら》は言わないけれど、かれらにも娘にある色気のようなものが、どこかに食付いているように思われ、その家族によくおもわれることが、間接に娘にもよくおもわれる気がしていた。こんなひょっとこ面《づら》の父親にこんな美人の娘があるのかという驚きの場合、平四郎はその父親のでこぼこづらに対する軽浮な考えを修正していた。でこぼこづらの前で、平四郎は役にも立たないのにわかい時にはぺこぺこして見せていた。それは、でこぼこづらに最敬礼をするのではなく、美人である娘さんに敬礼するのである。こういう考えは平四郎の終生をつらぬいた教訓であった。平四郎は理由もないのに尠《すくな》くとも美人といわれるような女であった場合デパートの売子さんにまでぺこぺこ頭を垂《さ》げていた。いわんや由緒《ゆいしょ》ありげな父親とつれ立った令嬢達には、その父親には君はうまく美人に娘を仕立てていられたが、そのお祝いのためのおれの眼付を見てくれというように、平四郎はうやまいの表情を眼にたたえるのである。人類に対《むか》ってわずかに礼節をまもり得るのは、行儀の悪い平四郎にとっては、つねに美人が対象になっていた。アメリカ人がちやほやする女の前のお辞儀は平四郎にとっては全く同感のものであった。たとえお隣の女中さんでもそれが美人である場合、平四郎はていねいに頭をさげて挨拶《あいさつ》をした。

「お早う、よいお天気ですね。」

だからこそ、平四郎はわざわざ俥《くるま》の前に出て行って、赤ん坊の息が窒《つ》まるようなことがないか、と言って見たり涼しい欅のかげを見付けると、長井さん一服やろうと言うのである。平四郎はこのぐにゃ・ぐにゃの赤ん坊のしがめっ面を見ると、こいつが藍紺《あいこん》のスカートをひらひらさせるのは、すくなくとも、指折りかぞえてみると、先《ま》ず十四、五年もさきのことであった。平四郎はその摑《つか》みどころのない十四、五年先のことを、このしがめっ面から考え出すことは、あまりに反対のものをつくり出す遠来のものに感じられた。

平四郎はがぶっと水を呑《の》んだ。

「このねずみの子は生れながらにして、たいへんな苦労をしているようなものだね。百年に一度しかない地震に会うし……」

りえ子は赤ん坊の額に手を当てて見て、先刻からからだが熱いと思っていましたが、と言った。

「どうやら少し熱気があるらしいわ。計って見るわ。」

りえ子はハンドバッグから体温計を取り出した。彼処此処持って歩くから、風邪をひいたかと、平四郎はしがめっ面に、あからみが含んでいるのを見た。斑点《はんてん》のある赫《あか》らみだった。

重たい鉄橋

赤羽の町は火事場のようにごった返していて、やっと鉄橋のある土手下で、四人が坐《すわ》れるだけの草場を見出《みいだ》した。何処も昨夜から野宿した人達で、汽車はきょうはもう出た後だということで、屋根の上にでも乗らなければ、到底、女子供は列車の中に坐りこめないというのだ、平四郎は此処でも目算外れであった。

「これだけの乗客をこなすには三日くらいかかるね、五、六千人はいる。」

「鉄橋を渡りましょうよ。」

「その足で赤ん坊を抱いてこの長い鉄橋が渡れるものか。」

　川波はゆったりとながれていた。平四郎はふしぎに川というものも、この大震災中の一員である気がしていたのに、全然、別の知らん顔をして下へ下へとながれているのに、不平を感じた。俥やの長井は日の暮れない間に、東京に帰るといい、野宿なさるのなら、この毛布はぼろだが置いてまいりますと言った。明日汽車が立つなら今夜一晩は野宿してもよいと思って、長井に帰ってもらうことにした。今度は君がいてくれなかったら、どんな酷《ひど》い目に遭っていたかも判らないと、平四郎は金の包みをやりながら、長井の挨拶を聞いた。では奥さんお大事に立ってください、孰《いず》れはお国からお帰りになったらまた出入させていただきますと、四十すぎてすぐ年寄りくさくなった長井は、空の俥を曳《ひ》いて群衆の中に消えた。

　長井が行ってしまうと、にわかに身の処置が問題になって来た。毛布を敷いてりえ子は赤ん坊の頭を冷やし、平四郎はあぐら掻いて甥に飲み水をさがしに出そうとしたが、その時突然、或る窮迫した考えが平四郎の頭を掻き廻して来た。いま長井を帰してしまっては、若《も》し明日列車に乗れなかったとしたら、田端に帰ることも出来ないし、りえ子は勿論《もちろん》歩けない、第一、列車に乗り込むためには、赤ん坊もりえ子も一遍に圧《お》し潰《つぶ》されて了《しま》う、みちは一つしかない、田端の家に戻るより外に策は尽きていたのだ。

「長井君は遠くに行くまいから呼び戻して来てくれ、明日田端に帰るといってね。」

甥の吉種は人込みの中を走り出した。

「おれはばかみたいな世間知らずだ。」

平四郎はりえ子の顔にあった残照の日あかりが、もうないことを知ると、土手の上と下の人なみが、一層くろずんで見え、皆、寝る支度をはじめているらしく、毛布や新聞を展《ひろ》げはじめた。

その時一人の十五、六歳の女学生が、ふいに平四郎のそばに来ると、りえ子に対っていった。

「此処で今夜野宿なさるんですか。」

「ええ、もう何処にも知合いもございませんし、野宿することに決めたんです。」

「それなら、」女学生は少し極《きま》り悪そうにして言った。「それならわたくしの家にいらっしゃいませんか。」と、低い四辺の人込みをはばかる声でいった。

りえ子は自分の耳を疑った。

「あなたのお家《うち》にですか。」

平四郎はこの女学生のよこ顔をのぞきこんで、柔らかい頬をみると、世間というものがぐるっと一と廻りして、別のおもてを見せてくれた気がした。

「赤ちゃんもいらっしゃるし一晩くらいなら、お宿をいたします、すぐ其処《そこ》なんです。」

「でもこんなに沢山困っていらっしゃる方ばかりなのに、どうしましょう。」

りえ子は余りに突然な好い話なので、そこで自分達の困窮の立場を急にこわすのに、甘やかされて来て、平四郎の顔を呆《あき》れた眼で見た。

平四郎は言った。

「あなたがそう仰有っても、おうちの方がご迷惑じゃないんですか、わたくし達はみんなで四人いるんです。」

「いえ、構いません、父がお困りの方があったら、お連れするように言ったんです。叱《しか》られはしません。」

「そうですか。」

平四郎はきゅうに礼儀を感じて、ぐずついた。

「何にもできませんけれど。」

「ではお言葉にあまえまして。」

りえ子は赤ん坊を抱き上げた。

平四郎はその時、吉種がさがし当てた長井と一緒に、笑いながらやって来るのを、人込みの中に眺めた。

「明日田端にかえるので君に帰られると困るんだ、でも、よく会えたね。」

「倖を曳いていては歩かれたものではないんです。」

平四郎は今夜こちらの方の家で、泊めて貰《もら》うことになったというと、長井も甥も、こういう見ず知らずの人間同士のあいだに、まだ、目のさめるような好意のあることを寧《むし》ろ不自然にさえ感じた。好意はパン一切からもあったが、これは余りに大き過ぎたのだ。

「実はお昼すぎに家の前をお通りになったのを父が見ていたんだそうです。倖やさんがついているから、行って捜して来いと言いつけられたんです。」

「何ともお礼の申しようもございません。」

りえ子と話しながら行く、女学生の黄ろいリボンを見ながら平四郎は後ろからついて行った。黄ろいリボンの先がくらくなって、やっと見えた。

小田切という標札のある家は新築したばかりで、主人は気軽に寝るだけですよと言ってくれ、用意してあったのか、お握りが鉢に盛られ、香の物も清潔についていた。平四郎とりえ子、吉種に長井の四人が、あたらしい畳のうえで、お握りと香の物をたべ、吉種が途中に売っていたという梨《なし》の皮を剥《む》いて、皆はだまって晩の食事をすました。皆がだまっているのは倖《しゃわ》せが余りに大き過ぎるために、それをどう言い表わしていいか判らなかったからである。

梨

非常に悪い条件から、きゅうに最高の境遇にはいりこんだ四人の人間は、睡眠という誰も知らない放埒《ほうらつ》の時間の中で、甘たれるだけ甘ったれてねむった。時々、銃声が起り、夜警の人達が誰かを追いかける靴音が起った。此《こ》の赤羽に火薬庫があるので、鮮人が這《は》入《い》りこんだとか言って、騒ぎは終夜続いたが、甘ったれた四人はそのまま夜明けを知らなかった。

朝の食事にまた、あざやかなお握りが出た。

「食べものは此方《こちら》で何とかいたしますからどうぞ。」

りえ子も皆も、お握りを怖《こわ》いものを見るように、恐縮がった。この家の主人は新築したばかりだから、自分でつや出しの乾いた雑巾《ぞうきん》で、檜《ひのき》の縁側、柱、床の間というふうに磨きをかけているのが、見た眼につらかった。長井と吉種がそれをせめてものことで、手伝ってみがいた。

　駅に見にやると、長井はがっかりして言った。

「とても列車に乗るなんて想像もつかない。……」と言った。

　午後にも待ったが、まるで屋根まで一杯の乗客で、とても乗れそうもない、やはり初案どおりに田端にかえることにしたが、その時刻にはもう遅過ぎた四時だった。途中で日が暮れるとなると、どんな悪い事態が生じるかも知れない。明日は朝早くに立とうと四人は梨の皮も剝かずに、がりがり齧《か》じった。そして物音も立てずに小さくなり、なるべく家人の眼にふれないように座敷のすみに跼《しゃが》みこんだ、ひと晩で引き上げる筈《はず》の一行が、今夜もこの家に泊るのが行きがかりとはいえ、猾《ずる》さがある気がして、厠《かわや》に行くのにも爪立《つまだ》てをして行った。

　想像したとおりに晩食は出なかった。却《かえ》ってそれが吻《ほっ》とするようなゆるんだ気になり、お湯も貰いに行かずに例の一升瓶に、生ま水をいれて飲んだ。赤ん坊はきょうは熱も下がって、相かわらずしがめっ面をし、眼だけを大きくひらいていて、みんな見わたしているようであった。

「こんな邪魔気なものは生まなかったら、たすかっていたんだが。」

　平四郎は赤ん坊を邪魔者扱いにして言った。

「この子はこんな約束を持って来たんだから、どうにもならないわ。逆さ児《さかご》だったのに、自分のちからでくるっと引っくり返っていたじゃないの。」

「こいつを見ていると、おれみたいだ、おれが赤ん坊だったときに、お臍《へそ》にちがにじんでいたそうだよ。嘘《うそ》だか本当だか判《わか》らない話なんだがね。」

日が暮れると夜警群の声が、町の通りをほとばしり今夜も銃声と靴音と、喚《わめ》く声と、叫びあう人びとが入り乱れて聴えた。そのたびに、昨夜とはちがって四人とも起き直り、外の物音に警戒しはじめた。後で聴いた話だが、鮮人騒ぎが赤羽で行き詰まって一等惨《ざん》酷《こく》に、行われていた。

もうろうたるもの

平四郎のような馬鹿《ばか》な人間は、その馬鹿らしさから利口そうなものをつねに捜《さぐ》り当てるのが通例であるが、赤羽ゆきは失敗であって再び釘付《くぎづけ》にした家にはいると、近所からこんな物騒な時に、家まで打棄《うっちゃ》って出掛けた批難があった。併《しか》し何一つ紛失していないところから見ても、時勢にまだ良識があったらしい。

田端に臨時の上野駅の発着があるようになると、此処も兵隊と夜警とで、駅通りは毎日の群衆で揉《も》み合った。平四郎はこんどは金沢行きだと言って、毎日荷作りの人夫を指揮していた。一旦《いったん》、生活の方式を変えようと企てた平四郎は、やはり東京にいるのがいやになって来た。

　或《あ》る夕方、芥川龍之介が来たが彼の顔もふだんと異った、何やらこうふんした気色でいった。

「昨夜ね、夜警に蒲原と出ていると、洋杖《ステツキ》にかちんと小銃の弾《たま》が当った。たしかにその前に小銃を打った奴《やつ》がいるんだ。」

「小石じゃないか。」

「石ではない、蒲原もその音と僕の洋杖に当ったことは認めているがね、そんな莫迦《ばか》げたことはない筈だが、事実は決して莫迦げていないよ。」

「君までそんなことを言い出しては困るなあ、誰が小銃を打ったんだ。」

「そりゃ判らないさ、何の目的だかも一さい知らないがね、それ弾にはちがいないが、そいつが僕の洋杖に穴をあけたことは実際なんだ、そんな物情騒然たるものが田端に潜んでいることは実際だ、何処《どこ》からそれが起ってくるかが判らないがね。」

　芥川はこの夜警中の話に、もうろうとした騒然の事態をほのめかして、大杉栄も殺《や》られたし僕らも判りはしないよと、変なことを言って笑い出した。何処まで真面目《まじめ》だか、どこで交《ま》ぜ返しているのか判らない語調である。それはふだんの対手《あいて》を睨《にら》み返すような高飛車な表情に、訳のわからない気味わるさが交っていて、なにかを怖がっているふうにも見えた。

「君が金沢に行ったら僕も訪ねて行くよ。」

「一流の旅館をすいせんするさ。」

「そこでこの家は誰か借り手があるのか、若し借り手がないなら菊池寛に貸してやらないか。」

「僕はどうでも構わないが、ただ、猫が一疋《ぴき》いてね、それがこの家の付き物になるんだ、菊池君は猫のめんどうを見てくれるかね。」

「菊池が見なくとも奥さんが見てくれるよ。じゃ家をさがしているから話して置くからいいね。」

彼はさらに言葉をあらためて言った。「夜は家にいるんだな、君子危きに近寄らずということは、こういうことを言うんだよ。」

若い芥川は胸を張って樫《かし》の洋杖の、よく甃石《しきいし》にからんと打ち当てて鳴る奴を門の処《ところ》で、打ち鳴らしながら出て行った。

生きる原稿

大阪のプラトン社から出ている「女性」という雑誌の記者が、二、三人連れ立って、震災記を書いてくれと乗り込んで来たのは、十日過ぎであったろうか、靴もズボンもよごれていたが、地震なぞに構っていられるものかという、図太さと、胆力があった。かれらは十分間もいないで、要談を済ますと怱忙《そうぼう》として立ち去って行った。この一つの文学事業の現われが、平四郎の抜けた骨つぎをしてくれた。それと前後して「改造」の記者が、昼間も警戒に当っている平四郎に、昼間から夜警ですかフンという顔付で、やはり震災の事をなんでも書けと、殆《ほとん》ど命令の語調でいうと、怱々《そうそう》にして去った。平四郎は馬鹿文士であるから今年は下町にこおろぎがなくまいと書こうと思った。そのつぎに「中央公論」の記者があらわれ、やはり震災物を書けといって来た。

それら三つの雑誌が颯爽《さっそう》として用件を以《も》って現われたときから、畳の上にあった余震の震えがすうとして引いて了った。平四郎はこんな混乱のなかで、原稿料が取れるということを分不相応に思い、原稿紙の上に蝶々《ちょうちょう》や小鳥の飛ぶ喜びを、書きながら何時《いつ》になく感じた。

「もう原稿ですか。」

「こいつが出て来ないと僕らの落着きというものが出て来ないね、原稿というものが必要でなくなった時は、世界が打潰《ぶっつぶ》れるね、たすかるのも原稿だし、生きるのも原稿というやつだ。」

二十日も経《た》って東京はしんとして来た。なにかを考えている東京に一日ずつ変って行ったが、上野駅に行ってしらべてみると、此処《ここ》には、しんとした東京が一どきにわめき立てて、身動きも出来ない乗客が行列をくまないで、犇《ひし》めき合っていた。まだだめだ、これじゃ、やはり潰されてしまうと、平四郎は頭を振って家にもどって月末に乗車することに決めた。これを芥川にはなしをすると芥川はちょっと、思いつきだろうという顔付で言った。

「何か預かる物はないか。」

芥川は自分で言うことが判っているくせに、対手がちっとも判っていない面白半分の、この人のよくする顔つきでいった。

「何も預かって貰うものがないがね。」

「堀辰雄《たつお》を預かろうよ、君がいなくては遊びに行く家がないじゃないか。」

「あ、そうか、じゃ堀君に時どき行くように言って置こう。」

「それから菊池が明日にも君の所に行く筈だが、家を見せて貰ってから気に入ったら借りるそうだ。」

「狭すぎないか。」

「そういう点は無頓着《むとんじゃく》な男だよ、離れがあるといったら、それは都合がよいと喜んでいた。」

芥川は明日菊池が来たら、一緒に行くといって戻って行った。

年寄りの植木屋が作る荷拵《にごしら》えが却々《なかなか》捗取《はかど》らないで、一日にせいぜい箱詰が三、四個くらいしか出来ない。植木屋はいった。荷作りを幾ら急いでも、貨物車が借りられる当があるんですかといった。それぞれ手筈《てはず》はしているんだと答えたが、貨車を借りる返事はまだ知合いの鉄道員が来ていない、併し荷作りをして置けば、いざ出立《しゅったつ》となればすぐ間に合う肚《はら》であった。

午後に芥川と菊池寛が訪ねて来た。

芥川は離れをあごで杓《しゃく》って見せていった。

「離れは書斎にするといいね、飛石づたいも鳥渡《ちょっと》風流でいいじゃないか。」

「素足で行くのか。」

菊池寛は飛石を見て又いった。

「きれいだから素足でわたってもいいね。」

「君のこったから庭下駄《げた》なぞはかないで、跣足《はだし》で行き来するだろうな。」

芥川は面白そうに虫歯を出して笑った。ずっと後に聞いたことだが、菊池寛は女中に飛石の上に雑巾がけをさせて、母屋《おもや》から、ぺたぺた素足で離れに行き、また、ぺたぺた飛石をわたっていたそうである。

芥川は茶の間を覗《のぞ》いて、奥さんちょっと失礼といって、ここが茶の間なんだ、次ぎが納戸《なんど》になり風呂場《ふろば》もある、あれが納屋《なや》だ、君、あれは納屋だねと、平四郎に念を押した。せまいが納屋だと平四郎は笑った。

菊池が風呂場を見にいっているまに、芥川は赤ん坊をのぞきこんでいった。

「杏子《きようこ》嬢も日にやけましたね、赤羽ゆきは平四郎の大失敗だ、あんなところから列車に乗れるものじゃないんですよ。」

「大体わかったがこの家は是非貸して貰いたいです。家賃は幾らです。」

書斎にもどると菊池寛は端的に家賃の事までいった。

「家賃は四十円ですが、家主というのが元は警部か何かしていた男で、何かいい出すかも知れないが、一応、留守を預かるという名目でもいいね。」

「では、これは敷金です。」

菊池は気忙《きぜわ》しく敷金を平四郎に渡した。まだ君、敷金は早いよ、敷金は家にはいる時に払うものだと、芥川は菊池のすることを一々笑った。何処か弟分あつかいであったが、菊池は真面目くさって言った。

「どっちにしたって同じ事じゃないか。」

「では、家主に顔合せをして置く必要がありますね、僕が立って菊池君が直《す》ぐはいると、それ以前に家主に会っておく必要がある……」

「そうだ、これから行こう、芥川に帰って貰ってすぐ行くこととしましょう。」

菊池寛はもう立ちあがった。

「じゃ、帰りに寄れよ。」

「うん、すぐ片づくだろうから寄るよ。」

この二人の親友の交りは、平四郎に異った性格が、異ったままで融《と》け合うのを面白く眺めた。

凝視

一行は例の俥《くるま》やの長井と、植木屋に平四郎夫妻と甥《おい》の五人は、上野駅に着くと、平四郎はいきなり口をふさがれた驚きで、生れてはじめて見る大群衆を前にして立った。それは固まった人込みが隙間《すきま》もない、動かない磧《かわら》の石の頭を見るようであった。おれという人間はどうして懲《こ》りることを知らないのであろう、こんな中をどうして泳ぎ抜こうとするのだ、しかも平四郎は甥の背中に杏子をしばりつけ、植木屋にその背中をかばうため、放《はな》れるな、押し寄せて来たら赤ん坊の潰れないための隙間を作るんだと言い、長井の肩にりえ子の手を廻《まわ》させ、じりじりと動かない乗客が一どきに先の方が、改札口に呑《の》まれる時を待った。おれという人間のごうという奴が、此処でも、この困難な混乱を乗り切ろうとしている、しかも、女一人と赤ん坊と甥に自分を加えての四人つなぎである。背後から押し寄せて来たら、一堪《ひとたま》りもなく赤ん坊は圧死されてしまうのだ。だが、もう退くことも動くことも出来ない、前にすすむよりみちがなかった。じりじりと時間は一時間二時間というふうに経ち、むだな時間は人間の汗とあぶらを、絶望のあいだにしぼるに過ぎない。

「潰れない前に抜け出しましょうか。どんなに考えたって列車に乗れそうもないわ。」

りえ子は青い汗をしぼった顔付で、外の者に聞えない低い生きた人間でない声でいった。

「待て、うしろにも前にも出られないじゃないか。」

しびれを切らした長井が、ご一緒にこんどは諸方をお供はしたものの彼も、暑さに汗だらけの顔を平四郎にずっと近づけて言った。

「きょうは一等のぞみのない日ですよ、旦那《だんな》、これは乗りこむのは考えものです。乗っても十四時間立ちづめになりますよ。」

平四郎はむしろ汗で背中が、ぺたついて来た。金沢まで十四時間だが、この混乱では、汽車が延着することが、どの程度の永い延着になるか分らなかった。

「切角《せっかく》だから列車が着いてから考え直そう、此処を君はどう抜け出すつもりか。」

「それもそうですが。」

長井はうしろを見て、こりゃ大変だと事あたらしく驚いた。

その時、平四郎は一つの落着きはらった眼が、誰かを捜しているのを非常に速力のあるかんで、引き捉《とら》えた。隣の西山という上野駅に勤めている人で、この人が貨車を借りてくれたのだ、そして駅でご病人がいるから便宜を計ってやると言ってくれたが、平四郎は時間の経るごとに当がはずれてゆくのを知り、西山が来てくれそうもないので頭からこの人のたすけを逐《お》い出していたのだ。だが、西山は眼でゆっくりと改札口前の広場を、こつこつ歩いて鋭く凝視つづけて来たのである。

眼　光

ふだんは注意もしなかった西山駅員の顔に、普通の人にない眉目《びもく》の引きしまったものが、平四郎の絶望の眼にかっと映った。平四郎は西山駅員の名前を呼びつづけた。

「あ、其処《そこ》にいらっしったんですか。とても、奥さん、乗れはしません。」

西山駅員は改札口の係員に何か耳打ちをした。係員はだまって柵《さく》とすれすれにいる平四郎に眼で合図をすると、改札口があいて、四人がそこからすべり込んだ。赤ん坊を負うた者と、長井の肩に手を廻したりえ子とは、どう見ても病人一行に見えた。

平四郎が挨拶《あいさつ》をしようとすると、西山駅員はそのまま挨拶をうけないで、去った。この人はこういう約束を踏むことで、それにこだわらない立派な人かと思った。

列車の中はおもに病人が優先して乗っていて、平四郎は荷物を引き取ると、長井に対《むか》って言った。

「こんどは全く厄介をかけた。君もからだを大事にしてください。」

長井はりえ子にも別れを告げて、去った。長井がいなくては今度は何一つ敏活に事が運ばなかったのだ。長井は二年後に平四郎が帰京したときに、腎臓癌《じんぞうがん》で半年前に亡《な》くなり、その妻は焼芋屋の店をひらいていた。平四郎はこれ以来焼芋屋の前を通ると、自らからだがきっと引きしまり、恩をきる考えを持った。

列車は改札と同時に屋上まで乗客が乗り、トンネルの前でみんな下ろされた。平四郎の足の下と、りえ子の足の下とに、四歳くらいの子供の兄妹がいて、一個の梨《なし》を兄の方が一口食べるのを待って妹の方がこんどは一と噛《か》じり噛じっていた。二つに割ることができないので、半分ごっこに分けるために、兄妹は噛じりっこをしていたのである。平四郎はここに本物の平均分配を感じた。

金沢につくと、おなじぼろ着の人達が列車から降りて、中にはすぐに泣き出す人もいたくらいだった。平四郎は迎えの人の輪のそとに、一人の老婆《ろうば》のすがたを見出《みいだ》して、青井のおかつであること、すなわち平四郎の苛酷《かこく》な継母であることを知った。兄平一はおかつを対手にしないのと、薄給で補助が出来ないために、勢い、平四郎が毎月三十円宛《ずつ》暮しのたすけに送っていた。平四郎にはそれだけの金に何のこだわりも感じないで、また、子供の時のむごい扱いをたてに取ることはしなかった。誰もしないから平四郎がするだけであって、平四郎にはその三十円という生活費には痛し痒《かゆ》しのかんじもない。出来る境遇にあれば誰でもするものであり、それは、りえ子が毎月為替《かわせ》でおくっていたので、表書や為替にくむ手数もまるで知らなかった。その青井のおかつの顔を見ると平四郎は、笑いながら近づいた。頭の上らない人は一人もいないが、この継母にはいままでも頭が上らない気がした。

故郷

饅《まん》頭《じゆう》

杏子

ふとっているので下瞼《したまぶた》の間がたるみ、鼻の下はよく剃《そ》られた青井のおかつは、何処《どこ》からさがし当てたものか、おっとりした老母の品の好《よ》さを見せ、どこか、白いきつねの感じであった。

「こんどは大変な騒動で、……併《しか》しよく帰ってくれました。」

平四郎のすがたも、この別人になりすました老母の眼には、あまりに立派やかに見えたので、人違いかと思ったくらいだった。

「行く処《ところ》がないので帰って来ました、」平四郎はすぐに、言葉を継いだ。「ともかくりえ子の実家に落ちつくつもりですが、わるく思わないで下さい。」

「何の、わたしは一人でいるんですから、お不自由をおかけするばかりだから、お里の方がいい。」

この人が平四郎の痛がる耳を引張って、折檻《せっかん》した老母かとは、どう考えても、本当の事には思われなかった。

「これはあんたの好きなお饅頭《まんじゆう》や。」

老母は包を平四郎の手に渡した。好きなものをちゃんととうの昔から心得ていると、平四郎は苦笑して受け取った。

そこにりえ子が来て、平四郎の育ての母に挨拶《あいさつ》した。平四郎が結婚した宴には、青井のおかつは招《よ》ばれなかった。若い新進の小説家づらをした平四郎は、断乎《だんこ》として青井のおかつを招ばなかった。幼年にうけた痛手は、剝《は》ぎ取ろうとしても、なかなか、剝ぎおとすことが出来るものではない、金に余裕が出来るとリウマチのなおるように、その痛手もひとりで恢復《かいふく》して行ったのだ。だから、正面からは、りえ子ははじめて平四郎の母に会ったのである。

「あの子が色いろお世話になりまして、それに何時《いつ》もお金を送っていただいて済みません。」

「いいえ、こんどはまたご厄介になります。」

青井のおかつは、りえ子が抱いた赤ん坊を覗《のぞ》きこんで、ねずみの子だか、人間の子だか判《わか》らないものを、いまは抱きあげることが控えられた。なんだかこわい気がしたのだ。

「ご立派な赤ちゃんや、杏子ちゃんというんですか。」

平四郎はひやっとした。

ご立派な赤ちゃんとは、おれの方だと、平四郎はむかしの悪らつ無道な母と話をするのに、ふしぎな愉《たの》しさがこみあげた。

「この赤ん坊もお母さんに仕込んで貰《もら》おうじゃないか。」

平四郎はぞっとして言い、かつ笑った。

「あんたは何をいう、こんな立派な赤ちゃんは、そこらに見当りはしません。」

「このねずみの子も、大きくなったらどんな猫の手にも合わない大ねずみになるかも知れません。」

平四郎は饅頭の包を左の手に持ちかえ、幾つはいっているかなと思った。

逢《あ》えた人

青井のおかつは禅宗の寺の居間二つを借りて住み、平四郎がたずねると、むかしの見覚えのある家具が折重なってつまれていた。これも遣《や》る、あれも遣ると言って、兄の平一には遣りたくないと、彼女は僅《わず》かしか送って来ない金の事から、くどくどと言おうとしたが、ふっと止《や》めてしまった。それは平四郎の顔色を見やぶることを、子供の時にちゃんと見おぼえていたので、やめたらしい、平四郎はこの母が利口者だと嘗《か》つて思ったことがないのに、その利口者の顔を隙《すき》見《み》したような気がした。

平四郎は長火鉢のわきにある、長い真鍮《しんちゅう》のきせるを先刻からちらちらと眺めた。叱《しか》り飛ばすときに最初にこの長いきせるが、きちんと正座して叱られている膝《ひざ》の上に、ひゅっとちから一杯に飛んで来た、或《ある》いは手の甲の上に、きせるのがん首が叩《たた》きこまれた。剛情な餓鬼の平四郎は、口をひんまげることだけで抵抗して、痛いとは決していわなかった。それは必ずきせるは再度飛んで来なかったからだ、ちゃんとしている奴《やつ》をそのまま折り返して、再度ひっぱたく事は瞬間だけの作用で、去った瞬間は再度と遣ってこないものであることを、つね日ごろ平四郎は見抜いていた。

その長いきせるを平四郎は眺めた。

「あのきせるはあの時分のきせるですか。」

「竹を入れかえれば一生も二生もつかえるものや。」

「ちょっと見せて、」

平四郎は雁首《がんくび》がゆがみ、叩くところが凹《へこ》んだこのきせるを見つめたが、感慨は先刻ちらちら眺めていたときの、するどいものを既に失《な》くしていた。平四郎はそれを母に返して、一生も二生もつかえるといった言葉を平四郎はすさまじく感じた。

家の赤ん坊も、大きくなったら、こいつで引っぱたいて遣ろうかと戯談《じょうだん》に考えただけで、口には出さなかった。そんな考えを持つことだけでも、そういう処をくぐりぬけた人間のいやらしさが感じられた。

平四郎は此処《ここ》を出ると、藪《やぶ》の中にある道を通り、生母が住んだという赤門寺をさがして見た。門は朱塗りですぐ判ったが、そんなお人がいたかどうかも判らないといい、墓もないといった。平四郎はひよどりが群れて亙《わた》る藪の中道で、突然、足を停めて見た。千畳もあるこの藪畳は乾いた枯葉の灰色一色であって、人くさいものは何もない、あるものはうそ寒さと、そそけ立った竹林のこまかい震えだけであった。つまりこの風景を捉《とら》えにおれは遣って来たのだ。このちくちくした竹林のこまかい震えた景色に逢いに来たのだ、この景色はおれの眼をくぐりぬける二十五年くらい以前に、或る女の眼をくぐり抜けていた。おれは誰かに逢えたぞと、無理にもそうおもわざるをえない、決して逢えない人においはいま逢っているのだ、……

杏っ子

月曜美人

平四郎は金沢に着いてから、むやみに人に逢いたくなり、毎日犀川《さいがわ》の土手を歩き、町の中をうろついて、あの人はいま何処にいるか、またの別人のあの人はどこの町に住んでいるかということを、しらべ上げていた。どの人もみんな女の人ばかりである。

平四郎は三十五歳であったから、どの人も三十歳くらいの筈《はず》であった。どの女の人にも子供があり、生理的にも一人前の筈である。どの人にも惚《ほ》れていたが惚れたことを言葉に愬《い》えた例は尠《すくな》い、ただよく見入ってよろこびを平四郎のわかい眼が確《しっ》かり捉えて、きょうまで、放《はな》さなかったものばかりである。おそらく死ぬまで幼少年に見取った美しさは、放されないものであろう。人間はその性生活のないものが却《かえ》って永くのこるものだ。加賀の山々や烈《はげ》しい性格の犀川を見ていても、女の人がすぐ入れかわって現われて来る。町をうろつき人家を覗き見ながら、垣根や屋根や縁先や庭なぞも、女の気はいで温められて来ていた。

平四郎はある一軒の古い家に突然に勢い好く這入《はい》っていったが、さすがに三、四秒はためらってみたものの、つい、

「ご免ください。」

と、おお声に言って了《しま》った。

そこに現われた女の人は、十五年前にじっと見ていた眼の人であった。平四郎はいまは怖《おそ》れを知らざる男だ、たまには、こんな昔ちっとも本人も知らないで惚れた男が現われても、人間の情誼《じょうぎ》に反する所以《ゆえん》はない、平四郎は名刺をとり出して夫人に手渡した。夫人は名刺を見て不可解な眼色をした。

「実は私は金石《かないし》という町に行く乗合馬車の中で、あなたに月曜日毎《ごと》に殆《ほとん》ど一年半も続けてお目にかかったことのある男です。私はそこの登記所に勤めていて、あなたは小学校の先生をしていられました。お覚えにならないでしょうか。」

夫人は名刺を再度見入り、平四郎の顔を見てから、押売りやゆすりでないことを見定めても、一応なお顔色は柔らげることはなかった。

「そしてどういうご用向きでしょうか。」

「用向きはないのです。昔お目にかかっていたので、もういちどお目にかかって置きたいと思って参りました。ただ、それだけのことなのです。私はすぐ帰りますが、私の記憶によりますと、あなたはただの一度も、馭者《ぎょしゃ》席に近い方にお坐《すわ》りになっていて、下手《しもて》の席を見てくださいませんでした。」

「まあ、そんなことまで、……」

夫人の顔色に警戒していたものが、ひと皮はがれた。頰、眼、頰のふくれ方も十五年前とおなじであった。

「もう一つはあなたはその往還街道のまんなかの、大野という所でお降りになり、私の月曜日の朝はいつもそこでお終《しま》いになったのです。」

夫人はさらに困惑げな色をうかべた。

色　情

平四郎はこのみじかい対談に、容赦のない時間が経《た》つのを、じりじりと心に感じた。

と、只今《ただいま》とを、ただ、喜ばしくお訪ねしたことで充分なのです、お大事になすって、「申し上げて置きますが、きょうお目にかかって、私があなたをお見うけしたあの時分……」

ずるいのか、多情なのか、平四郎は帽子をとって挨拶をした。平四郎はきゅうにこれだけは言って置きたいと、二歩ばかり格子戸《こうしど》の方に行ってから、

「あなたのお兄さんは平岡葉舟という方で、この土地の新聞社にいられて小説を書いていられました。」

「まあ、兄をごぞんじで、……」

彼女はこういうと、すっかりふだんの顔色にもどったらしく、平四郎はもう一度見ようと彼女の顔を見た。彼女はどこかに見覚えのある平四郎の顔をかんづいたとき、平四郎はていねいに挨拶をして其処《そこ》を去った。美しさというものは一生ついて廻るものだということを、平四郎は嬉々《きき》としてうけとった。何を羞《はず》かしがる必要があるのだ、好きだった人に逢うことは三十になっても、四十、五十、六十になっても構うものか、からだにも、立話一つもしなかった人に逢うことは、逢うだけでたくさんの詩を貰ったようなものだ、その主人だって彼女の話をきいたら、面白い奴がいるものだ、小説家なんて奴はへいぜいの考えの中で、しじゅう小説の中をかつかつと靴音を立てて歩いている奴なんだよ、もうそいつは来ることはなかろうが、お茶に菓子くらい出してやってもよかっ

たね、……

平四郎はどんどん勇気を出して歩いた。逢いたい人のみんなに逢ってやろう、こんな逢い方に法律だってぐずぐず言わないだろう、そして誰でも出来そうなことだが、誰も、ばかばかしがってする人はいない、そんな暇のある人間はいないのだ、だが、お前はたくさんの書物を読むのも結構だが、その前にお前の読む本はもっとある筈だ、平四郎のこんな考えの中にあらわれたのは、例のおとんちゃんという乳母だった。眼のほそい、あるかないかの瞼《まぶた》だけの人である。

おとんちゃんは六十近くなっていた。平四郎が十ばかりの時の記憶では、せまい頰は、いいあんばいに日にやけた色をしていた。糸を繰るそばに、平四郎の或《あ》る日があった。

「わあ、あんた……」

平四郎はあずきの莢《さや》はじきをしているおとんちゃんの、頰の色をおぼえているのは、やはり女としてのおとんちゃんを記憶していることであったろう、この思いはゆだんのならない一疋《ぴき》の餓鬼の性根を、平四郎の反省をうながして来たのである。どこにも覚えのないのに、いいあんばいにこげた頰をおぼえているのだ。全く碌《ろく》な人間になる奴ではない、おぼえ方が、悪いおぼえばかりを持っていた。

お縫

土間の奥に漆塗りの中の引戸があって、其処を開けると、茶の間に人気がなく、手ずれ紺ののれんが下りている。

「ご免ください。」

平四郎はまるで道場破りだ、きょうも昨日もご免くださいという奇体な声をしぼり立てて、そして直《す》ぐに其処を去って居なくなる、……

「ご免ください。」

「はあい、」

のれんから覗いた顔は、たまごなりの顔立のお縫が、すぐ笑ってむかえた。

「あら、いらっしゃりそうなものだと思っていましたが、とうとう、いらしって下すったわね。」

「彼方此方にかおを出していて、一等先に来るべきところが、遅れた。」

「遅れたっていいわ、いらしって下されば、さあ、お上りになって。」

「うん、だんなさんは留守か。」

「だんつくはお勤めだもの。」

「坊やは?」

「お昼寝だわ、お逢いしたかったわ、おしきになって。」

「ありがとう、さて何から話してかかろうかな。」

「こちらも地震ひどかったわ、すぐ、あんたどんなだろうと、すぐよ、すぐ思い出したわ。情が熱いでしょう。」

「おかげで難なく逃げて来られたんだ。」

「かわらないわね、もとのままのお顔よ。」

お縫は前掛を取り、長身の、長い膝をそろえてお茶をいれかかった。この膝を恋うて、この膝にはぐれたのもつい近頃のような気がした。青井のおかつの女友達の娘で、しじゅう家に来ていたお縫は、かんじんな時はうまく外して、むしろ兄の平一を好いていた。とうとう結婚の話を持ちかけても、せめて食べるだけ取って何処かに勤めてさえくだされば、お母さんもいいというのよ、いまのままでは詩人だか何だかお母さんには、詩のことなんか判《わか》りはしないもの、いくら頼んだって受けつけてくれはしないとお縫が言ったから、平四郎はでは君はどんな気なのだ、結婚してからでも勤めは出来るんだから、第一は君の気から聞きたいのだと問い詰めると、横の方を向いて顔色を少し変えた、少し変えたということは、平四郎をみとめることが、いやなのであろうと考えた。ただ、お縫は、だってお母さんが聞き入れそうにしないんだものと、母親にみな悪いところを着せていたのだ。それから平四郎は彼女のところに行かないようにし、上京してりえ子と結婚したのだが、平四郎はそれからずっと会わなかった、そむいた女という憎しみはなかったが、平四郎自身はあまり放埒《ほうらつ》すぎた生活があったので、お縫が聞いてくれなかった方が、彼女のために却ってよい事に思われた。

あやまるひと

「結婚してから見た僕は、どういう男に見えますかね、それをあなたの口から聞きたいんですよ。馬鹿《ばか》で、よく思われたいばっかりに、肝腎《かんじん》なことは何一つ出来ないという、いまどき、こんな男なんて想像もされない、……」

「何にもなさらなかったから、こうしてお目にかかれるんだわ。でなかったらお目にもかかれません。」

「実はあの時分にね、お縫さんに会うと、かえりには芸者買いに行ったものですよ、だから僕には芸者というものを見つめていると、お金は払うにしても、人間としてのお礼は沢山言わなければならない気がしているんだ。」

「そんな事をなすったの、……」

「だってあなたには何も出来なかったじゃないの。」

「ええ、わたくしも何時《いつ》も変なふうにおわかれしていたけれど……」

「それはあなただって気がついていたんだけど、結局、そこまであなたは僕を好きじゃなかったということだ。」

「好きだったのよ、それはあなたがわざと温和《おとな》しくして、いらしったからよ。」

「清潔な男に思われたいばかりにね、ばかばかしい。こうして対《むか》い合っていると、もうお縫さんなんぞ一と掴《つか》みにできそうだ。」

「じゃ、一と掴みになさるがいいわ。」

「もうしたくない。」

「おばあちゃんになっているからでしょう。さんざんね。じゃ、なぜ、いらっしったの。」

「どんな顔をしているだろうかと思ってね。」

「わたくし、どんな顔をしていて、」

「ものわかりのよい顔をしている。」

「たとえば、……」

「何でもいまなら聞いてやるという顔付をしている、怖《こわ》いよ。」

「やっぱり怖いのね。」

「いまはご主人がおありだから、怖さも大へんなものだ。」

話はふっと断たれた。平四郎はそこに不思議なかくごというのか、あとさきを充分に見廻していて、そこから一つの瞬間を抛《な》げ出してもよいという、謝まりが見出《みいだ》された。これは女が持っている、大変大切なものを危険を犯しても、対手《あいて》にくれてやるかなりに高い気持のものだ。どうかすると、ちょっとした遊びにも似ているが、実はそれよりもっと、すぐれた人間のいたわりが性の範囲に及んで来ているものだ、平四郎は結婚を拒絶した女がいまは言葉ではなく、からだであやまっていることをみとめた。それより外に平四郎の貰《もら》う必要なものはない、その言葉のほかに何もいらないと言った。

「僕、そろそろかえりますよ。」

平四郎はお縫の膝《ひざ》をちょっと見て、立ち上った。

お手当

お縫は立ちふさがって言った。

「もうお帰りなの。」

「これ以上いたら何が起るか分らない。」

「何が起ってもいいじゃありませんか、帰さないわ。」

お縫は膝がしらで辷《すべ》り歩きをして、襖《ふすま》の把手《とって》を後ろにし膝の上に平手を確かりと置いて、頑張った。その顔には微笑《ほほえ》みがなかった。

「きょうあなたをたずねて来て、よかった。そんなふうには一度もしてくれなかった。」

「何とでも仰有《おっしゃ》い、そんなつべたいお顔をなすって。」

「むかしのあなたと、いまの僕とが反対の側に立っているんだ、けれど、そんなお縫さんを見ると、僕には十何年か前のむか腹もいちどにおさまるような気がする。」

「帰さないわ、れいたんに何とでも仰有るがいいわ。」

この家の引窓から日の光がかすれ、お縫の笑わないこわ張った顔が、襖をうしろにして頑張っていた。頑張るという形容詞はいやだが、それよりほかに適当な言葉がない、平四郎は言った。僕もあなたも無事にわかれた方がいいのではないか、先刻からずいぶん僕は匿《かく》さずにずけずけ言ったが、そういう物言いもできるということが、お互にからだの方は何でもなかったし、どんなことでも喋《しゃべ》れるような友情がいまでも、あったからではないの、これで僕も薩張《さっぱ》りしたし、あなたもだいぶ落ちついて来たから、このままさよならをした方がいい、どう、判ったでしょうと言った。

「じゃ、もう一度坐って頂戴《ちょうだい》。」

「はい。」

「いらっしゃらなければ宜《よ》かったのだわ、わたくしすっかり掻《か》き廻されちゃった。」

「済みません。」

「ここまで来るとどうにもならないわね。」

「もともとどうにもならないのだ、ただ、お互にいたわり合うためなんだね、僕はもとの僕にかえらないことを知りながら、それに手当をしてやっているようなものですよ。」

「お手当をして恢復《なお》りましたか。」

「なおった。」

「痛むところないの。」

「全快だ、これであなたの事をちょいちょい思い出してゆけるね。こんどは僕の方が危なくなって来た、……」

「だめよ、気を挫《くじ》いちゃ。」

お縫はこんどは、膝辷りではなく立って、襖を開けてとおれるようにしてくれた。平四郎はこうなると、どこかに、ぐずついたねばりがあるのを知った。

「その内、いちど来て下さい。」

「あがるわ、奥さまによろしく言ってね。」

「じゃ、また。」

平四郎は中の戸から土間に立ち、はじめてお縫の顔からこわ張りがとれたのを眺めた。

山河

土塀《どべい》、生垣、古い屋敷風な家、山の見える川べりを歩いていると、平四郎は何処《どこ》かにご免なさいという自分の声に驚いて、立ち停った。何処でも構わずあんないを乞《こ》うて、平四郎の逢《あ》いたい人はまだまだたくさんにいた。或《あ》る家の塀ぎわに桜の花が雲に似てむらがり、その雲の下で平四郎はご免くださいという大声をあげた。そこから、十七ばかりの埴輪《はにわ》色《いろ》をした女の子が取りつぎに出て、平四郎はその女の子の顔がみたいばかりに嘘《うそ》をついたのだ。この間お宅のお母さんに聞いた安持さんの処《ところ》番地をわすれたんですがというと、女の子はいまお母さまはいませんといい、は、そうですかと、目的の女の子の顔が見られたので、悪才のたけた二十歳のころの平四郎はさっさと、桜の雲の下をはなれた。

平四郎はたしかにこの家ではあるが、住む標札がかわっていたので、その家の前を通りすぎた。平四郎はこんどはどこの家を訪ねようかと惑って、河床にむらがる蓬《よもぎ》と野茨《のいばら》を見た。そして平四郎はその川べりを過ぎ、裏町の築地《ついじ》の塀のある一軒の家の前に出た。女の子というものは、その家に一人居れば、きまってもう一人いる筈《はず》の、どこかさかなの姉妹みたいに、二人か或いはもっと多ければ、三人もいるものであった。そこは九谷の赤絵書きの家で、うえの女の子はかね子といって、平四郎とそのかね子の兄貴となにか話をしていると、突然、彼女は兄貴の部屋に這入《はい》ってくると菓子もなにもないわよ、お湯でも飲んでいるがいいわと怒って、もう一度兄貴が菓子をさがして来てくれとたのむと、いきなりくるっとからだを廻し、着物をまくると小さいお臀《しり》をまる出しに、つるっと見せて置いて、ぴしゃんと自分で叩《たた》いて部屋を出て行った。偉大なる反抗なのだ。

平四郎は九谷の赤絵書きの家は平常から礼儀も正しく、かね子も温和しい娘であったので、驚いてちいさいお臀を永いあいだ覚えていた。その頃の女の子はパンツというものを、はいていない、まくればまる出しになるものであった。かね子は十五くらいだったが、そんな突拍子もないことをやって退《の》けることは、ちょっと想像も出来ないことである。よほど、朝からくさくさしていたものにちがいなかった。平四郎は女の子の十五くらいのときには、どうかすると、そんな奇想天外の行為がその兄弟の間に限ってしめされることを知ると、山河の荒漠とした故郷の風景が、みるみる生きてくる思いがして来た。

「ご免ください。」

その少年の折の友達はとうに死に、そしてかね子も、その妹も死に、母親も父親もみな肺で死んでいた。そこにあらわれたのはこの家を買って来た、在所の人らしい訛《なまり》で皆さんが亡《な》くなられましたと言った。するとかね子一家の印象は平四郎の眼には、瞬間にして消失したが、ただ見えるものは十五歳のお臀ばかりであった。

下駄の誘い

平四郎は香林坊という盛り場の芝居小屋の前で、足を停めた。いまは劇場という名前だが、古くから、芝居小屋といわれているのは、徳川期に河原に小屋を建てて芝居興行していたものが、言いならされて今日でも芝居小屋といったものであろう。そこに一幕の立見場があり、丸太の柵《さく》で場内との区別がされ、四囲悉《ことごと》く板囲いで、牢屋《ろうや》の陰惨さがあった。昼間はほんの十人くらいの客で、それらの客は心に屈託と憂鬱《ゆううつ》を持った人ばかりのようであった。此処《ここ》では他人に顔が見られることもなく、程よい薄ぐらさがあって、柵にもたれて居睡《いねむ》るには手ごろだった。近在からの家出人とか集金の帰りの小僧さんとか、何処も明るくて遊びに行けない人とかが、くさくさした顔付で芝居を見ていたのである。

歌舞伎座《かぶきざ》を小型にした場内は、平土間、桝《ます》、二階の雛壇《ひなだん》には芸者が鶴《つる》に似た長い頸《くび》を、あざやかにひん伸している情景は、相当にぜいたくなものであった。平四郎は時たまこの牢屋をおとずれ、むなしい青年の幾日かをすごした。そして或る日平四郎はこの牢屋の中で面白いものを見た。それは今、きょうも市中をぐるぐる廻っていて、此処で足を停めたとたんに、平四郎の頭に悲しい片方の下駄が、川づらにうかんで流れてゆくごとく、ぽこんと浮いて来たのだ。その日、平四郎は板囲いにそうて立っていた。そしてすぐ近くに一人の若い男が立ち、その右側にわかい女が見物していた。平四郎はその男がもじもじやっているので気が奪《と》られていたが、手はきちんとあるところにあって、いたずらをしている気色も見えない。だが、そのもじもじは足もとにあるらしい原因だけが、平四郎にわかっていたが、足は平行していて些《いささ》かも乱れていない。

人間は性戯の叙情を自らこころみようとする時には、どんな馬鹿でも、天才のひらめきを見せるものであって、その点では人間のすべては天才の描写を持っているものだ。平四郎はその若い男がときどき下駄を脱いで、お隣さんのご婦人の足の上に、柔らかに乗っているのを遂《つい》に眼に入れた。そして彼は片足で立つ均勢がくずれようとするとき、その足を引いてもとの位置にかえっていた。若い男の顔は舞台の方に向けられていて、これまた、なにごとも世界に起っているふうには見えない、女の人も身うごき一つしないで、時はあぶらの垂れるゆるやかさで過ぎた。うしろに十万の人戸を持つ都会と立見場の、くぐり戸がその都会と立見場を劃《くぎ》っているのである。雑誌も小説も映画もない時代の天才連には、このように謙遜《けんそん》と隠匿《いんとく》のあいだに物語を綴《つづ》っていたのである。

平四郎は五分間も立見場にいないで、街路に出た。よごれた片方の下駄が頭の中にがりがり引っかかり、平四郎はその下駄を引摺《ひきず》り出すために、やたらに頭を振って歩いたのである。

死刑執行人

平四郎はなぜ母といわないで青井のおかつというのか、平四郎は年をとっても母とはいわないで、やはりおかつという名前を口にしていた。この頑固な平四郎にはまだ母とはいいたくないものがあったのだ。七十近くなった老母は或る時、子供を育てるには一等控えなければならないことは、どういう事かという平四郎の質問に、すぐ考える間もない早さで彼女は答えた。

「威《おど》かすことが一等悪い、決してどんな事があっても威かしてはなりません。」

「たとえば、突然、わあと言って暗がりから飛び出して脅かすことですか。」

「それもあるが、たとえば酷《ひど》い目にあわせるぞとか、そんなことを言う事や。」

平四郎はもう解《わか》ったような気がした。この母はさんざ平四郎を威かして置いて、つねにその結果を見続けていたのだ、或いはその威かしの利《き》き目が、どんなに大きいかをちゃんと知っていたのである。併《しか》し平四郎はこの人を威かそうとはいちども思ったことがない。

平四郎はこの母の素性を知ることを自分からすすんでしなかったが、或る日川べりを平四郎の家にむいて歩いている青井のおかつを、擦れちがいに見ていた人があった。その人はただ驚いて身なりもととのうた母を、わざわざ後戻りまでしてその顔を見直した程だった。紛れもない青井のおかつが砂利道の歩きにくい処を、じゃり・じゃりと砂利にくわれた履物を引摺って歩いていた。

この人の驚きは何度も、その言葉をくり返すことで呆《あき》れはてたものらしい。

「あの女はまだ生きていた。青井のおかつがまだ生きていたのだ。」

この人は七十幾つかで、殆《ほとん》ど乞食《こじき》のような身なりをし、顔は老醜の極端な三角面《づら》をしてやっと歩いているくらいであった。旧藩時代の処刑執行人のなれの果だったのだ。幾百幾千の人間がこの人の手によって斬首《ざんしゅ》され、あらゆる処刑をした「くびきり」だったのである。この人の相棒は何人いたか判《わか》らない。この人の上に立つ本間左門の一閃《いっせん》のわざは、たいてい仕損じることがなかった。左門の収入は相当あったものか、この人は左門に尾《つ》いて酒席も倶《とも》にしていたし、何時《いつ》も相互に処刑場で煙草《たばこ》を喫《の》んでいた仲間であった。この執行人が一生に先《ま》ず驚いたことで青井のおかつと擦れちがいになる程の、大きい驚きは先ずなかったらしい、おかつは全然、気付かなかったし、いまどきこのような人物がしかも擦れちがいになったことなぞ、どんな奇蹟《きせき》があっても、これだけは信じられぬことであった。

その眉《まゆ》も眼も、ひとつの顔のながれにあるだけの醜い老人は、また後戻りをしはじめ、平四郎の家の門に這入ろうとした間際に、やっとおかつに追付いた。

乳母車

もとの処刑執行人はかすれて、響のない声で、幾らか控え目がちに言った。

「青井さん、暫《しば》らく。」

青井のおかつは振り向いたが、顔は何の答えもない穏当なものだった。

「誰方《どなた》ですかね、どわすれしていまして。」

「わしですよ、本間左門さんの相棒の渡瀬兵馬です。どうも似たお人だと先刻から思っていたんですが。」

「本間左門のお仲間ですか。」

おかつは余りに大きい驚きが、却《かえ》って呼び停められた以前のままの状態に続いているので、顔色もかわらなかった。

「まだあんたがお達者なので急に呼びとめたんです。」

「あ、渡瀬さんでしたね。」

やっとおかつは、兵馬の皺《しわ》だらけの顔に眼をとめた。猛犬の逞《たくま》しさを持っていた兵馬の顔は、ふやけて、忌《いま》わしいへつらいを見せて言った。

「此処はあんたの家か。」

「ここは息子の家や。」

「あんたには息子なぞなかった筈だが、育て子か。」

「手塩にかけて育てりゃ息子も同じじゃ。」

「こんな大きな家に住む息子なんて師団長か県知事やないか、道理で朝髪を結うてござると思った。」


おかつはむっとして言った。

「県知事が何んや。」

「あんたは景気は好《よ》さそうだが、県知事より立派な息子さんのお宅でお茶でも、招《よ》ばれたいものだが、……」

その時、下の橋を渡り、同じ土手を来る平四郎らしい姿を見ると、こんな男と話している処を見られたくない気持が、突然、久しぶりにおかつの烈《はげ》しい性質を見せた。

「で、何の用事があるのや。」

「お茶を招ばれるだけじゃ。つい、昔なじみで、なつこい気がしての。」

「お茶なら寺町にお出《いで》。」

「寺町の何処や。」

「もう行ってくだされ、わたしゃ昔友達には会いたくもないのだ。」

青井のおかつは、門の内がわに足を踏み入れ、渡瀬兵馬がなおしつこく話しかけようとする機会を、潔《いさぎよ》く振り切った。

「なるほど、本間左門の眼の玉をくりぬいだ女の果としては、えらい出世じゃ、切角、人間なみに暮らさっしゃい。」

怒るにも怒り切れない妙な老醜者は、やっと門からはなれた。その時はもうおかつは、硝子《ガラス》格子《ごうし》の四枚戸の内側に這入って了《しま》った。渡瀬はその二階を見上げ、庭を覗《のぞ》き、出してあった皇太子がはいるような乳母車に見とれ、茫《ぼう》乎と呆れはてた眼をただ四辺に、とどめるだけであった。

左門の喉《のど》

渡瀬兵馬はもとの土手べりに、ひょろつく足つきで出て行った。そしてしつこく解きようのない自問自答で、世の中には不思議なことがあり余るほどあるものだ、あの女がまだ生きていたのだ、大たぶさの島田髷《まげ》をへし潰《つぶ》して茶碗《ちゃわん》酒をあおり、喉もとからあぶらぐんだ白い肩先まで出して、いやなら帰れ、いたけりゃいろと歯切れのよいところを見せた、本間左門の色女が生きていたのだ、あんたが首切りの名人なら、わたしゃ縊《し》め手の名人だと酔っぱらうと左門の喉くびを締めていた。さすがの左門も、うんとも、すんとも言わないでただ苦しそうに、よせ、よせというだけの、男の上に馬乗りになって首を締めていた青井のおかつが、まだ達者で生きていたのだ、これはまるでありそうもない話だが、いま其処《そこ》であの女を見たのだ。

ああいう恐ろしい男に身をまかした女が、身ぎれいにして今もまだ生きていた。わしの顔を見ても何一つ取りつくろうふうもない、平気さでいたのだ。

渡瀬兵馬は土手の上に腰を下ろし、がくがくする膝頭《ひざがしら》の病むのを、平手で揉《も》みほぐしながら言った。

「さてと、ああいう女がまだ生きていて、おれは食うや食わずにいるのに、あのばばあは髪も結う身分でいることは一たい、どういうことだ。」

死刑執行人は間もなく土手を、中風病みのたどたどしい足つきで歩いて行った。しかも、まだ充分にある話を打切って、さっさと格子戸にすべり込んだ手際《てぎわ》のよさはどうだ、ちっとも驚かないで、他人事《ひとごと》のように耳を反《そ》らしていたありさまはどうだ、何という倖《しやわ》せな罰当《ばちあた》りだろうと、兵馬はその時散歩がえりの平四郎と殆ど、真正面に対《む》き合って歩いていた。

平四郎はこの男が母と立話していた事、立話から身をかわした母が再度《にど》と門前に現われなかった事を、先刻からずっと眺めていた。しかも、この老人の顔をすれちがいに眼におさめたとき、普通の年よりに見られない落ちぶれかたが、凹んだ眼のなかからまだかすかに、どうかすると現われる習慣の惨忍《ざんにん》みたいなものが感じられた。平四郎はこいつを生け捕ろうという気が、たちまち頭のなかに生じた。

「あなたがいまお話になっていた青井さんをごぞんじなんでしょうか。」

渡瀬兵馬の直覚は、すぐあの家にいる息子とやらいう、貰《もら》い子だということを知った。

「あんたは青井のお息子か。」

「息子です。」

「実はおかつさんとは昔なじみでな、きょう偶然に会ったけれど対手《あいて》にしてくれないんですよ、わしは落ちぶれた恰好《かっこう》なものだから、すっかり嫌われました。」

兵馬の顔は近くからは、馬のあしの裏のようにがたびしして見えた。

笑わない人

平四郎は煙草を出してどうぞと、兵馬にすすめた。兵馬はそれを甘美《うま》そうにふかした。

「あなたとどういう関係なんですか。」

「こういう事をあからさまに言うのも何ですが、わしの友達でな、本間左門という昔の同役がいやしたがね、その左門がえらいおかつさんを好いてな、ただ、それだけの事ですよ、わしの口から言うのも何だが、おかつさんは、威勢が好くて肥《ふと》ったどえらいねえさんでした。」

「どうですお茶でも、」

「いや、いや、あんたと連れ立って行ったら、おかつさんにいやがられる一方だから、切角だが止《や》めましょう。」

平四郎は声を潜めていった。

「あなたは昔、どういう藩の仕事をしていた方ですか、もし、おいやでなかったら仰有《おっしゃ》ってください。」

「わしどもは処刑の執行官ですよ、こんなことは言いたくないが左門は左突き、わしは右突き、十年もその仕事を続けて来たのですが、だから落ちぶれて乞食同様に暮しているんです。」

平四郎はやはりそういう仕事をしていた老人かと驚かなかったが、それだけに全身はこの男のよごれ垢《あか》じみたものが、飛びついてくるような気がした。

「左突き、右突きとはどういう意味ですか。」

「これは失礼、つまりはりつけの突槍《つきやり》のことです、いや、もう遠いことですがな。」

平四郎は母の秘密を知るこの一人の男に、間もなくわかれた。兵馬は呼び止めて言った。

「おかつさんにはそんな話はしないで下さい、わしも年甲斐《としがい》もなくつい喋《しゃべ》ってしまいましたが。」

平四郎は肯《うな》ずいて見せた。兵馬は平四郎が門の前で振りかえったときに、まだ、土手下をのろのろと歩いていた。

青井のおかつは七十二で死んだ。

臨終は四日間も永く続いた。兄の平一は母がごろごろ喉を鳴らすと、そりゃ今だと言ったが、やはり息があった。平四郎は平一に言った。

「僕は母の笑い顔というものを見たことがほとんどないね、何時もまじめくさって、何やら考えている、愉《たの》しそうに笑った顔を見覚えていないね。」

「この人は笑いたくても笑えないんだよ、若い時分にみんな笑い尽してしまったのかも知れないな、おれも笑った顔を見たことがない。」

「われわれ兄弟にとってはこの人は偉人烈婦だよ、われわれは偉人に育てられたのだね。」

平四郎はいまになると、生みの母よりその生涯に偉いものをたくさんに持っていたような気がした。この人に叩《たた》きのめされなかったら、今日の平四郎が出来上らなかったかも知れない、つまり何事も突きこんで来ておしえた不滅の教師みたいなものだと、平四郎は頑として言った。

初め山田屋小路にある広い家に住み、居間ががらんとしているので、川御亭という前に小川のある家に引越して冬を迎え、さらに大河を前にした町に移って住んだ。三度引越したこの家で、杏子は這《は》い這《は》いができるようになり、こんどは右と左の肩を振って歩き出した。平四郎はこの不思議な人間の子が、なんにも自分の考えをもたないくせに、自分で歩けたことを嬉《うれ》しがってきゃっ・きゃっと声を立てて笑うのに、つい引き込まれる平四郎自身も、だらしなく笑っているのに気づいた。

或《あ》る男が来てつくづく言った。

「君はいまに見ろ、娘の後に尾いてステッキを振って歩いて、男を追い払うつもりだろう。」

或る朝のことであった。

平四郎は杏子を乳母車から抱き上げ、抱きかえようとしたはずみだった、杏子は頭が重いので真逆様《まつさかさま》になって落ちようとして、あわてて抱き止めたことがあった。平四郎はそれから杏子を抱くことを怖《おそ》れた。次ぎにどういう失敗をするか判らなかったからだ。

平四郎は一年近く滞郷していると、東京という仕事の中心をはなれた、たよりのない、皆にわすられはしないかという弱気を持ち、ぐずついていると雑誌や新聞から原稿を頼んで来なくなるぞという、そんな不安な気がし出した。この憂鬱《ゆううつ》が平四郎に油断出来ないものを教えた。

五月の或る日、芥川龍之介から電報が来て、あすあさ着くとあった。金沢へはきっと行くという約束を、芥川は果たすために遣《や》って来たのである。

停車場に行くと、寝台から降り立った芥川は、反対の二等車の窓を覗いて歩いている平四郎を、芥川らしく、此方だよ、と呼んで降りた。

「夜中に話をする男がいてね、まるで睡《ねむ》れなかった。」

しばしばする眼付をし、小さい四角の粗末なトランクを一個軽々と提げていた。自動車に乗ると、これ海苔《のり》だといい、小さい罐入《かんいり》をトランクから取り出した。

自動車は朝のしんとした町を馳《はし》った。

しんとした町に、登校の女学生達が通って行った。

「あれは女学生なんだね。」芥川はなおよく見て言った。「みんな腰がまがっている。」

「東京の女学生は上向きに顔をすえて歩くが、金沢の女学生は高層建築なぞないから、水平に顔をすえて歩くんだ。」

「ありゃ何だ。」

「浜の女のさかな売なんだよ。」

「はあて、と、電車はないのか。」

「まだね。」

「君はいい処《ところ》にいるね。」

芥川は窓硝子の外に眼をはなさないで、町々の朝景色を眺めた。くるまは兼六公園に着いたが、乗ってから何分も経《た》っていなかった。

白い桔梗《ききょう》

公園の翠滝のうえに、三由庵の別荘があったが、ふだんはつかっていない。楓《かえで》と松と椎《しい》のわかばにつつまれた、うすぐらい座敷に通ると、ひやりと動かない空気が人肌を刺して来て、芥川はくさめを何度かした。

「これは僕に過ぎものだ、どうして借りたのか。」

「末翁という老俳人がいてね、その人が世話をしてくれたんだよ、臨時に県庁から旅館の許可を取ったんだ。」

「県庁から？」

「そんな話なんだ。」

「冷えるね、此処《ここ》は、しんしんとして冷えるな。」

滝の音が、すぐ障子とすれすれに、ひびいていた。

「ここは一たい、ひと晩幾ら払ったらいいんだ、これではまるで一軒家だね。」

八畳と四畳半打通しの座敷に次ぎの間があって、風呂場《ふろば》に脱衣の部屋が三畳、それに女中部屋がついていた。

「一泊十円のように聞いていたが、十五円も取るかな。」

「この屛風《びょうぶ》だって大したものだ。」

南蛮船の六枚折が、壁ぎわにあった。

夕方、二人は寺町の鍔甚《つばじん》という料理屋で、飯を食ったが、間もなく桔梗という芸者と、しんきちという妓《こ》と小仙というこれも西の廓《くるわ》の女達が来た。彼女らは平四郎と芥川の間に、小さい膝を割りこませ、どの妓も、下唇にちらっと口べにをさしているが、上唇にはさしていない、桔梗という妓が白檀《びゃくだん》の香《こう》を指先でもんで、これ、いま頂いたばかりですけれど、聞いていいでしょうかと言った。

「聞こうかね。」

芥川はまじめにそう言ったつもりだが、桔梗はそれを皮肉にうけとり、指先を煙草盆《たばこ》の火にあてがいながら、

「生意気をいって済みません。」と詫《わ》びた。それは香を聞くといったからである。

その詫び方がたいへん美しかった。

「この人達は名妓《めいぎ》ばかりらしいね、君はまたひよわそうだな、手なんかそんなに繊《ほそ》い、白桔梗だね。」

桔梗ばかりでなく、これらの名妓達は、それぞれに旦那《だんな》があって、衣裳《いしょう》から平常の物入りを負担して貰っていた。それも抱え主に直接手渡しするので、彼女らは女中をつかって生活の苦労のそとにいた、全く彼女達は美しくさえなればよかったのだ。すうと酒席にはいり、時間が終るとすうと畳をすべって去って行った。衣裳がすべるのか、女がすべって行くのか、彼女達はすべって這入《はい》り、すべって去った。

だいぶ経つと、桔梗は芥川の名前を言い当てた。

「小説をお書きになる、あくたがわりゅうのすけさんでしょう。」

さすがの芥川も酒を呑《の》まないので、てれて、ふうむ、金沢って遊ぶのにいいなあと、平四郎に言った。

よせがき

ちいさな鮎《あゆ》が膳《ぜん》の上に出て、食べるにも、食べられぬ可憐らしさだった。

「東京のごみごみした処から来ると、隔世の感があるね。」

芥川はいまからおれの宿に、みんなで行こうじゃないかと言い、三人の芸者達は帯の後ろに手をやって、身支度をするために立ち上ると、芥川は長髪を額の上にちょっと乱して見せ、突然、わあ、と言って脅かして見せた、三人の女達は固まって不意の叫び声を出して、長身瘠軀《せきく》の芥川の青い顔をちょっと気味悪がった。

自動車が市街の中央をよぎって真暗な公園にはいり、三由庵の坂下で停ったが、暗いので段々がのぼれなかった。白っぽい座敷着の女達のすがただけが、ふわふわして、おねがい、威《おど》かさないで、と芥川に甘えて彼女達は言った。

この皆の声を聞いていたのか、別荘の段々から弓張提灯《ゆみはりぢようちん》の迎えの人が、段々を下りて来るらしく、提灯がゆらゆら揺れて見えた。

花札を引くことになって、桔梗が付添いの老女中に花札はないかといい、花札ならお母屋《もや》にあると、おばばはまた提灯を持って、段々を下りて行った。平四郎はそのおばばと連れ立って、待たしてある車で戻った。

翌日、昼過ぎに行くと、芥川は汽車の疲れと、睡眠不足で黄みをまぜた頰をなでながら言った。

「とうとう夜明ししちゃった。それにあの滝の響でねつかれなかった。」

芥川は襖《ふすま》の方を見てひそひそ声で言った。先刻ね、お湯にはいっていると、いままで人がいることに気付いていない僕は、あのおばばが突然、

「お湯加減はいかがでございます。」

と、ふいに煙突の横から顔を出されちゃって、風呂場の中はくらいし驚いちゃった。あんな喫驚《びっくり》したことがないと、そういう不意の事に驚きやすい芥川は、どうも、あのおばばは怖いと言った。

「この別荘も怖いね。」

老樹の幹が見え、昼間でも電燈《でんとう》がないと物が読めない座敷に、ほんの、少しばかり零《こぼ》れてくる程度の日の光までが、黄燐《おうりん》をともしているようで、かび臭かった。

その夕方は町の中にある北間屋というお茶屋で、夕食をたべた、きのうの女達が来て、酒をつぎ飯のお給仕をした。芥川は帰りは京都に行くといって、妓ども達によせがきを書かせた。平四郎は俳句を書いた。その日から二日ほど後に、京都に行った芥川はお茶屋から、京都の妓ども達とよせがきを書いて、桔梗宛《あて》に送って来た。

京都の女だちは、あなたがあまりにほそいからだをしていらっしゃるそうで、芥川さんはなが生き出来ないと心配していると書いてあった。そして、この桔梗は二十六で肺で死んだ。

かなしみ

「どうしてこんなに蜂《はち》が来るのか。」

「誰かが近くの蜂の巣に悪戯《いたずら》をしたらしいね、今朝から死物狂いになって、硝子戸《ガラスど》に打《ぶ》つかって来るんだ。何処《どこ》かに古い蜂の巣があるんだね。」

毛の生えた赤い大蜂が、威勢好《よ》く、硝子戸に体当りでかちん、かちんと打つかって来ていた。

「昨夜ね、あれから帰って、この二階で僕は何時《いつ》も一人で寝ているんだが、床に入ってうとうとしていると、表で、ごめんなさいという声がするんだ、君からの使かと思って、梯子《はしご》段《だん》をそっと下りて、玄関から表に出てみると、一人の男が新聞紙包の中から下駄《げた》を一足取り出してね、もしや下駄がかわっていないでしょうかと言うんだ、よく見るとその男の持って来た下駄は僕の下駄だったので、僕はきちがえた下駄を返したがね、夜中に下駄一足で人を起すところにも、土地がらがあるね。」

「君の奥さんは出なかったのか。」

「僕が梯子段を下りたときに、階下で起きましょうかと言ったから、いいよといって起さなかったんだ。」

「外のお客さんの履物だろうが、それで行状がばれるので急使を立てたわけらしい。」

「かなしい話だな。」

「かなしいね。」

「時に桔梗ご殿というものも、かなしいご殿だね。」

昨夜、芥川と西の廓の通りを歩いて、べに殻塗りの貸座敷の町を見て、しまやという家にあがり、桔梗が衣裳などを置いてある、奥の建て増しのいわゆる桔梗ご殿を見たが、まだそんなに暑くもないのに、すだれが下がっていた。利口で美貌《びぼう》の桔梗も、そういう建て増しの自分の部屋を喜ぶというところに、女気の、こんな商売の沁《し》み込みがあって、見ていてあわれだった。

その夜、芥川は京都へ立った。君、茶代を幾ら置いたらいいか、二人で相談して三十円置くことにした。そして停車場に行くと、三人の妓ども達も来ていて、すみの方に小さくなりそれぞれに、小さい菓子折のおみやげを提げ、それをどういう手蔓《てづる》で渡したらよいかに、まようているらしかった。

「菊池は千駄《せんだ》ヶ谷《や》に大きい家を買ったから、君の家はいつでも明け渡すらしいよ。」

「それは有難いな。」

「例の猫は行方不明だそうだよ、とにかく何時帰るんだ。」

「冬までいるつもりだ。」

「では冬までに家の方を明けるように言って置こう。」

汽車の窓先に、彼女達はそれぞれのおみやげを出し合った。芥川は思いがけない物をそれぞれの人から受け取って、愉快に笑った。

家

眉《まゆ》

まだ夕食に間のある頃である。

杏子は門の潜《くぐ》り戸から、通りに遊んでいる友達が向側の垣根にいるので、そこへ起《た》って行こうとしたとき、上手《かみて》から馳《はし》りつづけて来た一台の自転車に、あっという間に引っかけられて了《しま》った。道路に打倒《ぶったお》れた杏子の泣き声に、平四郎は表に飛び出して見たが、左瞼《まぶた》上から眉にかけた擦過傷から、血がにじんでいた。

「しまった、大事なところに傷をつけて了った。」

りえ子が夕食の料理をしていたのであろう、手を拭《ふ》きふき出て来た。

「眼はどうだ、眼を開けてごらん。」

杏子はとじていた眼を開けた。すこしの異状もなかった。

「もちょっとで、眼をやられたところだったね、眼でなくてよかった。」

「ほんとに眼でなくてよかった。じゃ、わたくし宮内さんにすぐ行くわ。」

「消毒だけはして置かなくちゃ、……」

りえ子は消毒した脱脂綿をあてがい、杏子の手を引いた。杏子は大人がさわぐ程、傷の事なぞ気にしないで元気で言った。

「行ってまいります。」

自転車で引っかけた男は、寧《むし》ろぽかんと立っていたが、にわかに自転車を道路の真中に引き出していった。

子「これにお乗りになっていただきます。」

「君は黙っていたまえ。」

平四郎は杏子とりえ子の後ろすがたを見ていると、にわかに夕方のくらさが、人の不幸につけ込んで、近づいて来るような気がした。平四郎は最初引っかけた自転車の男に、っ君はしばらく其処《そこ》にいろといった時から今まで、この男が相当懲《こ》らされていることを、その顔色で知った。

「君はもう帰りなさい。」

「出合がしらで何とも申訳ございません。」

「以後、気をつけたまえよ。」

自転車の男は去り、りえ子は杏子の瞼上に繃帯《ほうたい》をして医院から戻って来た。

杏「二た針縫っていただきました。」

「二た針だとすると痕《あと》がのこるね。」

「宮内先生はまだ子供さんだから、傷あとなんか残るもんかと仰有《おつしや》っていらっしゃいました。」

平四郎はこの六歳になる、ちんぴら娘に言った。

「どう、痛むかね。」

「なんでもないわ、ちくっとするだけだわ。」

「ハンドルで眼を潰《つぶ》されたって潰され損だ、よかった、これだけで済んでよかった。飯だ。」

にわかに腹がすいて来て、電燈《でんとう》の明りが眼一杯に、ぱっと映って来た。

「おはこびするわよ。」

ちんぴらは元気で、母親の方に行った。

熱

併《しか》し熱は杏子が寝てから、出た。こんな僅《わず》かな傷にも、熱が出るものかと、平四郎は額に手をあてて見た。酒の好きな平四郎はどんなに酔ってかえっても、先《ま》ず、二人の子供の額に手を当てて見て、発熱の有無を手のひらでしらべていた。それは熱のあるときは気のせいで当るのか判《わか》らないが、発見はいつも平四郎の役目であった。何でもない日でも、平四郎は自分の仕事がうまく行かないと、熱だ、熱を見るぞといいながら仕事の不安を子供達の熱と平行して考えて行った。杏子も、平之介《へいのすけ》もそう呼びつづけている平四郎の眼の前に、額だけをさし伸してその時は極めて神妙に、この厄介なしんけい質なおやじの眼を、上眼で見上げていた。

　そして平四郎自身も、それがきょうの厄難のがれのような大声で、特べつな大声で愉《たの》しく言った。

「熱はない、及第だ。」

　だが、平四郎はそれを再度《にど》もくり返して見て、ついに検温器で診《しら》べてみるが、熱があるとみればきっとあったし、ないときは、なかったのである。それらは家庭も穏かだしお天気の好《よ》い日に、杏子も、平之介も何処《どこ》から貰《もら》って来るのか、あつい熱を何でもない日に持っていた。すぐ床をしき医者を呼び、面白くない顔付で平四郎は坐《すわ》っていた。この面白くない顔は八年前に長男を死なせたときから、平四郎の顔のうら側にこびり付いている、もひとつの平四郎の顔つきであった。長男が死んだときに腹が立って、何故《なぜ》生きるちからがないのかと、罪のない子を叱《しか》り飛ばしたかったのだ。正直な父母というものは心で赤ん坊を叱りつけないものである。余りに早く死ぬことのだらしなさが、それが、たとえどのように柔弱な赤ん坊であっても、父親は一応怒ってみなければならないものである。

杏子の熱は翌日には下がったが、きょうは幼稚園に行かないことにした。恰度《ちょうど》、何時《いつ》ものように芥川龍之介の次男であるたかしが、夫人と一緒に登園の誘いに来て、りえ子は事の仔細《しさい》をのべた。ほんのちょっとの間、飛び出した出合がしらに傷にされてしまったんですと、りえ子はいった。

「おあとがのこらないでしょうか。」

「二針縫ったんですが、……」

杏子はたかしと何か話をしていたが、芥川夫人はでは二、三日お誘いいたしませんといって、帰ったが、杏子は、つまんないなあと言って、たかしの後ろ姿を見送った。君、幼稚園も一緒の聖学院だから、誘うように家内に言って置くよ、と、芥川はいっていたが、道順も都合がいいので、毎日寄ってくれたのである。このたかしは芥川よりも夫人に似ていたが、大戦に捲《ま》き込まれて戦死した、芥川はずっと前に亡《な》くなっていたから、その戦死は知っていない、知っていたらどう言うだろうか。

髪

平四郎は考えた。

おれは一人の女を自分の好みにまかせて、毎日作り上げようとしているのではないか、それは自分の血すじを引き、自分からわかれて出たものを、これまで生きて見て来たあるだけの美しい女に、つくり変えようとしているのではないか、そしてそれを世界に見せびらかす前に、平四郎自身がつくづく美人だということを知りたかったのだ、美人というものはどういうものであるかを、平四郎は自分の肉親の子供に知りたかったのだ、美女を持った父親というものの倖《しゃわ》せが、かねがね、平四郎の眼にしたところによると、ちっとも、美人というものを問題にしていない、開け放しの大きさをその父親が持っていたからである。茶の間から書斎へ書斎から茶の間へ庭へ、というふうに、平四郎の言いつけなら何でも聞いてくれる、娘という妻でない一人の女が家の中に生きていることを、平四郎はいまは居て貰わねばならない気がしていた。

　杏子が理容店で髪をかってかえると、平四郎はぴかぴか光る鋏《はさみ》を持って縁側に出て、床屋だ床屋だと呼びつづけた。杏子は何時ものくせを知っているし、りえ子も例のくせがはじまったと、白い被《おお》いを杏子の胸から膝《ひざ》にかけ、杏子はおとなしく縁側に足をぶらんぶらんさせて、鋏の加わるのを待っていた。理容店は何時も長めに刈るし、おかっぱの前髪のそろえ方が、時折、ささくれ合って整うていなかった。

　平四郎はひとり言をして鋏を手に取った。

「つまりおかっぱという奴《やつ》は、眉とすれすれに刈られていてだね、何かの返事をするときに眉をあげると、眉がかくれてしまっておかっぱの下に、眼がぱっちりとじかに現われて来る、美事《みごと》さがあるものだ。だから前髪が作る変化というものは微妙なものさ。」

平四郎はまた低声《こごえ》になって杏子に言い聞かせた。眼をとじているんだよ、開けちゃいけないよと、どうかすると、鋏の走り工合が髪の端では、はすかいになりがちだった。それをなおすためには、髪はこまかく切るようになり、何時の間にか被いを外した、杏子の膝のうえにこぼれて行った。平四郎は髪というものの切れ屑《くず》が、理容店では何とも感じないが、杏子のひざのうえに落ちているのを見ると、可憐《かれん》なものに思えた。膝ばかりでなく眉にも頬にも、かかっていた。それをていねいに抜きとると、おかっぱは、一分のちがいや、ささくれがなく一すじの線を引いて見られた。

平四郎の床屋さんの仕事は毎度のことだが、僅か六歳の子を引立てるためにおれは何という煩《わずら》わしい事をやる男か、と、しばらく、その後で呆《あき》れるような気がしていた。併しわずかな手数で見違えるようになれば、なにも、その事でこだわらなくともよいと思った。

うすもの

女の人というものは、裸になってお湯にはいることは勿論《もちろん》だが、べつの意味で、着物でない着物を一枚着て、お湯にはいるような気が、いつも平四郎に感じられた。男に見せないための、こころ構えのうすいきものが、その眼配りのあいだに着ているようであった。だから裸体にはなっているものの、外から考えると、きちんと、うすものを着ていて、そのため滅多にほんものの裸を見せないものである。それほど大事なものなのだ。だが、小さい杏子はそういう心のきものを着ていないので、お湯からあがり、タオルですっかりからだの湿り気をふいて了うと、一応跳るような恰好《かっこう》をして、茶の間の入口まで勢いこんで飛び出して来るのである。お湯からあがった上機嫌と勇躍が、茶の間に人がいなければ其処をぐるっと一と廻りして、はねくり返り、居合せた平四郎に見付かったりすると、も一度、はね返ってふざけて見せるのである。それは殆《ほとん》どお湯にはいれば、すぐ着物をきる前に、一応、ふざけて飛び廻ることは毎日のことであった。これは成長というものの、こまかい喜びであったのであろう。そのたびに平四郎は杏子のはだかを見ていた。乳房もお臍《へそ》も、手も足もあった。けれども性器というものは見えない。それは平ったい鳥の子餅《もち》のようなものであって、それだけの物が股の間にぺちゃんこに食っ付いているにすぎないが、それだけに大へん美しい感じのものであった。裸を見るとなんとなく其処を見てしまう、よその父親というものはそんなところを見ないものであろうか、見ても、特に清いものだということを口にしないが、やはりその思いがあるのであろう。かれら多くの父親は偉大で立派だし、こんなことをくどくどと書かねばならない莫迦莫迦《ばかばか》しさを持っていないのだ。だが、平四郎はこのばかばかしいことから、決してばかばかしくないものを見付けていた。これらのものが成長すると、人間の最大な約束をはたさなければならないし、約束のあるときまでに人間をまなぶ重い責任を持つようになる、鳥の子餅はただの清い鳥の子餅だけで、終ることが出来ない、鳥の子餅は粧《よそお》いをもたなければならないし、たくさんの年月をむしゃむしゃ食わなければならないのである。だから、当然父の前であっても着なければならない心のきものは、まだ、鳥の子餅は着る必要がない。

「いまだめよ、はだかなんだから、いらっしっちゃ困るわ、でも、すぐ着るからそこで待っててよ。」

こんな入浴後の言葉が、十年後の浴室の脱衣場で、下着をつけているらしい俯向《うつむ》き加減の含み声で呼ばれる、そして鳥の子餅はお湯にはいるときも、皆さんのように例のうすい物を、一人前の女として着用し、入浴しているのである。恐ろしいのは鳥の子餅の未来である。

抱かれる

餡《あん》の物、バナナ、大豆、南京豆《ナンキンまめ》、そんなものは食べさせてはいけない。平四郎はまた、よそから貰った物はすぐ食べさせないことにしている。

平四郎はよそからのおいしい餡のある菓子を杏子の手から、取り上げた。杏子はおいしい物がたべられない悲しみを現わし、平四郎はまずいビスケットをその代りに与え、一日でも杏子のお腹《なか》の心配を取り除くために、危ないものはみな取り上げていた。取り上げたものの食物の悪い原因で、この子供を殺したくなかった。

或《あ》る親しい詩を書く友達が来て、なんとなく言った。

「杏子ちゃん、いらっしゃい。」

杏子は飛んで行くと、客の膝の上に、後ろ向きに客の胸に自分の背中を食っ付け、ぽこんと乗ってしまった。客の両手はしぜんに杏子のお腹のあたりに、そうやるより外がなく、抱き上げた。骨なんか一すじもなさそうな裸の足が、客の膝の上から、畳の上にぶらんと下がっていた。平四郎はこんなことは気にかけまいとしたが、抱かれているということが、妙に気になり出した。そのうちに平四郎の対談が次第に重々しく、口数がすくなくなって行った。いい加減に杏子が膝から立ってくれればよい、そんな考えをもってみることを平四郎は恥じた。いまからそんなことを気にしてどうなるのだ、女の子供が愛されるために膝の上に乗るくらいのことは、ありがちなことである。すぐ杏子は立ってゆくだろうし気にしてはいけないと思っても、対談は益々《ますます》重く、しぶりがちになっていた。そのくせ平四郎は杏子にお茶の間の方に行きなさいと、突然には言い出せない、この原因は嫉妬《しっと》でも不潔感でもなく、それは平四郎自身がたとえばよその子を抱いていたときに、必ず女の子を抱いているという感覚に、しだいに怖《おそ》れをもつことにあった。平四郎には女の子の接近もなく抱いたことがないので、漠然とした変な気持がついて廻って、放《はな》れない気重さがあった。

平四郎という人間の性に対する様ざまな問題が、杏子と客とのつながりを見て、いま起りかけているのだ、へんな奴だ、父親の風上にも置けない奴だ。さっぱりしない奴だ、平四郎は僅かな時間のあいだに、頭は荒れ、面白くなくなり遂《つい》に杏子に言った。

「彼方に行きなさい、お客様には君のからだは重そうだ。」

客はその時意外なことを言った。

「ちっとも重くはないさ。」

平四郎はこの言葉で、案外、ふだんのような様子の客は、杏子のからだの重いことに就て、何も注意していないことに気づいた。これほど平四郎をうまく普段の気持に、戻らせてくれたことがなかった。おれという人間はよほどどうかしていると、立った杏子がねこのように身を伸して、書斎から出て行くのを見て、あまり気をつかうまいと思った。

ピアノ

夕食をしながらある日、平四郎はだしぬけに少し気負うた声で、機嫌好くいった。

「ピアノを買おう、昨夜から考えていたんだがね。」

「ピアノを、……」

りえ子は次ぎの言葉を待った。

「僕は一生のうちにピアノを買えるような男になって見たかったんだが、この頃どうやらピアノが買えそうな気がするんだ、君も音楽はとうとうものにならなかったから、杏子にピアノを習わせたらどうかと思ってね。」

「杏子の年なら恰度習うのに適齢かも知れないわ、是非、買いましょうよ。」

杏子は九歳になっていた。

平四郎の妻のりえ子は、小学教師の担当が音楽だったので、ピアノを叩《たた》くだけは叩けたが、平四郎のところに来てから、音楽どころではない、毎月の収入も不確定の遣繰《やりく》りに趁《お》われ、新聞で見る音楽会の記事に、ちかちか光るものばかり感じられたが、ピアノも十年近く叩いたことがなかった。

「牛山充さんに紹介して貰って、神田の教益商社にゆけば、きっと手頃な中古があるかも知れない、おれも若い時分からピアノというものが、一台ほしかったんだよ、あの大きい図体《ずうたい》を据えて置いて、その部屋で昼寝がしてみたいんだ、昼寝のなかでピアノがひとりで鳴り出すような気がするんだがね。」

「ばかばかり仰有《おつしや》る。」

平四郎は東京の街裏を十年もうろついていて、わかばの時分にピアノが弾《ひ》かれる家の前をとおると、その灯《とも》しびに倖せがちらつき、なんとかしてああいう家に親類でもあったら、たすかるが、そんな気の利《き》いた親類なぞ一軒もない平四郎は、たまに、楽器屋の店に乞食《こじき》同様の汚ない姿を現わし、面《つら》がまえだけはふてぶてしく振る舞って、この黒塗りの寺院のような何十台となくならんだ、ピアノの街を見て歩いた。店員はそばに寄りつかないし、音楽学生ならピアノの蓋《ふた》をあけて一応は試弾してみるはずだが、その肩は怒り眼は質《たち》の悪い掏児《すり》に似た男は、はたしてどのピアノにも指一本ふれないで、すごすごと店を出て行ったのだ。ピアノをひやかす奴には、ひやかすだけの資格がいる筈《はず》であるが、この詩人くずれの男には、どこから見ても音楽学生の風俗なぞは見られはしない、きょう本を売って、きょうだけを食うことでほっとするような男は、腹のふくれているときに詩を書いて置かなければ、あとの日は友達を威《おど》かして本を借りて売らなければ生活が出来ない愁《うれ》いがあった。

こんな男がピアノという言葉を口にするだけで、口がまがってしまうわけであった。

けれども駒込《こまごめ》千駄木町の若葉の夜々は、どうかすると彼方此方からピアノが鳴り、灯しびがうかび、さかなのいろをした空気はあまくて、まだ若い詩人くずれの男は、ひと晩に三里歩いても平気な健康をもっていた。

九歳

平四郎は神田の教益商社に出掛けた。

小さい店でピアノが三台くらいしかなく、平四郎は牛山充氏の紹介状を出して、商社夫人に会った。夫人が経営しているのかどうか判《わか》らないが、美しい夫人は紹介状に眼をとおしてから、お嬢さんがお弾きになるんですかといい、平四郎はまだ九つなのだが、いまから勉強させればいくらぼんくらでも、年頃になればどうやら弾けそうな気がするんですがといって、あらためて尋ねた。

「中古で結構なんです。却《かえ》って中古が弾きよいそうで……」

中古はピアノに限って弾きよい筈がないのに、平四郎はでたらめを言った。商社夫人はちょっとにがい顔をしてみせた。

「中古と申しましては唯今《ただいま》はお間にあいませんが、月末には一台見当がついているのがございます。」

「是非それをひとつ願いたいものです。それは中古なんですか。」

「ええ、大してつかってないんですが、機械は独逸製《ドイツ》で立派なピアノです。」

「はア、独逸製ですか。」

平四郎は独逸製なら何でもいいと考え、すぐ「その独逸製に決めました。ピアノは独逸製にかぎるという話ですが、……」

平四郎はまた曖昧《あいまい》な諂《へつら》うような顔付でいった。

「とにかく奥さんにでも、一応お弾きをねがいましてから、お気にいったらということにいたしましょう。」

「いや、家内も甚《はなは》だ中古が好きなんで、是非中古をと言っているんです。」

「それほどの中古ではございませんがね。」

この小説家くずれの男は、まるでピアノの知識がないと、美しい商社夫人はむやみに中古という言葉を、振り廻す男だと思った。商社夫人は一台のピアノのフタをとると、歯のようなキイのうえを恰《あたか》も平四郎を脅かすふうに弾いてみせた。平四郎は突然のことで、海のような音に驚いた。

「これは和製ですがきれいな音でしょう。」

「併《しか》し独逸製なら中古でも、これよりもっと音色がいいのじゃないんですか。」

「中古はやはり中古でございますからね。」

平四郎はおずおずと、これだけは確かめて置かないという腹で、時にその価格はどれくらいのものでしょうかとたずねた。

「委託ピアノですが、何でも六百円ぐらいかと聞きましたが、調律や機械の手入れもございますから、も鳥渡《ちょっと》かかるかも知れません。」

「はあ、六百円ですか。」

平四郎はここぞという肝腎《かんじん》な気張りで、たずねた。

「それは三度か二度に割ってお払いしたいのですが、牛山先生の手紙にはその事に触れていませんでしたか。」

平四郎は夫人が余り美しいので、赧《あか》くなって言った。

中古

商社夫人はまたピアノをぶるっと、癇立《かんだ》って弾いてみせた。

「牛山先生のご紹介にはその事は書いてございませんでしたが。」

「お忘れになったのかな。とにかく、そういう事にして頂きたいんですが。」

「割高にはなりますが、それでも構いません。」

平四郎は対手《あいて》が美人である場合、普通下げる頭を美人であるために一層ぺこぺこする習慣を持っていたので、商社夫人にではなく、その美人であるお礼のしるしに、ぺこぺこ頭を下げて表に出た。

平四郎は一綴《ひとつづ》りの小説の原稿を懐中ふかくいれていた。昭和四、五年代の小説家平山平四郎の原稿料というものは、諸社を通じていい合したように、一枚四円であった。何処《どこ》からどんな工合に知れるのか判らないが、雑誌社はかんで作家の原稿料というものをちゃんと知っていて、どの雑誌も、それより尠《すくな》くも多くも支払わない、こちらが四円の原稿料を五円だと嘘《うそ》をついても、すぐ知れるものである。そしてそれは現実に於《お》いても原稿料は概略しらべ上げたように、諸社の経理は一致していた。

平四郎は小説を書いて生活することに、何時《いつ》もかさだかなほどの、替け代えのない感謝の勢いを感じていた。どうにもならない精神上のばかげたもの、途呆《とぼ》けたものが綴り合されると、一つの物語にあるばかと途呆けたものをうまく現わして行く、それが金になり食えることになる、こんなうまい仕事はそうざらにあるものではない、既にこのばかばかしいものを突き抜けた人はえらくなり、国家は年金さえくれるし、書物は版を重ね本人すら折々おれが一たい、そんなに有名な小説家なのかい、小説家というものの資格を決定するため、国家試験とやらをやって見たらどうか、恐らく小説家で小説でそんな試験に及第する人間はかぞえるくらいしかいないであろう、小説はふいに出てくる柔《やさ》しいもので、試験なぞしたら小説の女達ははずかしがって皆かくれて了《しま》うからである。

さて平四郎は雑誌社の階段をがりがり登って行った。自分の原稿を雑誌社に持って行くときほど作家は、たとえ頼まれた原稿であっても憂鬱《ゆううつ》極まりないものはなく、今度はうまく書けなかったが、どうでも渡せばそれで気が済む、しかし原稿が手元にあるあいだは夜鳴きをつづけて睡《ねむ》らせない、原稿は烏《からす》のようなものだ、放せば立つ、そして再び戻ってくる時はまずいつらをしたままである。

平四郎はそのピアノの金を作らなければならない、その頃作家の依頼される枚数は、五十枚が限度だった。一枚四円として六百円の調達は、小説三篇の値であり枚数にして百五十枚であった。その枚数が、詰りに詰っていままでは、小説は二十五枚から三十枚が限度になり、時勢は美事《みごと》に枚数を半分に引き裂いていた。

絶望の顔

雑誌社の応接間にいる二分三分五分間という時間に、平四郎は文学の過去の顔が、意地悪い形相《ぎょうそう》をつき出して、何時もにたにた笑って、どうだね景気は好い方かねとか、ずいぶん大きなつらをしているな、足もとは確かに踏みしめているのか、というようなものを感じ、五分間のあいだに十年くらいの文学の労苦を一と亙《わた》り見渡すように、強いられていた。その一綴りの原稿というしろものが、想像もつかない貨幣の価値をもつことに、どうだお前はもう一遍考え直して見る気はないかな、何処に行っても役にも立たないお前は、其処《そこ》で、いま替えられた貨幣を待つということに、なにらの不安はないかどうか、平四郎は郵便や使でとどけられる原稿料には、なにも考えないのに、雑誌社を訪れるとさまざまな問題が、なかなか鋭利に突きこんでくることを感じた。なによりもその大きなつらと、ふてぶてしい構えとをお前は何処でまなんで来たのだという、最後までこの言葉が、平四郎の前にあった。

受持の記者の人が原稿料を平四郎に手渡して、平四郎は記名調印を済ますと、その金を懐中にしまいこんだ。そして雑談の末にピアノ購入の件をべらべら喋《しゃべ》り、六百円というのは妥当の価格であるかどうかの意見を聞いてみたが、記者の人は言った。

「それは中古ですか。」

平四郎はきょうは殆《ほと》んど中古という言葉を聞き通しに、耳にいれていた。

「中古は中古だが、新品も同様のピアノらしいんです。」

平四郎は階段を下りて街路に出た、あの応接間にはあまりにもたくさんの顔があって、どれも知合いであるが、まだ見ない顔もある、まだ見ない顔は、見ないでも見たような絶望の顔なのだ、その絶望の顔はもはや再度《にど》とあそこに、坐りに行かれない顔なのだ、つまりそれは持ちこんだ原稿を突き返された顔なのだ。平四郎はあの応接間をまんまと、一綴りの原稿を置いて貨幣に替えて通って来たのである。平四郎は懐中に手をやって見て、金がはいっているというつら構えをして、歩き出した。おれは掏児《すり》ではないが、掏児であり、騙《かた》りではないけれど騙りであり、一種のゆすりのようなものさえ併《あわ》せて感じた。つまり原稿というもののあくどい邪気が、何処までも頭の中を否応《いやおう》なしに掻《か》き廻してくる、原稿のまぼろしや、ゆうれい共が平四郎の生涯について廻るのである。

平四郎は家にもどると、先《ま》ず、ふたたびその慣用語を喋った。

「中古だがいいピアノがあった。」

「まあ、嬉《うれ》しいこと。」と、りえ子がいった。

平四郎の顔を見ながら杏子が言った。

「お父さまはピアノの中で寝るの、寝る寝るというじゃないの。」

「ピアノとならんで昼寝をするのさ。」

「そう。」

杏子は不思議そうに平四郎の顔を見た。

沼

田端から大森に越して来たが、大森でも谷中という溝川《どぶがわ》のへりにあるこの家は、地盤がもとは沼だったのか、庭の奥の方はぶくぶくしていて、沼みずの泡《あわ》が踏むと吐き出されそうであった。平四郎は濫作《らんさく》に次ぐ濫作のために、不況が続いて、日あたりの好い縁側も、ただ、むなしい日光ばかりが平四郎の気持とは反対に、毎日かっとして照っていた。

杏子は十三になり隔日に、ピアノの教習所に通った。平之介は十歳になっていた。犬が三頭いてそれの運動をつけるため、平四郎は朝と午後とに鞭《むち》を持って、表を歩いた。そして帰って来ると顔色はあおざめ、気性は荒れはじめ、猛烈な犬の気質がそのまま平四郎に乗り移り、少時、物もいえないで、縁側に憩《やす》まなければ、茶の間にあがることが出来なかった。

平四郎は銅金というトタン業者のあんないを受けて、その日にある馬込《まごめ》の奥の、闘犬場に一頭のブルドッグを引いて出かけた。ブルドッグという犬のはやりが下火になった頃で、平四郎のブルドッグはデパートで四十円で購《か》った奴《やつ》で、耳は立っていない。

立たない耳が立つように運動をつけていたのだが、そんなことで耳は立つものではない、平四郎は立たない耳を立つように、いじくり廻してあさましい希望をつないでいた。この耳の立つ立たない希望は、これから平四郎がどれだけ書いて行っても、今までの文学の名前を持ちつづけることが出来るかどうかという問題と、同じ不可抗力であった。雑誌社の人は平四郎に原稿をもとめには来ずに、毎日が暮れて行った。そして平四郎は明けても暮れても、犬の吼《ほ》える声と、そのしつこい臭気のあいだに、益々《ますます》顔色はあおざめ、性質はとげとげしくなっていた。

りえ子はたまに買物に、駅の繁華な通りに出かけてかえると、通行人は杏子を見て、みな少女の軽々としたよそおいに、ひと際《きわ》美しい顔をわざわざ言葉にあらわして、お可《か》愛《わい》らしいといってくれると言った。黄と黒の縞《しま》のある上着に、みじかいステッキを持った杏子は、乗馬からいま下りたように見え、少女の時分として一等美しい時ではないかと思った。

「黒い瞳《ひとみ》が鼻の両方から少々、いすかに見える位置にあるということは、美人の相があるといえるね。」

何か用事で来た佐藤春夫が、こういって杏子が不動の姿勢でいるのを褒《ほ》めた。

「君、えくぼを失《な》くしないように、気をつけるんだな。」

萩原朔太郎《はぎわらさくたろう》のこの言葉は、平四郎にそのえくぼの番人も、ついでに命じているようなものだった。結局、さまざまな番人になることになっても、えくぼだけは消える時には消えるもので、どうにも頰にとめて置くわけに行かない、えくぼは両の頰にあった。誰が彫りこんだかわからないが、昔の人間はえくぼを、最もえがたいものとして愛していた。

闘犬場で、平四郎は自分のブルドッグを闘わせる順番がせまると、心は屈し惨忍《ざんにん》の光景が平四郎の眼の前で、先刻から演じられていたので、内臓にまでだるい弱気がしみていることを感じた。平四郎は銅金に、ではよろしく頼むというまでになり、何故《なぜ》こういう闘犬なぞしなければならないのかと、いまになって哀れな動物が、ありそうもないちからをしぼる間際《まぎわ》に来たことを、どうにも停めるわけに行かなかった。たとえば平四郎の仕事の性質も、実際には闘犬とおなじちからを毎月しぼり立てているようなもので、書きくたびれて打倒《ぶったお》れても、これらの闘犬のように最後には負けても勝っても、水でからだを洗って貰《もら》う爽快《そうかい》をあじわえるものでもなく、柔しく頭をなでてくれる人もないのである。机にもたれ呆然《ぼうぜん》とたよる物もなく、怒る対手さえいない、小説というものに勉強の標的をいちどでも失ったら、小説というものは遂《つい》にどのように捜しても、書きとどめることが出来ないものだ、こいつを見失うことほど恐ろしいことはない、小説は褒められて育つことと、また原稿料という金があたえられることで育つのだ、小説ほど金をほしがる奴もないし、貨幣でその一流だか二流だかもしぜんに決められている、それはどんな小説家もそれを口にしていないが、彼らは一枚幾ら取っていることではやっているかどうかが、彼ら自身で解《わか》っている筈《はず》なのである。口にしないだけのことなのだ、口にすることがいやなのである。

「ね、家を一軒建てたらどう。」

或《あ》る日一緒に歩いていた杏子が、だしぬけに木原山の新築の家ばかりある、分譲地にかかると言った。すぐ返事なぞできるものではない、平四郎は黙っていた。

子「なぜ建てないの。」

「そりゃお金がないから建てられないんだよ、なかなか家というものは簡単に建てられはしない。」

っ「そう、そうね、お金がなくちゃ、……」

「お父さまもね、建てられる時が来たら建てられるが、お金をためなくてはね。」

杏「そう、お金ためるといいわ。」

平四郎は家を建てるどころではない、どうつないでいいか仕事のうえの行き詰りを、破ることさえ出来ないでいるのに、杏子の言葉はかなり惨酷《ざんこく》に平四郎をとっちめた。平四郎は杏子と建築したばかりの分譲地の散歩は避けて、溝川ぞいを歩いた。杏子のなに気ないふうの大胆な言葉が、平四郎の頭を何時もとおりすぎた。おれは先ず人間としての一人前の証拠を立てるために、一軒の家を建てねばならないのか、日本人の誰もがそれをどんな無理をしても、建築していたように平四郎にもその時期が来ているのかと思った。懐中に柱一本購う金のない奴が、何十本も柱のいるところの家を考えることは、ばかばかしい悲劇であった。

行　方

小型の土佐系の敵犬ではあったが、せいが高いのでブルドッグの首すじに咬《か》み込みがはいり、ブルドッグは喉《のど》横に先ず素早く咬み込んだ。彼らはその咬み込みの前から、互に焦《あせ》って口は泡だらけになり、取り組んだときは両方とも比較的落ち着いて、咬み込みを放そうともせず、唸《うな》ることもしないで、荒い呼吸を吐くだけだった。ブルドッグは細かい歯でミシンを縫うような縫い方で、次第に土佐犬の喉元にふかく入ってゆこうとするたびに、土佐犬はその喉元のブルドッグの体軀《たいく》を、口一杯に打振りながらこれもまたブルドッグの喉元に、しだいに縫い咬みをこころみていた。ただ、ブルドッグの姿勢がからだと反対に咬み込みがあったので、苦しい喘《あえ》ぎがあった。かれらの永い五分間がつづくと、両犬とも、そのままのすがたを時間的に持続するだけで、どちらも、口一杯の対手方の肉塊を放さなかった。寧《むし》ろ平凡すぎる、しずまり切った何分間かが、何物も加えずにすぎた。

銅金は時計から眼を放すと、これは引き分けた方がいい、平四郎の手前もあるのか、水にしようかと言った。その間際にはブルドッグのこまかい歯並は、土佐犬の喉ちんこに縫いこんでいたのだ、犬は引き分けられ、分けられて勝負の境に達しない猛烈なくやしさが、しばらく、二頭の犬からもっとも悲しげに吼え続けられた。平四郎はブルドッグを洗って遣《や》り、水を飲ましてこれからいよいよ本職の闘犬がはじまろうとする時、低い丘地を下りて帰りかけた。平四郎は生涯のあいだに彼自身の闘いを、この飼犬の中に見たこれが最初の終りのものであった。それは銅金がとくに昨夜平四郎の家に来て、闘犬の立合いを懇請したものであったとはいえ、遠くまで犬を引いて出掛けたことは、ひとつの破れた精神状態を平四郎が負っていたこと、柔和なものが失われていたことに疑いはない、文学の仕事もここまで切り放《はな》されて来て、仕事から見放されることの恐ろしさが解った。文学にその一生をかけている人間は、文学がざくざく粉砕され経済的に肉体に突き刺さってくることは、こういう事をいうのであろうか。

平四郎はその夜おそくまで、書庫にあてた四畳半の小机に坐っていた。平四郎が十何年かのあいだに集めた書物は、トラックに三台分くらいあるだろうか、その他の和装の俳書類をも合せると、もっとあるかも知れない。

平四郎はそれぞれの棚《たな》を見ながら、独逸《ドイツ》本の風俗史や画集の厚い集積を手でなでさすりながら、低いばかのような声で言った。

「これをみんな売り飛ばしてしまうのだ、そして先ず家を建ててみることだ。やぶれかぶれの時はやぶれかぶれで立ち直るのだ。」

平四郎は間もなく電燈《でんとう》を消して、寝所に這入《はい》って行った。虚《むな》しい頭に虚しいものが家を建てようと考えたことで、むなしさが停って来たような気がした。

縄

書物というものは読んで教えられるし、売ってたすけられる、平四郎はこんな言葉を頭に置いている間に、トラックに悉《ことごと》くの書物は積み上げられ、上に大布の被《おお》いがかぶされると、麻縄が打たれた。平四郎は書物に縄が打たれるという感じが厭《いや》で、それを見ないために家の中に這入ってしまった。もう著者からおくられた署名本だけが、幾箱ものこった。これらにまた平四郎自身の署名と年月を書いて、金沢の図書館におくるため、永い間書庫に坐っていた。署名本は署名のあるまま売ることは出来ない、それを一々引裂くということも、著者の心を無視することになる、そんな考えが図書館に寄贈することになったのである。その荷作りも出来上ると、あとには、一冊の書物ものこらずに、書庫はがらんと口を開けていた。

本屋から受けとった金は、建築に必要な経費の大半であった。平四郎は夏目漱石《そうせき》の軸二本をとり出し、これも処分することにした。漱石は後代の詩人くずれの男が、家を建てるために掛物二幅を売ることも知らないであろうし、この掛物の売立会をした滝田哲太郎もゆめにも思わなかった事であろう、一文人の書いた物は、こんなふうに何時《いつ》でも売られたり買われたりしているのである。それで沢山なのだ、平四郎の色紙や短冊《たんざく》が何処《こ》でどういうふうに売られていても、構わない、若《も》しそれが米塩にかえられるなら、それこそ、よかったね、と思われるくらいであった。

この書物を売ることに、眼をはなさなかったのは二人の子供である。杏子と平之介は何処かで遊んでいるか姿を見せないでいると、何時の間にか縁側に立って搬《はこ》ばれる書物の山を眺めていた。二人ともこれに批評めいたことをいう言葉が、自然に停止されているような状態であって、ただ眺めているだけのものであった。かれらは書物を売り、家を建てるという実際のことがらを知っていたが、書物が本屋の手に渡ってはこばれるたびに、親父《おやじ》に代って悲しんでやりたい気があった。それほど明確な気持ではないが、平常の平四郎とはちがう平四郎の顔付に気づいていた。

「もう一冊もないわね。」

書庫のゴミを爪立《つまだ》てをして避け、杏子が親父を可哀想《かわいそう》に思った。

「却《かえ》ってさっぱりしちゃった。」

平之介は自分の方が余計に書物を持っていると思った。

書物で食い、書物で家を建て、また書物で子供をそだてていることが、ゴミと藁屑《わらくず》ばかりの書庫で、平四郎のむねを打って来た。その夜、平四郎は書庫で寝たが、まぼろしも哀歓もなかった。むなしい人間は大切なものを売っても、応《こた》えて来ないのかしら、書物への愛情を失っている人間の或る時期は、恰《あたか》も放浪時代に何冊かの本を売る素気なさに似ていた。なにも感じない空っぽのものだった。

むだごと

次ぎの日平四郎は金沢に向って出発した。金沢にある百五十坪くらいある庭の物も、この際処分したい考えであった。平四郎はこの庭を作ってから七年経《た》っていたが、おもに、幼少年の時に虐待《ぎゃくたい》されて育った金沢に、木々や石をもってその酷いおもいをしたことを取り消すために手ごろな庭を作り、時々東京から行ってただ穏かに眺めていたい考えであった。それは子供が三色菫《すみれ》を植えるようなものだ、子供は子供自身の美しい考えを形に現わすようなもので、平四郎といえどもその考えとは少しも変っていない、併《しか》し庭はいつも見ていなければならない筈なのに、平四郎は毎年は行けずに冬は雪がふかく、雨が多いので庭は荒れがちであった。先《ま》ず石燈籠《いしどうろう》とか手洗いとか其他《その》の石のたぐいや、松や槙《まき》も売り、借りた地面を返してそれらの金は、こんどの建築費につかいたかった。七年間のむだ費《づか》いと労苦も、つづまり平四郎の取り返しのつかない濫作を無理にさせたもので、庭を壊してしまえば、それだけ仕事の上で無理をしなくともよい訳であった。

平四郎はこの小さい庭に立ったときは、さすがにこれをこなごなに砕いて売ってしまうには、書きあげた原稿を無下《むげ》に引き裂いてしまう無謀が感じられた。平四郎はそこにある一人だけ寝泊りの出来る離れの、四畳半に半日ぽかんとして坐《すわ》っていた。入浴道具を持って近くの銭湯に行って戻ると、おちついてまた永々と庭を眺めた。

「おれという人間は何時も作っては壊し、壊しては作っているようなものだ。作ることと、壊すことしか知らない人間だ、おれはその真中で怠けていたためしがない……」

翌々日、売立が庭の中で行われた。

酒と肴《さかな》とが植木屋の元締から出され、みんなは冷酒をあおり、干した魚を嚙《か》じってせり売りがはじめられた。それは小さな物では、あやめ一株、木賊《とくさ》一株といえども売られないものはなかった。売られた植木には赤紙の札がつき、石には白墨でしるしが打たれた。酒のにおいが風のない日の松や椿《つばき》のあいだにからみ、あれだけの書物が一人の本屋の主人によって評価され、半日でその事務が終ったのにくらべ、日がくれようとしても、土に根をもつ木々や石のせり売りが終らなかった。黙然と積み重ねられる書物の山と、赤札を打たれた松や槙がただじっと立っているのと、平四郎はこの二つの変化の見方が頭に来て、裁きようもなかった。

平四郎はこの庭に着くと、植木屋に手つだって土をかためるために、雑草を抜いていたこと、それが夜汽車で着いて、すぐにそんなしごとをしたことを思い出していた。人間はその生涯にむだなことで半分はその時間を潰《つぶ》している、それらのむだ事をしていなければいつも本物に近づいて行けないことも併せて感じた。

雲のごとき男

ただ彼は雲のごとく突立っていた。この前に散歩をしていたときも、きょうのように仲間の植木屋の屯《たむろ》した処《ところ》から離れた処に、くらいカンテラをともして、立っていた。誰もこの男の縁日物の植木を見ようとしないで、人びとは行き過ぎていた。その筈だった、花物はなく、この寒いのにもっこくの小物とか、垣根物の樫《かなめ》の苗木とか、蕾《つぼみ》の固い乙女《おとめ》椿《つばき》とかをならべているだけである。これでは、客の眼をひくものがない、せめて早咲きの椿一株くらい用意すべきであろう。

平四郎は株になったあすなろうに眼をとめ、この男のそばに寄って言った。

「これは幾らかね。」

「どれだけでもいいんですよ。買ってさえ貰えば……。」

「そんな話に行くまい、これ全部で幾らになるの。」

「垣根におつかいになるんですか。」

「そう、垣根だ。」

「では全部お持ちください。」

「実はあら庭を作ろうとしているんで小物が沢山いるんだ。」

「新庭ですか。」

「明日君が来て植えてくれると、都合がいいんだがね。」

「植木屋が決まっているんですか。」

「いや、まだ家も建築中なんだ。」

雲のごとき男はその時、旦那《だんな》、わたしを使ってくれませんか、正直申しますと仕事にあぶれていて、あがきも出来ないくらいです。日雇の金の方も普通よりずっとやすくしますし、旦那の思うとおりに働きたいんですが、こんな処でお目にかかってこんなことを言うのは何ですが、一つたすけて頂けませんか、と、この男はまだ若いのに熱心に平四郎をくどいた。平四郎はこれとは別なことを言った。

「君はどうして花物をあつかわないの。」

「それには気がついてはいるんですが、つい家にある物から売ろうと思いまして、……」

平四郎はこの男は花物の仕入れも、つい金の事から遅れているのだと、あすなろうの金を支払ったが、彼は平四郎という人間を見抜いているように、再び言った。こうして露店は出しているが、誰もあすなろうなぞ見てくれる人もいない、どの人も通りすぎて行ってしまうが、四、五日前にあなたがお通りになり、少時、向うの店から此方を見ていらっしったが、きょう、あすなろうをお買いになったのでほっとしました。あなたはきっときょう何かお買いになると、店を見られた時からそう思っていました。

この言葉は恰も平四郎があすなろうがほしくて買ったのではなく、この雲のごとき男が気になったから立ち寄ったという意味にうけとれた。事実は全くそうだったのだ。このへんな、ぬうとした煙突に似た男は、平四郎のなにかを捜《さぐ》り当てた人物に見えたのである。

呑まれる手

翌日あすなろうを提げ、昨夜の男が来た。仕事着も地下足袋も乾いた泥だらけで、言いつけられた場所にあすなろうを植えると、平四郎はときに井戸を掘りたいのだが、君にその準備が出来るかときいた。その男は一日余裕を置いて貰《もら》えれば、すぐかかりますと言った。まだ名前も知らなければ何処に住んでいるかも判《わか》らないこの男は、一日置いて中年の働き女を五人連れて来た。外に若い男が一人いて井戸掘りの道具を乗せた、車を曳《ひ》いていた。

井戸掘りがはじまり、この男は井戸の中にはいり、女連はその泥桶《どろおけ》をすくい上げるために、それぞれに引綱を一とすじあて曳いていた。女達は女というものから一歩踏み出していて、もう女の身だしなみなぞ、どうでもよいふうに見えた。大きな口を持ち、冗談を吹っ飛ばし泥まみれでありながら、うたの声だけは柔《やさ》しい女であった。どういううたの意味かわからないが、うたの声は終日つづいて夕方には声量が落ちると、うたは一《ひと》際《きわ》哀調をおびて来た。五人の中でも一等器量のよい女が音頭《おんど》を取り、その器量のよいのが平四郎の眼にとまった。彼女らが帰って行った後にのこった男は、後片付けを済ますと、若い男をつれて帰った。

雲のごとき男は毎日井戸底からあがって来たが、毎日のひどい瘠《や》せが眼立った。あばらが見え背中が削《そ》がれていた。不思議なことには女達はこの男のからだの泥を拭《ふ》いて遣る、男は拭いてもらうあいだ自分でも、手のとどくところの泥を落していた。この男はどうかすると、さるまたから睾丸《こうがん》を出していたが、冗談ばかり言う女達はこれには誰も何もいわない。ただ、この男が叱言《こごと》一つ言わずにいるのが、平四郎には仕事の性質上たいへん穏かな気であった。女達が焚火《たきび》をして待ち、雲のごとき男はその焚火に黙って温まった。お八つの食べ残りは女達にあたえ、自分では少ししか食わなかった。

平四郎は綱を手に井戸底に下りて行く間際《まぎわ》に、この男はどういう素性の男だろうかと、そんなことが気になった。一度下りると二時間はあがって来なかった。地下十メートルには何もない、泥水だけの世界だった。この男は其処《そこ》の泥を桶にすくい上げることが仕事なのだ、そこには明りも何もない、彼はそこから上ってくると、髪も、顔にも、泥がはねてこびり付いていた。なにも見ず何も考えないでいた彼は、上って来るとただ美味《うま》そうに一本の煙草《たばこ》をのんでいた。

「高台だから深くてね。」

彼は三十分もたつと、また、井戸枠《わく》からずるずると下りて行って、最後に枠にかけた両手の十本の指だけが、妙に生きものの感じをみせていたが、それも外されてしまうと、平四郎はこの男は植木屋が本職か、井戸掘りが本職かということを、さびしく頭に置いた。

九十本の鎹《かすがい》

井戸が掘られ、五人の女は夕方お世話になりましたと言って、平四郎に別れを告げた。全くそれはあれほど冗談と言葉づかいの荒々しかったのが、次第に女は女であるというものを見せて来たからだ、よく見ると手脚絆《てがけ》のうらに紅《あか》いきれが見え、毎日夕方には髪のかたちを直して戻って行った。平四郎はまだ裏門の形のない処で、彼女らを見送った。

家の骨ぐみが出来あがると、平四郎ははめ込みの棟や柱に、鎹を打ち込んで置きたかった。地震では家が古くなるとはめ込みがゆるみ、そこから、棟のくずれが早まることもあり、鎹を打ちこんで置けば、家が潰れるにしても時間がありそうに思われ、平四郎は鎹が打ちたくてならなかったのだ。併し大工の技術をたやすく潰すような気がして、それには手がつけられない、大工を呼んで平四郎はその訳をはなして見たが、大工ははかばかしいしろうと考えだ、鎹よりも、もっと柱とか桁《けた》とかにくいこんでいるくさびは、そのままで潰れることがあっても、それの外れることは絶対にないと言った。その言葉にはもはや平四郎が一歩も、踏み込むことの出来ないものがあった。

だが、剛情な平四郎は言った。

「君達の仕事は立派に出来上ったのだ、併し僕の家に釘《くぎ》を打とうが鎹を打とうが、僕の勝手じゃないか、君はこの家を建て上げると僕と別れるし、そのあとで僕の家をどのようにしようが、君には関係がないことだ、まあ眼をつぶってくれんか。」

「判りました鎹をお打ちなさい、併し私はご免蒙《こうむ》りますよ。」

大工は誰か外の者に打たせるように、彼も技術者だから頑として引かなかった。

平四郎は垣根を結《ゆわ》えている、例の、雲のごとき男を呼んだ、そして大工と話合いをしたから、棟こしらえから柱までの間に、ていねいに鎹でとめてくれまいか、おれはその事を家を建てる前からずっと考えこんでいた、どうにもやめる訳にゆかないのだ、大工さんも、他の者が打つなら苦情は言わないと言っているのだと、平四郎はこの男の顔色を見ながら、何といっても承知させようという意気込みを見せた。

「後一日で天井を張ったらもう手が付けられないからね。」

例の男はちょっと大工の方を見てから、そういう話に決まったのかといった。

「私が打ちましょう。」

と、彼は九十何本かの鋲に手を触れ、それの曲りのない分をより分けた。

「君が打たなければ誰もこの仕事をしてくれないのだ。」

平四郎はついにこの男も、間に合ったと思った。六尺の身長のあるこの男は、からだは手さえさわれば大抵の高い塀《へい》でも、搔《か》きのぼって行った。

職

雲のごとき男は、物吉繁多《ものよししげた》といったが、鋲を輪縄に通すと、すぐ棟裏に殆《ほと》んどなれた足どりで登って行って、鋲を打ちはじめた。平四郎はその響が家というものを確《しっ》かりと、なにか、平四郎自身のものと結び合せているように感じた。夕方近くに下りて来た物吉はなにも言わずに、垣根仕事をそのまま急いでしていた。

物吉の連れて来た若い男は、物吉の息子であることが判った。物吉は息子に何かさせる時には一種の遠慮のようなものと、自分でなるべく仕事をかたづけるようにし、手の込んだことはさせないようにしていることが、平四郎には次第に判って来た。息子の太一は始終ぷんぷんしていて、取付様《とつきよう》もないふうであったが、それだけに息子のぷんぷんするふうが酷《ひど》かった。物吉は辛抱強く、息子の怒っているのを受けながしていたが、突然息子の太一はそばにいる平四郎もはっとする程の呶鳴《どな》り声を立てた。

「帰っちゃうぞ。」

「もう一縄じゃないか。」

「おらあ、いやだ、かえっちゃう。」

物吉はだまっていた。

太一はぶりぶりして垣根から、竹のひらの縄通しを勢いこんでぷっつりと突き刺して来た。鋭い竹の縄通しには先にあぶらが塗ってあるので、受けとる方の、受け方が悪いと手の甲が刺されそうだった。併しそれも物吉は殆ど気にしないで、平気でうけとっていた。平四郎は見ていられない刺戟《しげき》を感じた。

「太一君、そんなに突き刺さっては親父《おやじ》が、怪我《けが》をするぞ。」

平四郎のこの声はさすがに、太一の手をゆるめさせたが、物吉はだまって相不変《あいかわらず》すなおに、縄通しをうけとっていた。だが、見ていると、すっと刺してくる竹のひらが、うけ取ろうとする物吉の指先に、ぶっつりと突き刺さるようで、その悪どいくせを息子の太一はやめなかった。

「何をうろうろしているんだ。」

太一はこういうと、突然、ふいに声をあげて言った。

「痛い、刺さったぜ。」

親父は物を言わないで、手をやすめた。

太一は立ちあがると、手拭《てぬぐい》をぴいと裂いて傷ついた指先に、繃帯《ほうたい》を施していった。

「わざと刺さったんじゃないか、すう、と不意に来やがった。」

「………」

「おらあ、帰ろう。」

物吉はだまって立ちあがると、道具箱に道具をおさめた。垣根は裏と表を縫うためには、一人では胴〆《どうじめ》は出来なかった。

日没に程近いころである。物吉はかえりかけている太一に、ちょっと待てといった。太一は、親父の顔にあるみだれを見て、しまったと腹の底で呟《つぶや》いた。太一の顔は恐怖で硬《かた》くなった。

仕事

太一はそれでも、親父の顔を真正面に睨《にら》んで、全身をもって抵抗する様子をしめした。

「何も用事がないじゃないか。」

「いや、ある。おれに尾《つ》いて来い。」

「厭《いや》だ、おらあ帰る。」

「途呆《とぼ》けるな。」

物吉は近寄ると太一の右の手首を摑《つか》まえ、それを振り払おうと太一はもがいたが、物吉は放さずに通りまで引きずり出すと、さすがに通りでは人眼があるので手を放した。

そして平四郎の横手にある空地をあごで杓《しゃく》って見せた。

「尾いて来るんだ。」

「何をする気なんだ。」

太一は空地にはいったが、其処は藪《やぶ》が表側を蔽《おお》うて人眼がとどかなかった。物吉の眼は寧《むし》ろおちついて見えたが、黒瞳《くろめ》が破れるようにふくらんで見えた。

「こんどの仕事でおれ自身も丸太小屋でも建てようと、旦那に縁日から拾われて働いているんだ。それを旦那の前で始終ああやって突っかかって来る気は一体どういう気なんだ。」

「突っかかりはしないじゃないか。」

「一緒に仕事をする気があるかどうか返事をしろ。」

「おらあ、厭だよ、帰るよ。」

「待て、怖気《おじけ》づいたな。」

「怖気なぞつくものか。」

「待て、怒るぞ。気付薬をくれてやる。」

太一が振り向いた時、物吉の両手が肩にかけられ、それが物吉の手元に引かれたときに太一は、横向きにからだを払われて打倒《ぶったお》された。併し太一は起きあがると親父の胸を目がけて取り付いて行ったが、物吉は赤ん坊をひねるように、打倒して了《しま》った。再度太一がかかって来た時は、物吉の手は飛び道具のように太一のからだを引っかけると、また、一気に刎《は》ね飛ばして了った。この僅《わず》か十分のあいだに、太一の頭髪はみだれ、顔はひんまがって見えた、起き上るのを待った物吉は、もう手出しをしない太一を見ると、にがい顔付でいった。こんどの仕事をしくじると、当分、またあぶれなければならない、何としてもこんどは落度を見ないでつとめたい腹でいるんだ。お前もそのつもりでやれと言った。

「尾いて来い、なにも言わなくともいいから、旦那に機嫌好《よ》く挨拶《あいさつ》をして行け。」

太一は物吉のあとから尾いて、平四郎に挨拶をして帰って行った。物吉もだまって道具をかたづけると、裏門から出て行った。

平四郎は普請場《ふしんば》から坂を下りて、谷中の家にもどって行ったが、親父としての物吉のした手荒な説教は、平四郎を久しぶりで爽快《そうかい》にした。おれもあの手荒な意気込みで仕事をしよう、物吉は平四郎のくれた仕事で自分を建て直そうとしているが、平四郎は誰からも与えられる仕事はない、自分の中をどうどう廻りを続けるだけだと思った。

ある生涯

太一はその翌日から、物吉と一緒に仕事には出て来なくなり、雲のごとき男はひとりでこつこつ働いていた。植込みをするための相当大きい雑木をはこぶ荷車に、物吉は乗り込んで車の廻し方を人夫に指揮をし、顔じゅうは泥だらけであった。物吉がこれらの仕事の打込み方はすばらしく、精悍《せいかん》であった。その植木の担《にな》い方、石段をのぼるための用意も、彼はまめに気をつかった。ことに棄石《すていし》も、七、八十貫もある奴《やつ》をあつかうときの慎重さは、それは気をつかう平四郎に軽い安心感をあたえてくれた。

滅多に冗談は言わない男だが、たまに、吹っ飛ばす言葉は、何時《いつ》も同じい種類の言葉であった。

「そんなことでは食えないぞ。」

空っ風は吹き、植木は枝葉を震わし、物吉は続け様にくさめをし胴震いをした。彼はあの日から息子のことは口にしない。その翌々日かに太一は彼の小屋がけの家から出て行ったが、友達の家に泊りこんで其処からよその仕事場に通うていた。そこから町の居酒屋にかよう近道は、貨車の通路になり踏切番もいないし、信号の赤とか黄の電燈《でんとう》がひらめくだけだ、この界隈《かいわい》に多い人夫はみな貨物列車とすれすれに歩いているし、更《ふ》けると酔っぱらって貨物列車が通りすぎると、妙な勢いを感じてかれらは喚《わめ》いたり唄《うた》ったりして通った。虎《とら》のごとく吼《ほ》える汽罐車《きかんしゃ》はそれでも滅多に、酔っぱらいを引っかけることがなかった。

平四郎は物吉に下草を植えさせ、自分も其処にしゃがんで植える場所の、こまかい指図をしていた。季節に花をもつような下草をうえるときに、植物が花をもつというありふれたことがらが、平四郎にはそれだけでは済まされないよろこびを貰《もら》うことで、貴重な思いであった。

その時非常に気をつかって、庭の中にはいって来た一人の男をみとめた。その男は大工連のいるところと、平四郎のいる処《ところ》とを見分けられずにたずねた。

「物吉さんがいられますか。」

物吉繁多はその声がかけられると殆ど同時くらいに、顔をあげて立ち上った。彼はその同じ仲間らしい男のそばに行こうとし、来た男はなるべく早くという顔付で、彼の方からも近づいて来た。平四郎はその男を見た間際《まぎわ》から、物吉の顔いろに尋常でないきっとなったものを発見したが、二人の男が顔を食っ付けるようにして、ひそひそ声で話しあった時から、その早口の低声《こごえ》と、その男の顔色の変り方で、物吉繁多の身辺になにごとかが起って、その起ったことがらがすでに絶望の状態であることを、平四郎はひそひそ声によって知ることが出来た。かれらのその短かい立話がふっと切れたときに、物吉は平四郎のそばに急《せ》き込むふうもなくやって来た。

灯《とも》しび

平四郎は立ち上っていった。

「どうしたの。」

物吉はただ簡単にこたえた。

「少し取り込んだ事がありまして、今からちょっとお暇をいただきたいのですが。」

「いいとも、太一君に何か起ったのじゃないか。」

「ええ、あれが昨夜だか今朝だか判《わか》らないんですが、轢《ひ》かれちゃったらしいんです。」

「………」

「酷く酔っていて引っかけられたんでしょう、では、ちょっと行ってまいります。」

平四郎の手前もあり物吉は落ち着きを見せて出掛けたが、どこかに予期した出来事でもあるふうに見られた。太一は友達の家から仕事場に出掛け、帰りには線路と平行している町の飲屋に飲んでいたが、何時も帰りは夜中の貨物列車が通る時刻だった。線路づたいにふらふら行く太一は、この夜も得体の判らないことを口走り、友達を突き飛ばして、線路の上に出て行った。危ないから止《よ》せというと、危ないのはおれの方だ、他人のことなぞ気にするなと喚き立てた。

「一たい親父という者のどこが偉くて威張るんだ。親父なんて一つも偉いところはねえぞ。これから親父を叩《たた》き起して説教してやる。碌《ろく》でなしのおれをなぜ生んだかと言ってやる。」

坂本という男は、もう手が付けられないので、怒って人家のある町に引き返した。乱酔しながらそれを見ていた太一は、そういう境にいながらふいに正気の声でいった。

「あいつまで見限りやがった。おれが貨物列車に轢かれようが、奴とは関係のないことだ、多分おれが轢かれるなんてことは、考えたこともないだろう、だが、おれは轢かれて遣《や》る、意地ずくでも今夜轢かれて遣る、……」太一は人通りの絶えた線路わきの家の電燈の明りを見ると、立ち停ってその電燈の明りを見入った。まだ起きているのを見ると、そんなに晩《おそ》い時刻じゃない、おれはまだ金を持っている筈《はず》だ、太一は腹かけから何枚かの札を出すとその皺《しわ》を伸して勘定をしはじめた、八円あるじゃないか、八円あれば夜ぴて飲まれる、親父の顔の見えない処に行こう、何処《どこ》までも尾いてくる親父の顔くらい、面白くないものはない、おれは親父を親父と思ったことがないぞ、向うが勝手に決めているのだ、だからおれは親父というものが偉い顔をしたって怖くはないのだ。

この時、やや曲り気味になった線路が、遠い響をつたえて来た。音響はかなりまだ間のあるものであった。

「貨物列車がやって来る、だが、まだまだ間があるぞ。」

太一はあわててお札を腹かけにしまい込んだ、きょう彼は三日分の日当をうけとったばかりであった。

おれは轣かれる

その時、太一はきゅうに胸苦しくなって、があっと酒をいちどきに吐いた、つぎにまた吐いた。彼は胸を掻きむしるように言った。これは可笑《おか》しい、おれが酒を吐くということが可笑しい、おれは誰にも友達にも、親父にも会いたくないぞ、親父なんぞには、これんばかりも会いたくないぞ、丸太小屋を建てようとしたって、何時の事だか判りやしない、それを見当に親父ははたらいている、ふうむ、おれに手伝わせるつもりらしいが、おれにはまだ丸太小屋におさまる気はない、……彼はその間際にレールがにわかに鳴ってくることを覚えた、貨物列車が来るぞ、レールが近間《ちかま》で鳴り出して来たぞ、こんな事をして轣かれたら嗤《わら》われ者になる、親父にだけはそんな態《ざま》を見せたくない、正気の顔をつきつけていたいのだ、おれはこうしていられないぞ、と、彼は起き上ろうとしたが、足が利《き》かず腰も立たなかった。両手をレールに摑まえ腰をあげようとしたが、一さいがふらふらしてだめだった。

「おれは轢かれる、一人の人間が、轢かれるぞ、誰か来てくれ、坂本、坂本は何処に行ったのだ、おれは轢かれる、……」

馬鹿《ばか》酒を呑《の》むなとはいわないが、線路をつたって帰るのはよせ、これだけは忘れるな、あっと思う間にやられるから、レールにそうて歩くのはよせ、とくどくどと親父はいっていたが、いまの間際がそれだ、それが始まろうとしているのだ、彼はどんなにしても足と腰が立たなかった。彼は四ツ這《ば》いになって起って、線路からからだを外そうともがいた、足は重石《おもし》をつけたよう、レールに引っかかって取れなかった。地下足袋が引っかかるのだ、こいつを脱がなければ動けないのだ、地下足袋だ、地下足袋だ、……あたりには何の異常もなく、貨物列車は殆《ほと》ど取り澄して山がくずれるように、彼の全身にくずれ落ちて来た、おれは遣られた、おれはとうとう轢かれて了った、……

物吉繁多が現場に着いた時、彼は太一の顔を見ると立合いの警官連に挨拶をして、近くの石屋でリヤカーを借りて自分でそれを搬《はこ》んで行った。不吉な予感が始終物吉を脅《おびや》かしていたが、こんなに明確な形になって現われるとは、思われなかった。

五日間ばかりの後、物吉は仕事に出て来たが平四郎は詳しいことを聞かず、物吉もまた息子のことについては、立ち入って話をしなかった。物吉にはちっとも変った様子もなく、悲観している様子も見せなかった。

或《あ》る日平四郎は建築場から谷中の家に戻ると、ふと杏子の眼を見て驚いた。きらきらした根強い発熱のせいで、眼に鱗《うろこ》のような上気が浮いていた。額は熱かった。医者を迎えるとすぐプトマイン中毒であることが判り、入院させるため手廻品を鞄《かばん》に詰めこんだ。

メロンの水

それらの入院用意から、自動車の来るまでの時間は、一時間と経《た》っていない早さで、平四郎は医者への使い走りまで遣って退《の》け、柱につかまりながら貧血状態から、自分の倒れるのをやっと支えたくらいだった。自動車が五反田近くにかかると、妻のりえ子がわたくし鳥渡《ちょっと》……といって、臥《ね》させてある杏子の横できゅうくつに、ねてしまった。顔色はもう平常のものではない。

「お母さまの呼吸がないわよ。」

「運転手君、ちょっと停めてくれたまえ。」

平四郎は杏子が起き直って、りえ子の口に手を当てているのを見て、車から飛び降りると、とっつきの果物店にはいって行きメロンを一個買い、それに、ナイフをあてて貰った。平四郎はそのメロンを口中ですすると、くちうつしにりえ子に水のかわりに与えたが、りえ子はすぐ口をうごかした。平四郎はそれを何度もくり返しながら、運転手君、急いでと呶鳴《どな》った。

「君、メロンを食ってはだめだよ、病院に着くまでは何にもだめだよ。」

「食べないわよ。お母様、気がついたわ。」

「どうした、ここで君に引っくり返られたら、おれはどうなるんだ、確《しっ》かりしてくれ。」

「済みません、まだ眼のうちがくらくらするわ。」

「入院用意で急ぎすぎたんだよ、ほら、顔の色がやっと戻って来た。」

「わたくしお母様の呼吸がとまっちゃったと思ったわ、よかった。」

「杏子は臥ているんだ、君が病人の主役じゃないか。」

杏子のほうが元気だった。けれども、その眼にある鱗のような熱の上気が、平四郎の頬にまで照って来た。病院に着けば君の方はすぐ直るさと、りえ子に言い、杏子には、そうだな、君の方は当分入院だね、だが、案外、早く片づくかも知れないといった。りえ子はしかし病院に着いても、やはり動けなかった。杏子は看護婦が背負い、りえ子はからだが大きいので、たんかで搬んだ。

新橋に近いこの病院では、二人ベッドをそろえて寝ているので、医者がはいって来ると、りえ子と杏子を交々《こもごも》見ていった。

「どちらがご病人なんです。」

「こちらは途中で貧血を起して倒れたんですが、もうだいぶ快《よ》いんです。」

りえ子は間もなく起き直って、まるで何も覚えていない、ただ、くるくる何も彼も回転していて、どれにつかまっていいか判らなくなって倒れたのだといった。変な処を地理もわからずに歩き廻った眼付で、まだ、きょろきょろしていた。

杏子に手当が加えられると、りえ子は立ち上って働こうとしたので、平四郎は少時じっとしているようにと言った。

門

杏子の顔は枕《まくら》の方に潰《つぶ》れたように、熱で元気を奪われてしまい、それでもお母様の容態はどうかといった。りえ子はベッドの上に起き上ったがまだ、ふらふらするらしかった。副室の方に誰かが這入《はい》って来たらしく、長身のかげが硝子戸《ガラスど》にうつった。

「どうして君は？」

「女中さんに聞いたものですから。」

例の雲のごとき男は、女中からことづけられた食器、湯たんぽ、着がえの包を置くと、りえ子に奥さんもどうかしたんですかといった。包の中に果物があったので、平四郎は夕食の代りにそれを噛《か》じり、りえ子もやっと林檎《りんご》の皮をむいた。

「地震の時に赤羽でたべた梨《なし》を思い出すね。」

「あの梨もこの林檎もどちらも不倖《ふしやわ》せね、おいしいだけ一層かなしいわ。」

あの時は長井という俥《くるま》やさんがいて、たすかったが、いまは物吉がそばに居てくれると、平四郎は人がかわりながら、誰かが彼らのそばに居てくれる柔《やさ》しさを思った。りえ子が睡入《ねい》ると、看護婦が副室で平四郎にやすむようにいった。物吉と平四郎は暖炉にあたりながら顔をよせ合って、変な親密感でただ、じっとしていた。街の真中にあるこの病院に、ひききりなしに救急車が走っていた。

「太一があんな最後を見せることは、遅かれ早かれかんづいていたんですよ、彼処《あすこ》はしじゅう酔っぱらいがやられるところなんです。」

物吉は息子のことをこういうと、外には詳しいことは言わなかった。

「君の奥さんはいるの。」

「とうにいません。」

「じゃ太一君と二人だったのですね。」

「ええ、こんどは一人になりました。」

更《ふ》けてから副室で看護婦が寝るので、平四郎は物吉と二人で谷中に戻ることになった。家にはいると、気のせいか平四郎はすぐ平之介の寝ている部屋にはいって、例によって額に手をあてて見た。ゆだんしている時に、子供は何時《いつ》も発熱しているものだからである。平四郎は自分の手のひらを疑う程、平之介の額にはげしい熱を感じた。たったいま杏子が入院したばかりなのに、平之介も発熱しているなんてばかなことが、あるものか。

平四郎は素早く検温してみると、九度あった。しまった、こいつも遣られている、平四郎はもういちど計ってみたが、やはり同じ高熱だった。その時、物吉はまだ門を出たばかりの筈であるからと、表に飛び出すと物吉らしい後ろ姿を、溝川《どぶがわ》ぞいに見付けた。

「物吉君、」

「はあ。」

「ちょっと戻ってくれ。」

物吉は飛んでくると、どうしたんですと言った。

「お医者にすぐと言って来てくれ、一緒だぞ。」

平四郎は氷屋を起して氷をたのむといった。

三つの不倖

物吉はかえって来ると、すぐ氷を砕《か》きはじめた。平四郎はそのとげとげした氷の削られる音を耳に入れ、平之介の熱でふくれた顔を見つめると、おれは一たい同時に二人までの子供が、一晩のうちにやられる筈がどこにあるのだ、おれはこんな懲《こ》らしめを誰からも受け取る筈がないのだと、平四郎は腹を立てた。お医者はもう四十分も経っているのに、現われない。おれはなにを悪いことをした科《とが》でぐるぐる引き廻される必要があるのだ。杏子はビフテキを食べプトマイン中毒になったが、平之介もまたプトマイン中毒だというのか、平四郎はそばに坐《すわ》って火鉢に手をあたためている物吉の、ふし高な指を見た。この男を今夜は放《はな》したくない。この雲のごとき男は何の役に立たなくとも、この家の中に今夜はいてもらいたいのだ、これが女ならもっといいかもしれないが、いまは体力のある人間でないと、おれのよりどころがない、平四郎のこの考えはこの物吉のどこかに、全く奇蹟《きせき》的に女性のようなものが感じられた。

それは物吉がいきなり煙草《たばこ》に火を点《つ》けてくれた、わずかなことから急激にこの男にあるものが、この場合平四郎にほしいものであることが判《わか》った。それはかなりに永い間火を点けないで、平四郎が巻煙草を指の間にはさんでいたからであった。

「どうもありがとう、君も一本。」

この間際《まぎわ》に、恐らく息子を轢死《れきし》させた物吉繁多と、平四郎とのあいだになにかが通じているような気がした。

お医者が来てこんどは平之介さんの方ですかといい、彼は診てから厠《かわや》にはいった時間をきくと、懐中電燈《でんとう》を持って厠にはいって行った。そして出てくると下剤をかけてから言った。

「赤痢です。お気の毒ですが夜が明けたら入院の手続をとって下さい。」

「赤痢ですか。」

「もう疑う余地もないですね。」

十分の後の便通を見て、お医者は昭和医専にすぐ明朝入院のよう電話をかけるといい、といって帰って行った。

平之介はくらい眼付で、平四郎を見た。

ありがちな事だ。すぐ恢復《なお》ると平四郎は大きく言った。

「旦那《だんな》は明日もあるからお寝《やす》みなさい、私が氷砕《か》きをやります。」

「では、ちょっと寝よう、氷枕を頼む。」

物吉は女中にもすぐ寝るように言い、自分で火鉢に炭をつぎ、お湯をたぎらせるようにして、お座布団《ざぶとん》をおかりしますといって坐り込んだ、平四郎はそのすがたに巌石《がんせき》の一群のような頼母《たのも》しさを感じて、次ぎの間で寝支度にかかった。この男は部屋にいても、庭の中で下草を植え、その蕾《つぼみ》をいたわるようなものを持っていると、一日のうちに三つの不倖を見据えて、平四郎は睡《ねむ》りにくいが睡ろうとして、あせった。

あさつゆ

朝、自動車が来ると、朝日のきらめく中を馳《はし》ったが、いずれは知れるにしても、二、三日は平之介の入院の事は、りえ子に黙って置くことにした。病院では赤痢ではあるが早期発見で、大したことはないと言い、午後、平四郎は新橋の病院に廻った。杏子の方もけいれんの襲来もないし、二週間も経てば退院できるらしい。

「とにかくあなたがいらっしゃる間に、家にちょっと行ってまいります。手廻品もまだいるものがございますから。」

「手廻品なら僕が明日持って来よう。」

平四郎は家に戻られると、平之介の入院が知れるので、何なら今から取って来ようといった。

「いいえ、平之介の食事のことも言いつけなければなりません。」

「それなら僕が旨《うま》くやるよ。」

「肌着も着替えさせたいし、……」

「それも僕がするよ。」

「だってそんな……」

「君は此処《ここ》にいて貰《もら》いたいんだ。」

「妙ね、へんなお顔をなすって。」

りえ子はこれは家に何かが起っている、それで帰るのを止めているのだと、平四郎の顔を見つめた。平四郎は窓の方を向いた。どうも、これは匿《かく》しきれない事になるらしい。

「何でも僕が行って持ってくるよ。」

「だめ、あなたは何か隠していらっしゃるわね。」

「そうか、そう見えるか。」

「昨夜はよくお寝みになれなかったのでしょう、お顔が黄ろいわよ。」

平四郎はちょっと此方に来たまえと、杏子が睡ているので副室にりえ子を引っ張って行った。早く仰有《おっしゃ》ってよ、たいへんな事が起りかけているのでしょうと、ぐずついている平四郎をもどかしがった。みんな言って了えという気になった。

「実はね、平之介が赤痢になった。」

「そして、」

「今朝入院させたばかりだ。」

「経過はどう。」

「大丈夫、取り止めたよ。」

平四郎は細かく昨夜からの話をし、出来るなら君にせめて三、四日くらい黙っていようと思っていた。いずれは知れるにしてもだね、というと、りえ子ははじめてありがとうと言って、がたがた震え出した。昨日のように車のなかで卒倒するなというと、今日は大丈夫だと言った。

「じゃ行くわ、昭和医専ね。」

「別棟の隔離室なんだ。」

「こちらおたのみします。」

　りえ子は杏子の眼のさめない間に出て行き、看護婦に杏子にはこの話はしてくれないように、注意していった。わかりましたと彼女は答えた。

命

美しい黒

黒の制服に黒いおかっぱ、黒い瞳《ひとみ》に靴下まで黒い、まるで黒ずくめだから、一層顔だけがひろがって眼につく、女中が靴をみがくあいだ縁側に立って、それを見ている。

平四郎は庭を掃いていた。

「靴は自分でみがくんだ。」

「はーい。」

「おいとさん、靴はみがくな。」

「は、」

「杏子、自分でみがくんだぞ。」

「ええ。」

あらかた磨けているので二、三度きれをこすって、それでおしまいである。鼻をちんとかんで、その紙を縁側の柱のきわに、置いた。

「行ってまいります。」

かつかつと靴に音を嚙《か》ませて、出かけようとし、平四郎は縁側をちらと見ていった。

「杏《あんず》っ子、待て。」

「なあに、」

「あれはどうするんだ鼻紙は。」

「あ、鼻紙、ごめんなさい。」

「だめだ、そんなことでは。」

「行ってまいります。」

「早く帰れよ、ぶらつかないで。」

「音楽会の練習があるのよ。」

「川村先生の楽友会か。」

「え、モツァルトを弾《ひ》くのよ。」

「生意気をいうな。」

「ソナタの十番、イ長調、ふんだ。」

靴音は石段を下りて往来へ、かつかつと音を立てて坂を下りて行った。平四郎はその後ろすがたを見て、こおろぎ色の女学生も、とうとう十七歳になった。何を考えているのか知ら？　間もなく平之介の登校である。

「行って来ます。」

「ボタンが外れているぞ。」

「はい。」

「もっとぴんと胸を張って歩け。」

「…………」

「ふにゃ・ふにゃじゃないか。」

平四郎は午後おそくに仕事につかれると、例のピアノの部屋に行って横になり、この大きな図体《ずうたい》の楽器の方にむいて、眼をつむり眼を開けていた。この楽器の中はハリガネだらけの街区である。ピアノを製《つく》った奴《やつ》は、ひとつの街をつくろうとは考えなかったろうが、内部は街だらけである。とうとう杏子がピアノを弾くまでになったが、音楽の才能は杏子にあるとは思えない、ただ、杏子がピアノを弾いているので、音楽の臭気が杏子のまわりにあることは確かである。手も顔もピアノの音色に漬けられているようで、ピアノ漬《づけ》みたいなものだ。平四郎はゆう方に、誰も弾いていないのにこの図体の奥から、なにかを聞こうとして自分の頭で或《あ》る音色を考え出して、聴きいろうとしていることがあった。

しやわせ

表の石段をとんとん馳《か》け上る靴音がし、おかっぱは少しみだれ、頰を真赤にした杏子が帰って来た。部屋にはいると、部屋の中がきゅうにむんむん熱気を帯びて来た、……

「またわたくしの部屋でお昼寝ね。」

「この図体が大きいもんだから。」

「これから練習よ、彼方《あちら》に行って。」

「行くよ、いま。」

「ピアノと格闘しているの。」

「おれは弾けないから見ている。」

杏子は勝手にどかどか行って、冷水を一杯あおってああ美味いと言って、もう弾き出した。昨日も今日もモツァルトである。川村という音楽教師が生徒を集めて、交詢社《こうじゅんしゃ》ビルで小さい音楽会を開くのだそうである。その演奏で杏子も参加することになっていた。

平四郎は杏子のうしろ向きの、おかっぱすがたを見て、何処《どこ》かでセーラ服の少女を永い間眺めた覚えを、頭のなかにさぐり出していた。白い三本のすじのある手がはしっこく動き、ピアノは鳴り夕焼が美しく庭の松にかがやいていた。おれは何処かでこんな人を見たことがある、そしてその少女には何としても近づけない身分といったらいいのか、境遇というものの違いを感じながら、ピアノをきいたことがあった。それがいま眼の前にあるのだ、へんな話である。そして平四郎は平然と一人の少女の弾くものを杏子と入れかえて、眼にしていた。

平四郎は余り熱心にきいているのを見られたくないので、書斎の縁側にしゃがんで聴いていた。音楽のことはまるで判《わか》らない平四郎は、こんどは突然弾き手がちがう気がし、ふと、ピアノの部屋をのぞいて見ると、りえ子が弾いていた。こんなに違った音色が現われるものかと、平四郎は楽器のこまかい音色を聞きすました。二人は熱心に夕食の支度もしないで弾いていたが、それはこの母と娘にとって、しやわせすぎる夕方の時間であった。りえ子は音楽を勉強するつもりでいたが、結婚でこわれてしまっていたのだ。その娘にいま何かと教えながら呼吸《いき》をはずませている、……

「そろそろ夕食の支度にかかってもらいたいものだね、お腹《なか》が空《す》いたよ。」

平四郎はさすがに遠慮がちな声でいった。

「ご免なさい、ただいま直《す》ぐ。」

りえ子は立ち、ピアノが歇《や》んだ。

杏子はふくれて言った。

「意地悪る、も鳥渡《ちよつと》じゃないの。」

「済まないね、威張るなよ。」

「うまく弾けなかったら恥だわよ。」

「それもそうだが、お腹がね。」

「わたくしも手伝ってすぐ作って上げるわよ、お茶の間にいらっしゃい。」

杏子は勝手のおはこびするために立った。平四郎は茶の間に坐《すわ》ると、誰も病気していないし、先《ま》ずあんらくな暮しかなと思った。

膝《ひざ》くらいあるケーキ

花屋の前で、四人の女学生は足を停め、明日の音楽会の杏子におくる花を、えらんでいた。結局、大輪の菊ばかり眼にはいり、えらぶまいとしても、つい純白の色に手が出て、触れた。

「杏っ子、菊はどう。」

まり子が顔を近づけて言った。

「菊なんて冷たくて気取っていて、いただいても有難くないわ。」

「じゃ、フリイジヤ、カーネエション、サイネリヤなんて細かいの、どう？」

「温かくていいわ。」

「じゃ、それに決めよう。」

「明日ね、交詢社ビルにね、楽友会演奏会があるんですから、そこに届けて頂戴《ちょうだい》。」

まり子は花屋にそういうと、るり子とえん子は分け前の金を出し合った。杏子はわたくしにもお金出させてと言ったが、杏っ子が出して自分で貰《もら》うのも、変なものじゃないかと言った。

「杏っ子はその代りきょうのお茶をおごるのよ、それでかんにんするわ。」

「じゃお茶を奢《おご》るわ。」

四人とも黒のオーヴァーに黒い靴だが、顔だけ白いので往来通りでは眼立った。喫茶店にはいると、まり子がえん子に言った。

「君が演奏が済んだら花束を持って上るんだ、君は一等なりが高いし顔もちょっと可愛《かわい》いしね。」

「だってわたくしあんなステージなんかに出たことがないから、あがっちゃうわ。」

えん子らしく困っていった。

「君にきめとくわよ、自分の靴音を確《しっ》かり頭に入れると、きりっとしてくるわ、だから、靴音をたよりにしてステージまで行くのよ。」

「靴音が聴えるかしら?」

えん子は危ない眼付でいった。

「聴えるわよ、確かり床を踏んで出るのよ、その時、わたくし達が拍手したらね、杏っ子は花を胸にあてて挨拶《あいさつ》するのよ、そうね、出来るだけ哀愁をおびた眼付をしてね。」

まり子はたとえば、こんなふうに演《や》るのさと、手を胸にあてて眼をほそめて見せた。

「まり子のばか。」

「ふふ、……」

「それからね、わたくし輿に乗ったら杏っ子と声をかけるかも知れないから、その時また頭を下げるのよ。」

「そんな事いわないでよ。」

「まり子のことだから思い切ったことを言うかも知れないわ。」

「言えるもんか。」

「言ってやるから覚えていて。」

杏っ子のお会計だからケーキをも一つ取ろうじゃないかといい、四人は大きな膝くらいあるケーキがくると、それを自分の前に引き寄せた。

前の日

この異様にも見える黒ずくめの女学生達は、彼処此処《そここ》の玻璃窓《ショウインド》の装飾品を覗《のぞ》いて歩いたが、まり子はお金がなくちゃだめねといった。

「ね、お汁粉どう。」

「お汁粉賛成、杏っ子おごれよ。」

「とても、はいらないわ、わたくし。」

えん子はからだが悪いせいか、お腹をなでて見せた。でも一つくらいならいいわ。

四人は汁粉屋にはいると、言い合せたように、ふふ、……と笑った。食べてばかりいるのが急に可笑《おか》しくなったのだ。

「ね、杏っ子、平四郎さんは小説家だから万事理解があると思うがどうなの。」

「理解どころかとても煩《うる》さいわよ、ああしろこうしろって適《かな》わないわ。」

「そうかな、君は平四郎の書いた物は読んでいるの。」

「雑誌がくると自分のところはいち早く切り取ってしまうから。」

「ふう、さすがだわね。」

まり子は油断ならないおやじさんね、といい、杏子は何時《いつ》も読んでくれるなと平四郎が言うといった。まり子は突き込んだ。

「だって本屋で立読みしたら、みんな読めるじゃないの。」

「そこまで行って読みたくないわ。可哀《かわい》そうだから。」

「そうね、可哀想だわね、娘に読んで貰いたくないものだって、あるから、ふ、ふ、……」

「わたくしね、平四郎さんの顔を見ると可笑しくなるのよ。」温和《おとな》しいえん子が笑って又言った。

「あんな真面目《まじめ》な顔をしていらっしって愛情は鮮度がなければならんなんて、大胆なことをお書きになるんだもの。」

「どうも書く事と実生活とは違うような気がするのよ、だから書いていることは実際に行われていない、原稿の上のリアリズムかな。」

杏子は不可解な顔付だった。

まり子がしめくくりをつけた。

「とにかく油断ならないわ。」

「そうよ、何時も何か見ようとしているから気味が悪い。」

「父親というものは娘の成長については、郷愁に堪《た》えざるものがあるらしいわよ、うちのおやじなぞ、よくそんなことを露骨にいうわ。」

「うちの平四郎なぞは、わたくしを美人に仕立てたい空想を持っているから可笑しいわ。これは一般に父親の感情風俗なのね。」

「わたくしもそれはいや程、感じているわ。」

えん子がくすくす笑った。

四人は、あ、食べちゃったと睡《ねむ》いような眼にちょっと、同じように手を腹に遣《や》り、からだを猫ののびをするように伸して、立ち上った。そして表に出るとただむやみに歩いた。幾ら歩いても歩ききれないふうだった。

はなたば

番組が進んで、杏子はおろおろしたものが、しだいにおちつきのない処《ところ》に、連れ込まれて脅かされる気がし出した。隣の席にいるまり子にいった。

「まり子、手を握ってよ。」

「ふるえているわね。」

「たまらないいやな気持よ。」

「まだ順番が来ないじゃないの。」

「だって耳まで震えてくるわよ。」

「意気地なしね、確乎《しっかり》するのよ。」

順番が来て、まり子が男みたいに杏子の背中を衝《つ》っつき、川村教師はピアノの前に坐ったらきっと落ち着いて来ますよ、いまが一等まいる時だ、僕がそばにいるじゃないかと言った。

「どうしたのか知ら、まだお母様がいらっしゃらないわね。」

まり子は席の方を覗いてみても、杏子の母親はまだ来なかった。遅れる筈《はず》がない、杏子がステージに現われる時分になっても、母親のりえ子は現われなかった。

ピアノの前に腰をおろすと川村教師は楽譜をひらきながら低い声で、家にいる時とおなじ気持で弾くんですよといい、杏子は柔らかく弾きはじめた。何を弾いているのか頭にはなにもなかった。空っぽの中に坐っているようで、呆気《あっけ》なく弾き終った。拍手が起り杏子は百人ばかりの人に、挨拶をした。はっとすると靴音がきこえ、清水えん子が例の花束を持って現われ、杏子はそれをうけとると、胸にかかえた。えん子はまた靴音を立てて入って行き、ふたたび杏子は聴衆に頭を下げると、また拍手が起った。杏子は川村教師がなれた手付で、また起った拍手に応《こた》えて、頭を下げた。杏子はその時分からおちついて、人々の顔を見ることが出来た。

控え室にもどると、川村教師はよく弾けたと褒《ほ》めてくれ、杏子は手に一面の汗を掻《か》き、頭のなかでまだ音色のただよいがあった。

「お母さまは？」

「見えていないわよ、さがしているんだけれど、何処にも見つからないわ。」

その五分間が経《た》った時、平山さんて方にお電話でございますと、女事務員がいいに来て、何だろうと杏子は胸をわくわくさせて、電話口に立った。

「え、わたくし杏子ですが、すぐ帰れと仰有《おっしゃ》るんですか、お母様が何ですて、急な病気なんですか、ええ、すぐかえります。どんな風なの、大したことはないの、すぐ、すぐかえるわ。」

平四郎の声音も、ふだんとは異った急《せ》き込みがあって、杏子は今朝出がけにきっと時間までに行くという母親には、少しも変った様子が見えなかった。よほど不意の出来事らしい。

杏子は自動車に花束をいれてくれたまり子に、わたくし大変なことが起りかけている予感がするのよと、花束をうけとりながら言った。

脳《のう》溢《いっ》血《けつ》

りえ子の顔色がふだんとは悪いと思ったが、それでも、湯殿の前まで行って、柱につかまりながら、ひどそうな声で言った。

「少し頭がいたいんですが、音楽会には、……」

平四郎も湯殿にいた。

見ると顔はわずかな間に、さかなの色がかわるように変り、眼が片ちんばに、右の方がつり上っていた。

「どうした、……」

もう口がきけないらしい。りえ子はそのまま、湯殿前にからだを支えると、非常に物柔らかに、ほとんど、崩れるような勢いを失《な》くしたこなしで、倒れた。枕《まくら》を当てがい、どうした、と言っても口をもがもがするだけだった。女中にすぐ医師を呼びにやり、りえ子の顔はしだいにしぼむように、しかめられた。

医師が来ると、すぐ間違いない語調で言った。

「脳溢血ですね。」

「………」

平四郎はぞっとして言った。

「生命に関わるものでしょうか。」

「今夜と明日の経過を見なければ、どの程度のものだかも診断はしにくいんですが、軽症ではありませんね。」

「としますと、……」

「他の医者にも立会って貰いますが、お子さんにはお知らせになった方がいいでしょう。」

看護婦を呼び、平之介には学校に使をやり、平四郎は杏子に電話をかけて知らせた。この種の症状には応急の手当というものは、ただ静かにして置くより外にはなかった。

自動車が停まる音を聞いて、平四郎は杏子が戻って来たことを知り、庭に出た。

「お母様はどんなふう？」

「脳溢血なんだ、君は障子硝子《ガラス》から覗く程度にして、座敷には這入《はい》らない方がよい。」

「はい。」

杏子は座敷を覗いてみて、ひどいいびきをかいていらっしゃるわね、と、言った。あれが脳溢血の症状なんだ、医者は軽くはないというが、そんな脳溢血になる年でもないのだから、きっと、たすかるよ、君たちは当分近よらないでくれ、却《かえ》ってそんな事から悪くなっては困るから、と、つとめて平四郎は気持の挫《くじ》けたところを、見せないように言った。

「音楽会はどうだった？」

「音楽会どころじゃないわ、こんなもの、いらないわ。」

いままで抱いていた花束を、縁側の端に置いた。あまりに明るい花が却ってこの場合にはどくどくしく見え、杏子はそれを縁起でもないといい、手洗の鉢《はち》にいれた。

「若《も》しもの事があったら？」

「こんな好いお天気に人間は死ぬものか。」

まるで何《なに》も彼《か》も透くようなお天気の好い日に、人は死なないことだけは、杏子にも判《わか》るような気がした。

嬉《うれ》しい日

その晩から杏子と平之介は、茶の間にちぢこまって火鉢を囲み、そこに女中も割り込んでいた。病室に看護婦と平四郎がついていて、物吉繁多《ものよししげた》は氷を砕《か》いたり小物の用事をしてくれ、立会いの医師が来てから三日間は過ぎた。そして先ず危険のさかいは通りこえた、といった。五、六日過ぎにりえ子ははじめて、ねこ、ねこと失語症のわけの判らぬ語調でいったが、杏子は次ぎの間でそれを判断していった。

「猫のことなのよ。」

猫はまだ重態のりえ子の床に、この日から続いてもぐりこんだ、はじめて皆はやっと笑った。早くに来た寒い年で、氷が十一月終りから張った。一週間は過ぎ杏子と平之介は学校に通いはじめ、りえ子は右半身の不随と、右の眼と唇がすこし曲ったままで、ものが言えるようになった。

一さい病室に這入ってならない事になっているが、平四郎が金のことで外出している間に、杏子は縁側の障子硝子から中を覗いて、念を入れて音のしないように障子を引き、病室にはいって行った。看護婦は会の方に電話をかけに行き、誰もいなかった。杏子はうす紅《あか》い円く切り取った一枚の色紙のようなものを眼にいれた。そこにある二つの瞳《ひとみ》が杏子の方に向いてきゅうに、ふっとひらいて、突然、先刻から杏子が忍びこんで来たことを知っていたらしく、にっと頬笑《ほほえ》んで見せた。杏子はその頬笑みがあまりに、出しぬけだったので、全身に寒さと同様なものを感じ、病室に無断で這入ったことの怖《おそ》ろしさを感じた。少しずつ障子の方にうしろ退《ず》さりしながら、非常にひくい、寧《むし》ろ聴き分けられない声で、杏子はこう言わずにいられなかった。

「お母さま、もう恢復《なお》っているわね。」

生きかえった人は、なにも答えなかった。

「…………」

茶の間に戻った杏子は、がじがじ震えて来て震えがとまらない、看護婦が戻り、平四郎が帰って来ても、杏子は勿論《もちろん》なにも話さなかった。正気はたしかにある。ちゃんとお部屋にはいって行ったときから、知って待ちかまえていたのだ。併《しか》し杏子に返事をしようとしながら、口を動かしたきり黙っていたのが、気になった。

皆で夕食を音のしないように、食べている最中も、杏子は病人の秘密みたいなものを自分一人で見て来たような気がし、はればれと久しぶりの食べものが、美味かった。その秘密を自分一人でまもっている事、誰も知らないことが嬉しかった。

「病人が恢復ってゆくということは嬉しいものね、どんな嬉しいことにも、くらべられない嬉しさなのね。」

平四郎はこの杏子の言葉が何処《どこ》から来たか判らないが、巧《うま》く言い当てていると思った。

夫婦

人間が一人の女を連れ、暮しの中をがつがつ歩くということが不審である。縁もゆかりもない女と一生喧嘩《けんか》をし、仲直りをし金の心配を分けあい、他人には見せられないことをして、とぼとぼと曠野《こうや》を行き、街の中をほっつき歩いて、どちらかが先に死んで行く、このばかばかしい繰り返しに反抗も否定もないのである。

平山平四郎の妻のりえ子という女は、女の中でも、もっとも凡庸の女であった。平四郎には殴られたことはないが、音楽教師からヴァイオリンの弓づるで軽く叩《たた》かれ、金沢の裏町を戻りかけながら、もうヴァイオリンは習うまいと決心した。そしてピアノの検定を取り小学校教師を勤め、最低の文学少女として和歌を作っていたが、その和歌は田舎の三文雑誌に掲載され、当時、平四郎もこの三文雑誌に詩を書いていて、誘惑してやろうという考えが勃然《ぼつぜん》と平四郎の頭を支配した。誘惑の方法は手紙によるより外はない、平四郎は相当誘惑の効《き》き目が出たときに結婚を申込んで、平四郎の青春はここにあわれにも終りを告げたのである。縁もゆかりもない女と平四郎はこんどの脳溢血の発作から、十九年間のきょうにいたるまで彼女は半身不随であり、殆《ほとん》ど妻というものではなく、母親か、姉か、そしてふしやわせな妹かの類であった。彼女の右の肩はだらりと下がり、歩行も杖《つえ》をつくのであるから、足もきかなかった。地震とか火事の折に十年間たんかを用意してあったが、最近は一台のリヤカーが何時《いつ》でも引き出せるよう、奥の縁側に置いてあった。

震災の時に酷《ひど》い目にあったりえ子は、間もなく三年間リウマチを患《わずら》い、こんどの中気となったことを引っくるめると、その生涯の半分がわずらい続けられていた、われわれ三文雑誌の出身者はついに、今日にいたってもやはり雑誌商売の夫婦であった。かの女は雑誌がくると、平四郎の仮名遣いの間違いを訂《ただ》し、不自由な片手間に切り抜きをして、せめてもの手助けをするらしい、対手《あいて》が不自由であるから喧嘩は出来ないし、怒ることも出来ない。

ただ、りえ子が床についてから、平四郎は襯衣《シャツ》一枚さがすのにも、骨が折れた。

「杏子、あれは何処にあるんだ。」

「あれとは何の事なの。」

「猿又の事だよ、どこにもない。」

「そうね、猿又はね。」

杏子はがたぴし箪笥《たんす》を掻き廻してみるが、判らない、郵便局の通いがわからなくて困るが、君は知らんかというと、知らないと杏子はいった。それをそばで聞いていた女中が、通いなら針箱のお抽斗《ひきだし》にいつも入っていたようでございますと、女中のいと子の方が却って知っていた。だが、倖《さいわ》いにも、当然襲来しそうな再度目《にどめ》の発作は、ついに来なかったので、りえ子はたすかったのである。

半分の顔

意識を回復したりえ子は、十日程経った非常によく晴れた日に、畳のうえに朝日がうらうらと映っているのを見ていった。

「あら、……」

そして手を伸して、日光の色にさわろうとした。やっと死の境からのがれた人間の仕《し》業《わざ》としては、歇《や》むをえないもがきがあった。平四郎は昨夜も書斎の雨戸を一枚開け、そこから、もぐり出るようにして酒を飲みに出掛けたことを、りえ子がかんで知っているような気がした。出這入《ではい》りは一さい玄関からしないで、繰った雨戸から杏子や平之介も外出していたので、りえ子には判らない筈だった。

三週間後に、平四郎は病室にはいることを禁じていたので、或《あ》る日、もうそろそろ宜《よ》かろうと思って言った。

「どうだ、子供達にあうかね。」

「ええ、呼んでください。」

杏子と平之介が三週間振りで見たりえ子は、やはりふとった赧《あか》い顔をした母親だったが、右の眼と左の眼にどこか照準の異ったものがあって、右の唇がひんまがって見えた。脳溢血という病気はよく判らないが、その怖《おそ》ろしさだけはりえ子の顔に、気難しいものの現われていることで判った。

「いつもお庭を通る頭だけ見ていました。その頭もときどき伏せて行きましたね。」

杏子はこの他人につかうような言葉を、耳新しく聞いた。こんなふうに敬語をつかわないと、巧く言葉が舌の上でつづれないらしかった。

「何時《いつ》か秘密に会ったわね。」

杏子のこの言葉には、平四郎は鳥渡《ちょっと》驚いた。

「何時さ、この部屋に這入ったのか。」

「ええ、こっそりとね、あの時はとても嬉しかったわ。」

「油断のならない奴《やつ》だな。」

その時、平之介がくすくす笑い、りえ子も顔をまげて笑った、笑うと顔の相がまがることが判った。

「僕もこっそり一人で這入ったものさ。」

「まあ、君もか。」

杏子は厳重な警戒を突破した平之介が、いままでそれを黙っていたことが可笑《おか》しかった。看護婦はでも皆さんはほんの二分間くらいしか、いらっしゃいません、わたくし眼で合図をしていたんですものと、彼女も這入って来たものを止めるわけにはゆかないと言った。

「あれから毎日来てくれるかと愉《たの》しみにしていましたが、あれきり来ませんでした。」

「では君は毎日、庭先で頭だけ見ていたんだね。」

障子硝子の前をとおる頭と、顔の半分とが朝と午後の学校の行き帰りに見られた。医者から当分子供さんに会わないように注意され、その通り実行していたが、隙間《すきま》は何処にもあるものに思えたが、平四郎はそれもいまになれば、たくまざる彼等の愉しさに思われた。

古手紙

「ではおれが飲みに出掛けたことは、」

平四郎は笑いながら言ったが、それは何時出掛けたか判らないが、帰って来るところのお部屋に這入っていらっしゃるので、判りましたといい、看護婦さんと火鉢にあたっていながら、不意に勝手に行ってお酒をひっかけては、戻っていらっしゃることも知っていました。美味そうに、ああ、と感嘆していらっしゃることも知っていると言った。

「電気屋さんがお庭に電燈《でんとう》をつけに来たことも、おぼえています。」

庭の中を明るくすることで、平四郎は病人のいる憂鬱《ゆううつ》さを少しでも、すくなくしようと電燈を急拵え《きゅうごしら》に点《つ》けたことも、おぼえていた。杏子の友達が花を持って来た事、金沢から姉が上京して来た事、郵便局の通帳をさがしていた事、お金を取りに平四郎が出掛けた日の事、石鹸《せっけん》のありかが判らないと言って騒いでいた事、そういう事はみんな知っていながら、それに応《こた》えるものが禁じられていて、それを守る事も、みな知っていた。

その日から杏子も平之介も、病室に出這入りをし、りえ子は三年間臥床《がしょう》のままで暮した。或る日起き上れるようになり、間もなく坐《すわ》ったままいざりのようにずって行くことが出来、或る日にはまた柱につかまって立つことが出来るようになった、それを十日間繰り返していると、こんどは、らくに柱につかまって立つことが出来た。杖が用意され一と月程後の日に、その杖にすがって二、三歩すすむことが出来た。平四郎はそれらの発案がうまく成功したのを見て、この人は何を悪い事をしてこんな有様を、しなければならないのかと妙な質問を頭に、またしても繰り返して持っていた。

りえ子の臥《ね》ているあいだに、平四郎は家の中のがらくた物を整理をし、平四郎自身で何処に何があるかを知るためにも、棄《す》てる物は取り棄ててしまった。平四郎の頭は女の頭といれ替えになり、すぐ物の所在が判るようになっていた。

「あなたはむかし戴《いただ》いたお手紙をみんなお焼きになりましたね。」

りえ子は穏かな語調だった。

「みんな焼いて了《しま》った。」

「惜しくはございませんでしたか。」

「僕はさっぱりした。君は？」

「あのままにしまって置いてもようございましたのに。」

「いや、人間の生涯にはかたをつける時期があるものさ、焼いて宜かったのだ。」

「そう。」

「人に読まれると困る、……」

「それもそうね。」

再び彼らはこの手紙については、話をすることがなかった。今日にいたるまで。

曇り

杏子は十九歳になった。

時どき平四郎は、杏子の眼を見て、これはどうしたのかと、注意深くなおもよく見入った。どこか重々しく、牛のような鈍重さがあって、感覚的には内部から発しているもののようだった。それは極めて瞬間的なものであったが、朝なぞはそんな閃《ひらめ》きがみとめられるが、外出帰りとか運動した後とかに、その曇濁したものがからりと、ぬぐわれていた。そんな眼をする間際《まぎわ》の顔色は悪く、紅《あか》みを剝《は》ぎ取って、あおぐろいものと入れ替えたように見えた。

娘時分には、変り方がすぐ眼に現われるものかと、平四郎は思った。

「君、きょうはどうかしているか。」

「いいえ。」

「眼が牛みたいにどんよりしている。」

「失礼ね、牛みたいなんて。」

「普段の眼とはちがうよ。」

杏子は鏡を見にいって言った。お友達だってみんなこんな眼をしていることが、あるわよといったが、自分でも気になるらしかった。わかい女の眼が変るのは、肉体からさす明りにさまたげられるらしい、肉体が曇れば眼にも曇りがさすわけだ。

すれちがいに入浴の時、通りかかると、かかっている大きな揚げタオルに、くるっと、十四貫もあるからだをくるめて隠れてしまい、足だけ見せる手早いわざだった。そうかとおもうと、パンツ一つになって納戸《なんど》の簞笥から下着をさがしながら、平四郎に見付かりはしないかと、むやみに急いでがたぴしやっていた。生憎《あいにく》なもので平四郎もなにかを捜しに行き、入口でばったり裸の令嬢に出会《でっくわ》してしまった。

内側から襖《ふすま》をしめ、それを手でおさえながら、困って言った。

「だめよ、そこを開けちゃ。」

「どうしてだ。」

「いま裸なのよ、パンツ一枚。」

「危険な女だなあ、お客様が来たらどうするんだ。」

家の構えは、庭に這入《はい》ると横にならべた部屋が、瞭然《りょうぜん》と客の眼におさまるようになっていた。

「彼方に行っててよ。」

平四郎が書斎にもどると、庭づたいにやって来て言った。

「どう、牛の眼ん玉あなおった。」

「あ、直った、お湯にはいったからだね、これから牛の眼になった時は、お湯にはいるんだね。」

「牛の眼って処女の眼だあ。」

「眼薬で点眼してもなおるよ、性的なもんだよ。」

「そうかよ、意地悪る。」

間もなく女学校を卒《お》わるので、皆で、何処か山のあるところに旅行して、お別れしたいと、杏子は一応報告して、去った。

手《て》帖《ちょう》

伊豆《いず》の伊東に平四郎の借りた小さい家があり、そこで女学生達は自炊をして、卒業したら会えないから友情に別れを告げるために行きたいと、杏子は平四郎に伝えた。米や食物も自分の分だけ持って行くというのである。も一つ、平四郎にも同行してほしい、土地の案内を兼ねてである。まり子にえん子、るり子の三人である。

よく晴れた早春の朝、例によってきょうも黒ずくめの女学生達は、平四郎にお構いなしに喋《しゃべ》りつづけ、平四郎は雑誌を読みながら印刷紙のうえに、娘達の笑い顔がころがり込むような気がした。列車は込んでいないし、国府津《こうづ》で平四郎は五人分の弁当とお茶を買いこんだ。

「お弁当買わせてすまないわ。」

「きょうは学校の小使さんだ。」

娘達は愉しく弁当をひらいた。皆は箸《はし》の先にほんの少しずつ、ご飯をすくい上げ、それを二つの唇のそばに持ってゆくと、上唇と下唇とがおもむろにあいて、すくい上げた白い蝶《ちょう》が舞いこんでゆく、そのたびに舌のさきが見えた。娘達のご飯をたべているありさまが、こんなに美しいものであったかと、平四郎は巧みに箸の先につまみ上げたご飯が、あざやかに窓からの外光にきらきらするのを見た。

まり子が男のような声でいった。

「富士山なんて何時も同じ顔ね。」

「じゃ、どんな顔したらいいの。」

「山は気難しい顔のほうが威厳があっていいわ、富士山たらばかみたいよ。」

書斎の八畳を皆につかわせ、平四郎は四畳半の茶の間に机を置いた。掃除は出来ているので皆は米櫃《こめびつ》に米をあけ、罐詰《かんづめ》類を積みかさね、野菜を買いにまり子とるり子が出て行った。

「君はやすんでいたまえ。」

と、からだの悪いえん子を置いて行った。えん子は僅《わず》かな列車にも疲れて、大きな眼を一そう大きくして、少し横になって、平四郎にごめんなさいといった。そして手帖を取り出すとしきりに何か書いていたが、それを平四郎に見られまいと、小鳥が餌《えさ》をついばむように、顔を上げてけいかいしながら、書きつづけていた。

「えん子、それ、平四郎さんに見て貰《もら》うといいわ。」

「いやよ、はずかしいもの。」

杏子は、えん子がね、この頃、詩を書いているのよ、病気ってものは変に書きものに近づかせるものねと、平四郎にこっそり言った。

まり子とるり子が垣根の外で、何か高い声で、平四郎が平四郎がというのが、妙なしたしさで茶の間に聴えた。かの女らは前では平四郎さんといっていたが、かげでは、夏目漱石を呼びすてにするように、平四郎を面白半分に呼びすてにしていた。

じんなら魚

暖香園のみごとな夏みかんの大木が、朝日にかがやいて、清水えん子はああ美しい、死にたいわと言った。あぶらをふりかけたこの夏みかんの健康な黄熟感は、一つずつ胸に打つかって来る圧迫があった。

「そうね、えん子にはこんな野蛮な健康はたまらないね、」

まり子はわたくしでさえ、この木を見ると、どういう褒め方をしたらいいかに、迷うわ、あんまり美しく、木がお芝居しているみたいだといった。

お寺の池のようなところで、列をつくって泳いでいるじんならという魚を見たとき、余りにふしぎな感じがあった。よく多摩川なぞにいる鮠《はや》のようなさかなで、痩《や》せぎすですがたのよいこのじんなら魚は、湯気の立つ温かい温泉まじりの水のなかに、快活に泳いでいた。半分は地獄で半分は極楽のような光景は、このさかなが温かいお湯に泳いでいるだけでも、何か間違った事をしているように思われた。

「じんなら、じんならはあわれなりけり。」

えん子はそういうと、いい名前ね、と飽きず眺めていった。このさかなの気が遠くなるような命の果が、人間によく見分けられるだけに一そうあわれであった。しかも清水えん子はこの日から算《かぞ》えて一年くらいの間に、肺で死ななければならなかったのだ。

杏子は麩《ふ》を細かく、ちぎりながら拍子をとってうたうと、三人の女学生もやはり麩をちぎっては、水の面に投げいれて合唱した。

「じんなら、じんなら。」

「じんならはあわれなりけり。」

「じんなら、じんなら。」

鮎《あゆ》にも似たじんならは、やさしい水面をはじいて麩にむらがり、四人の少女達のあえかな呼びごえは、このお寺の庭のようなあたりに、肉声のつやをふくめてつたわった。

「こんなおさかなは一生わすられないわね。」

えん子は皆が池のへりからはなれても、なお、立って麩をくだいてあたえていた。じんならは白い腹を見せ、そしてつるつるした頭を友達同士で、かちんこをして見せた。

「えん子、早くお出《い》でよ。」

えん子はやっと池のへりをはなれた。

三人はもう境内を出かかり、今夜、じんならが化けて出るかも知れないと杏子が言った。あんなたくさんのじんならが、裃《かみしも》を着て刀を差して化けて出たらというと、皆は笑った。そしたらえん子が扇をひらいて、何か舞いはじめるかも知れないと、音楽家を父に持つるり子がいった。

夜は夜ぴでお喋りが続いて、十二時を打っても、話は尽きないらしい、しまいにじんならを唄《うた》いはじめた。それは殆《ほと》ど聞きとりにくい低い声で、しかも顫音《せんおん》にはとどめがたい哀調があった。

わかれ

郊外の崖《がけ》の日あたりのよい処《ところ》で、皆は腰をおろして憩《やす》んだ、早春ではないが頭ばかり大きい土筆《つくし》が、もう芝生に見えはじめていた。

「おじさま、命ってどんなもの。」

「生きていることじゃないか。」

「いえ、違うわ、生きていることも命だけれど、もっと大切なことです。」

「仕事のことをいうんだね。」

「それなのよ、それ、どんな物。」

「そりゃ音楽や絵画にもあるが、」

「でね、それが名作という範囲の物でないと、いのちといえないんですか。」

「名作でなくともいいよ、小学生が絵ばかり画《か》いていたってその子供の命だともいえるね。」

「あ、嬉《うれ》しい、わたくしもそう思っていたんです。当っちゃった。」

えん子は自分の考えが当ったので、どんなもんだいという顔をして見せた。まり子が言った、えん子は手帖になにか詩の屑《くず》みたいな物を書いているので、それをもっと高度なものに解釈させようと、平四郎さんにわなをかけて見たのよ、ところが巧《うま》く平四郎さんがそんなものまで芸術だといって、わなにかかってしまったのだと言った。平四郎は、いや、どんな人間も小説を書く権利があるし、小説というものをたくさんに持っているんだ、それを書き現わす場合に名作にならなくとも、その人のいのちなんだ、えん子さんの言うことにはいのちの解き方に間違いはないと言った。

杏子が突然言った。

「えん子はね、何か書いてある手帖に疑いがあったのよ。」

「ほんとはそうなのよ。」

えん子ははればれしく言った。

「見ない手帖のことなんか判《わか》るもんですか。」

まり子は油断しているまに、見てやると言い、えん子は死んだって見せないと言った。

夕食前にお湯が立って、みんながお化粧に永い時間をついやしたが、いちどに四つのわかい顔がならぶと、平四郎もひげを剃《そ》って食膳《しょくぜん》についた。何の為《ため》にこんなにご馳走があるのか判らなかったが、なにかを見送ってわかれるという感じは充分にあった。これがおじ様にわからない筈《はず》がないと、四人は秘密めいたまなざしで言った。窓の片戸が開いていて野の梅が生けてあった。どこか四人の合唱しているようなものがあって、今夜それをおくるという意味なのだ、えん子の発案だった。

えん子の言うところでは、少女風なものを今夜はみんな脱いで、窓から吹いて飛ばせるのだといった。何時《いつ》もはきょうほどにしない海鳴りまで聴え、わざわざ皆は此処《ここ》に来て、棄てて帰るものがあるのだといい、平四郎はその説明しがたいものが解《わか》るような気がした。わかい女の考えるものはやはり詩のなかのもので、わかさは詩と変りのないことを知ったのだ。

百枚の手紙

皆が海岸に出掛けた後に、えん子が一人のこって、疲れるから歩くのは止《や》めると言った。

「ね、おじ様。」

「何か。」

「おじ様には失礼なことを言うようだけど、わたくしの手帖《てちょう》は見なさらないわね。」

「僕はね、自分の書き物は人にも見せないかわり、人のものも見ませんよ。」

「ごめんなさい、変なことを言って、わたくしね、おじ様に手帖を見ていただきたいの。」

「見てもいいのか。」

「誰か一人だけに見せたいんです。ただ一人の人、」

「僕がその適任者ですか。」

「おじ様より外にないわ、誰もそんな人いないわ。」

「じゃ、見よう。」

「ええ、見て戴《いただ》きたいわ、笑わないで。」

或《あ》る人が手紙をくれたが、返事を出さないでいるとまた一綴《ひとつづ》りの手紙をくれた。手紙はえん子に会った日を日記体に書いた物で、五十枚の綴りが二帖《じょう》あって二年間に会った記述である。言葉や笑いやからだの動きまで細描してあって、小説でもこんな細かい事は到底書けるものではない、えん子はそれを読んでどう返事を書いていいか判らない、百枚もある手紙に四枚や五枚の返事ではどうにも済まないような気がして、まだ書けないでいる、一生返事の書けない手紙とは、こういう手紙をいうのであろう、恐ろしい手紙である。それとも、わたくしもこの方にお会いした時から、ずっと今までの印象のようなものを書いた物を送ったらいいのでしょうか、ともかくも、わたくしの手帖はもう三冊も書きつづけているが、とてもわたくしには後が続けられそうもない、併《しか》しわたくしは毎日手帖に対《むか》い、ひまさえあれば何か書いている、何か書いているあいだは対手《あいて》に返事をしているような気がしているからだ、わたくしは後を続けて書いたらいいのだろうか、誰かがこれを教えてくれないだろうか、という意味であった。

子「たいへんな手紙ね、その人好き。」

っ「あんまり細かく見ているからいやですけれど、こんなにわたくしを見た人、生涯にないと思いますけれど。」

杏「何をしている人なの。」

「学生です。会っていても何もいわない人なんです。たとえばわたくしが郵便を取りに立つと、立ったときから表情がちがっていることを書いて、なにごとでも、小さい批評が加えてあります。」

「それで君は手帖をおくるの。」

「おじ様に見ていただけば、もう、その人に見せたような気がしますもの、お見せしてよかった、すうとして来たわ。」

えん子は手帖をもとのハンドバッグに入れると、家にいらっしゃる方だけれど、二人きりで会ったことはないんですと言った。

白状の詩業

少時して平四郎は大切なことをわすれたような顔付でいった。

「先刻の手帖をも一度見せて。」

「どうしたんですか。」

「あのなかに詩があったね。」

「ええ、ございました。」

「あれをちょっと見たいんだ。」

えん子は手帖を開いて、この詩でしょう。詩だか何だか判らないけれど、書いてみたんです、この間みんなでお湯にはいって、一つの林檎《りんご》を噛《か》じりっこしたんです。その後で書いたんですけれど、これで詩になっているかどうかわからないの、詩って小説にない小説の息みたいなものなのね、と、えん子は甘えた言葉づかいで言った。平四郎は、あ、これだ、これが君に書けたということは大変なことだねと言った。

林檎ひとつむねに抱きて
戯《たはむ》れに湯あみの時を移せり、
身はみな　をとめごの栄《は》え。

平四郎は身はみな　をとめごという一行を恐ろしいうまさだと思った。

「外に書いたのはないんですか。」

「たったこれ一つなの、生れてはじめて書いたんです、もう書けそうもないわ。」

この詩をかくまでには、ずいぶん沢山書かなければ、ここまで入って書けないわけだがね、白状しなさい、相当たくさん書いていたんでしょうと平四郎は言った。

「わかります？」

「わかるとも、ちゃんと、……」

「ごめんなさい、ずっと書いていたんです。」

「だが、これが今までのうちで一等ぴかっとしている訳だ。」

「おじ様は怖《こわ》いわ。」

「これくらいは判りますよ、この詩一つ持って居れば外に詩なんか書かない方がいい。」

その時、三人の娘達が戻って来た。まり子が笑いながら言った。二人で今まで何をしていたのよ、えん子、こうふんした顔色をしているわね、

「白状するのよ、えん子。」

「おじ様に詩を見ていただきました。」

「それで、どうしたの。」

「褒められました。」

「どう褒められたかを言うのよ。」

「つまり一生のうちで一つしか書けない詩だと仰有《おつしや》ってくださいました。」

「以後、平四郎さんとここそこ話をしてはいけない。」

「はい。」

　そこで皆は転げ廻って笑った。平四郎さんもえん子をおだてては、い、け、ませんと、まり子は言い、平四郎は以後きっと気をつけますと言った。間もなく皆は男の声をまねて、飯だ飯だと勝手に行って騒ぎはじめた。

美しい人

　翌日、皆は伊東の町に別れた。

　もう一度じんなら魚を見ようと出掛けたが、列をはなれた一尾のじんならの背中に、あざのような傷があって、巧く尾が泳げにくそうに見え、娘達はそれを可哀想《かわいそう》にながめた。

午後に皆は出立《しゅったつ》した。平四郎は書斎にはいろうとすると、むっとする体温に靴皮のにおいがまじり、庭の梅がもう散りはじめていた。この日から一年の後、早春の日に清水えん子は、肺で死去した。杏子、まり子、るり子はやはり黒の制服姿で、告別式にのぞんだ、そして杏子はわかれの言葉のなかで、えん子はこっそり詩を書いていたが、誰にも見せなかったと言い、しじゅう手帖に何か書き入れていたけれど、そんな手帖はお母様も、ついに本箱にも机の抽斗《ひきだし》にも、死後、それを見なかったと仰有っていたが、おそらく破いて棄《す》てたものではなかろうか、その他、詩に類する原稿も一枚もなかったと仰有っていらっしゃいました、杏子のお喋《しゃべ》りが済むと、平四郎は実は詩を見たのは私だけらしいが、それはその時にもえん子さんに言ったものですが、一生のうちに一つしか書けないような詩で、それ故《ゆえ》にみごとな詩であったと、平四郎は暗誦《あんしょう》している三行の詩を朗読して見せ、人びとは何か書きものをしそうなえん子だったことを、さらに思い返していた。

平四郎はさらに言葉を継いで、えん子さんの詩が相当永い間勉強して書かれたところがあるので、問い糺《ただ》すとやはりずっと三、四年も、一人で詩を書いていたことが判ったのです。その折、えん子さんの言った言葉として頭にのこっているのは、

「おじ様は怖い。」

という文学上の眼のことを、えん子さんはそう言っていた。それは永い間、書き物をしていると他人の書いたものが、どんな場合にどういう気持で書かれたかという事、そしてどれだけの年月を勉強していたかという事も判る訳なのですが、「おじ様は怖い」というえん子さんは、いかにも、わかい娘さんらしい言葉でそう言われたものに思われます、と、平四郎はお喋りを終った。

まり子は昂然《こうぜん》として言った。一人の女がただのむすめとして、清く死ぬということには、すくいきれない美しさがある、えん子さんのそんな死に方は、わたくし共が永い間生きてゆくうちに、或る時はおもい出し或る時はわすれていても、えん子の清潔な生涯には及ばないものが、或る意味の死の立派さが感じられるのではないでしょうか。生きてゆくために人間はよごれることもあり、よごれている処から見たえん子さんは、何時までも美しい人の印象が強いのですと、まり子は声量もどこかに男まさりがあって、感動的なものがあった。えん子は十九歳だった。

人球

平四郎の庭隣りは空地になっていて、雑木林があり、其処《そこ》の崖《がけ》の下は、一そう低い地盤になってテニスコートがあった。おもに近くの人達が協同で借りているらしく、画家とか公務員とか、野村技師や鳩井という青年も交り、日曜は朝から疎林《そりん》を透いて、球の音がしていた。杏子も平之介もその仲間で、時々、杏子の声が疎林をぬけて、書斎に聴えていた。平四郎はテニスというものが嫌いだったから、滅多に見に出ることはないが、杏子がコートにはいっている間、何時《いつ》も一人の少女が腰かけて見ていた。りさ子である。それは杏子がつれて行くのか、りさ子が杏子の後を追うているのか判《わか》らないが、杏子のあとには、何時も明眸《めいぼう》の少女りさ子が尾《つ》いていた。

家で杏子がピアノを弾いている間も、りさ子はピアノとは少し低い背丈を見せ、熱心に杏子の弾く手付を見ていた。たまには、りさ子が弾き、杏子がそれを教えていた。こんな絵のような姿はそのままで、ピアノというものと、よい調和があって、平四郎の眼にとまった。妙なことには平四郎は十三、四の頃の杏子を、何時の間にかわすれていて、いきなり十九歳の杏子ばかりを見ていることに気づいた。それはりさ子がピアノの前に立っていると、杏子もあんな少女であったという考えがうかんで来るからである。だから同時に十三歳のりさ子に同じ年ごろの杏子を見出《みいだ》すことで、平四郎は二人の杏子を別様に見ているような気がしていた。

杏子はもう十年もピアノを弾いているが、音楽の才能のないということは、どんなに永い間弾いていても、だめなものである。平四郎は大きな楽譜を入れて通った音楽の勉強も、ついに、むだになったことを気づいた。ただ、杏子はたしなみの一つを覚えこんだに過ぎないのだ。

「わたくしピアノはだめね。」

「何も職業のためにピアノを弾くことはないさ、いやな言い草だが、やはり女の心のまわりにピアノが何時も弾かれているというだけでも宜いんだ。」

「心のまわりになんて難しい言葉だわ。」

「それはね、女の人の心には何時もピアノのような音色があるという意味なんだよ、愛情だってピアノが鳴るようなものじゃないか。」

「それは判るわ。」

「だから立派な音楽家なぞにならなくともいいんだよ、そういう人はべつに育って行くんだから、気にするなよ。」

妻のりえ子も、とうに杏子のピアノには何もいわない、ただ、りさ子の姿を見て、こんな少女のころの杏子が、もう平四郎の頭にわすられていることが、さびしいものであった。人間の成長は殆《ほとん》ど順調であった場合は、凡《すべ》て忘却されているものである。虐《しいた》げられた人間だけが、その凄《すさ》まじい記録をとどめているに過ぎない。

膝《ひざ》

りえ子が脳溢血《のういっけつ》の発作後、やっと杖《つえ》をついて歩けるようになっていたが、家事のことは平四郎が見るようになり、さかな屋にも八百屋にも行ったが、近い処《ところ》ではさすがにさかな屋は気恥かしくて寄れない。かなりある国道はずれのさかな屋に行き、葭簀戸《よしずど》にかくれてさかなを買った。平四郎はさかなというものを見て、それを買うことに貧しさを心に感じた。ああいう美しい魚類のすがたが、鰯《いわし》とか鯵《あじ》とか鯖《さば》になると、さかな自身が人間の生活くさいものに惑わかされ、卑《いや》しく悲しい気がした。反対に鯛《たい》とかえびとかになると、自ら品があって、さかなにも、こんな見方がなされていることにいよいよ、さもしい気がした。いったい一人前の男になりながら、さかなを買って歩くということに、生活の低さがつきまとうているようであった。といっても杏子は学校があるし女中では、よいさかなが見付けられないので、平四郎は灰色の国道にある西日を見ながら、その日のさかなを買っていた。

料理の方は杏子が受け持って、鯛の頭をがつがつ切っていた。それを二枚に下ろすのに一々、りえ子の処に行って、頭の切り方、おろし方をおそわり、さかなはさかな屋でおろして買う方がいいのよと、平四郎に注意していった。そういう時でも、りさ子は杏子のそばにいて、はなれない。この少女は杏子のどこが好きなのか、杏子が可愛《かわい》がるのをただ好いていると思うより外はない。そしてきっと杏子は料理が出来あがると、自分でそれを褒めるようにいった。

「りさちゃん、ご飯たべていらっしゃい。」

「ええ。」

りさ子は嬉《うれ》しそうにうなずく、りさちゃん、これをお茶の間に持って行ってとか、りさちゃん、走って行って林檎《りんご》を買って来てとかいうのである。りさ子は平之介とならび、もう自分の坐《すわ》る場所もきめていた。平四郎は大きい食卓とはべつに、自分一人分の食卓に対《むか》うのがつねであるが、大きい食卓とは四尺くらい距離のある、縁近くの障子際《ぎわ》で食べていた。そこから、食卓の下が見え、りさ子のちいさい膝頭が前の方に泳ぐように進み、ときどき坐り方を直してスカートを気づいては、下ろすように手をやっていた。りさ子はちゃんと平四郎の方から、膝頭が見えることを知っているらしい、自然にそうやることは思えない、平四郎はそのたびに何気なく眼に入れていた膝頭を、何気なく見るということが出来なくなっていた。まだ十三くらいで心にそんな構えのあることが、怖かった。しかもりさ子自身の注意力が却《かえ》って平四郎に、手きびしく応《こた》えてくるのである。りさ子が坐り方を直さなかったら、そのまま平四郎は特別な眼づかいをしなくともよいのが、りさ子が気にするたびに、刺戟《しげき》されてくるものがあった。これも怖いものであった。

声

この美しい少女は特別に長い睫毛《まつげ》を持ち、上睫毛と下睫毛とでひとみの被《おお》いをつくり、ふわりと下りて来てふわりととじられる運動が、たいへん美しかった。上睫毛が下りてくると、眼がほとんどただの、黒いかたまりになった、それはかぶと虫のようである。だから、平四郎はりさ子のことをかぶと虫と呼んでいた。

ただそんな平四郎の注意力が、りさ子にとうに解《わか》っているらしく、ちょっと平四郎の方を見ていても、直《す》ぐ外してしまい、瞳《ひとみ》はすばやく逃げて、杏子と平之介の話にまぎれこんでいた、そのたくまない巧《うま》さは、自分の美しいことを知っていて、平四郎がその美しいことに気づいていることを、さとっているものらしい。

平四郎はこの新築の家に越してから、近所の何処《どこ》の奥さんか知らないが、すばらしい声を持つ人がいて、お天気さえよければ往来で立話をしているのが、書斎に聴えた。美しい声帯というものは、普通の人の三倍くらいに透るものらしく、大しておおきい声でもないのに、よく聴えた。お天気さえよければ起るという原因もあったが、平四郎は書き物の手をやすめて、もっと、喋《しゃべ》っていてくれればよいと思うが、声はあまり永くつづかないで、すぐ消えた。

平四郎はラジオの場合でも、或《あ》る婦人放送員の声だけが聴きたさに、ただの何秒間かの紹介放送を聴くことがあるが、それはその人の美しい肉声が世界で有名な音楽家の音楽よりも、女としてのきょうの美しさを耳にいれてくれるからであり、平四郎はその人の声をきくために、スイッチを入れ、人ちがいだったりする場合が多く、次ぎからスイッチを入れるに忙しいことがあった。何秒間かの本人も誰も気づかないところで、人間の声の美しさを待たれるということは、面白いことなのである。朝ごとの往来でしているこの声も、どんなに、小鳥の声が美しいといっても、人間の、女の人のよい声には及ばない、選ばれた声楽家や歌手の声というものには、生きたへいぜいの声がないから、それはたんなる美しい音楽にすぎない。

或る朝平四郎は庭に下りて行って、往来にいる筈《はず》のこの美声の持主を見ようと、石段の上に立って見ることがあったが、何時も声の主はすがたを見せなかった。それは直ぐ小路の奥の丘になっている位置に、平四郎が家を建てた時と同時くらいに、出来上った一軒の家があったが、そこの夫人であるらしい。後にこの女の人がりさ子の母親であることが、判った。髪は何時もきちんと引っ張りつけにし、化粧なぞはしたことのない、白い皮膚と整うた顔立とで、どこまでも、押しまくるという自信を持った顔立であった。自信の生じるところのものを真正面に見せている女なのである。

悪い癖

りさ子はあまり物を言わない子で、おとなというものを判ろうとする年らしい、決まって平四郎を見る眼は、平四郎がりさ子に注意して見ていることを、何故《なぜ》注意して見ているかを解こうとしている。それはりさ子自身が、みんながいうように、可愛らしい子だという解説に、何時もたどりつくのだが……

りさ子は一日のうちに何時間かを、杏子のそばにいないことはなかった。杏子は何時も誰かをそばに引き寄せていた。例のまり子がそれである。まり子がああしたとか、きょうもまり子と街に出て遅くなったとか言っていたが、家庭ではこのりさ子があとを尾け廻し、杏子が雑誌を読んで居れば、りさ子がやはりそばに食っ付いて何かを読んでいた。郵便局に行くにも他の買物に出かけるときも、りさ子が一しょに行った。平四郎も家の者と同様に入りびたしになっているりさ子のすがたが、或る日に見かけないことがあると、杏子に言った。

「きょうはかぶと虫はどうした。」

かぶと虫とは、りさ子の眼が真黒で、つやつやしているからである。或る日平四郎は外出のかえりに、ふいに一人の夫人に挨拶《あいさつ》された。すぐこの人がりさ子の母親であり、画家を夫にもつ人だということが判ったが、油断して見ていられない鋭さがあった。うっかり見ていたら叱《しか》られそうな美貌《びぼう》を持っている人である。この人なら度たび平四郎は途中で見うけ、ちっとも構わなくとも、器量がよければそれで通る人だと思った。

「何時もりさ子が上りまして。」

「いえ、どうしまして。」

と、何かを摑《つか》まれたような気がした。平四郎は凡《およ》そ美人というものが嫌いなのは、すぐそれを見る男の根性を卑しいと見る美人の傲慢《ごうまん》さが、反射してくることだ、彼女にもそれがたくさんあって、平四郎はつい早く挨拶してわかれた。りさ子がちょっとした散歩や食事の度に、きまって家に行ってお母様が宜いと仰有《おっしゃ》ったら来るわ、と、先《ま》ず母親の許しを乞《こ》いにいったのも、この人を見てはじめて判った。自分の美貌に咎《とが》めるまなざしで男を見るものを、平四郎は行きあう度に感じた人であった。

りさ子と平之介が部屋で、べちゃ・くちゃ喋っているのを見たり、ご馳走《ちそう》のあるたびに、先ずりさ子を呼ぼうと言い出すのを聴きながら、平四郎の一等わるい癖であるところの「このりさ子をいまに平之介と結婚させたら、……」という考えを持つようになっていた。自分で美しい少女だと見たものをそのまま息子に移植させる考えに間違いはないのだが、大概の間違いは、そんなところから生じて来るものだ、併《しか》し平四郎はいつも自分の好きな人から物事を考えはじめ、後年に平之介とこのりさ子の結婚が持ち上った時、それも平四郎のわるい癖の一つとして見ることになるのだ、……

餡《あん》こ餅《もち》

テニスコートに下りて行く杏子は、みなぎった若さがあって、春寒の日に揉《も》まれて赤くなった顔を、ぶるっとふるわせ、湯殿で顔を洗い、足を洗っていた。杏子の顔を見ているると、乾いた球の音が感じられた。

この大森の奥には、いまも低い土地に百姓家があって、昔から日光を囲うて暖かにくらしていたが、そのまわりに欅《けやき》、楓《かえで》、柿《かき》などの老樹が聳《そび》え、畠地《はたち》には小松菜、白菜が萌《もえ》黄《ぎ》と緑とを見せ、散歩するのに野趣があった。平四郎はその日も、丘を下り坂を降りて歩いて行ったが、ふいに、二人づれの男女の散歩するすがたを見て、似ていると思ったのは女は杏子で、男は見たことのない青年だった。平四郎はすぐ別の通りにはいり、二人をやり過した。何時何処でこんな青年と知りあいになったかと、つけようにも見当がつきかねたし、男はまだ少年くさい顔をしていた。

平四郎は家に戻って時計を見たが、かれらを見つけてから一時間後に、杏子は戻って来た。平四郎はだまって杏子の顔に、変ったものがないかと注意してみたが、なに食わぬ顔はそのままふだん通りであった。機嫌がとくに好《よ》いこともないし、憂鬱《ゆううつ》めいたところもなく胡麻化《ごまか》しているふうも、見えなかった。何処かになにかがあるものだという平四郎の考えは、少しも当らなかった。平四郎自身のわかい時であったら、機嫌好《よ》く快活に振る舞うていただろうにと思った。

平四郎の家ではお八つの時間があって、その時は家族が揃《そろ》って菓子でお茶を喫《の》んでいた。コートにいても杏子はその時間になると上って来て、お茶を皆と一緒に喫んだ。そして早めにお茶を済ますと、杏子は盆の中から三つ四つの餡の菓子を紙につつんで、それを公然と持ってコートに下りて行った。平四郎は或る時に言った。

「君、それは誰にやるのか、」

杏子は笑った。「そんなことお聞きにならなくともいいわよ。」解っているじゃないのという顔付であった。

「三つ四つは可笑《おか》しいじゃないか。」

「一人の人にあげるんだもの。」

「へんな事をするね君は。」

杏子は或る日に皆で菓子を済ましてしまうと、瓦斯台《ガスだい》に向ってあぶらで即製のケーキを焼いた。それを紙に包んで庭から往来に出て、コートに下りて行った。些《ち》っとも、わるびれも隠しもしなかった。平四郎は対手《あいて》の青年はこの間見た男だろうと思い、テニスの友達だったのかと思った。

コートの崖地《がけち》は暖かい柴《しば》と雑草の、坐《すわ》り心地のよい往来から隠れている場所もあって、そこで二人が腰を下ろして甘い菓子を食べるのだろうと、平四郎はその菓子を持ってゆく思いつきが、なかなか嘘《うそ》では出来ないことだと、真実というものの正体がそこらにあると思った。

雲の中

丘の坂道をゆっくり歩いてゆく杏子と例の青年とを、平四郎は今日も夕栄《ゆうば》えが丘の上にあるので、坂下から見上げると、彼等は恰《あたか》も、雲の中を歩いているように見えた。それは杏子はまだそんな青年と散歩するのに早い年頃だと思うせいか、別人の杏子の感じであった。ここでも、二人の杏子という女が二重に見えた。一人の杏子はピアノも碌《ろく》に弾けない小娘であり、またの杏子は夕栄えの道路を少しも恥じないで、わかい男と堂々と散歩しているそれである。どうも、二人の杏子が平四郎の眼から脱《ぬ》けない、どちらも本物の杏子であることは疑えないが、赤ん坊から眺めている娘というものに、いきなり大人《おとな》として見ることが出来ないものがあって、大抵の場合、親というものがここらで乱《だら》次《し》のない、見方をしているものらしい。

夕方であった。庭の中に中年の夫人らしい人が這《は》入《い》って来たが、平四郎は庭を見に来た人であろうと、よくそんな庭見物がくるので気にしなかった。するとその夫人は少しも臆《おく》するところもなく、茶の間の縁側まで来たので、用向きのある人であることが初めて判《わか》った。

美貌に近い品もある夫人は、少しあがっているふうで、表情には無理をして平四郎を訪ねたという硬苦《かたくる》しさがあった。

「わたしは鳩井と申す者でございますが、折入ってお話いたしたいことがありまして。」

「鳩井さんと仰有いますと、……」

平四郎は日本橋に大きな雑貨の店を持つ、鳩井という人の夫人であることを直覚した。

「どうぞ、ご用向きを仰有ってください、」と平四郎は茶の間に上げて言った。

「家内が病気なものですからお目にかかれませんが、」と断りも言った。

杏子がお茶を持って出て、そこに、ぐずぐずしているので鳩井夫人は結構なお庭だとか、いいお住居だとか言って、なかなか用件を切り出す隙間《すきま》がないらしかった。これは杏子に関係している事件だと、ふと杏子を見ると、杏子の頰のあかさが引いて、いろが変っていた。杏子が立ったあとで此《こ》の夫人は、初対面の平四郎に低い注意ぶかい声で、あの、お嬢様にちょっとお席をはずしていただきたいのでございますがと言った。平四郎は生意気をいうと思ったが、杏子に、君、ちょっと此方に来ないでくれたまえと言った。こんな不見識なことをこの初対面の人から強いられて言うことを、平四郎は頭にがんと来た。職業がらもあって平四郎は何人からも、言葉を持って自分の意志をしばらくでも我慢することを、嫌っている人間だ、だが、きょうはどうやら杏子に関係している話らしいので、素直にこの夫人が口を切るのを待った。

「実はわたくしの息子がお宅のお嬢様とおつきあいを戴《いただ》いていることにつきまして、不《ぶ》躾《しつけ》ですがお伺いしたのですが。」

そうか、やはりそうだったかと、平四郎は居ずまいを直した。

野人

鳩井夫人はそこで息を入れて言い直した。

「この話はごぞんじかと思いますが。」

「いや僕は娘のことで、一さい干渉はしない方針なんです。何をやろうが娘の意志で行われることには、僕はだまって見ている方なんですが。」

平四郎はその生い立ちから言って、平之介や杏子にはああしてはいけない、こうしてはいけないという叱言《こごと》は一さい言わない、ただ生きるままに生かして置いて、親父《おやじ》として命令なぞしなかった。どんな人間になろうが、それはその人の生き方であって親父面《づら》をすることを嫌っていた。たとえ親父面をしてもそれが息子や娘の一生を通ったためしがない、ただ金だけはあたえていた。金をくれない親父というものは大きな顔が出来ないし、いまは親子のあいだの愛情にまで、金の愛がしみこんでいるからである。

「そこでお羞《はず》かしい話ですがお願いがございますので、」

「どうぞ、ぴしぴし仰有ってください。」

「家でも長男のことでございますし、将来のためもありまして、」

「それで、」

「それで無理なお話ですが、長男にもそう申付けますが、お嬢様に一さいご交際くださらないよう貴方《あなた》様から仰有っていただきたいのでございます。」

平四郎はまた頭ががんと鳴った。対手が婦人のことであり飛び込んで、言葉を叩《たた》きつける事は控えた方がよい、このまま此の人を穏かにかえそうと、平四郎はむらむらする中から澄んだ気持を、自分ですくい上げながら言った。

「そう申しつけて置きましょう。あれはまだ子供なものですから。」

平四郎は菓子の紙包を持って、テニスコートに下りてゆく杏子が、どういう愛情の幼稚な境にいるかをこの夫人は知ろうとしていないと思った。

「ご承諾をいただいて何ともお礼の申しようもございません、どんなふうに申したらよいかとそればかり気懸りだったのです。」

平四郎は突然この時、平四郎自身ですら決してへいぜいから停めることを知らない、野性の平四郎に全身のいろが変りかけつつあった、青井かつという女に二十年苛《か》酷《こく》な教育をうけた数々のものが、平四郎をむやみに後ろから突っつき返した。

平四郎はむしろ呶《ど》鳴《な》った。

「ご用向きが済んだら帰って下さい。」

「はい、唯今《ただいま》。」

能筆で手習いの先生をしている雅《みやび》やかな彼女は、美しい手つきで履物を足にはめるだけでも、この場合あわてた仕ぐさだった。がらりと変った平四郎の声が再び近所なぞに、構っていられるものかという、そんな声で叫ばれた。

「お帰り下さい。」

鳩井夫人が帰ってから、じりじりと時間が経《た》って、平四郎はこの儘《まま》ではおさまらない、むか腹のやりどころがなかった。

「杏子、鳩井の家に案内しろ。」

「何しにいらっしゃるの。」

「言い分は此方にもあるのだ、人間の怒る時には怒って見るんだ。」

平四郎は帽子をかむり、もう縁側に立っていた。一生のうちにたくさん怒る事があろうが、これを逃がしたらおれは怒ることにさえ負けたことになる、……

「そんな怖い顔をしてお出かけになってはいやよ。」

「何でもいいから案内したまえ。」

平四郎はもう門の外に出ていた。杏子はおろおろで後ろに尾《つ》いて来た。三叉《みつまた》の道路の岐《わか》れで、孰方《どっち》に曲るんだ、右か左かと言うと、真直《まっす》ぐ行くのよと答え、平四郎は殆《ほとん》ど馳《はし》りつづけた。道路はまた二つにわかれ、平四郎は右か左かと呶鳴った。左よ、崖にそうてゆくとすぐよ、平四郎はむやみに急いだ、砂利はがりがり鳴り、呼吸《いき》苦しくなればなる程急いだ、急ぐほど平四郎の心に余裕が生じた。

大谷《おおや》石《いし》を積み上げ大きな石段を組んだ、城の感じのある家の前に出た。

「此処《ここ》なのよ。」

「此処か、ようし。」

平四郎は階段に跳り上った。

二段に構えた大谷石の段は、中途の踊り場でわかれ、夕明りで真白に眼を射って来た、そこを飛びあがると、とっつきに、支那《しな》風なくぐり門があって、鉦が下がっていた。平四郎はそれを勢いこんで敲《たた》き、鉦の音は本門寺への乾いた野原に、かあんと響いて、もんどり打って聴えた。女中が出て来た。

「御主人にお目にかかりたいんですが。」

「唯今、お留守様でございます。」

「では奥様にどうぞ。」

「先刻お出掛けになったきりまだお帰りではございません。」

平四郎は息せき込んだ。

「では息子さんにお伝え下さい。」

「誰方《どなた》様でいらっしゃいましょうか。」

「平山平四郎だといって下さい。」

永い時間が待つ間に食われた。

杏子め何をしていると道路を見たが、すがたは見えなかった。時間はむだについやされた。平四郎はふたたび鉦を敲いた。少しも、手控えするとか、年甲斐《としがい》もなく荒れているという反省はなく、全面の怒りだけが勢いを失《な》くさずに保たれているのが嬉《うれ》しかった。

一人の蒼白《そうはく》な青年が出て来た。よい生活をしているものを残らず容貌《ようぼう》にあらわしていた。

「あなたがご子息か。」

「は、」

僕は杏子の父だが、と平四郎は言葉をあらためた。

「母上が君のことで僕を今日訪れられたことをご存じですか。」

「いえ、ちっとも。」

平四郎は青年の顔に、あいまいな狼狽《ろうばい》の色を見た。きゅうに出て来なかった事でも、うすうす知っているものに見えた。

「ざっくばらんに言えば、うちの杏子にこれから君との交際をやめさせるような母上の申し出なんですが、一旦《いったん》お引き受けしたものの、この問題は此方からの言い分にも、君と交際することはやめて貰《もら》いたいと言いに来た訳なんです。逆捩《さかね》じを食わせればですね。」

「は、」

「この問題を君が全然知らないとは言わさないつもりだ。」

「実は母からそんな話がありましたが、きょうお伺いしたことは全く知らないんです。母が勝手にお宅に伺ったのです。」

平四郎はこの青年が杏子とつきあっていたということで、或《あ》る柔らかい気分が交じってくるのを自分でも、不思議に感じた。

「母上がお帰りになったら、こちらの息子さんの君も大事な人だという意味では、私の娘も大事な娘だということを言って置いてください、第一いまどき若い者同士の交際に母親がそれをとめに訪ねて来るなんて、出たらめじゃないですか。」

「それは僕も、……」

「気が向けば明日にもまたお伺いするといって置いてください。」

「は、こういう処《ところ》で失礼しました。」

平四郎は石段の躍り場にある、石の上に急に腰を下ろして見たくなって、しゃがんで見た、頭がすうと澄んで来た。呆気《あっけ》ない談判だった。

「杏子、此処に上って来いよ。」

「よそ様の石段なんかに登れないわよ。」

「よい景色だよ、早春の夕ばえが一望のうちにある。」

「はやく帰りましょうよ。」

平四郎はりえ子が鳩井夫人の訪問で、中気の憂鬱《ゆううつ》症もあって、くやしそうに泣いていたことを、眼にうかべた。

「あんな男に菓子なんか食わせるんじゃなかったね。」

「あの時はあれでいいのよ。」

「いまは？」

「いまだって同じだけれど、またお父様を気狂《きちが》いみたいにさせるから、もうやめたわ。」

「あっさりしているね。」

「騒動が起きるからよ。」

「もっと偉大な恋愛をやれよ。」

平四郎は石段をくだり、杏子と肩をならべて歩いたが、何時《いつ》もとは異った親子の中に、別人の男を感じるものが、却《かえ》ってしたしさを加えて来た。

「どうだ気分は？」

「何だか殴られたような気がするわ。」

街燈《がいとう》が点《つ》き、平四郎は孰方つかずの青年じゃないかと言った。

人と人

だが、二日程置いて、平四郎一家の建物を製図してくれた野村技師が、べつに建築の事もないのに訪ねて来て、何か話がありそうな様子で、もじもじしていた。顔色は硬く、眼にある昂奮《こうふん》が瞼《まぶた》を顫《ふる》わせていた。平四郎は野村技師をらくにするため、軽い冗談も言って見て、話を引き出す機会をねらった。効果があって野村技師はすぐ問題を引き出して、実はきょう上ったのは外の事ではないんですがと口を切った。

「杏子さんにしばらく宅にお出《い》でいただかないように仰有《おっしゃ》っていただけないでしょうか。」

これは二日前に、鳩井夫人から聞いた言葉だ、平四郎は野村技師を正面から見て、引き摺《ず》り出すものを摑《つか》まえようとした。

「実は杏子さんがいらっしゃいますと、家の息子や娘たちまで皆で騒いで、有頂天になってはしゃぐんです。まさかお嬢様に騒いでいけないとも申せませんし、おしたしい間柄ですから暫《しば》らくお出でを控えていただいたらどうかと、家内とも相談して申し憎いことを申し上げに参ったのですが、」

「と、申しますと娘があがることでご家庭の風俗を紊《みだ》すという意味も含まれているんでしょうか。」

野村技師は慌《あわ》ててそれをさえぎった。

「賑《にぎ》やかで結構なんですが職業がら余り騒がれると困るような場合があるんです。」

平四郎は冷然として言った。

「杏子にはそう申しつけて置きましょう。」

「こんなことを申された義理ではありませんが、何分若い者の事でもありますから。」

これはこの問題の外に、なにかがある、余程のことでないかぎり此《こ》の温厚な紳士がわざわざやって来るわけがない、二日前の鳩井夫人の訪問といい、鳩井と関連されているものがあるのだ、或《ある》いは両方で口を合して持ち込む話があったものらしい、これは、面白くなって来たぞ、これをばらばらにほぐして見たら、何が出て来るか、平四郎は殆ど取るに足りない問題のような顔付で、学校から戻ったらそう言って置きますが、杏子は性格が明るくて人が好いものですから、一昨日もテニスの友達の鳩井というお宅からも、交際してくれるなと申込まれましたが、一息に蹶飛《けと》ばして了《しま》いたかったものの、ご婦人のことで我慢をしておかえししましたと言った。

「鳩井さんはお宅ともお親しいように伺っていますが、」

野村技師はそこで気分のつまずきを見せ、平四郎の顔を見ていて見ないようにして、言わなければならない言葉をいった。

「うえの長女が鳩井さんに手習いのけいこに上っているものですから、つい、お親しくして居ります、併《しか》し鳩井さんがお見えになったか、どうかは知りませんでした。」

平四郎は嘘《うそ》を吐《つ》けと思い、そっ気ないふうでうえのお嬢様はお幾つになられるんですかと問《たず》ねると、お宅のお嬢様と、同じ年頃じゃないでしょうかと、野村技師はなにか危ない言葉にずれて行くのを警戒して言った。

疾風

「では勝手なことばかりを申しました。」

野村技師は座を立とうとした。対手《あいて》に好きに言わせるだけ言わせて置いて、その言葉が頭のなかで普通の言葉の溶け方をしないで、硬張《こわば》っているのを知ると、平四郎は例のむらむらするものを眼の先から払い切れずに、いままでの穏かすぎた人ががらをがらりと変えて、抜打ちに言った。

「いずれ僕の方でもうかがいますよ。」

「いや、とくにお出でを願わなくとも、話を聞いていただけたのですから。」

「言い分は此方側にもあるんだ、待っていてください。」

平四郎の叩き付けたこの言葉は、野村技師にはおもいがけない不意のものであったらしく、

「そうですか。」

と、呆気に取られて、茫《ぼん》やりそういうより外はないらしかった。

「お互に子供達はみな大事な筈《はず》ですよ。」

野村技師が靴をはいていても、平四郎は座から立たなかった。

「杏子、」と平四郎は呼んだ。「今度は野村さんから、君に来ないように断って来たが、これは一体どういう訳なんだ。」

「そうね、それは野村さんのたけよさんがお手習いに行っていらっしって、手のすじがいいので鳩井さんにもらってほしいのじゃないか知ら、わたくしがその間にいたら邪魔になるのよ、ほほ、……そんなこと、どうだっていいわよ。」

「両方で謀《しめ》し合せたものじゃないのか。」

「それは偶然だと思うわ、ふしぎな偶然が一度にこちらに反響して来たと見る方が正しい気がします、野村さんではわたくしという者が鳩井さんと交際《つきあ》っていることに気を揉《も》んだのではないでしょうか。」

杏子の考えは正しい。

「君は平気だね。」

「幾ら断ったってわたくしの性質は変らないわ。」

平四郎はこの問題も、杏子になんの憂鬱もあたえなかったことを知った。併し野村技師の勝手な言い分がわざわざ平四郎の家にまで持ち込まれたことが、時間が経つと切《せっ》ぱ詰ったものになって来た。平四郎はこれはもう一度怒らなければ、鳩井に対して怒った分と同様に怒るべきだと思った。怒ることの必要は暴力のようなものだが、人間はそれだけはしなくてはならない時があると思った。

やはり夕方近くになって、平四郎は机のそばをはなれると、ぶるっと身を慄《ふる》わせた。そして庭に出て石畳の上を歩くと、にわかに歩行が疾風状態に変った。顔色も変っていた。

妻のりえ子が言った。

「何処《どこ》にいらっしゃるんですか。」

「野村に行って言いたいことを言って来るんだが、すぐ帰って来る、……」

平四郎はもう往来に出ていた。

一つの瞬間

平四郎は大通りに出て、坂を下り、裏通りを野菜畠《ばたけ》にそうてがつがつ歩いた。何の為《ため》に一昨日も今日もこんなに、自分自身の時間を叩《たた》き潰《つぶ》し、ついでに他人の時間まで剝《は》ぎ取るような事をしなければならないのだ、黙って耐えて居ればすんで了うことではないかと、この間とは反対に反省が生じて来た。だが、平四郎はやはり帰ろうとしないで、もう野村技師の玄関前に立っていた。

「ご免下さい。」

家の中がしんとしていた。

野村技師が出て来ると、顔色を変え、どうぞ此方へといったが、平四郎はここで沢山だといって上らなかった。

「先刻あなたは家の娘があがると、にわかに家の中が騒々しくなるというお話でしたが、それは家の娘がいくらはしゃいでも、一人で騒々しい空気を作れるものかどうかの判断をなすったかどうか、それを承りに上ったのです。」

「それはもう、……」

「対手がなくては人間ははしゃげるものではない、お宅の令嬢や息子さんはお静かな方であろうが、何故《なぜ》、うちの娘だけを問題にして私を搔《か》き廻しにいらっしったのだ、こんな問題はあなたがじかに娘に来てくれるなと仰有ってくだされれば宜《よ》かったのだ、何も私の家までいらしって家内が中気で臥《ね》ているのもご存じのくせに、態々《わざわざ》、持ち込んで私どもに不幸な一日をおくらせる必要が、あなたにあったのかどうか。」

「ああいう話を鹿爪《しかつめ》らしくお宅まで上ってしたことも、後で気がつきましてね、これはしまったことをしたと考えたんです。」

「一たい娘や息子のことでわれわれが出しゃ張って怒り出すということも、大人気ない話のようですが、この問題はもう娘や息子からはなれて、あなたと私の問題になっているんだ、お気付きですか、私の受けたものは私に受ける必要のないものだったことをお気付きですか。」

　平四郎はここまで喋《しゃべ》ると、では失礼と言って突然また表に飛び出した。あとで野村技師がどういう不愉快な気持を持て余そうとも、その前に平四郎が掻き廻されたものと同様なものであるに違いない、今まで平四郎が気付かなかったことで、はじめておもい当るところの、人間同士の心を苛《さい》なみ合うこの一瞬間が、きょうの平四郎にもっとも必要であることに、思いついた。生きてゆくためには人間はお互の心を、いたわり合うこともたいせつではあるが、やむをえない一瞬間のためにも幾日間をも、不倖な気持にしても、黙って居れない時があるものであった。平四郎は生きているあいだは、理由のない敗け方をするのは、卑屈だと考えていた。平四郎は坂を上り、通りに出て何時《いつ》もこれらの喧《けん》騒《そう》のごたごたが、決まって夕方に起ることを不思議に思った。

上野

戦争があっという間に起った。人間の命の何万何百万という数が一挙に喪《うしな》われても、それはその後にわれわれが知るだけであった。平四郎は震災の煙の中でやっと命のたすかった、中風の妻りえ子をふたたびこの東京から疎開《そかい》させるために、行く処がないので軽井沢の丸太小屋にはこぶことにした。あわれな話であるが、平四郎の小っぽけな生活なんか揉《も》み潰されてもたかの知れたものであるが、生きている人間は誰でもその命だけは粗末にしてはならない、たすかる処まで行ってたすかればいいし、たすからなかったらそれでもよい、やることは是が非でもやるべきであった。

上野は皆たすからなければならない混雑の人ごみであったが、そのうちの一人のりえ子は、例の雲のごとき男の物吉繁多の背中におぶさって、人込みの中をそれが一つの礼儀を現わすためであるらしく、ひとりでにこにこして手を物吉の胸に廻して、人垣の中をくぐり抜けていった。震災の後に金沢に落ちていった時もたいへんな人込みだったが、こんどは同じ混雑していながらも、叫び声や押合うのにもどこも殺気をおびていて、あの時とはずっと群衆の様子がとげとげしく、時勢のちがいがあった。けれども物吉はどんなに押合っても、押しつぶされることなんかありませんと気丈夫に、人垣を縫ってどんどん改札口に対《むか》った。背中のうえでりえ子は済みませんといって人々にあいさつをし、杏子と平之介が前後に尾《つ》いていた。そういう此処《ここ》ではあまりに大胆で無謀な一行は、却ってゆとりのある群衆が道をあけてくれ、彼らは最前線の改札口まで辿《たど》り着いた。その時杏子は駅員に病人だけ先に乗せて貰《もら》うわけには行かないでしょうか、この人込みではとうてい背負っていては乗れる見込みはないといって交渉したが、その時殆《ほとん》ど駅員は何のこだわりもなく、では八番線ですからお通りなさい、付添いの方も構いませんからと、改札口の小さい扉をあけてくれた。物吉の背中の上でりえ子は礼をいい、すらすらと一行五人づれが、中の歩廊を行くことができたし、異様な一行はそれが当然そのような待遇を受けるものに、皆から見られていて不思議な眼障《めざわ》りはなかった。

「たすかったね、たすからない処《ところ》をたすかった。」

列車の座席にすわらせるまでにも、永い時間がかかった。これが普通の乗客なみの扱いをうけていたら、乗りこめるものではない。君も不倖せな目にばかり遭っているが、その不倖せな中で何時も救いの手があるから、たすかるね、赤羽で泊めて貰ったこともそうだが、何時も不用意でいながら困難をすり抜けていると平四郎は言った。こんどは軽井沢で降りる時がどうなるか、彼処まで行けばどうにでもなるという気があった。間もなく乗客はなだれを打って来て、皆、窓から次々と乗り込んだ。彼ら一行は小さくなっていた。

軽井沢の陸橋は、物吉が、十六貫もあるりえ子を背負い、一段ずつ注意深く足を踏みしめて登った。彼等の一行を除いては人々は、階段の上からと下からでは目まぐるしく、乗降の際限がなかった。

「大丈夫か。」

「ええ、死んでも。」

物吉の額から汗がしぼられた。

暢気《のんき》なりえ子は悠《ゆっ》くり言った。

「此処も大変な人ね。」

駅頭でもすでに疎開の群衆でごった返し、町の中にくるまが這入《はい》ると、この土地に別荘を持つ人の往来で、通りは夏と同じ賑やかさであった。異様な一種の好みを見せた服装、ネッカチーフ、口紅、自転車、ぞろぞろ歩き、そんな光景はちょっと余処《よそ》で見られない戦争が何処にあるかと思われる風景だった。丸太小屋に着くと二十年つき合っていても、ここにはもはや馬鈴薯《ばれいしょ》一個頒《わ》けてくれる店はない、寒冷地帯で生産がないため、町の人にも食糧はなかった。唯《ただ》、銀行は預金でふくれ上っているが、金はまるで役に立たないのだ、彼方此方の店に手頼《たよ》って食糧を尋ねてみたが、何処にも、一滴のあぶらさえ分けてくれる店はなかった。

杏子は一束の葱《ねぎ》を提げてやっと戻って来た。

「誰もぷんとして横に向いただけよ。それが何もないという返事なのよ。」

「そうか、恐ろしい土地だ。」

平四郎は葱の束をひらいて見て、中に腐った藁屑《わらくず》がはいっていたが、美しい萌黄《もえぎ》の芽と、鮮緑の親葱とを分けて眺めた。此処まで来て食う物がないと困る、杏子と平之介に何か手づるがないか、捜して来いと言いつけ、かれらは町に出かけた。

氷が張り、冬の支度には薪《まき》、馬鈴薯、人参《にんじん》、大根など、来年四月までの物を整えなければ、冬越しは出来ないのである。それも今のうちでないと真冬は自転車も利《き》かなくなるし、農家へは二、三里あるから食糧を集めることが出来ない、かれら姉弟は毎日自転車で出掛けた。午前も寒さが柔らぐ頃から、大てい夕方近くなった表で、がりがり氷の破《わ》れる音がし、馬鈴薯が三貫目くらいずつ自転車から下ろされた、その翌日もまた氷った道路をはしり続け、夕方の凍《し》みた表で荷が下ろされた。そんな毎日が続く間、平四郎は勝手に出て人参や馬鈴薯を煮込んだおつゆを作り、ふうふう言いながら働いた。朝は自転車の手入れが済むと、やはり彼らは出かけ夕方に戻り、また次ぎの日も同じ仕事をやっていた。

或《あ》る日、杏子は釦がないので、表通りで一軒の釦とレースを売る店を見付けた。いまどきレースを売る店も、釦はさがしても見つからない筈なのに、この小さい店にはぎっしりと釦とレースを飾り、わかい女の客が次ぎからそれを買って行った。杏子はこの店にはいってゆくと、美貌《びぼう》の女主人か、それとも娘であるか判《わか》らない女の人を店の中に見いだした。

小さい町

杏子は装飾品は勿論《もちろん》のこと、服地、マフラ、手袋、靴下にまで飢えていた。何一つ買えない町の中できらきら光る、いろいろな形と色彩とを見せた釦は、美しい限りであった。女というものの肉体の外側には、つねにきらめいて光ったおもちゃが必要なのだ、杏子は指環《ゆびわ》をいじくるように釦をいじくり、それを纏《まと》めて買った。そして今どきこんなに沢山の釦は、どうして手にはいったんですかと訊《たず》ねた。すると、この瞳《ひとみ》の大きな女の人は以前の仕入品だといって、杏子の買物の外にレースの襟《えり》飾りを別につつんで言った。

「お名刺がわりですからどうぞ。」

杏子はそれを貰ってなお貝や色のある石やめのうの釦を、美しく眺めた。彼女は言った。

「幾ら釦が美しくても食べられはしませんものね。」

「けれども、どこかの足しになってほっとするわ、」

杏子は美しい物がどれだけ女の飢えをすくうかを言いたかった。物を食べることもかんじんだが、きれいな物を見入っていて心が充《み》ちてくる、こんな戦争中の救いを話したかったが、言い現わされなくてやめた。

町に出るたびに杏子はその店に寄っていたが、或る日平四郎が必要だというレースの窓掛を物色しながら、それを買った。お宅にミシンおありでしょうかというと、へり縫いならわたくしが縫っておあげします、今夜お店をしまってからいたしましょうと言った。この言葉はどこでも忙殺されている戦時中には、誰の口からものぼらない親切な言葉であった。

「恰度《ちょうど》かんもございますからお付けして置きますわ。」

翌日漆山すみ子という釦屋の娘が、窓掛をとどけに来て杏子に手伝い、書斎の北窓にそれを取りつけてくれた。平四郎はこんな僅《わず》かなことで親切にしてくれる、すみ子という娘の顔に他人に何でもしてやることに、少しも勿体《もったい》振らないものを感じた。平四郎はいった、窓掛なぞにわざわざどうも、と、礼をのべた。

町に出て釦屋の前を通ると、漆山すみ子が挨拶《あいさつ》をし、杏子は店に度たび立ち寄るようになった。お茶をいれてくれたり、店から見える大通りの往来人を眺めたりした。砂糖を売る中国人や罐詰《かんづめ》、バター、チーズを売る独逸人《ドイツ》、パン専門に売る男や、肉屋を兼ねたおだんごのようなソーセエジなどを売る男などを指差して、漆山すみ子はこの町には何一つない物はないと言い、外人配給の余り物や、金持の疎開を当て込んだ近い都市町村からの行商人なぞ、まるでこの小さい町を遠巻きにしているようだといった。

「まあ、ちっとも知らなかったわ、此処には何もないと思っていたんですもの。」

杏子は戦争というものにかくれた、或るきらびやかな此の小さい町に、有り余る秘密があるような気がした。

憲兵

杏子と平之介は或る中国人を訪ねた。薄ぐらい土間の奥で用件を聞くと、カネ見ナイウチハ、サトウ出セマセンと言った。杏子は紙幣を言うがままに取り出して、その中国人の垢《あか》じみた手のひらにのせた。サトウ一日ズツアガルと彼はいった。

牛肉を売る爺《じい》さんは秤《はかり》と油紙と庖丁《ほうちょう》を持ち、息子に肉を背負わせて歩いていた。犬が後ろから尾いて行き、爺さんは言った。肉は朝と晩とでは値段がちがう、いまは昼だから少し値があがったと言った。

若い独逸人は気が狂ったのか、往来を歩きながらひききりなしに喚《わめ》いて行った。なんまいだぶつ、なんまいだぶつ、……

そして自転車を二十台揃《そろ》えた憲兵隊が、別荘地帯にある外人の家の周囲をぐるぐる廻り、疎林《そりん》の雪の間を馳《か》けて行った。毛皮の帽子に毛布の手袋、拳銃《けんじゅう》、鋭い眉《まゆ》、……恰度《ちょうど》、その時、杏子は停車場で林檎《りんご》の買出しをして、列車から降りたところを巡査の一隊に捕まった。すると憲兵の一人が来て、杏子をかばうようにして呶鳴《どな》った。

「林檎の買出しなぞ咎《とが》めてどうなるんだ、お嬢さん、安心していらっしゃい。」

杏子は憲兵に礼をいって、駅を出た。国民饑餓《きが》の敵は当時は巡査であったが、憲兵はわれわれの味方だった。

冬が去りまた冬が来て、外人の縊死《いし》が林の間に見え、饑餓の冬来は河水の泡まで氷らせ、疎開人を襲った。杏子と平之介は或る百姓家で何升かの米を買い、そこの鼠《ねずみ》の親方のような顔の男から呶鳴られた。うぬらはその米で命がつなげたら、かまど山の方を向いて拝んでも損はゆくめえ……

「ええ、拝むわよお爺ちゃん。」

「そうか、一遍拝めばもう一升くれてやろう。」

漆山すみ子の店は、一日の売上げがこの町のどの店よりも金高があがっていると言われ、わかい女達は釦とレースとを買い溜《た》めた。そんなに釦をつかう衣料もない筈《はず》だのに、貝の釦がむやみに売れた。こころの貧しさが釦をほしがっているのだ、不思議なこれらの現象は仕入れる先から、売れていった。この凄《すさ》まじい景気の好い小さい店の二階から、或る日、二人の男が二階から降りて来た。すみ子はこれは弟の亮吉《りようきち》だといって紹介したが、べつの男のことは紹介はしなかった、その男は店の飾り付けを置きかえたりしていた。

亮吉という男は杏子にお父さんの平四郎の小説はしじゅう読んでいるといった。きちんとした顔立で、報道班員であったが、病気をして戻って来たのだと言った、杏子のうけた感じは平凡なものであったが、くせも、きずもない顔にはどこか癇癖《かんぺき》がありそうだが、そんなことは杏子に判らない、ただ、判ったことは店にいる別の男の後ろを見ている顔付には、嫌悪《けんお》の表情がうかんでいたことを知っただけである。

鼻の鋭い男

亮吉という男は、店の空になった硝子《ガラス》戸《と》棚《だな》を覗《のぞ》いて、今朝から午後にかけて、朝の間に飾り付けを済ました釦とレースが、あらかた売れたのに驚いて言った。

「すごく売れたものだね、これでは月に数万円をあげることが出来る、……」

「いや君、数万ではないよ、その上に、拾《じゅう》の字がつくんだ、まあ言えば一種の心理商業なんだがね、何にもないところに釦だけが光って見えるから、それが必要であってもなくても買って了《しま》うのさ。」

「まだ箱入りが十個くらいある。来月一杯までに捌《さば》けてしまうだろう。釦なぞ東京では売れないが此処だと、おもちゃ代りに売れるのさ。」

鋭い鼻と苦み走った容貌《ようぼう》を持つこの男は、先刻から杏子の方をじろじろ見ていたが、杏子はいやな気がした、却《かえ》って押し捲《ま》くられた亮吉がなんにも言わずに、椅子《いす》に腰をおろして煙草《たばこ》を喫《す》っている姿が、却ってさびしい男という感じをあたえた。

「釦もレースも、それからネッカチーフもみな暇潰《つぶ》しに買っているのさ、ぶらりと散歩に出て華やかなりし夏の思い出に、お嬢様方がお買いになるんだ。」

傲慢《ごうまん》なこの男は更に毎日銀行にゆくのが極《きま》りが悪くてね、つまり僕ばかりがこの町で儲《もう》けているようで、小さくなって銀行の扉を押して這入ってゆくくらいだ、と、彼は問われもしない事を得意の絶頂にあるらしく振る舞って言った。不思議なことには漆山すみ子はそれらの、少し神経のある人間なら顔をしがめて聞く筈なのに、すみ子は寧《むし》ろ面白そうな信頼までを現わして、微笑《わら》いながら聞いていた、杏子は女というものは男の前で見ないと、本物の気持が判らないような気がした。それに亮吉が無口なのは杏子の前で、この男とわたり合って言葉にしくじりがあると、困るふうに見えた。それほど、鼻の鋭い男の気先は言うことに遠慮のない、切り捲くった言葉を次ぎから吹っ飛ばした。

「商売という奴《やつ》が一度心理的に成功したら占めたものだ、僕らの商売の対手《あいて》はみなぴちぴちした人間ばかりで、小説家の心理作用とはまるで違う。」

これは杏子に当りをつけているようで、冷やりとしたが、その時亮吉は不意に言った。

「君の心理商売というのも、後何週間続くか危ないものだね、釦は食えないし胸にぶら下げて歩くわけに行かない、……」

亮吉はことさらに微笑って見せ、姉すみ子の顔を、非常に冷たいまなざしで見てから、その男にもそのように冷たくそそいだ、わざとしているその冷たさを、そのまま見せつけている眼付だった。

吹雪

この亮吉の眼は、杏子には冷たすぎるように見えたが、今の亮吉の冷たさは人間放れのした冷たいものであった。

「この店が空になるまで客はやって来ますよ。店らしいものはこの町では此処一軒きりなんだ。」

男はお湯に行って来るといい、すみ子は石鹼《せっけん》箱とタオルを男に差し出し、男は杏子にちょっと頭を下げて出て行った。

亮吉は口をまげていった。

「図に乗って大きなことを言っている。」

彼らの関係はどういうものだか、杏子には判らない、店を出る時に、すみ子はまた杏子に来てくれと言った。

この時分、平四郎の門の前で、十六、七歳くらいの少女が野犬に追われて、突然、泣き声をあげたが、余りに子供っぽい叫び声だったので、平四郎は野犬を追いちらし、少女にもう大丈夫だからと言っても、まだ、怖気《おじけ》が去らずに女の子は門の前に立ち竦《すく》んでいた。そこに杏子が向うから戻って来た。平四郎が訳を言うと、この子は釦屋《ボタンや》の一番下の娘で、からだが悪く神経系統の病気があるらしいと言って、杏子は町の店まで送って行った。

吹雪が二日ばかり続いたあと、日の光が見えたので平之介と杏子は、間取りという村から米を自転車に乗せ、国道にさしかかると、にわかに吹雪が捲いて、眼も口も開かない向い風になって来た。今日出掛けなければ明日の米はなかったのだ、物も言わずに吹雪を突っ切って馳《はし》ったが、先の平之介の自転車のタイヤが破裂して了った。

「失敗《しま》った、」絶望の声だった。

「悪い処《ところ》でパンクしたわね。」

「君は先に帰りたまえ、僕は自転車を曳《ひ》いて帰る。」

「一人だけでは帰れないわ。」

吹雪で向うが見えないのは、眼を開けていられないからである。二人はどれだけも進めない重い歩行を続けた。結局、雪のかたまりに殴られ続けているようなものだ、肥料小屋が見付かって其処《そこ》に蹋《かが》んでいると、杏子は或る恐怖におそわれて立ち止った。

「肥桶《こえおけ》に気をつけないと、……怖いわ、何処《どこ》に肥桶があるか判らないし、墜《お》ち込んだら上れないわよ。」

彼らは田圃《たんぼ》の中に踏み込んでいた。

「二人揃ってずぶりと沈み込んでいたという奴だな、しかも買出しの女学生だったというじゃないか。」

平之介は眼鏡のまわりに、氷がちかちかするのを払って言った。

「もうちょっと行くと中の村だ、彼処《あそこ》らには別荘がある筈だ、行こう、こんなことをしていると日が暮れる、腹が空《す》いたな。」

「お握りがまだ一個あるわ、どう、半分ずつ食べましょうよ。」

「よし来た。」

杏子は新聞紙に幾重にも包んだ、お握りを取り出した。

重い髪

平之介はお握りを口にあてると、じゃりっと、凍《し》みた飯つぶの音が耳に来た。

「氷っているぞ。」

二人はそれでも腹にいれて置く方がよいと考え、むしゃ・むしゃ嚙じり付いた。寒さが腹からも応《こた》えて来た。国道に出ても殴り付ける吹雪は本物になり、うつ向いて歩くと、機械がただ動いているだけで、感情も何もない歩行であった。勿論《もちろん》、一人の人間にも犬にもあわなかった。北信濃《しなの》でも苛酷《かこく》な極寒地方の、一つの風すじが過ぎると一寸という氷厚が目盛される野っ原では、風が鳴るだけの世界だった。このまま死ぬのではないかとも思われる無抵抗状態で歩きつづけた。吹雪の大きな縞《しま》の間には、すでに、くろずんだ夜色が意地悪く溶けこみ、雪が次第にくろずんで見えて来た。

「平ちゃん、家では心配しているだろうね。」

「炬《こ》燵《たつ》にあたって遅いと言ったたって、有難くねえ。」

ついに吹雪とのたたかいは、次第に不機嫌で腹立たしいところに平之介は入りこんで行った。君が出掛けようなんて言ったからこの態《ざま》だ。足の感覚がなくなって来たぞ畜生と平之介は呶鳴り出した。

「だって食べる物がなくてはどうにもならないじゃないの。何を弱いことをいうの。これくらいの吹雪はかくごの前だわ。」

杏子は口に鋭く言うものの、もう泣きたいくらいだった。髪が重く、手をやって見ると、ばりばりして来ていた。

「こんな吹雪の中を歩くより食わずにいた方がいいや。」

杏子は口が利《き》けなくなり、落葉松《からまつ》の林の中にはいり込んで行った。そこは吹雪の風がいくらか柔らいでいて、平之介も黙って尾《つ》いて来た。林から林をつたって行くうち、きゅうにからだが休まるような気がしたが、平之介は癇癪《かんしゃく》を起していった。自転車なんか打抛《うっちゃ》って了おうかと叫んだ。何を言っているの、吹雪を対手に怒って見たって何になるのよ、杏子も当然くる筈の不機嫌状態に陥《お》ち入って言った。

だが、二人は突然顔を見合せた。そこには一軒の古ぼけた別荘風な建物が、落葉松にかこまれ、いままで見えなかった電燈《でんとう》の明りが、さっと吹雪の間をはしっていた。煙突から煙があがり、入口の窓に鎧戸《よろいど》が下りていた。

「どうしてこの別荘が判《わか》らなかったのだろう。」

二人は別荘の入口に自転車を入れ、そこの露台にかがみこんだ。雪だまりであったが疾風は此処《ここ》までは、ただ、横なぐりにおそうだけであった。その時、平之介の自転車が板じきの上に、ばさっと打倒《ぶったお》れて響いた。二人はあわてて小さくなった。

「誰方《どなた》ですか。」

内部からの声に二人は答えずにじっとしていた。

扉

ふたたび今度は女の声がいった。

「誰方。」

「ちょっと休ませていただいている者なんですが……」

杏子はそういうと、内部で何かひそひそ声がして、扉がぎいと音を立てて開いた。殆《ほとん》どゆめのような暖炉のほとぼりが頬をなで、杏子は立ちあがって挨拶《あいさつ》しようとすると、吃驚《びっくり》して言った。

「まあ、漆山さんのお宅でしたの。」

出て来た釦の店で見かけた漆山亮吉も、こんな寒い夕方にどうしたんです、とにかくお這入《はい》りになってといって、亮吉は自転車を雪のあたらない露台のすみに引いて行った。

「間取りの村までお米を買いに行って途中でパンクしてしまいまして、」

「それは酷《ひど》い目に遭いましたね、彼処らは平常でも夕方から人通りもない処ですよ。」

「これが弟の平之介です。」

杏子はそう紹介すると、きゅうに室内のむんむんした暖気にあてられ、嘔気《はきけ》と呼吸《いき》切れとで、椅子に腰をおろして間もなく、ご免あそばせというと、顔色は変り妙にからだがけいれんし出して、頭にかんかくがなくなってしまった。亮吉は毛布を持って来て杏子の背中から胸を手際《てぎわ》よくつつみ込んでから、ぶどう酒をついだコップを杏子の手に持たせた。杏子はコップを手にとったものの、それを口まで持ってゆく機能を失っていた。

「どうしたんです。これをお飲みになれば気がつきますよ。」

平之介が代ってコップを杏子の口に、あてがって言った。

「ぶどう酒だ、ぐっと、……」

「どうも恐れいります。」

杏子は、平之介と亮吉との見さかいがない言葉つきだった。ぶどう酒をのむと、杏子の頬にあからみが上った。それでも、まだ杏子は眼をとじたままだった。

「何しろ原っぱを二時間もほっつき歩いていたものですから、」

平之介もやっと元気をとり戻して、杏子の顔を見つめた。

杏子は眼をあけると、そこに亮吉と、姉のすみ子に、奥の椅子に亮吉の父母らしいのがいて、皆、杏子が眼をあけて気のつくのを待っているふうであった。

「お顔の色が出て来ましたよ。」

と、すみ子は又ぶどう酒をついだ。

「どうなるかと思ったが宜《よ》かったですね、こんな吹雪の日には僕だって気絶してしまいますよ。」

亮吉は薪《まき》を暖炉にいれながら、偶然でも、僕の家で休まれたのも宜かったといった。

杏子は何時《いつ》か見た亮吉の冷たい眼付は、きょうは温かくなごんでいるのを、眼に入れた。

洋杯《コップ》と時間

すみ子は温かい紅茶をいれてくれた。わたくし気がついてあなたのお顔を見たとき、此処がお店のような気がしましたけれど、こんなに遠くのお家にいるのだと再度《にど》も吃驚しましたと杏子はいった。

「ぶどう酒のコップを手に持ったことは覚えていますけれど、あれからどのくらい時間が経《た》っていたんでしょうか。」

「十五分くらいですね。」

亮吉は時計を見てそういい、すみ子は紅茶をまたいれていった。

「何しろひどくけいれんしていらっしゃるんで、お医者をお呼びしようかと皆で言っていたくらいです。」

「まあ、たすけていただいてお礼の申しようもございません。」

落葉松の林に打《ぶ》つかる風が、この小さい別荘を掠《かす》めて吼《ほ》え猛《たけ》っていた。すみ子は勝手に出て行き、亮吉は外にある土穴《むろ》に馬鈴薯《ばれいしょ》を取りにゆくため、外套《がいとう》で身を固め頬冠《ほおかむ》りをし手袋をはめて、扉から外にすべり出た。十分もすると馬鈴薯と林檎《りんご》を笊《ざる》に入れて、雪に全身を塗られて這入って来た。

「でも土の穴の中は温かいですね、何もないけれどご飯を食べて行って下さい。」

「そんなにして戴《いただ》くと恐縮します、自転車をお借りできたら、直《す》ぐお暇《いとま》しますわ。」

「先刻とくらべると、とても吹雪は猛烈になって来ているんです、自転車も吹っ飛んでしまいそうですよ。」

亮吉は勝手の扉をあごで押して、笊を抱えて這入って行った。

「僕だけ先に帰るよ、今の内なら帰れそうだ。」

平之介は硝子戸《ガラスど》越しに外をすかして見たが、まるで見当がつかなかった。母のりえ子が炬燵にあたり外の足音に耳をかしげている有様が、眼に見えるようだった。そうね、あなただけ先に帰ってもらうと、わたくしも安心だわ、此処で二人もお食事をいただくなんて、余りお気の毒だからと、杏子はいった。

亮吉は勝手でこの話を聞くと飛び出して来て言った。とにかく何か食べてから先にお帰りなら帰った方がいい、もう六時半ですからね、腹に何かいれて置かなければだめだと、亮吉は笑ってまた言った。

「どうせ馬鈴薯ばかりですよ、外に何があるものですか。」

「やはり戴いた方が途中もあることだから、お言葉に甘えた方がいいわ。」

平之介も腹が空いていた。

杏子は立って、わたくしにも手伝わせて下さいと、勝手に這入って行った。そこでは外の荒涼酷薄の冬景色とは反対に、笑う声と話す声とがもつれて聴えた。平之介は自分の家にも点《とも》っている電燈が、眼にはいって来て、吹雪は此処より酷いのではないかと思った。

冬のこおろぎ

湯気のあがる馬鈴薯料理が出来あがると、亮吉の父親が椅子《いす》をならべ灰皿を飾り、食卓の用意が出来あがった。暖炉はどんどん燃え、杏子の頬を上気させた。平常はこんな勢いのある人達だかどうか判らないが、すくなくとも杏子という女が不意にあらわれたので、人間は誰でもふだんは淋しく暮している筈《はず》だのに、わずかな事から心が賑《にぎ》やかになるものに思われた。しかもこんな酷い吹雪の晩には、人間同士がかたまって自然に対《むか》うものらしく、亮吉は酒の瓶《びん》まで持って来た。父親が言った。

「お前、何処から酒を持って来たんだ。」

「きょう少し手にはいったのです。杏子さんはだめですか。」

「わたくしはとても、……」

「平之介君一杯どうです。」

杏子は代って言った。

「お酒が好きで困っているんです。」

よく肥《ふと》った亮吉の母親が、杏子に言った。

「すみ子から承っていたんですが、お目にかかれて嬉《うれ》しゅうございますわ。」

「わたくしも押しつけがましくお食事までいただいたりして。」

瞳《ひとみ》の大きなすみ子は、はじめてお店でお目にかかった時から、なにかの機会できっとお親しくおつきあいが出来る方だと考えていましたの、それが巧《うま》く当っちゃったんですもの嬉しいわと言った。併《しか》し此《こ》の家にはすみ子が何時かお店で石鹸箱を手渡した鼻の鋭い男の姿は、見えなかった。あの人はお店に泊っていると考えるより外はなかった。

そのうち不思議なことに、何処かで先刻から非常に低い声で虫の鳴く声があった。何度も耳にその声を聞きすましたが、どうやら、こおろぎが鳴いているらしい。父の平四郎もこおろぎは毎秋に飼っているが、今年の秋のこおろぎはとうにお終《しま》いになっていた。

「虫が鳴いているようでございますが。」

杏子は直覚的になんとなく亮吉の父親の顔を見た。暢《のん》びりと気の好《よ》さそうな父親は、その質問を待ちうけていたように言った。

「お気付きですか、あれはこおろぎなんですよ、温かくしてやれば今時分まで生きて鳴いてくれるんです。」

「まあ、何処に。」

「暖炉のわきに木箱がございましょう、あの中に籠《かご》が入れてあるんです、つまり保温のために鶯《うぐいす》なぞを飼うように二重箱に入れてあるんです。」

杏子は亀甲《きっこう》色をした二疋《ひき》のこおろぎが、純白のキャベツの葉の上にとまっているのを眺めた。平四郎に話をしたら喜ぶだろうと思い外は吹雪であるが、家の中は秋の日でも、もっとも暖かい一日がおとずれているようであった。これらの家族には愉《たの》しさがそれぞれの人達によって、うまく組み立てられていることを知った。

氷点下十五度

亮吉の父親はこおろぎの飼い方などを詳しく話して、それをこのわかい女が熱心にきいてくれることに、もっと、こおろぎに就いて話してみたかった。

「私は北京《ペキン》にいたころに支那《しな》人がこおろぎを冬でも飼っているのに驚きましたね、しかも懐中に入れたりかくしから出したりして、まるで手飼いなんです。晩なぞは籠を枕元《まくらもと》に置いて寝ていますが、こおろぎもそうなると猫と同じくらいに、人間になれてしまうらしいんです、私もそれを内地にかえってから飼う真似《まね》をしてみましたがとても、手飼いなんぞは出来はしません、考えてみると肝腎《かんじん》の人間の性質がちがうんですからね。」

「でも、あんなにお可愛《かわい》がりになっていらっしゃるのは、こおろぎがなついている証拠でございますわ。」

「世話をしているのは私だけですからね、何とかして正月を越させてやりたいものです。」

「食べ物は何をおやりになっていらっしゃいます。」

「林檎の皮、キャベツ、人参、ビスケット、時々鰹節《かつおぶし》もいいんですが、いまはそんな贅《ぜい》沢《たく》なものは人間さえあたらないんですから勘べんしてもらっていますがね。」

その時ほろ酔いで食事を終った平之介は、席を立って言った。家では母が心配していましょうから、僕だけ先にかえらして貰《もら》いますと言って、挨拶をした。亮吉は窓から外をすかして見た。

「ちょっと小歇《こや》みらしい、」

「じゃ、わたくしも失礼いたします。」

「あなたはだめですよ、もう、ちょっとお待ちなさい、切角《せっかく》からだが温まったばかりじゃないですか。」

杏子はそれもそうだと思った。

「では、もうしばらく休ませて戴きます。」

「平之介君、僕が杏子さんをお送りするからね、では君はお母様を安心させて下さい。」

「どうもいろいろ。」

平之介は眼だけを出した防空頭巾《ずきん》をかむり、二重の手袋をはめて表に出た、少し小歇みにはなってはいるが、固降りの雪は深かった。では気をつけてと杏子は言い、平之介は表で言った。

「自転車はだめだ、動かないぞ。」

それでも凍《し》みた固い雪の上が馳《はし》れるらしく、すぐ吹雪の中にまぎれ込み、さよならと呼ぶ声が何度も途切《とぎ》れて聴えた。杏子は自分の家の電燈を眼にしたが、後ろに山があるから、そんなに酷く吹雪が当るまいと思った。

「吹雪の歇む間、トランプを切ろう。」

亮吉は大きな卓上でトランプを切った。すみ子に父親も加わった。母親が外の寒暖計を見に出て、氷点下十度だといい、亮吉はこの様子だと今夜は十五、六度になるかなと言った。

「僕がお送りしますから。」

亮吉は再び元気好く、そう勢いづけて言った。

八時、九時と時が経ち、十時に吹雪が小歇みになったが、氷点下十五度に下った。併し杏子は亮吉もすみ子もすすめてくれるが、はじめの不意の訪問でもあり泊ることは、どんな事情があっても出来ない、口にマスクをはめ、身体をすっかり包んで亮吉に送られて外に出た。月さえも出た北信濃の高原は、純白な紙の中を歩くようで、自転車のタイヤが雪をくわえて鼠《ねずみ》の鳴くように、きしんだ。

「杏子さん、馳るぞ。」

「ええ、」

「打倒《ぶったお》れたって雪の上だ。」

「いいわ、どうぞ。」

やっと六本辻《つじ》に出て、そこから大道をつっ切れば町の入口だった。手にも足にも、感覚が失《う》せ、町にはいると杏子は自転車からころがり落ちたが、ぐずついていると危ないと見たのか、亮吉は呶鳴《どな》るような声音でいった。

「僕の後ろに乗って下さい、町だから雪に道がついている。」

「ご免なさい。」

杏子は自転車に乗り合った。杏子の自転車は路次に突き込んで置き、明朝取りに来る筈だった。大通りから裏に出て、テニスコートの横手を突き切ると、山を後ろにした一軒の家の中には、表から見えるところに電燈が点《つ》いて、この烈《はげ》しい寒気の丘の上に、平四郎は毛皮の耳隠しの帽子をかむって、突っ立ちながら馳って来る一台の自転車を見付けると叫んだ。

「杏子か、」

「平四郎さん只今《ただいま》。」

杏子は何時もおやじの事を平四郎さんと呼んでいたが、自転車から下りると、もうふらふらだった。

平四郎は初めて会う亮吉を茶の間に招じ上げると、杏子は平之介の持って来た熱い牛乳をのんだ、みるみる顔色が盛り返し、みんなは炬燵《こたつ》にあたった。子供達がたいへんお世話になったと平四郎は、亮吉に礼を言った。きっと凍死したのではないかと、りえ子は心配で夕食も碌《ろく》に食べられなかったと言った。

二十分も経たない前に漆山亮吉は立ち上ると、これより遅くなると、それこそ凍死するかも知れないと、亮吉は身支度をすますと勇敢に外に出た。杏子はその時ふしぎにも、亮吉が此《こ》の間見たような冷たい何も気にしない眼付で、自転車の雪を除けているのを見た。食事からその後のトランプをしている間にも、いちども見たことのない眼付が、この荒れくるう吹雪の外を見たまなざしに起ったことを杏子は頭にのこし、不思議な人だと思った。

「ご無事にいらっしゃい。」

杏子はそう呼ぶと、亮吉の方もご機嫌ようと叫んで行った。雪はもはや一片もふってはいない、只、恐ろしい寒さのなかで月がずり墜《お》ちそうに低く見えた。

氷原地帯

英語

杏子

ある高貴の人が二手橋の別荘に、疎開《そかい》して来られた。別荘は川べりにあって、平四郎は雪がふっていても其処《そこ》を散歩区域にしていたが、橋の上に衛士が立っていて通さなかった。電話線が引かれ、兵隊がこの町に屯《たむろ》し出した。

英語が出来るというだけで、或《あ》る夫人が憲兵隊に呼び出され、外人の女には尾行がつき、若い憲兵達は金持の客間に現われ、そこで酒と媚《こび》の招待をうけた。非常招集があって六十歳以下の男は、悉《ことごと》く国民服を着て小学校に集まり、点呼を受けたが平四郎もその一人に加わらざるをえなかった。そこで町長は一場の演説をし、きょうから諸君は町民と協力して従来の避暑客という観念を放棄されたいといい、女の人には口紅をつける事、派手なネッカチーフは遠慮して貰《もら》いたいといった。

パンは外人配給の関係もあって、金さえ出せば手にはいっていたし、バターや砂糖も町にあった。戦争は益々《ますます》不利になり、例の気狂《きちが》いの若い独逸人《ドイツ》は何処《どこ》を歩いていても、なんまいだぶつ、なむあみだぶつを変に調子をかえて、以前よりも大声に気忙《きぜわ》しく、叫びつづけて通って行った。

瑞典《スェーデン》の代理公使の別荘はすぐ平四郎の家の前にあったが、そこに雉子《きじ》の羽根の色をした一疋《ぴき》のねこがいた。さかなの骨が食いたさに平四郎の勝手口に来るようになり、しまいに炬燵《こたつ》の上に睡《ねむ》ってゆく程なれていた。りえ子は脳溢血《のういっけつ》の発作の当時にねこと一緒に寝ていたので、ねこに恩をきるつもりか、この猫を可愛《かわい》がり、ねこは代理公使の別荘にかえらない晩もあった。代理公使の夫人から自家製の菓子がとどけられ、ハムやチーズをはこんで来て、ねこが毎度おせわになりますという挨拶《あいさつ》があった。

平四郎は毎日少しずつ冬の用意に、むろという土穴を掘っていた。食糧品といっても野菜と馬鈴薯《ばれいしょ》をたくわえる地下五尺の穴であるが、人手はないし毎日杏子と平之介を指揮して掘っていた。その時間に、これも毎日山に薪をつくりに、漆山亮吉と弟の正人が表を通って行ったが、亮吉は見兼ねてお手伝いしましょうかと言い、薪は一人前に割れるようになったといった。

亮吉は気軽に穴の中にはいって行くと、土掘りを手伝ってくれ、杏子にあなたは土搬《つちはこ》びなんかなさらない方がいいと、かぼうて言った。吹雪の日の出来事から杏子は釦《ボタン》の店に、殆《ほとん》どあれ以来毎日往来していたが、米や林檎《りんご》の買出しにも一緒に行っていた。そんな関係から「むろ」の仕事は捗《はかど》取り、平四郎は内部の石垣積みをはじめたが、屋根や内側にも丸太がいるので、或る詩人の別荘の立木を貰ってあったから、亮吉に伐《き》ってもらうことになった。何時《いつ》の間にか亮吉は立木を伐り倒すことをおぼえていたので、引きうけてくれたのである。

無名の贈物

毎朝、それは前の晩にひっそりと庭にはいって置かれたものらしく、或る朝はパセリイの包が、またべつの朝はハムとか、自家製のケーキとか、ときには一罐《ひとかん》の紅茶が庭の楓《かえで》の根元に、叮嚀《ていねい》に新聞紙につつまれて置いてあった。誰がこのような贈物をしてくれるのか判断がつかない、ある朝は非常に厚くつつまれたハトロン紙の中から、三色菫《すみれ》の束が匂《にお》いを放って現われた。それらは悉く外人の別荘に住んでいて入手の出来る品物ばかりであり、これを贈ってくれる人は確かに外人の処《ところ》ではたらいている人で、女の人であることだけは判《わか》っていた。新聞紙も古い外字新聞であった。

杏子は晩になると気をつけて、表に何気なく見張っていたものの、憲兵の自転車が馳《はし》って行くくらいで、氷った道路には人通りもなかった。そして夜が明けると夥《おびただ》しいメリケン粉の包が、置かれてあった。

亮吉は伐木を搬んでくれ、平四郎はそれで「むろ」の屋根の下組みをした。その屋根の上に土をかぶせ人が通れるようにするためには、巌丈《がんじょう》な骨組みが必要だった。

「魔法づかいみたいね、何時《いつ》だって人の通ったように思えないのに、贈物がちゃんと届けられているんですもの。」

亮吉は伐木の上に腰をおろしていた。

「自転車でやってくるらしい、きっと自転車ですよ。」

「品物を置いて、すぐまた乗ってゆくらしいわ。」

音のない事、意識的に贈物をしている事など、どう考えてみても、これはあなたの書き物を愛読している人のしわざですね、向うでも好意にのぼせているくらいですよと、亮吉はいった。平四郎も一種の読者の好意であることは判っていたものの、続け様にこんなに物のないときに贈られることが、気懸りで変な気持であった。

平四郎はきっと夜更《よふ》けではなく、九時頃ではないかとその時間に表に出て見ていても、一台の自転車も通ってくる様子はなかった。平四郎の家の前は一本道であるから、此処《ここ》に人が立って居れば、この通りにはいるのを控えるようになろうし、向うの通りから真直《まっす》ぐに見通しになっていた。

或る晩、町に出て坂を下ってくると、どうやら平四郎の家の前に自転車が停っている様子なので、少し急ぎ足でやって来ると、殆ど間髪をいれずにさっと、すれちがった自転車があって、乗っている顔に眼をとめる間もなく、外方《そっぽ》を向いて行きすぎて了《しま》った。

ただ白い全面の感じには、どこかに微笑《ほほえ》みが含まれていて、こまかい歯が残雪に反射されて、ひかって見えたが、見たことのない若い女の顔立だった。

何処に

その人の後ろすがたはモンペをはいていて、モンペが巧《うま》くズボンの形をとりいれ、柔らかい日本の着物をつけていた。こんな着物を着ている女なぞ今どき何処でも見かけない、しかも余り遠い処からやって来るのでなく、相当に近い距離らしい、平四郎の家から山の手にかけての公使館は、独逸、スイス、瑞典の領事、その他外人の別荘が山を縫うていたから、その一軒のうちにいる女の人らしい、美貌《びぼう》に近くすれちがいの感じでは、ただ鋭さだけが輪廓《りんかく》のうえに現われていた。

　今夜もたしかに庭に這入《はい》ったらしいと、平四郎は何時もの楓の下を見ると包は小さく、開いて見ると罐の中に埴輪《はにわ》色の葉巻が五本いれてあった。葉巻なぞは全く外人でないと持っていないものだ、平四郎はその匂いをかぐまでもなく、手をつけたばかりの箱入りの葉巻を持って来たものらしく、錫《すず》の紙にくるんであった。彼女がどうして葉巻を手に入れたかを考えるまでもなく、平四郎に贈るために主人すじの物を五本だけ、取り除いて持って来てくれたものに思われ、平四郎は或る考えから物悲しさが感じられた。主人すじの葉巻を五本だけ抜き取ったということは、平四郎といえども考えたくなかったが、そうでなかったら女の手で、ととのえられる品物ではなかった。ここまでの気の配り方もたいへんだが、こうまでして贈りとどけられることが、心苦しかった。しかも、今夜すれちがいに顔を見られたことが、彼女にどういう感慨を与えたかが、却《かえ》って避けて通れば宜《よ》かったと平四郎は思った。

「今夜すれちがいにちらと見たがね、日本服を着ていた。」

「へえ、着物を着ていた？」

杏子はそんな人は見たことがないが、狭い町だから気をつけて居ればすぐ判るわと言った。

併《しか》しその日から一週間、楓の下に贈物が置かれていなかった。習慣はその事をさびしく思わせたが、顔を平四郎に見られたので、再度《にど》の失敗はくり返したくない為《ため》であろうと思われた。

「むろ」は出来上って最後に屋根に土をかぶせ、その上を歩けるようにした。防空壕《ぼうくうごう》も兼ねた内部は、立って歩けるようにし、深さは六尺、横と縦とが七尺、恰度《ちょうど》この工事は二カ月間かかったわけである。亮吉とその弟の正人が手を貸してくれなかったら、到底竣工《しゅんこう》することが出来なかったであろう、その入口で皆は煙草《たばこ》を喫《の》み、これから家にはいってお茶を喫もうとした時であった。

「あら、あの方だわ、あの方よ。」

そう呼んだ時、表の垣根からもう全速力で馳りつづけた一台の自転車は、杏子が柴折《しおり》戸《ど》から飛び出した時には、だいぶ先の通りを突っ切ったところだった。

紙片

それは翼をひろげた怪鳥めいたすがたで、着物に風がはらんでいたので、全く大きい体軀《たいく》をした女に見えた。

平之介は突然、はっと気づいて自転車を引き出すと、もう乗り込んでいた。

「僕は大通りをホテルの方面に行くから、君は山添いを廻ってくれたまえ、道は二すじしかないのだ。」

「わかったわ、お会いしてお礼をいわなきゃ。」

杏子は左へ道を取り、ホテルの裏側から大通りが一緒になる、林の中を馳った。亮吉もじっとしていられなくなって、僕は川に添って駅への近道を行きますよというと、これも自転車に乗った。

杏子の取った疎林《そりん》の間には、誰も自転車では通っていない、ホテルの周囲をぐるぐる廻って、川べりに出ると平之介がサナトリウムの前から戻りかけていた。

「早いね、何処にも見えない。」

「近い処らしいわ、仏蘭西《フランス》大使館はいま誰も這入っていないらしいのよ。」

「スイスかな。」

「スイスらしいな、行って見よう。」

大抵の大使領事の別荘は引き上げた後で、正式にはスイスしか滞在していなかった。小ぢんまりしたスイス大使の別荘にも、それらしい自転車が勝手口にも見えず、料理場にもコックの白い帽子すら見えなかった。

間もなく亮吉と行き会い、三人は平四郎の家に戻った。近い距離には違いないが、案外独逸人の別荘にいるのではないかと、亮吉は言い、独逸人はとても多いから判らない、あるいは僕らの考えとは全然違った方向から来るのではないかとも言った。

とにかく此《こ》の不思議な贈物は、それから三日間平四郎の庭に現われなかったが、四日目の朝に潜水艦用の煙草の箱くらいの、小型な鮭《さけ》の罐詰が五個、楓の下におかれてあった。これは外人配給の物でレッテルがなく、おもに独逸人が大量に持っていて他には配給もなかったのだ、一個宛《ずつ》に罐切りがついている便利さも、潜水艦の用罐としか思われないものである。

「あら？　こんな紙片がはさんであるわ。」

紙片は、ペン書きで字は拙《つたな》いがわたくしをお捜しにならないでくださいまし、わたくしのいたしている事はそのままお見過しになっていただきとうございます、と記されてあった。文字と文字に間隔があって原稿とまでゆかなくとも、詩くらいは書いている女ではないかという平四郎はそんな見方をして言った。僅《わず》かな手紙にも文章の呼吸《いき》づかいが見られたからである。

「この人は君たちが自転車で後を尾《つ》けたことを何処かで見ていて、ちゃんと知っていたらしいね。」

と、平四郎はこういう人を捜し出さない方がいいとも言った。

解氷

雪と氷柱《つらら》ばかり見ていた冬も終りかかって、或る晩はじめて雨が降って来た。毎朝氷点下四、五度あっても、雨がふれば春なのである。後ろの山の雑木に黄ろい芽とも蕾《つぼみ》とも見分けられない花が咲いた。杏子は自転車が壊れているので、新しく一台借り入れようと自転車屋に行くと、昨日、憲兵隊の人員が殖えたので全部持ってゆかれたといって、一台もなかった。自転車がなくては食糧の買出しは出来ない、この土地にあっては自転車が唯一《ゆいいつ》の足なのだ。杏子は困って店から出ようとすると、一人の私服の憲兵がはいって来た。杏子は何時の間にか憲兵という人物を見分けることが、その背広姿のぎごちないふうで判っていた。憲兵の後ろに一人のわかい女が一緒に立っていて、スーツを巧みに着こなしていたが、杏子を見ると非常に静かに顔を往来の方に向けて避け、杏子はその顔に挨拶こそしないが、物柔らかな親和感を見せているのに気づいた。

「直《す》ぐにこの方に一台見付けて上げてくれまいか、当分隊の自転車に乗っていただくことにして……」

憲兵の言い付けは絶対であった。一台の自転車が奥の小屋から引き出され、憲兵はどうぞといい、わかい女は何も言わずに頭を下げると、そのまま憲兵とはべつに一人になって乗って行った。その後ろ姿にふしぎに見覚えらしいものがあったが、楓の下に贈物を置いてゆく和装の人とは、少し違っているようにも見えた。杏子は自転車屋の主人にたずねた。

「あの方をご存じ？」

「知らないね、憲兵隊に勤めている人じゃないんですか。」

「女が隊にいる筈《はず》はないわ。」

杏子は寧《むし》ろ女のほうから見せた柔らかい顔付には、一種の名乗りあわない挨拶めいたものがあるのを感じ、あの人じゃないか知ら、そうでなかったら、あんなに物柔らかな顔色を見せるわけがないと思った。

町に出て釦の店にはいると、殆ど同時くらいに二人の異様なともいえる、中年の女がはいって来た。杏子はそれはすぐ高貴の人の仕えの人であると直感したが、少し年をとった方の女は釦をいじくりながら、店の中に何かをさがしているような眼付をしていたが、すみ子に問いただした。

「あの先日表から拝見したんですが、お宅にねこがいたように覚えていますが……」

別の女はこれも笑わずに、真面目《まじめ》な一大事件の前に立っている、そんな顔付でいった。

「たしか金眼と銀眼を持っているねこでしたが……」

「はい、家のねこでございます。」

「そのねこをちょっと見せていただけないでしょうか。」

「はい、いま連れて参ります。」

すみ子は奥の間から純白の色変りの眼の、ねこを抱いて来た。

金銀の眼玉

「このねこでしたね、お美しい毛ですこと。」

彼女はねこをすみ子の手から抱き取った時、この仕えの人が余程高級な香水をただよわせていることに気づいた。

も一人の仕えの人もねこに頬ずりをし、この毛いろはお湯をつかわせているのかどうかと聞いたが、すみ子はお湯はつかわせていないと答えた。こんなお寒い処でお湯をあびさせ、そのまま表に出たら氷って了うかも知れないと仕えの人はいい、お可愛《かわ》いいや、お可愛いやと、ねこと頬ずりをやめなかった。杏子はそのお可愛いや、という言葉つきにへんな訛《なまり》みたいなものがあるので可笑《おか》しかった。

「何をおあがりでございます。」

「おさかなもございませんので、おみおつけをかけてやって居《お》ります。」

「ねこも不自由しますこと。」

　別の仕えの人はいった。せめて煮干でもあるとようございますが、煮干は売っていますかといった。すみ子は笑って煮干はどこにもございませんし、おさかなは鱗《うろこ》一つもありませんといい、仕えの人ははじめて、忍びやかにおほほと笑った。それにしてもこの人達が煮干というものを知っていることで、お邸《やしき》でも煮干をつかったことがあるのか知らと思った。

　少し年上の上位の仕えの人らしいのが言った。

「此の間お宅でお見うけしまして、大宮様にそう申し上げますと、そのような金眼銀眼のねこは見たことがないからと仰《おお》せがあって、連れて来られたら見たいものと、二度も仰せがございまして、きょう二人でまいりました。」

「は、何時でもおつれなさいまし、温和《おとな》しくて誰にでもなついて居ります。」

「ここでは毎日おたいくつでもあり、おつれしたらどんなにお喜びになるかも判りません、先刻もではすぐにねこが見たいと仰せあったくらいでございます、いまごろは、お待兼ね様かもわかりません。」

「ではちょっとからだを拭《ふ》いてまいって直ぐお供をいたします。」

「そう、毛なみは拭いた方がお美しくなるでしょう。」

すみ子は奥の間でねこの毛なみのよごれを拭き、顔もみがき、足の豆もつるつるに拭き上げて来た。僅かな拭き方にもねこは見違えるように、白いかがやきを見せていた。ボストンバッグに入れ、口を開けてすみ子は手を中に入れてあやしながら、二人の仕えの人の後ろについた。お邸は町はずれから二手橋の際《きわ》が、御門になり店から三町くらいしかなかった。それでもねこはボストンバッグの中をいやがり、あまえて物悲しい声で鳴いた。

「お可愛いや、」

と、仕えの人は人通りがなくなった処《ところ》で、そう言って二人でねこをあやした。

襖《ふすま》の内

御門に這入ると、式台になったお座敷へ、仕えの女はボストンバッグの中の鳴き声に気を配って行き、廊下でほかの仕えの女達がその優しい動物の鳴き声に、少時、佇《たたず》んでなにやら優しいものを貰《もら》った顔付で、現われたり消えたりしていた。

ねこが飛び出すと困るというので、すみ子はねこを抱いてあやし、そこらに慣れるようにしていたが、広間は深々とした寒さで、高貴の人のお姿は見えなかった。次ぎの間にいられるらしい、仕えの女がねこを抱いてお部屋に這入って行ったが、すぐ仕えの女人の声と笑いとが起り、すみ子は寒さにふるえながら広間の縁近くで、一人坐《すわ》っていた。

その時お襖《ふすま》が開いてちらと高貴の人のおすわりになっているお姿が見え、高貴の人もちらとこちらに眼をつけられたが、すみ子は手をついて頭を下げた。すみ子は自分よりか、ねこのほうが余程偉くなったような気がした。また眼をあげると非常に先刻は大きい方のように見うけられたのに、こんどはまた非常におちいさい方のように拝まれた。お顔色は白く、おん眼にほほえみがあって、高貴の人らしい嘗《かつ》て聞いた覚えのない澄んだ声が、襖の間からもれた。その言葉の現われ方はよく判《わか》らなかったけれど、

「可愛いねこ、……」

という言葉の意味だけが判った。

襖がしめられ、すみ子はなおじっと寒さにふるえていると、先刻の仕えの女人があんないをして式台の方に行った。そこにからのボストンバッグが、置いてあった。

「では、ねこさんはしばらくお借りいたします。」

と、仕えの女人は店にいた時とちがう、硬《かた》い声だった。

「何時《いつ》までもどうぞ。」

「飛び出すようなことはないでしょうね。」

「すぐ近くでございますからお逃げいたしても宅にもどってまいります。」

すみ子は御門を出て、二手橋にかかると、ちょっと見ただけであるが、高貴な方の印象というものは、妙に眼の奥の方に、ひとつの明りに似た不透明なものを何時までも、のこしていた。

翌日ねこはおちついているから、気にしないようにと女中らしい人が来て言った。

「たいへんご満足でございますがしばらくでもお手元からお放《はな》しになりません。」

「おしものことは、」

すみ子がそういうと、自分でお庭に下りて行って致しているようでございます。おあとは拭いてやっていますが、ああいうきれいなねこは、わたくしもはじめて見ましてございますと、女中はねこをほめて帰って行った。晩はよくすみ子は眼をさましてねこが、お廊下を音のしない歩き方で行くのをもうろうとして頭にえがいた。

紙包

翌々日すみ子は二手橋のお邸の前まで行って見たが、衛士が立っていて、おそるおそる昨日のねこは居ついているでしょうかと訊《き》くと、あんたでしたね、ねこの家のお嬢さんはといって通してくれた。

庭先にかかると、二人の女の人を従えた白っぽい召し物を着た高貴の人が、庭を歩いていられたらしく、すみ子に気付かずに縁側にあがられ、お裾《すそ》から白い象牙《ぞうげ》のいろをした脛《はぎ》がちらと見えた、すみ子は見てはならないものを見た咎《とが》めを、こころに感じた、同時に仕えの女の一人が腰のあたりで、すみ子に手付で其処《そこ》にいるように制しているのを見て、すみ子は立ち停って植込みに身を寄せた。

高貴の人のすがたは、非常にたくさんある襖戸を、開けたり閉めたりして消えた。

仕えの女の一人が出て来ると、実は、と幾らか不興気にいった。

「今朝気がつくとねこが見えません、お宅に戻ったのではないかと皆と申していましたが……」

「いいえ。」

「宮様もご心配あそばし今し方もご覧のとおりお庭先をさがしにお出ましになりにな

ったんですけれど、見付からないのでございます。」

「ではいま頃は家にかえっているかも判りません、お手ずからお捜しにあずかって恐れ入りました。」

すみ子は、ぞっとして寒かった。

「それにゆうべも淋しがって鳴き立つものでございますから、宮様も哀れを思召《おぼしめ》してかえしてやるよう仰せられていました。恐れ多いことながら、ゆうべは、よくお寝《やす》みになれなかったように拝しました。」

すみ子は益々《ますます》寒くなった。

「それは何とも恐れ入りました。」

「生きものには、まことに憐《あわ》れをおかけになるお方であられますから。」

「きっと家に戻っていることでございましょう。」

仕えの女人はちょっとお待ちになってと、奥の方の縁側に上って行った。そして襖が開くと、この前の日に聞いた、よい匂《にお》いのするようなお声が聴え、すみ子はまた、寒気がした。落葉松《からまつ》と楡《にれ》ともみの木の茂りが、黒い氷の塊のよう、吐き出す冷気がしんとおそった。

仕えの女人は紙包をすみ子に手渡していった。

「これはねこの好物でございますが、少々ながら、……」

「は、」

「どうかお宅に戻っていますようにお祈りして居ります。」

「はい、きっと戻って居ることと存じます。」

　すみ子は庭から表に出ると、ふたたび例の人間の声ではあるが、それよりもっと変った気品のあるお声を、耳の中に感じた。

尾行者

　凍《し》みがとけた或《あ》る朝の楓《かえで》の下に、真白い卵が七つ置かれてあって、あざやかさは春寒い庭の景色を、一ところに冴《さ》えた色を集めていた。杏子はそれを見ていると、なにかの不倖がこの美しい卵に物語られているような気がした。なおよく見ると楓の根元にある枯れた雛菊《ひなぎく》の中に、紙のようなものが見えたので、杏子は庭に出てそれを手にとると、平四郎にあてた手紙であった。

「きょうは手紙がついていたわよ、卵が七つとね。」

　平四郎はだまって手紙をひらいた。「お手紙はたしかにいただきました。わたくしは唯《ただ》あれらの品物をおとどけすることで、あなたとお知り合いになれることを心の手頼《たよ》りとしているものでございます。外になにの意味なぞはございません、わたくしはお友達も味方もお知り合いもほしいのですが、いましているお仕事はわたくしを絶対的な孤独に趁《お》いやるだけで、他人様《ひとさま》とお話することも出来ない身分でございます。それはわたくし自身を尾行している者もあるくらい、わたくしは勤先の外国人の行動を逐一報告しなければならない或る強制によって、はたらかされていると言ってもいいのでございます。ここまで書けばきっとご想像のつくことと思われますが、実際にわたくしの口述報告というものは日本のためになるかどうかも判りませんが、選ばれてわたくしはそういうお仕事をしている者でございます。それらの孤独に趁いやられているところから見ていますと、この町でわたくしの仕事を笑って見てくださる方、あわれな強制をやむなく受けているわたくしを認めていただく方は、あなたより外に誰もいないように思われます、わたくしは仕事の重圧からのがれてあなたにお縋《すが》りしたいのですけれど、いまはそれすらも出来ません、だから或る時期の来るまで杏子様もあなたもどうぞわたくしという者の素性をお調べくださらないように、それはわたくし自身が、お宅のお庭にしのびこむことも、わたくしの尾行者に気がついているようで、どんなに撒《ま》いてもわたくしの前から後ろかに何時も尾《つ》けているのでございます、わたくしはわたくしのしている仕事が恐ろしいのですが、お国のためという言葉が雁字《がんじ》搦《がら》めにわたくしをしばり付けてしまって、動く事も去ることも、この土地からは禁じられているのです、どうぞ此《こ》の事は杏子様にもご内聞にしてくださいまし、或《ある》いは杏子様はもうわたくしが何者で何の目的を持っている者だかを、ご存じかも知れません、どうぞこの手紙は火中にしていただき、そして杏子様に途中でおあいすることがあっても、お言葉をかけていただかないよう、あなたから仰有《おっしゃ》っていただきとうございます。」

平四郎は読み終ると、だまって杏子に読むように手渡した。杏子は読みはじめた。

まぼろし

勝手口の雨戸を引掻《ひっか》いて、高貴な人のお住いから、ねこが帰ったのがまだ暮れるに間があったが、ねこは毛並も美しく、女官達がつけてくれた首輪を見て、すみ子はあの日以来、どうにも、この高貴の人の顔が眼について来て、或る時はまぼろしのようにすみ子を居竦《いすく》ませた。この妙な感覚は、白いねこを見ると、そこから、すぐお顔が見えて来てならなかった。すみ子はねこがわずか一週間くらいの間に、変った温和《おとな》しさを見せていて、何時もなら叱《しか》らなければならない時でも、叱ることが出来ない、よそゆきの気持が交じっていることを奇怪に感じた。

二階から例の鼻の鋭い男が下りて来た。彼は山辺孝一といったが、釦《ボタン》やレース、ネッカチーフの仕入れ一さいをしていたが、後二日で山辺は出征しなければならなかった。山辺は煩《うる》さく鳴き立つねこを何度も叱り飛ばし、しまいに雨戸の外に抛《ほう》り出して了《しま》った。

すみ子は山辺がなぜねこに当りちらしているかが分っていたが、それは口には出せなかった。もうろうとした白いお顔が故《ゆえ》もなくすみ子に、人間のもっとも高い地位の幻覚をきょうも眼にちらつかせた。あそこまで人間の心身がのぼりつめるということはなかなか出来るものではない。すみ子のこの物思いは山辺にとって戦争にゆくことに、冷淡なよそよそしいすみ子を感じさせた。すみ子と山辺は事実上結婚していたが、まだ父母にも亮吉等にも明していない。併《しか》し父母達は事実上承認していたのである。わずか二、三カ月の間に釦やレースの売上げは数十万にのぼっていたと言ってよいし、それらの銀行預金等についてすみ子は何事をも、山辺の口から聞かなかった。唯、彼女の聞いたことは在庫品の売上処分はすみ子自身の私有たること、そして相当な生活費は別に彼女のために与えていた。

すみ子はその時にすでに懐妊をし、とうに戸籍上の手続をすませていた。そして二日後に山辺孝一は戦地に送られて行ったのである。

杏子は毎日釦の店に、町に出るたびに立ち寄った。気立の柔《やさ》しいすみ子は、自分の中にはいっている高貴なまぼろしのすがたを話した。

「非常にちがった高いお人を見ることは、自分とくらべて恐ろしい差のあることが幻影になるのね、わたくしはそういうお方は見たことがないけれど、日本人にはそういうお方を見ることが歴史的に怖《こわ》いわね、」

杏子のこの言葉はそばにいる亮吉に、同感をあたえたらしい。

「つまり戦争という奴《やつ》が、そういう幻影を破壊するために、戦われているかも知れない、日本も今そこに首を突き込んでいるんだ。」

亮吉はまだ何か言おうとしたときに、一人の憲兵が殆《ほとん》ど命令でもする勢いで這入《はい》って来た。

あのひと

「ちょっとお店をおかりします。」

憲兵にすみ子が椅子《いす》を持って行ってやると、その椅子を隅の方の硝子戸《ガラスど》越しに往来の見える位置にすえて、憲兵は通りを見張る身構えをした。それは度たびの見張りだった。

亮吉は低い角のある声で、杏子の耳もとで言った。

「ああいう連中も間もなくかげを消しますよ、あれらは何も知らないでいる。」

「何を見ているのでしょうか。」

「何も見ていない、ただああやって通行人を見ている、それだけが役目なんですよ、何がこの町にあるものですか。」

実際この小さい町に何事も起っていないし、起るべきこともないが、唯、今月にはいってから通行人の気が荒《すさ》んで来て、早足になって用事が済むと、みな家の中にもぐり込むという事態が生じていた。だから町全体が沈みこんでどうしたらいいのか、と、しきりに考えこんでいるふうに見えた。日本じゅうが爆撃され、近い山には青みのある山菜が、毎日の人出で掘り返されていた。米やパンがあっても山菜が絶えると、皆、壊血病にかかったからだ、軽井沢の非常に高い空を敵機が通っても、ふしぎに大使館のあるこの町は爆撃されなかった。

その時、杏子は一人のわかい女が、上手の町から自転車を走らせて下りて来るのが眼にはいって来た。

「あら、あの方だわ。」

そう心で感じたときであった。憲兵は突如として立ちあがって、どうも有難うというと立てかけてあった自転車に乗り移ると、わかい女のあとを趁って馳《はし》った。

すみ子もいち早く女に眼をとめたらしく、杏子に言った。

「彼《あ》の方をご存じ、……」

「いいえ、」

「しじゅう尾けられているんだけれど、何処《どこ》の方だか見当がつかないのよ、外人の別荘にいることは確かだけれど。」

杏子は此の間平四郎から見せられた手紙の内容をおもい出して、どう間違って憲兵の内報係をしているのか分らなかった。きょう見た彼女は蒼白《そうはく》長身であり、もはや和装はしていない、髪のぐあいや僅《わず》かな瞬間に見た眼つきは、つめたい何事にも驚かない落ち着きがあった。

「僕も山へ薪《まき》割りに行く途中でよく見かけているんですが、杏子さん、お宅に贈物をしている人というのはあの人じゃないんですか。」

「さあ、まさか、……」

杏子は亮吉の鋭い直覚にちょっと驚いたが、平四郎も言っていたように、あんな方じゃないでしょう、もっと女学生めいた方じゃないんですかと、あいまいに言ってみたが、亮吉は頭をふってみせた。

赧《あか》い顔

「僕はあの人のような気がするんだ。」

亮吉はなぜか杏子がきょうに限って、この人をそうでないと否定するのか、その原因を糺《ただ》すような眼付でちらと見た、変に何でも突きこんで来る亮吉の見方はうまく当っていた。

「杏子さん、あなたはあの人ともう何処かで会って交際《つきあ》っているんじゃないんですか、あなたはあの人をきょうは捜そうとしていませんね。あんなに捜していらっしったのに。」

「いえ、わたくしあの方など知っているものですか。」

亮吉は曖昧《あいまい》に笑ってみせた。

杏子は思わず赧い顔になった。

「ほらね、赧い顔をした。」

「だってそりゃ、……」

「訳があって匿《かく》していらっしゃるんだね。」

「匿してなんかいませんわ。」

併し趁い詰められては、もう白状したもおなじことだった。

亮吉が小説を書いているという、そんな観察が杏子のきょうの場合に、含められているものに思われた。

「併し憲兵があの女を尾けるということは、どういう事だろう、それが僕には判《わか》りませんね、私用か公用でしょうか。」

「うふ、私用かも知れませんわ。」

「ところが僕にはそれが公用に思えるんだ、何かあの女はスパイの仕事をしているんじゃないんですか。」

亮吉の眼はあやしく、疑いを現わして来た。その時、すみ子がやはり同感の面持でいった。

「何時か釦を買いにいらっしった時に、悉《ことごと》く男物の釦ばかりでそれも派手な品物だったので、この人は外人の別荘で働いているんだと思ったわ。」

杏子はだまっていた。誰とも交際しないでいて、誰の間でも問題になっている人だと思った。亮吉は杏子さんなんか、あの人と往来しない方がいい、どういう事で面倒な事態が起らないとも限らないといった。

杏子は帰途、再び先刻の憲兵に会ったが、憲兵の来た方向がやはりホテルの裏の、外人別荘地帯にあるらしかった。杏子はこの女の人に妙に会いたい気になり、川べりの土手を行ったが、暮れたばかりの別荘地帯には燈火《とうか》管制下の、ひとつの灯《とも》しびも洩《も》れていなかったが、夕食の支度のあぶらの臭《にお》いが温かく疎林《そりん》をこめていた。恰度《ちょうど》、スイス公使館裏手から帰ろうとすると、音もなく自転車が停まり、音もなく一人の女が後ろから声をかけた。

「杏子様、わたくしでございます。」

あまりに鮮やかで跫音《あしおと》すらもなかった後ろから呼ばれて、はっとして永く交際している人のように言って了った。

「まあ、あなた。」

そして杏子の見た女は、先刻すみ子の店先から、憲兵に尾けられた人であることが判った。

死せる空気

「わたくしお目にかからないつもりでいながら、とうとうお目にかかりましたわね、こんな嬉《うれ》しいことはございません。」

実際彼女のこんな晴ればれした顔をはじめて、杏子はいま見たのだ。

「何時《いつ》も戴《いただ》き物ばかりしていて、きょうこそお礼を申そうとしていると、すぐ、もう見えなくなるんですもの。」

「いいえ、わたしこそきょうお目にかかれなかったら、何時お会い出来るか判らなくなったものですから、」

「何処かにいらっしゃるんですか。」

「ええ、この土地に事情があっていられなくなったのです。」

彼女はしじゅうあたりに眼を配ってから、立話をしている処《ところ》を見られると困ることがあるんですが、お厭《いや》でしょうがあの空別荘にはいってお話したいんですがといい、杏子はいいわ、這入りましょうと疎林の奥の別荘の裏にある露台に上って行った。不思議にそこの扉を開けると、何度も其処《そこ》に這入っていたことがあるらしい此の人は、すみの方にある長椅子の埃《ほこり》を払って、杏子にどうぞと笑って言い、まるで自分の別荘みたいなことを言うわね、と、彼女も腰をおろした。日は暮れている室内は真暗だったが、彼女は用意して来た懐中電燈《でんとう》をつけた。永い冬の間の死んだ空気の冷たさが、肌身にすがりついて来たが、気味悪い感覚はなかった。そしてこの女は人懐《ひとなつ》こい声で、いくらか甘えるような声音でいきなり言った。

「お手をかして、」

杏子は右の手を出すと、待ちかまえた彼女の手がからみついて来た。

「温かいわ、わたくしずっと以前からあなたをお見受けしていましたの、去年の冬以来のことなんです。」

「どうしてこの土地をお立ちになるんですか。」

「憲兵達がわたくしに漏洩《ろうえい》の疑いがあるといって、国に帰れとしつこく命令するんでございます、わたくし自身も何時までも他人様のことを調べて見ることが厭になってまいりました。併しあなただけにはお目にかかってお別れしたいと思って、こんどはあなたを尾け廻して見たんですけれど、何時も食いちがってお目にかかれなかったんです。」

「なぜ憲兵から調べ事をお引受けになったんですか。」

「それは一種の命令みたいなものですわ、一度、隊を訪ねたらもう脱《ぬ》けられないんですもの、けれど帰国すれば何でもございません、きょうからわたくし何にもしなくともいいんです。」

杏子はでは此処《ここ》も打合せに使っていたお部屋なのね、というと、わたくし此処で怠けるといじめられるし、疑われて根もないことで殴られたことさえございました。怖いお部屋ですけれど、あなたとお話が出来てとても嬉しゅうございますと彼女は言った。

鉛の兵隊

表に靴音がして、懐中電燈の青い光が、鎧戸《よろいど》のすき間を走った。二人はからだを寄せたが靴音はすぐ消えた。彼女のあわてないで身構えている様子は、普通のわかい女の恐怖を現わしていなかった。

「わたくし変な女に見えませんか。」

「変は変な方ね、こんな気味の悪い空別荘にいらっしゃっても、ちっとも怖がっていらっしゃらないところなぞ、……それに、あの靴音のした時だって落ちつき払っているんですもの。」

「たいてい憲兵さん達に報告をする時は、夜に限られた時間だったものですから平気なんです。それにこの土地で一等怖い憲兵に会っていたものですから、ほかに怖い者がなかったのでしょう。」

二人は空別荘を出た。

「ではもうお目にかかれないかも知れません、わたくし、白状しますが彼処《あそこ》に勤めていたんです。」

「やはりそうだったのね。」

外人別荘に小さい旗が出ていて、夜風にその旗の紋章がゆらめいていた。握手をしたときこの絹村劉子《りゅうこ》という不思議な女は、わたくし何だか人のからだに触れたくてならないと言って、杏子に抱きついた。杏子はそのままの姿勢を保った。わたくしという女は鉛か銅で作り上げられているように、人間のあったかさを三年ばかりまるで知らないでいた、憲兵の焦茶色《こげちゃいろ》の服を着た胸ばかり見て、命令を聞いていてもあの人達の眼も、頬も見たことがございませんでした。異性も鉛で作られていては、冷たく重いばかりでしたと、彼女は真暗な土手にかかると、また突然、ちょっと川原に下りてください、もうお別れだからといって先に河原に下りて行った。杏子はこういう女に会ったことがないので、一たい何をするのかと、ちょっと気味がわるかった。

劉子の喘《あえ》ぐような何かに肉体をまかせたい気持が、杏子に反射して来た。二人は川床の砂の上にしゃがんだが、水の音がうまく二人の黙っているのを調和してくれ、次第にその水音にまぎれて誰か外の人間が近づいて来るようであった。不思議な劉子という女は、此処ではじめて言った。

「怖いみたいね。」

「あなたはご自分の考えていらっしゃることが、いま怖くなって来ているのね。」

「ええ、そうよ、わたくしね、あなたに何かしようと考えていたんです。ご免なさい。もう頭がちゃんとして参りました。」

「それはわたくしにも判っていたのよ。土手を下りようと仰有《おつしや》った時にどう言っていいか困ったわ。」

「ご免なさい。これで三年間の鉛の兵隊さんからお別れ出来た気がしますわ。」

土手を登り橋の上で、二人は相擁してわかれた。杏子にははじめての経験だった。

男

終戦になった。

世界じゅうを向うに廻して十年も戦争を続けたということは、世界にたった一つしかない、何処の歴史にもないことがらであった。戦争の歴史は敗けた方が偉大なる執筆者に早変りする。勝った方には歴史は昔の顔のままで登場するが、観客はこれをあまり見たがらない。難民がぞろぞろ街を彷徨《ほうこう》するだけでも、そこに失《な》くなった物の美しさが生じて来る。勝った人間は日本人の手から腕時計を剝《は》ぎ取り、外套《がいとう》を脱がせ、ゆびわをもぎとり、白昼日本の娘を強姦《ごうかん》し、自動車は子供達を轢《ひ》き殺して行った。

小さい血の気をうしなった町から、高貴な人がしずしずと引き上げられ、憲兵隊はいち早く解散した、町の人はあずきの畑を刈り取り、美しいあずきがもう秋めいた莚《むしろ》の上に盛られ、日もくれないだった。これから、どういう生活をしようかという考えが、誰の頭にもあった。杏子は東京から来る筈《はず》の顔も見たことのない青年が、隣の佐藤博士の紹介で来る筈であり、その青年はわざわざ杏子と見合いかたがた、結婚の話を持って来るのだが、世情騒然たる時であったから、却《かえ》ってこの突然の話に平四郎はそれもよかろうという、きわめて平凡な考えを持っていた。

温和《おとな》しそうな秀才がたの顔の青年が、平四郎と対《むか》い合いになっても話は何もなかった。昼の食事を一緒にやりながらも、やはり話はうまくはこばなかった。仕事は司法部内の勤務。

平四郎は杏子がいつもに似ずふくれているようで、顔はしがめはしないが、気にいらないらしい、青年の顔にも余り気の立つふうもなく、寧《むし》ろ憂鬱《ゆううつ》げに見えた。平四郎もこんなことは初めてであるから、どんな優待の方法をとったらいいか判らない。

「あなたは自転車にお乗りですか。」

「え、乗れます。」

「じゃ杏子、自転車で雲場ヶ池とか、町とかをご案内した方がいい。」

杏子は貸自転車をかりて来て、だまって二人で出掛けた。こんなことで人間の生活がはじめられそうにも、思えない。突然やって来る人もそうだが、それを容易にうけ入れた平四郎もおかしな男である。あれほど娘というものに細かく気をくだいていた平四郎は、けろりとしてどういう対手《あいて》でも、杏子の気にさえいれば結婚させるつもりでいた。えらい男なぞ何処にもいないし、将来えらくなるなどということも当になるものではない、たかが人間のことであり食えるだけの金を取ればそれでよい、ただ、平四郎は対手の男の顔が相当にまとまった人間だけが、選びたかった。亭主の顔の悪いのは何より悪い、きれいな男の方がよい、それも程度だが誰が見てもいやな感じのしない顔の亭主がよいと思った。

あかしやの径《みち》

杏子は先に馳《はし》り、青年は後に尾《つ》いて来た。雲場ヶ池の山水がパセリイの間を美しく、縫っている流れを見せても、青年はなぜ杏子が自転車を此処で停めたかという顔付で、反対に向うの森を眺めていた。

「こんな流れはお好きでないんですか。」

「水ですか。」

と、却って杏子の問い方をふしぎそうに問い返した。杏子は沓掛《くつかけ》街道を馳り、沓掛川のさびしい木橋の上で停ったが、青年はただ、田舎ですねと言ったきりであった。古ぼけた手すりの細かい柵《さく》に日が当り、それのさびしさはたとえようもなく、流れのうえでは美しくさえあったのだ。これが眼にとまらないこの人は法律の本ばかり読んでいたのだろうかと、杏子はまた自転車に乗った。何処に行ってもこの人を動かす景色は、ないようであった。駅近くから薄《すすき》の穂が真白になびいている径を馳っても、やはりこの青年は感動がないらしい、かまど山近くから町への近道の、あかしやの半ば裸になった並木の間の、ただ白く長い一本道に出ても、やはり何ともいわなかった。

その時、サナトリウムの方から、一台の自転車が馳って来て、杏子は呼ばれ、すれちがった漆山亮吉は言った。

「何処《どこ》へ……」

「いま帰るところなのよ、お客様だったものですから。」

「今夜いらっしゃい。」

「おうかがいするわ。」

亮吉は駅の方に行った。その時、やっと背後で青年が声をかけた。

「ご友人ですか。」

「ええ。」

杏子は聞かなくともよい事を聞く方だ、気になるのか知らと可笑《おか》しく思った。此処では、やはりご友人が多いんでしょうねと言ったから、ええ、テニスのほうのお友達がたくさんにございますというと、うしろで返事がなかった。杏子はあらためて言った。

「この道は軽井沢でも一等美しい通りなんでございます。アカシヤの道というんですが。」

「寒そうな通りですね。」

西づいた日は白砂のうえを走り、黄葉の散りかけたあかしやが、せまい通りの両側に吹きよせられて美しかった。こんな景色もわかろうとしない此《こ》の人には、もう話しかける気もなかった。女さえ見ればいいのかも知れないが、併《しか》し杏子は此処の景色も少しは褒《ほ》めて貰《もら》いたかった。若《も》しこの男が景色を褒めてくれたら、杏子も含めて褒めて貰えるような気がしたからであった。

家に着いた時、表の柴折戸《しおりど》から這入《はい》って来た杏子も、あとから来た青年も、面白くなさそうな顔付で気のない声でいった。

「ただ今。」

杏子は自転車を片づけて茶の間に這入った。

不用の景色

面白くなさそうな二人を見ると、平四郎も面白くない顔をしたが、杏子は自分の部屋に行ったらしく、出て来ない、平四郎は言った。

「ちっとは気に入った景色を見ましたか。」

「僕は景色なんかちっとも判《わか》らないものですから。」

だいぶ経《た》ってから青年は、「夕方の汽車で帰りたいと思いますが、」と言い、杏子を呼んで時間をしらべさせると、六時何分かの上野行があった。それまで町に買物をして来るといって青年は出掛けた。

「君は停車場に送りに行くんだろうね。」

「わたくし失礼するわ。」

「何故《なぜ》いやなんだ。」

「だって知らない方を送るのはいやなんですもの。」

「そうか、あの人厭《いや》なのか。」

「どんな景色を見ても、なんとも仰有らない方は、とても、」

「宜《よ》さそうな人だが断るか。」

「どうぞ。」

「よく断るな、これで四人めだ。」

杏子はまた自分の部屋に引き退《さ》がった。離れが居間だがこの頃は大概一人でいることが多い、そのくせ本も読まないで机に顎《あご》つきをしてぽかんとしている、時間はどんどん経ってゆく、気にいる男というものはなかなか居ないものだね、ちょっとした違いなんだが、引っかかりがつかないものらしい、まあ、せいぜい男を見ることだな、僕からいえば知合いはどの男もすいせん出来ないから、却って昨日まで知らない男の方がいいと思うんだ、えらい人とか、秀才とか、たいへん金のある人なんかはよせ、ぼんくらでも生真面目《きまじめ》で食うだけは稼《かせ》げる人がいいね、将来えらくなれそうな人も結構だが、えらくなるということは偶然の場合が多いから、その方はやめて置くんだね、そんな処《ところ》に一人でしけ込んでいないで、茶の間にお菓子でもたべに来たまえというと、すごすごと茶の間に来て少し菓子を食べて、急に極《きま》り悪そうにしてもとの離れに戻って行った。その気持の鬱陶《うっとう》しさはよく解《わか》るが、そこをどう踏み切るかが、問題であった。

或《あ》る問題がまたしても、りえ子の友人から起って来た。お茶の師匠をしている有島いつ子である。彼女は永い間りえ子と会っていないので、郷里に行く途中下車をしたのだと言ったが、一人の若い男をつれていた。織物会社の重役の息子で有島いつ子がそこにお茶を教えに行く関係から、この息子とも知り合い、りえ子から手紙が行ったものらしく、これも杏子を見に来たものらしい。

「杏子さんは、……」

有島いつ子はりえ子に挨拶《あいさつ》をすると、すぐ杏子の所在をたずねた。その以前に杏子はかんで有島がどういう用件で来たかを見抜いていて、例によって離れにかくれに行った。

またでしょう

平四郎は離れに杏子を呼びに行ったが、例によって机に対ってぽかんとしていた。

「君、挨拶したまえ、態々《わざわざ》来てくれたんだから。」

「又でしょう。」

「又だが顔を出したまえ。」

「こまるわ、見世物みたい。」

「人気があっていいじゃないか。」

杏子が茶の間にはいった時、有島いつ子はお茶の道具を用意して来ていて、菓子まで皆の分をならべた。そしてりえ子、平四郎、杏子に重役の息子というふうに、順々にお茶を立てた。あなたは旅行するにもお茶の道具を持って歩くんですかと、平四郎はその道の人の用意のある心を感じた。

杏子は重役の息子がお茶の心得のあることを見たが、わざとらしく気障《きざ》だった。後でりえ子は何処かにご案内したらどうといい、杏子は自転車に乗れるかときくと、乗れると息子は答えた。平四郎はつい冗談口をきいた。

「また雲場ヶ池に行くかね。」

「いやな人ね。」

「パセリイを摘んで来いよ。」

「皆さんがお摘みになるんで少ししか生えていなかったわ、此の間は。」

雲場ヶ池にはパセリイはみな摘まれて、茎だけが流れの間になびいていた。青年はいった、この土地は派手で僕の好みとは反対ですね、まるで浮気ぽい土地だ、併し杏子はそんなでもないですよ、見ただけでは派手ですけれど、予算でいらっしゃっている方が多いだけに、東京とは皆さんはじみな生活らしいといった。

「僕は嫌いですね。」

「お嫌いならどうにもならないけれど、いまにお好きになれると思いますわ。」

「いや、僕は嫌いだ。」

反感を持った青年は、美しい水にも、小径の誘いが原の中をうまく形づけているのを見ても、眼をとめる気がしないらしかった。杏子は度たびの案内役でいや気がさしているところに、青年がちっとも面白そうにしないので、郊外に出るのをやめて、坂になった町をのぼって行った。

釦《ボタン》の店は終戦と同時に、客はがたりと落ちて釦やレースは、もう埃《ほこり》をかむって動かなかった。すみ子は赤ん坊を生んだが、店にはあまり出ないで、亮吉が一人で雑誌を読んでいた。

「寄りませんか、あ、お客様のようですね。」

と、亮吉は身綺麗《みぎれい》な青年のなりを見た。

「いずれ又、」

杏子は店の前側の小路にはいると、青年はまた此の前の法律家とおなじ質問をした。

「お知合いですか。」

「え、お親しくして居《お》ります。」

客のあるたびに亮吉にあうのも不思議なら、客の問い方がみな一致しているのに、男というものは僅《わず》かな事にも、細かく気をつかうものに思われた。

怖い蛇

庭づたいに戻って来た二人を見ると、やはり面白くなさそうな顔色だった、この連中はどうして皆が皆で揃《そろ》ってこんな顔付をするのかと、平四郎はことさらに何もいわないでいると、青年は杏子のあとに尾いて、離れの縁側に腰をおろした。杏子はめいわくそうに、此処《ここ》まで尾いて来たのに、はじめての人としては、ずるい感じがあった。

「ここがお部屋なんですね。」

「ええ、取り散らかしていて……」

「上っても宜いんですか。」

青年はもう靴を脱いで、縁側に上った。困りますわ、まるで鶏《とり》小屋みたいですもの、と言った時、この青年は部屋にはいって坐《すわ》った。なんというぬけぬけしたことを、当り前のように振る舞う人だろうと、杏子は雑誌や本を机の上にまとめて置いた。彼はその一冊を手にとると、ぽとりと畳のうえに落すように置いたが、それは平四郎の書物であった。杏子は癪《しゃく》にさわってその書物を手に取ると、彼の再び手のとどかない床の間に行って置いた。さすがにそれが平四郎の書物であることが判ると、ちょっとやり場のない眼を机のわきに置いてある灰皿にとめ、てれかくしに彼は言った。

「煙草《たばこ》を召し上るんですか。」

「ええ、とても好き。」

大胆に言い退《の》け一本喫《の》んでやろうかと、いたずら気が起った。

「煙草は容貌《ようぼう》の美を損じるらしいですね。」

杏子はわざと答えなかった。

「召し上らない方がいいいね。」

いいね、が気にいらない、杏子はこういう煩《うる》さい男の性質というものは、はじめて会った女にも遠慮なく物を言うものらしい、これで女に好かれようという考えを持ったなら、この人はなにも知らない男に思えた。息づまるような沈黙を破って杏子は、たいへんお悪いことですが、父の急ぎの用事で郵便局まで参りたいんですけれどと言った。実際、速達便が今朝から平四郎の机の上に出ていた。

「今すぐでなければならないんですか。」

彼のその言葉には、杏子が坐っていなければならない責任を、なじっているようだった。

「速達でございますから。」

「あ、そう。」

杏子は支度をすると、失礼といって出かけたが、青年はまだ縁側を下りないでいた。郵便局から買物に廻り、相当な時間をかけてかえると、青年は庭の中をうろうろと歩いて、杏子を見るとさも用事があるふうにそばに寄って来たが、用事なぞあろう筈《はず》がないのだ、何とかしてこの男からはなれたいと思ったが、男は後ろの山にのぼって見ませんかといい、杏子は蛇がいて怖いからいやだ、秋にはいると、蛇が山から下りて来て穴ごもりする時が、一等怖いと言った。

山寄りにも一つ離れがあって、客があると泊めることになっていたが、有島いつ子も、兼山という青年も泊ることになった。杏子は泊めることをすすめるりえ子を、悲しそうな眼で見ているのを平四郎は眺めた。杏子が料理のかかりなので、それの手数よりも兼山とは話したくない興褪《きょうざ》めた気持だったからだ。気のすすまない料理は勝手でも、気の抜けた物しか出来なかった。

食事が終ると、夜の町を見たいという兼山に、杏子はまたかという気がして、こんどは一緒に行ってくれと父親にいった。

「平四郎さんも行ってよ。」

「おれは書き物があるんだが。」

「お願い、これだわ。」

手を合してみせた。

参っているなと平四郎は思った。

「行こう。」

「たすかったわ、たすかった。」

町の中には見るものは何もない、ただ、絶望した顔ばかりがアメリカ兵の間に往来し、アメリカ兵は女達を追い廻していた。そのためにひっそりした町には、わかい女達は一人も通っていない、首をしめられたような町の中は、夜は杏子も歩きたくなかった。

「ね、かえりましょう、とても耐《たま》らない気持だわ。」

「堂々と歩いていればアメリカ兵だって遠巻きにするだけじゃないか。兼山君もいるし。」

兼山は兵隊をいやがりながら、

「僕なぞ役に立ちはしませんよ。」

杏子は家に帰ることを主張した。

兼山も花火を打《ぶ》つけて歩くアメリカ兵を怖がり、お愛想笑《あいそ》いまでしているのが、杏子には耐らないいやな気持だった。遂《つい》に、裏町に出て家にもどりかけた。

家にもどると、これからお茶にしようというりえ子に、杏子は頸《くび》をちぢめて見せた。茶の間にあがりこんだ兼山は、なかなか離れに行かないで話し出した。面白くない顔をした杏子は、こういう男の人と話をすることが、女の不倖におもわれ出した。どこにも、面白味のない男というものが馬鹿《ばか》に見え、その馬鹿さ加減を知らないで威張った調子の話を聞いていると、益々《ますます》いやになった。それは男という名ばかりの顔立で、眉《まゆ》が男眉ではあるが、眼がお婆《ばあ》さんのようにしなびていて、頬が十五、六の少年のように見える兼山は、どこにも、杏子の好くものが見られなかった。

「親父《おやじ》の自動車は中古なんですが、それを今度は貰うことになっているんです。」

重役息子の兼山は、いま免許をとるつもりで運転の練習をしているが、あんなものは訳がないと言った。

平四郎は漸《ようや》く気難しい顔付で、それとは反対の柔《やさ》しい声で杏子に言った。

「君、朝早いから行って寝たまえ。」

虫

翌日、客が出立《しゆつたつ》するときに、平四郎はお茶の師匠に、どうも我儘者《わがままもの》で兼山君に切角だがおことわりして下さい、と言った。

「いい人があったらまたどうぞ。」

兼山はそんな内談は知らないので、土曜日あたりに来られたらまた来るといい、その自信のある言葉に杏子はうなずいて見せて、別れた。

「好きずきという言葉があるが、うがった巧《うま》い言葉だね。」

杏子はだまっていた。

しかも平四郎はお茶の師匠に、又いい人が見付かったらよろしくといった言葉を、あとで考えて、いやな気がした。誰にでも、りえ子も平四郎も同じ内容の、いい人があったらどうぞといっているが、それは結局、誰でも男であったら紹介してくれという意味であって、むかしから多くの親達が言い古した言葉を、そのまま平四郎もばかばかしく言っただけのものである。平四郎は反省してこの言葉だけは、つかうまいと思った。

平四郎は杏子の十三、四歳までの間、杏子を人もうらやむような美しい娘にして見たかった。このあわれなのぞみは、普通五人なみくらいの器量しかない杏子の前から、平四郎はそろそろその考えから引き上げねばならなかった。それは世間の多くの父親もそれだったように、女の子を美人に仕立てて見ようというのぞみを持ち、それを生きるなぐさめに算《かぞ》えていたことには、少しも間違いはなかったのだ、それが美しい娘でないいまになっても、あの時はあんな空想を持ち廻っても、あれでよかったのだ、あのときはあの時だ、いまはいまであると思った。

平四郎はりえ子にいった。

「女というものは杏子の場合でも、男を見ることだけは、到底深くに達することは出来ないが、すぐ何かをつかむことだけは実際だね、たいてい一ぺんでいやなら厭といっているじゃないか。」

「虫が好かないということがあるわね、この虫というのがたいへん役に立つのね。」

平四郎は何時《いつ》も仕事のことや他の事で、わかい女の人とはなしている機会があるが、この人らも、たった十分間も話しているあいだに、虫が好くとか好かんとかいうことを、事務の上のことを話していても、何時の間にか現わしているように思われ、こちらの虫も、好きずきを現わしていることが、たくさんにあった。人間は恋愛なぞしなくとも、男女間には何時もこの虫が対手《あいて》を、うかがっていて倦《う》まないものらしい、デパートの女の人にも、やはり虫がはたらいていないとは言えない、或る客には二分間のしんせつがついやされるとしたら、やはり虫のせいであった。杏子の虫が眼から頭へ、ぐるぐる一日廻りどおしでいても、ふしぎはなかった筈である。

苦い蜜《みつ》

眼鏡の行方

平四郎はきょうも山の方に薪《まき》割りに出掛ける漆山亮吉が、その弟の正人と前の通りを行くのを見た。平四郎は茶の間から、亮吉は表通りでおたがいが挨拶《あいさつ》した。

「お早うございます。」

「早いね、薪割りかね。」

亮吉兄弟は毎日通って行った。表に近い離れで杏子が何やら言い、それが山里の朝らしい気を起させた。いまは一本の薪でも、自分で割って作らなければ、思うままには焚《た》けなかった。

釦《ボタン》の店がはやらなくなる前後から、亮吉は町で自分の蔵書の貸出図書館を開いて、片手間に写真部を設け、弟の正人がそれを手伝っていた。何よりも人びとの飢えていることは、本を読むことであり本で敗戦のいたわりをもとめようとするらしい、僅《わず》かな意気が人びとにあった。そこに眼をつけた亮吉の考えに誤まりはない、亮吉はその計画をはなしてから言った。

「絨毯《じゅうたん》を一枚貸して下さい、それで壁のくずれをふせぐんです。」

左右の壁間に下げた絨毯に、人物風景の写真をかかげ、正面の硝子《ガラス》戸棚に書物をならべたこの店は、どこかに工芸的な素人《しろうと》くさいところがあって、二、三脚の椅子《いす》にテーブルも用意されてあった。

平四郎は庭をうつすという亮吉に承諾を与え、店の装飾に口出しをしていった。

「絨毯が不釣合ですね。」

貸出しの書物は少しずつ出て、本を売りに来る人もあった。こういう店が外にないので、写真を見て撮影を依頼する眼の青いあいのこさんもいたが、どうやら、書物の貸出しよりも写真の方が流行《はや》っていた。

或《あ》る晩、平四郎は自家にもどる片方は山添いになり、片方が畑になっている処《ところ》で、三人の酔払いが何かを捜して、雨の中を泥だらけになってごぼうの畑を、ふみ荒しているのを見た。よく気をつけると平之介と亮吉に、外にも一人いた。平四郎は土手のうえから声をかけた。

「平之介、何をしているんだ。」

「眼鏡を落したので捜しているんです。」

「眼鏡を落すまで飲んだのか。」

三人は乏しい懐中電燈《でんとう》の明りでさがしているが、広い葉のごぼう畑では眼鏡なぞ見付かるものではない、やっと酔っぱらった三人が土手下に道を取りちがえたことが判《わか》った。その時、亮吉が突然土手のうえに登って来て、泥酔《でいすい》の中でわざととり戻した気持を見せるためであろう、きちんとした声音でいった。

「僕は何時《いつ》もこんなに酔ぱらっている男ではないんです。そのつもりでどうぞ。」

と、亮吉はへんなことを言い、はじめて亮吉が酒癖のあることを平四郎は知った。しかも夜はまだ宵の口であった。

菓子折

平四郎の家はすぐごぼう畑から近い、杏子がばたばた馳《はし》って来て、道路が丘になっている処にのぼると、息せきながらいった。

「ろうそくを点《とも》したほうがいいわよ。そんな懐中電燈じゃとても判らないわ。」

杏子はやっと其処《そこ》に平四郎が、土手の上に立っているのを見付けた。

「あら、驚いた、平四郎さんもいたの。」

「平四郎さんもないもんだ、君もぐるで飲んだのか。」

「わたくしはろうそくを取りに行っただけなのよ。通りかかるとこの始末だもの。」

「眼鏡がなくて歩けない奴《やつ》が、それを落すというばかがあるか。」

杏子はろうそくを点して、事新しく捜して歩いたが、亮吉はこりゃ明日の朝でなきゃ捜すのは無理だ、踏みつぶしたら却《かえ》って始末に悪いといい、それもそうだと三人は畑から這《は》い上り、平四郎は家に戻った。

その翌日、播麻《はりま》夫人からという紹介状を持った男が、朝早く訪れて来た。播麻博士の未亡人でこれも予《か》ねて、杏子の縁談のことで一肌ぬごうと言っていた人だが、手紙にはこの方は母親と二人暮しであるが、家の事情で結婚を急いでいる、論文提出中だったが戦争で学位も遅れているが、将来は医学博士になれる方だから杏子さんに会わせてほしいとのことであった。

志築《しづき》というこの人は、平四郎と挨拶をしたあと、お嬢様にちょっとだけでもお目にかかれば倖《しやわ》せだといい、余り叮嚀《ていねい》すぎて困った。自分ごときが態々《わざわざ》押しつけがましくご当地まで出掛けて来たことをお許し下さいとかいい、杏子があいさつをすると、志築は露骨に年寄りのような語調でいった。

「あ、立派な体格のお嬢様ですね。母が永い間病気しているものですから体格の巌丈《がんじょう》な方でないと困るといつも話していたんです。」

平四郎はこういう型の人が博士になれるのかと思い、杏子の顔にいちはやく失望の色が見られた。

「ご当地ははじめてですが、女の方はみな綺麗《きれい》な方が多いようですね。」

平四郎は気になるのでいった。

「今夜のお宿は?」

「町でもう見付けて参りました。つるやという旅館で荷物もそこに置いて来ました。」

平四郎はたすかったと思い、杏子と眼を合せた。

杏子はまた離れにしけこみに行き、こりゃおれでもご免蒙《こうむ》りたいと平四郎は苦笑した。

終戦後遠方であるとはいえ、皆、男の方から強引に出掛けて来る流行があるのか、平四郎は客が鞄《かばん》から菓子の包をがさがさ音させ、取り出すのを見ると、いよいよ、やれやれ夕食を一緒に食わなければならんのかと、憂鬱《ゆううつ》は一どきに平四郎の身辺をおそうた。

知らない人

夕食を出すことになり、杏子は見ず知らずの人が次ぎから来て、何の為に一緒に食事をし町をあんないするのか、これが結婚というものの前奏曲なのか、きょうの志築という男は母も年を老《と》っているので、からだの丈夫な女がほしいといったが、では、この男の母親の看護が第一条件になるのか、そんな丈夫な女を見にこの土地にまでやって来たのは、一つの生きた道具を見付けに来たもののようである。

「生きた道具とはいい思いつきだわね。」

杏子はお腹《なか》でそう呟《つぶや》いて見て、可笑《おか》しくなった。くわいの青い皮を剝《む》きながら、くわいというものの頭の青さが、二つくらいの子供の頭に見えて来て、これも、きょうは可笑しくてならなかった。笑うよりほかに、言いようのない人間がいるものだ。

夕食が出ると、志築はやたらに恐縮して、こんな短時間のあいだにこれだけの料理をなさるなんて、大した早業だと褒め、料理にもやはり天才とか才能とかが必要なものでしょうかと、聞く方が極《きま》りの悪いくらいべらべら喋《しゃべ》った挙句、志築は箸《はし》の先につまみ上げたものを、これは結構に戴《いただ》けますねと激賞した。それは例のくわいの頭であった。

「くわいという物は昔から男に食べさせるものでないと言われていますが……。」

「そんな話も聞いていますね。」

平四郎はくわいは性慾《せいよく》をおさえる食物だと、実際はどうか判らないが、聞き覚えていた。

「どんな意味なの、それは。」

と、杏子は笑っている平四郎に聞いたが、べつに答える必要のないことだから、だまっていた。

「いや、それはお嬢さん追々に食物というものの性質が判る時があるんですよ。」

と、彼もそれには詳説を避けた。何ていやな男であろうと、平四郎は食事を一緒にしたことを悔いた。

「くわいというものは料理していても、じゃがいもなぞと違って、威張って生意気みたいよ、つるっと怒って辷《すべ》ってしまう。」

杏子は先刻から笑いたかったので、自分で笑う材料を提供して置いて笑った。くわいが生意気に見えるという心理描写は面白いと言って、平四郎もくわいを食べながら言った。

併《しか》しこの話題はおもに平四郎という特殊な人間の家庭にあるもので、志築には、何が可笑しいのか原因が判らなかった。この時分から判然と主客の間に、むしろ露骨な黙った時間が見えて来た。

志築は一人でこつこつ土手を帰って行き、町の案内は杏子は一遍に断った。さびしい気がしたが、何にもならない散歩というものを知らぬ人とは、もうしたくなかった。順順にいままで現われた七人の男たちは、みな知らない人達だった。その知らない人達の行手にも、たくさんの倖せがあるのであろうが、杏子自身それを知るまでに、心も頭も、それについて行けなかったからである。

ひやりとすること

亮吉は或る日暇のあるときに読んでくれといって、短編小説の原稿を置いて帰った。平四郎はそれを本箱に入れて読まずにいたのは、知人の原稿を読むことは、その実際のちからを見極めることになるので、滅多に知人の原稿を読むことをしなかった。そんな意味の知人に対する失望を避けていたかったのである。原稿というものは読まずに片づけて置いても、或る一瞬の感覚では読まないでいられないものもあった。非常にすぐれた原稿というものは、作家がそれを読むと同時にそのすぐれたものが、それを読む作家にまぎれ込む危険をもって迫ることさえあるのだ。

「亮吉さんの小説はどう。」

「まだ読まない。」

「読んでおあげになってよ。」

「うん。」

「此《こ》の間ね、ある新聞の懸賞小説に応募したんですって、ところがそれが第二等にはいったんです。」

「そうか、それは残念だったな。」

「だから読むといいわ。」

「それならなお読む必要がない。」

「どうして？」

「もう実力が示されているから。」

「それからあとにもっと巧《うま》くなっているかも知れないわ。」

「そういうこともあるがね。いまでも書いているのか。」

「毎日書いているわ、一生懸命。」

「一生懸命か。」

平四郎もいつもばかばかしいくらい一生懸命であった。嗤《わら》われて読まれるものさえ、一生懸命であった。何人も作家は一生懸命ならざるをえない、さらに、もっと突きこんで言えばあんなもの、ちょっと悪戯《いたずら》書きしたものですよと、そう言われたほうが、もっと一生懸命が手重く見えて来る、併し無名の人が一生懸命に書いていると聞くたびに、ひやりとするものだ、平四郎自身のたかの知れた才能をしぼりつくした四十年くらいに、何が書けたというのか、そのこと自身がやはりひやりとして来るのである。他人へのひやりとしたものも、自分のひやりとしているものが、両方で或る処で打《ぶ》つかり合うのである。

「君、ひやりとするね。」

「おれもひやりとするんだ。」

「これは一生ひやりとする奴か。」

「一生だね、こいつがないと小説は書けない。」

「では、しじゅうひやりと仕通しみたいなものじゃないか。」

「そうなんだ、いいものを読んでも悪い物を読んでも、ひやりとする、……」

平四郎は頭の中の問答が、いつもこんなふうに起っては消散していた。世の中にある言葉のひやひやするという奴ほど、適切な急所をうがったものはないのである。

男の十分間

朝早く一人の訪問者がまた現われた。りえ子の友人で女学校を経営している伊島校長の次男、郷里のみやげをことづかって上京の途中立ち寄ったとのことで、座敷に上げたが、此の若い伊島は靴を脱いでから、その靴をはきよいように表に爪先《つまさき》を向けて、ならべていた、容貌《ようぼう》態度などにもみだれがなかった。おもにりえ子が友人の消息をたずね、平四郎は聞き役に廻ったが、伊島はこの家の中に誰かをたずねているふうがあった。誰かを見ようという気合が平四郎に解《わか》りかかった時分、この伊島も杏子を見ようとして来た者であることが次第に解り出した。

杏子は最初に伊島が表から這入《はい》って来たときに、ほんのちょっとの間であったが、非常に親密な間がらの人がするそんな微笑《ほほえ》みを受けたが、それはいやな感じのものではなく、滅多に男からうけられない数尠《かずすくな》い微笑みだったのだ、性質からじかにあらわれる野心のない微笑なのである。杏子はお茶を持って出て母親から紹介されると、すぐお風呂《ふろ》場《ば》に洗面の用意がしてあるからと言った。駅に着いてすぐ訪ねる人には洗面ほど気がらくにほぐれるものはない、伊島は一応辞退したが、風呂場に行った。嘗《かつ》てこういう気の利《き》いたことをしたことのない杏子を、平四郎は眼にとめた。

この朝はぞくぞくした晩秋の寒さがあったので、伊島は温かい湯で洗面をすますと、黒い眼をぱちくりさせていった。

「ゴミ棄場《すてば》に尾の長い焦茶色《こげちゃいろ》の栗鼠《りす》らしいのが下りていましたが、あれは栗鼠ですか。」

「え、いつも来ています。」

「ゴミ棄場に栗鼠が下りて来るなんて山の風景らしいですね、野性の栗鼠ははじめて見ました。」

杏子は自分に好感をもっている若い男の眼いろを、何時も、すぐに直覚した。この直覚はどんな場合にも、男というものと十分間も話しているあいだに、男の顔にいちじるしく現われて来るものであった。それを合図に、男というものにはどんどん話が弾《はず》んで来るところがあって、その弾みぐあいで性質の浮いた人や、重みのある人が、弾み加減で区別されていた。あまり女に好感をもたない男の顔には薄情というものの正体がこんなものかと、それをまともに見るあさましさが顔いろにあらわれていた。

「町に出て見ましょうか。」

「あんないして戴けたら光栄です。」

客の伊島は笑い、杏子も笑い、平四郎はこの男がお気に入っているらしいと、此の間からずっと客にしたことのない杏子の微笑みを、これも例の好きずきの虫という奴のせいかなと思った。恐るべきこの虫を一疋《ぴき》かかえて、女は大胆に濶歩《かっぽ》しているらしい、男も虫を一疋持っているが、二疋の虫はいつも睨《にら》み合ってお互の間に飛び込もうと、隙《すき》をねらっている者のようである。

廻《めぐ》り合せ

杏子は雲場ヶ池にくると、ひとりでに可笑しくなって来た。何時でも此処《ここ》に来て、美しい水とパセリイの緑とを見て、一日の交際で数多くの男の人と別れた、別れるために男を此処にあんないして来るようなものであった。伊島も此処に来てもやはり美しい水を見ないで、向う側を通るわかい男女の連れを眺めていた。杏子は男というものは始終女と反対のことを考えている気がした。

沓掛《くつかけ》街道を自転車で馳《はし》りながらまた、あの木の橋を見にゆくのかと、自分でも咎《とが》める気持があって、くるっと自転車の向きを変えた。

「きょうお訪ねしたことがあなたにお判りですか、へんなことを言うようですが。」

伊島は自転車を平行させて言った。

「それは何のお話でございましょうか。」

杏子は判《わか》らないふうをして見せ、こんな話を切り出すために都合のよい自転車というものを、可笑しく感じた。

「実はあなたを見に来たんですよ、母の言い付けで、……」

「あなたご自身の意志に反してでございますか。」

杏子はまずい質問だと笑った。

「僕もお目にかかれて宜《よ》かったと思っているんです。今朝洗面のお湯をいただいた時からです。」

「でも、この土地ではたいてい洗面にお湯をつかいますもの。」

「いや、湯気が顔に当ったときから僕は来てよかったと思いました。」

「景色はどうでしょうか、あれが八ツ《やつ》嶽連峯《がたけれんぽう》だし、そこに浅間山がいらっしゃるし、……」

「景色よりもっと見ていたいものがあるんですよ。」

「…………」

町にはいると、釦《ボタン》の店の前を通りたくなかったので、裏小路に廻った、そしてテニスコートに出ると、町の方から不意に一台の自転車が馳って来て、亮吉とすれちがいになり、杏子は自転車を停めた。

「お客さんですね。」

「お池をごあんないして帰りなの。」

その時、亮吉はうしろから来た伊島の顔をみると、驚きで、みるみるうちに顔を硬直させた、そして次ぎの言葉もいわないで、急ぎますから失礼といって行って了《しま》った。だが、あまりに擦《す》れちがいの早さで伊島には、亮吉の何者であるかがわからないふうであった。杏子はどうして客のあるたびに亮吉に会うのかしらと、それが何時《いつ》も決まって会うだけに妙な感じだった。

「あの方はお知合いですか。」

この質問もまた何人かの男に訊《き》いた同じ言葉だった。この妙なもつれは何の為に何時も客さえあれば生じるのかと、杏子はそのまま打棄《うっちゃ》って置けない廻り合せのふしぎを感じた。

爽《さわや》かなる男

伊島は翌朝立とうと、鞄を下げて表の柴折戸《しおりど》を出る様子に、いつも客が去ってゆくむなしさがあった。杏子は柴折戸際《ぎわ》できゅうに或《あ》る考えがうかんだ。

「お見送りしてまいります。」

と、平四郎に対《むか》って言った。

「自転車がないじゃないか。」

「後ろに乗っていただけばいいわ、失礼ですけれど。」

「じゃ、そうしたまえ。」

マンペイの道路を矢ヶ崎川の土手に出て、サナトリウムの白い長い道路を走った。さすがに伊島はこの美しい真直ぐにつづく道路を褒めた。

「まるでゴムで作った道路みたいですね。」

「眼をとじて走っていても、ひとりで走ってゆけるんです。」

橋を過ぎると伊島が又いった。

「僅かな距離の違いで浅間山の形がまるで変って見えて来ますね。」

「これが追分あたりでは山の膝《ひざ》あたりまで見えるんです。」

「山の膝っていうのは?」

「山というものも人間にあるもの、胸とか、うしろでは背中とか、膝だって見えてまいります。」

列車に乗ると、伊島は塩からいものを舐《な》めたような、男のする極《きま》りわるさを顔色に現わして言った。

「またお目にかかります、そうだな何時頃かな、とにかく母からもご挨拶《あいさつ》はいたしますが。」

杏子はなにもいうことがなく、見せるために微笑みをうかべ、伊島はそれを受けとって眼の中にしまい込んだ。此の間からの訪問者を見送ったのは、伊島一人だけだった。帰りの道は往きで通った同じ道順を行き、気分はすぐれてあたたかであった。駅に送りに行くのを平四郎はふふんと笑ってみせたが、のん気な笑いがおだった。

「あの男はいままでのなかで、一等つきの好《よ》い男だな、作為も衒《てら》いもないね。」

「つきって何のこと?」

「人間のさわりだよ。君はどう思っているんだ。」

「やはりさわりが好いと言ったらいいのでしょうね、どこにも、ごつごつしたところがないわ。」

「まあ、及第だな。」

「ふふ、……」

「鷗外《おうがい》さんや秋声さんでも、娘さん達は大してえらくない人と結婚させているよ、菊池寛だってね。」

「それで、……」

「えらい人というものにはそれぞれ癖があって厭《いや》なものさ、平凡で人間としては爽《さわや》かな男が一等いいんだよ、えらい奴《やつ》には飽々《あきあき》するよ、えらくない男は少しずつえらくなることに無上の愉《たの》しさがあるね。」

恋愛

「えらくなれなかったらお金が取れないいじゃないの。」

「それなんだ、其処《そこ》で何時も問題は行詰まるんだが、食べられるだけ取ればその中で遣《や》り繰りをして、愉しいものを最少限度にすくい上げるんだね、卵五つを買い菊一本を買い蜜柑《みかん》七つを買い古本で文庫本一冊を買い、……」

「また始まったわね、千円を一万円に使えと仰有《おつしや》るんでしょう。」

「そうだよ、我々貧乏人は千円をこなごなに砕いて、そのかけらで、想像も出来ない生活の設計が出来上るんだ、林檎《りんご》や夏蜜柑は二十五円出せば買えるんだ、驚くじゃないか、あんな立派な奴を二個も買えば二日間はある、印度林檎を一箱買う奴はその美しさも、詩情も喜びも持てない、夏蜜柑一つだって座敷の真中に置いて見たまえ、いかなるものも圧倒されるし、よく考えると此の小さい奴の威張らない美しさに負けてしまう。」

「そんなふうに感動して買い物をしていたら、おさかなだってうっかり箸《はし》がつけられないじゃないの。」

「そこなんだ生活の面白さのあるのは？　蝦《えび》一尾だってつくづく見れば、あんな総天然色の細緻《さいち》至らざるなきものには全く驚くじゃないか、毎日食べているその美しさをわすれていながら、映画で見ると吃驚《びっくり》するなんて、迂濶《うかつ》千万だ。」

「この世は総天然色だわね。」

「映画以前の何千何万年から前にあるものをさ、人間が映画に製《つく》って見て驚いているなんて、ばかばかしい話だ。」

「その心がけを学ぶわ。」

「君はいま此《こ》の世は総天然色だといったが、それは君にして巧《うま》いことを言ったものだ。」

「褒めていただいて有難う。」

「えらい奴に見当をつけるな、爽かな男をつかまえるんだね。」

「ほ、ほ、おさかなみたい。」

「男女いずれも捕まえっこに始まる。捕まり損《そこ》なってもいいじゃないか、間違いだらけの人生に男女二人だけがきちんと箱詰めになる理由はない。」

「せいぜい勉強するわ。」

「驚天動地の恋愛も出来ないで、おめおめ此処まで来た君は、おれには面倒がなくて宜かったが、さて考え込むとどうやらだいぶ損をしたとも思わないか。」

「恋愛はびいるす菌みたいなものだから、何時の間にしていたのやら、終ったのやら判らないのが本物なのよ、驚天動地の恋愛は王室出身の方でないとそう行かないわよ。」

「巧い事を君はいうようになったな、一人前だね。」

一週間後、伊島家から戸籍謄本《とうほん》が送られ、正直に身分証明をして来た。由緒《ゆいしょ》正しい家がらであった。此方からも謄本を送ったが、残念乍《なが》ら平四郎は青井おかつの私生児の書き込みがあった。

しべりあ行

戸籍謄本に私生児の書き込みがあっても、平四郎はびくともする男ではない、いまどき私生児の書き込みをするばかな役所があるのかと、そこまで気付かないでいる役所自身が気をつけてくれたらいいと思うだけである。知事とか市長の諸君も、情愛の前科を六、七十年も、もっと先の戸籍のあるかぎり書き込みをしていて平気なのは、仕事の眼配りが手ぬるいではないか、私生児でない子供がこの世界にいるかいないか考えて見ろと言いたくなる。それと同時に微罪の前科も或る一定の十年とか二十年後には削除する法律を作った方がよい。

「どうだね、おやじが私生児だと書いてあるが、恥かしくないかね。」

杏 「そんな事かんがえても見ないわよ。」

「そりゃ有難い。」

っ 「先方で何かいいはしませんか知ら。」

「言ったら話を打ち壊すよ。」

子 「それも乱暴ね。」

「訳の判らない奴は初めから打ち壊した方がいいんだ、併《しか》し変だね、君という女を永い間育てて来てね、あっという間に人にくれるということは妙だ、それは一つには君のお守《も》りがおれにしきれないから、よその男に変ってお守りをして貰《もら》うような意味合だね、もう、だいぶ、めんどうになって来たんだ。」

「めんどうで結婚させるの。」

「正直にいえば皆さんもめんどうになって来るらしいんだよ。君もおやじのそばにいるのも、人間のしきたりという奴にはばまれて来て、近頃、どうにかかたを付けたい気になっているんじゃないか。」

「そんな気持をわたくしは拒みたい気がするんだけれど、女はいやね、処刑人みたいに何処《どこ》へか廻されてしまう。」

「しべりあかね。」

「しべりあ行きかも知れないわ、どっち向いてもしべりあの方が見える汽車に乗っているみたいよ。」

「君のしべりあ行きはこれから乗る愉しみはあるが、僕は年から言ってももう処刑地に到着しているんだ。」

この変な親娘《おやこ》は、友達のように笑い合った。だが、平四郎は一応念を押して見た。

「ところで伊島君を迎えてもいいのかどうかね。」

「お委《まか》せするわ。」

「と、来たね、おれも多分そうだろうと思っていた。虫が承知したという奴だね。」

「もういいわよ、そんな事。」

恰度《ちょうど》、この時刻よりもう少し前、町で一軒しかないバーと喫茶店とを半々にひらいている店で、漆山亮吉はウイスキーを甜《な》めていた。先刻会った男が伊島二郎だとすれば、そして杏子と一緒にいたということを考え併《あわ》せると、亮吉は杏子に対する或る考えが、猛烈な勢いで変って来ることを知った。

その戦線の後方に、城廓《じょうかく》内で行列が組まれ、行列の最前線にははだかの女がころがっていた。そこで順番を待つために兵隊は生欠伸《なまあくび》をし、戦慄《せんりつ》をもよおし煙草《たばこ》を歯の間に嚙《か》みくだいた、そこに伊島二郎がいた、たしかに居た筈《はず》だ、亮吉はその行列に加わらないで、酒をあおっていたが、伊島二郎はたしかにいた、その伊島が杏子と結婚するために、この土地に来た、おれは見た、おれはあの行列を見た、人間であるために止《や》むをえない一瞬をつかもうと、汗とあぶらを全身ににじませている行列を見た、伊島を見た、温和《おとな》しい野獣の行列を見た。

亮吉が三杯目のウイスキーをあおった時、杏子が偶然に通って行ったので、亮吉は扉の方に出て呼び止めた。亮吉は端的に言った。

「昨日のお客さんはもうお帰りなんですか。」

「ええ、」

「あの人はご親類ですか。」

「母の友人の息子さんです。」

「あなたを見に来たんでしょう。」

ないか知ら？」

「では及第ですか。」

「そうね、ただ、すうと眼の前を通った方のようで、にごった気持も何もない方よ。」

「何の動揺もなくてそれで気持に正確な印象をあたえるという人は、めずらしいんじゃないか知ら？」

　亮吉はその杏子の言葉を取り消させることは出来ないが、これだけは言って置きたかった。

「僕は戦地であの男に会ったことがありますがね。たしか伊島二郎というんでしょう。」

「そう、伊島さんて方、」

「僕は口ではいえないが甚《はなは》だあの男の不潔な場面を見たんです。」

「たとえばどんな事なんです。」

「それが口にはいえない、誰でも戦地では冒瀆《ぼうとく》それ自身が常識になっている筈ですが、僕は残念ながらあなたの友人としてですね、あの男を見なければ宜《よ》かったと思うのですが、見て黙っていることも人が悪いような気がするんです。」

「と申しますと、……」

「僕の言葉を信用して貰うなら、あの男との交際はお止《や》めになるがいいと思うんだ、これだけでは意味が通じないけれど。」

「突きこんで仰有っていただきたいわ。」

「この場合僕は他人のこまかい批難はしたくない、またそれをあなたの前で言うことは、僕自身いやなんです、ただ清潔な人間でないということがお判《わか》りならたくさんです。」

杏子は伊島から恐らく清潔な人の感じをうけた、そのためにこそ、はじめて駅に送り、自分でのぼる微笑《ほほえ》みも感じていたが、いま亮吉のいうことが当っていない感じがあった。

清い人

清潔な人間と、そうでない人間の区別は、その過去にさがって考えてみるものか、それとも眼の前に会った感じのそれを元にして考えたらいいのか、杏子はどちらも見なければならない気がした。併し平四郎のいう清潔な人間と、不潔な人間との区別するまでもなく、不潔な人間はすぐ見て判る、それで決定してもよいものだという直覚論も、判るような気がした。

杏子はきょうの亮吉になにか手痛い刺戟《しげき》が突っ刺さっていることを感じ、それが伊島の出現から生じたもので、亮吉はふだん考えていたことを取り纏《まと》めるために、焦《あせ》っているそれを感じた。時どき杏子はいままでに亮吉から受けている友人つきあいに、たくさんの暗示や色眼みたいなものがあったが、杏子はそれを受けながすことが女のたしなみに感じていた。そんな細かいものが例の吹雪の晩あたりからつもって来ていることも、気付かないではなかった。それもその刻々の間の人間的ないたずらであって、杏子は自分のたしなみにそれらを繰り入れていたのだ。

だが、きょうの亮吉はむしろ情欲の刺戟からも、ふだんのあやふやの中から飛び出している或《あ》る決心を見せていた。きょうあたり何か不意にそれを言い現わせる機会が来ていることを、亮吉から感じた。言い苦しそうに彼は言った。

「僕はきょうか、明日かに平四郎さんにお会いしに行く用事があるんです。」

「どういうご用向きなの、何ならわたくしから言ってもいいんですけれど、」

「いや、じかに申し上げたいことなんです。」

亮吉ははじめて先刻からのこわばった顔に、笑いをうかべた。

杏子は来たなと思った。その来たなは予期していたものではない。きょうは直覚力が恐ろしくはたらいていて、そんなことは珍らしいことであった。人間にはこんなふうに、或る間際《まぎわ》にだけ素早くはたらくものがあることを、杏子は自分で知った。

「じかに仰有るなんて、へんね。」

「体当りというものですよ。」

らくになった亮吉は、ここで、いくらか、からかう気分を見せた。杏子はそれをあまり愉快に感じなかった。

「益々《ますます》へんね。」

「持ち切れないものを持つのはなかなか苦痛ですよ、僕はそれをあなたに手伝ってもらうかも知れない。」

このあやふやな言葉は一そう杏子を不安にした、何故《なぜ》はっきり言うことを明さないのだ、杏子は立ってお使だから失礼しますといった。

表に出て杏子は、伊島が戦地に行っていたことを彼自身から聞かなかったが、亮吉の言葉にある不潔な男という意味を、どう解釈していいか、見当がつきかねた。平四郎ならすぐそれを解きあかすだろうに、……

杏っ子

淡々

漆山亮吉はその翌日、平四郎を訪ねた。そのあらたまった顔色を見て平四郎も矢張り来たなと思った。亮吉は単独で平四郎を訪ねて来たことがないから、よくよくの用件がなかったら、訪ねてくる理由はなかったのだ。

「きょうは折入ってお話したいことがありまして。」

「何でも言って下さい。」

亮吉の顔はのっぺら棒といえばいえるが、それには一種の癇癖《かんぺき》らしいものと、も一つどこかに弱さがあった。

「実は杏子さんのことですが、私は永い間考えていたんですが気心も知れているので、私にいただけないかと伺いに上ったのです。」

「…………」

「お聞きしますと他にお話もあるようですが、是非ひとつ。」

「決まった話ではないんですけれど。」

平四郎は日頃、杏子と往来している亮吉が、ふいにこんなふうに申し込んで来ることがあると思い、驚かなかった。なにかの弾みにやって来るかも知れないと思っていた。

「ところで杏子を食わせる自信がおありですかどうか、それから先にお聞きしたいんです。もっとも、食うということにも限度はありますがね。」

「写真の方が巧くいっていますし、雑誌の表紙も二、三引き受けています。」

「それは聞いていますが、あれは続いて仕事が出るのかどうか。」

「いまのところ大丈夫と思います。それにアメリカ関係の写真部にも入っているものですから。」

接収家屋の細密な撮影とか、この土地の駐留軍に写真部というものがあって、そこの専属部員であることを亮吉は説明した。平四郎はも一つ気になる小説の原稿の事を最後に訊《き》いた。亮吉はそれを否定した。

「では原稿を書くという仕事は問題にしていませんね。」

「勿論《もちろん》、原稿でどうという考えを持ったことはございません。それに原稿などはまだがらでないような気がしますから。」

平四郎ははなはだ平静な気持だった。杏子にしても亮吉の性情も知っていることだし、毎日彼を見る機会もあるのでこの男に杏子を合せてもいいのではないか、此の間からの出入りの多い男のなかでも、先《ま》ずよい方ではないかしらという考えが、平四郎に動いた。どちらにしてもどんな人間でも、杏子さえ宜ければという考えが起った。こんなぎりぎりのところで平四郎の平凡極まる考えが、少しも修正されずに頭から胸へと通りすぎて了《しま》った。自分で呆《あき》れるくらいの簡単な人事異動が、あれほど熱情をこめて育てた杏子にこんなふうに容易に行われるとは、平四郎は予想外であった。むしろ平四郎は自分の馬《ば》鹿《か》面《づら》まで感じたくらいだ、しかも平四郎は淡々として水の如《ごと》きものを感じて、呆れてしまうくらいであった。

せしめる

平四郎は家の中で話のしにくい事を、外に出て話をしようと、亮吉にそこらを歩こうじゃないかと誘うた。川べり添いをサナトリウムの通りに出たが、この白い小径《こみち》は干反《ひかえ》って、秋日の反射で眼に痛いくらい続いていた。

「変なことをきくようだが、君は伊島がやって来たので急に杏子をほしいという意味に僕には受けとれたが、伊島君が杏子を貰いに来なかったら、君はそのまま申込みもしない訳だったのですか。」

亮吉はためらった。

「そんな意味ではないんです。以前から杏子さんをいただきたいと考えていたんですが、あなたの文学上の地位もあって申込んでもくださるまいと考えていたんです。つまりそんな申込みをするのが怖かったんです。」

「では伊島君が来たので彼の男に渡して堪《たま》るものかという切迫した気持だったのですね。君が戦地で見た伊島の不潔さに君の友人である杏子がみすみす奪われるという、そんな気持が急激にはたらいた訳ですか。」

「ええ、伊島にくださるのなら、僕も、お願いに上る資格だけは持っていると、そう考え込んで上ったのです。」

平四郎はこれはあり得る心理だ、或る機会に心に貯《た》めていたものを打ちあけるということは、男女の間ではたくさんにある心理摸索《もさく》であった。これには、やまを賭《か》ける気も見られた。

平四郎はぐいぐい言った。

「つまり君は当って砕けてもいいが、当るだけは当ろうと飛び込んで来たわけですね。」

亮吉は自嘲《じちょう》を交じえた苦笑をしてみせた。

「いわばそんなふうに受けとられても、仕方はないんですが、何時《いつ》か杏子さんをいただきに上ろうと考えていたことは実際なんです。」

平四郎は突きすすんで言った。

「君は杏子とじかに結婚という問題を話したことがあったんですか。」

「いいえ、僕はその問題にふれたことはないんです、昨日も結婚のお祝いの品を町で購《か》っていたくらいなんです。それが対手《あいて》が伊島だったものですから、こうしていられない気になって伺ったんです。」

平四郎はもっと先にすすんで、亮吉から何かが摑《つか》みたかった。

「いやな言葉だが、君は杏子から愛情とか何とかいうものを今までに感じていたことがあったんですか、もっと、ぎりぎりの言葉でいえば杏子という女をせしめてやろうという気になったことがおありでしたか、いや全く厭《いや》な言葉だが、これより外に適切な言葉が見付からないから、そういうんですが、……」

平四郎は亮吉の横顔を見た。

亮吉はあまりに突き込んだ平四郎の語調を、なだめるように比較的物穏かにいった。

「僕は杏子さんをせしめるという、そんな巫山戯《ふざけ》た気持はもったことはないんですが、友人以上のおつきあいの出来ることはひそかに願っていたんです。」

平四郎は相不変《あいかわらず》端的にいった。

「友人以上の交際も、結局女をせしめることとは同じ意味合だが、つまり装飾語を排除した意味で僕は言うのですが、いや、この言葉はこの場合取り除くことが必要かも知れませんね、とにかくあの女の料理人として君は適当だかどうかは判らないが、君にまかせてもいいという僕の考えには、まよいを持っていないんですよ、君の前で失礼だが、お互に男という奴《やつ》は女をどう取り扱うかは、判っている筈《はず》ですからね、この人生の最大の不愉快な事件を父親という奴が、知らん顔でそこに娘を通しているんですから、この意味が充分に汲《く》み取って貰《もら》えれば結構なんだ、我々人間仲間は真面目《まじめ》くさった面《かお》つきで、動物ごっこをしているんですからね。」

「そう極端に仰有《おつしや》ると何もいうことはないんですが。」

「それからもう一つ、あの女は不具《かたわ》でないことだけは証明して置きますよ、もし君があの女をかたわにして別れるような時があれば、君が不具にしたとしか父親という馬鹿者は考えないことも承知していて下さいよ、僕は女を精神の上でかたわにする奴は、みんな男のせいだと信じているんです。」

子「そんな別れるなんて今から仰有っちゃこまりますね。」

「それはあり得ることだし、あったって構わないじゃありませんか、君は礼節正しく僕と話をしているが、何時敵同士になるか分ったものじゃない、言いたいことを最初に言って置いた方が悔いがのこらない訳だ。」

その時、亮吉は突然に言った。つまり平四郎の包まない気持をそのまま受けついだ彼っも、少しの躊躇《ちゅうちょ》もなく、……

「では杏子さんをいただけるんですか。」

杏「あとは杏子自身の考えを待つばかりだが、僕はお互が知り合っているし気取ったり澄したりしないで、笑っているうちに何事も片づくという気なんですが。」

「どうも有難うございます。」

「そのお礼の言葉はもっと百遍も言ってほしいくらいですよ、ぼろ家一軒でも買うということになると、何百万円もするが、生きた娘を人にくれるときはただ有難うという一言で取引きが出来ますからね、ばかばかしいやら可笑《おか》しいやら、いや、なかにはお礼もいわずにただで掻払《かっぱら》って行く奴さえいる、……」

平四郎は突然虚《むな》しく笑った。

亮吉も蹤《つ》いて笑うより外はなかった。人間が人間を取引きするために笑いが必要らしい。

したしさ

蜜

い

苦

このサナトリウムの小径の尽きたところに、灰ばんだ色の木の橋があった。欄干も薪《まき》のかわりにむしり取られ、廃橋に均《ひと》しい、其処《そこ》で亮吉と平四郎は煙草《たばこ》をすった。話が終ったのである。平四郎はなんとなく言った。

「僕には財産という物はない、これは君には関係のないことだが、こういう事も言って置きたいと思うんだ。」

「…………」

亮吉は無言であった。

「だから君達に補助するということは出来ないから、それも頭にいれて置いて下さい、いまは若い人の生活は却々《なかなか》困難な時世だが、だからと言って僕には何も出来ない……」

「それはもう、……」

「もう一つある。」

平四郎はこれは言わなくともよい事かも知れないが、打ち明けて言って置こうと思った。

「君は将来小説のような原稿を書く気がありますか。」

亮吉はきっぱりと言った。

「書くかも知れないし、書かないかも知れません、そんな事は考えて見ないんですが。」

「若《も》しも小説を書いてもだね、そんな文学上のことでは僕は推せんの能力機関のない男だから、その文学上のことでは無関係にしてほしいんですよ、書きたければ書いて君が勝手に発表するということにしてだね。」

亮吉は一層きっぱりと自嘲的に笑って言った。

「そんな事ではご迷惑は一さいおかけしません。書けそうにも思われませんからね。」

「僕は誰の物もすいせん出来ない質《たち》だから。」

話は再び終った。

だが平四郎はふしぎな事を、正直に、殆《ほとん》どこの人がと思われるくらいの無邪気さで言った。

「僕はね君と杏子との交際では、いつかは結婚とか恋愛とかの問題が起ると考えていたんですよ、あまりに日常の往来が烈《はげ》しかったからね、そのまま何年も続いたので杏子には女としての魅力がないのかとも、考えていたことがあるんだ、父親という奴は妙な事まで心の内にせんさくしている何者かですよ、それが変な事から今度のいきさつになったが、人間の取引きも至極かんたんなものですね。」

亮吉は惑わずにいった。

「僕はいつも杏子さんの背後に、平四郎さんを感じていたものですから、控えなくてもいい事も控えてしまうという風でしたよ、杏子さんはあのとおりさっぱりした方だし、……」

「いや、さっぱりしているかどうかは判《わか》りませんがね、あれも矢張りしたしさというものが、人間同士のうちで一等たいせつなものであることは知っている筈ですよ。」

二人は木橋からはなれて、もと来た径に入日がななめに馳《はし》る間を、やはりななめになる影を、ちぢめて戻って行った。

ゆううつ

とにかく杏子にもよく話して見よう、その上でお返事をしようと平四郎は言い、亮吉は帰って行った。

「亮吉君が来てね、君をほしいと言ったが、君の考えはどうか。」

平四郎はまるで品物のやりとりのような語調で、すらすらと言った。

「やはりいらしったわね、どうも、変だと思っていた。」

「ところで君はどうする。」

「そうね、」

杏子はこの間際《まぎわ》に嘗《かつ》てない激しい憂鬱《ゆううつ》と、理由のないばかばかしさを感じた。結婚などという話が出はじめてから、その承諾までの間に、恐ろしい空白があって、それはそのままで通りすぎて了うものであることを感じた。同時にここまで来ると、どうにでもなれと云《い》う自分自身が無関係の者であって、誰かがこれを作りあげているようであった。男杏子自身の永い間の考えが破壊されていても、それを取り繕う気にもなれなかった。男が遊びに行って対手の女がどういう器量を持っていても、それをせんさく出来ないぎりぎりの気持が、これに比較されるのではないかと、杏子は大胆不敵なものを感じた。これは今までに予想しない発見だった。

「けれども、変ね。」

「変だよ、一種の身売りだよ。」

「そうお思いになる？」

「だから神仏の前で挙式をしたり、出来るだけ荘厳《そうごん》を掻《か》き集めて胡麻化《ごまか》すのさ。それより風呂敷《ふろしき》包一個を提げて行って、来たわといい、来たかといって迎えるのが立派だよ、別れる時はじゃご機嫌よう、ばかばかしく永く遊んだわねと言って帰るのもいいさ。」

「人生なんていやね。」

「もっと厭なことがあるよ、或《あ》るいは厭なことだらけかも知れないさ、威張りくさっている男にはいはいと仕えるなんてばかばかしいことは、人間に限ることなんだ、全く同情するな。」

「手も足も出ないわね。」

「はじめからその心算《つもり》でいたら、間違いはないさ、で、君はどうする。」

「平四郎さんのお考えは、……」

「あの男でもいいのじゃないか、見なれているからね。」

「見なれているからと仰有るの。」

「平凡極まる言葉だが、これも一つには、らくに男に突っ込んで行ける気持だからな。昨日まで知らなかった男はこまるね。」

「ゆううつね。」

「ゆううつだとも、これくらい、ゆううつな化け物はいない。」

「いやになっちゃった。」

「いやだとも、これくらい厭なものはない。」

見なれた顔

「まるで平四郎さんの言葉を聞いていると、結婚するのを厭がらせているみたいよ、ちっとも明りがさしている処がないわ。」

「僕は正直にいっているんだがね、君に嘘《うそ》を吐《つ》いて騙《だま》かす気はない、男という生ぐさいものを先《ま》ず君の前であらかた料理して、そして君をお膳《ぜん》の前につれてゆく、嘘の料理を食わせる父親がいたら、それが間違いのもとなんだ、僕は君への最後の友情というものがあったとしたら、僕は男だから男の悪いところをみんな話したいくらいだよ、黙っている時ではないんだよ。」

「平四郎さんも悪い男なの、ふふ……」

「悪い男の中でも念入りに悪い男なんだよ、どこから見てもよいところは一つもない、だけれどね、僕の仕事の性質上それを吐き出す機関があるから、毎日書いて毎日すくわれているんだ、悪い性質の人間は仕事をして仕事であやまったり、改心したりしているんだ、それの出来ない人はどうにも救えないがね。」

「わかるわ、けれど運の好《よ》い平四郎さんはすくわれているけれど、仕事がぴったりしなかったらどうなるの。」

「小さい仕事にも成熟完成という奴がある。それで沢山じゃないか。人間を完成するものは月給ではない、うれしそうに仕事の出来ることほど、生き生きしていることがないのだ、あの亮吉君はどうかね。」

「やっぱりゆううつね。」

「幾らか展《ひら》けて来たじゃないか。」

「先刻よりかね。」

「男というものは面白いものだよ、見てご覧、結局なくてはならない生き者だ。」

「それはそうね。」

「その生ぐさい奴をくわえて見るかね。」

「ひどい事を仰有る、……」

「生ぐさい事ではどんな動物にも劣らない生ぐさい奴なんだが、面白いことも天下無敵なんだよ。」

「面白くなかったら、どうなるの。」

「そんな筈はない。」

平四郎はこんな話をしている内、益々《ますます》、れいの、ゆううつ感におそわれた。人間のしきたりとはいえ、自分の娘をよめにやるということを解きほぐして考えると、ゆううつであった。

平四郎は対手に収入があるか、血統がどうかということは調べない、調べても収入なぞは変化のあるものであり、血統も人間のことだから調べても現われているものしか、判らないのだ、ただ、対手の男の顔があまり悪くては、こまる、その点で亮吉は及第である。男でも女でも顔が一応出来ていなくては、杏子も困るであろうし亮吉の方でも困るであろう、この点で大して苦情がなければ先ずどうにか片がつくのではないか、という平四郎の考えには、いわゆる見なれている顔というものに、一さいの根拠があるような気がした。

男の眼

杏子はへんな気持の持って行き処がなく、やけくそみたいなもの、たかの知れた自分だったこと、人間がみなこうだとなると人間もご免蒙《こうむ》りたいものであること、非常にたいせつにしまっていたものが毎日こわされてゆくのを、くやしそうに見送った。いっそ断ろうと平四郎にわたくし止《や》めたいわ、とても持ちきれないへんな気分だわというと、にくらしく笑っていた、笑っているところじゃないわというと、そこに、君はいらいらしていながら何かを摑《つか》まえようとしているんだ。それは男と寝てみなければ判らないものなんだが、だから、へんな気持になるんだとこの親父《おやじ》だか友達だか、どこからか、雇われて来た口達者な男だか判らない奴がぬけぬけと喋《しゃべ》った。

「僕ももう鳥渡《ちょっと》面白いものだと結婚というものを考えてみていたが、中身ははなはだ空虚で、常識的でたあいないものさ、君にはまだ知らないことを知る慾望《よくぼう》があるだけに、いらいらするのは判るが、そのいらいらは輝かしいいらいらだよ、当分はね、そんなものも結局くだらない物だと思うんだ。」

「どうも仰有ることがよく判らないわ、片一方でくだらないと仰有るし、片方では輝かしいいらいらしたものだと言い、判りはしないわよ。」

平四郎はやはり笑った。

「実にめんどう臭いしろものだ。」

杏子はそのとき伊島二郎の善良そうな顔をおもいうかべた。あの方を平四郎は一たいどうする気だろう。

「伊島さんにどうお断りするの。」

「なあに都合があってと言えばいい、断るほうは何時《いつ》も無慈悲なんだ。」

「あの方に済まない気がするわ。」

「その気持をわすれてはいけない。」

「平四郎さんからお手紙出していただけるわね。」

「出すよ。心惹《ひ》かれるかね。」

「騙したみたいであやまってあげたいわ。」

「女はその気持を失ってはならないものだ、それは結婚したよりも、もっと美しい。」

「また始まったのね。」

「僕が女に尋ねている気持は、いつもそれを捜しているんだ。」

「勝手な方ね。」

杏子は列車の窓先で、意想外に早くお訪ねするかも知れないと言った伊島二郎が、信頼してほしいという眼《まな》ざしで、ちょっと迫るように見た間際に、男の眼でも、あんなにきれいに見えるものかと思った程だった。お弁当いかがというと、この土地の弁当を途中でひらくのも愉《たの》しいから、一つ奢《おご》って下さいといい、はいと言って差し出すとこんどきっと何処《どこ》かでご馳走《ちそう》を奢ろうといったが、もう、別れてあえない人だった。

結婚

平凡きわまる結婚式が行われた。

軽井沢の旅館の一室、もっとも奇異な感じは、そこに炬燵《こたつ》が用意され、病人のりえ子があたっていた。

平四郎はこのばかばかしい結婚式というものが、なくてはならないものであることは知っていたが、うそで固められた気持を、人の前でお互ににこにこしている容子は、どうにも厳粛だとか何だとかで片づけられなくて、何か頭の中でぐずぐず何だつまらないと呟《つぶや》いているようである。どこかに嘘があるし、どこかに胡麻化しがあって、無理に勿《もっ》体振《たいぶ》ったところがあった。

だから平四郎は極めて普通のつら構えをしていた。亮吉という男も、杏子という女もみな普通の顔つきをしようと、つとめていた。

式は終った。

杏子は言った。

「では行ってまいります。」

「新婚旅行かね。」

「そうに決まっているじゃないの。」

「幾日程行くかね。」

「それはよく判《わか》らないわ、行って見なければね。」

「金は持っているかねあの男は。」

「どうだか知らないけれど。」

「とうとう此処《ここ》まで漕《こ》ぎつけたね、全く、あっという間に出来上ったものだ。」

「これから何処かにお使に行くみたい、ちっとも新婚旅行に出かける気がしないわ、早くかえってくるわよ。」

「おれの家にかえるんじゃないよ、亮吉と二人きりになるんだよ。」

「そうだったわね、妙にしんとして考えさせられるわ。」

「何をさ。」

「人間がみんなこんなふうになることが普通だということなのよ。」

「わかれわかれになるんだ、獣《けだもの》は親子の見境いもなくなる程わかれてしまうが、人間はそこまでわかれて行けない。」

「平四郎さんは死しても実家の閾《しきい》をまたがずなんて、いわないわね。」

「いやだったら三日でもいいから帰って来い。」

「たのもしいわね。」

「あまりこんな処でこそこそ話をしているとへんだから、もう行けよ。」

「ええ、くるまが来たわ、じゃ、行ってまいります。」

「可哀想《かわいそう》なばかだなあ。」

「うふふ、……」

杏子はくるまに乗った。

そしてこのばかばかしい一幕の浅黄色の幕が切って落された。何がどうなり何になるか判ったものではない、誰が得をし誰が損をするのか、生きる予想はどこでも当ったためしがないのだ。

迫る時間

杏子の見た男の世界は、僅か二時間の列車のなかで、すでに、変化さだまりのないものであった。しらじらしいものの裏を返してみると、わざとらしい威張ったものが早くも顔を見せ、つぎには急になにごとをも我関せずという顔いろであった。それらには、どこか極りのわるそうな羞《はに》かみもあって、それは非常に素早い気はいでたちまちに消散していた。全体からいえば亮吉は急ごしらえに、いままでの彼自身よりも、もっと上の人間を作りこなそうとしつつあったことは疑えない。この女の前に亮吉は出来るだけそれは眼立たない程度で、えらそうに見えるえらさを、選びたかったのである。

ただの友人として交際していた亮吉とは、たしかにどこかに変りを見せていた。それは敬語が省略され、遠慮めいたものがなくなっていることに気づいたが、それよりもっと肝腎《かんじん》なことは、あらためて女としての杏子がどの程度の美しさを持っているかを、亮吉はやっと気付いて、にわかにそれを見さだめることに焦《あせ》っているらしい、眼にちからがあり調べるような動きがあった。そんなふうに男がいつも調べる眼付を、どんな場合にも決して見落していないものであることを、とうに杏子は知っていた。杏子のもっとも嫌うものの一つであるが、これは人間がどのように平等の立場に立っていても、止むをえない男の射程の窓だったのだ、あらゆる男という男は女の顔の上に跨《また》がり、先ずその美しさをさぐるために飽くことのない勤勉無類の者共であった。彼等の終生を通じて行われるこれらの徹底した正直な批判は、惨酷《ざんこく》であればある程、女の持つものの負けであることが、いつも美しからざる人の上に辛辣《しんらつ》に加えられていた。

じろじろと見られるそれは、ふせぎようのないものであったが、杏子は決してくびをちぢめなかった。見るならごらんなさいという、まる出しの顔つきであった。亮吉はいった。

「あなたは子供を好きですか。」

「子供は好きですけれど、赤ん坊はきらいです。」

「ではわれわれは赤ん坊をつくらないようにしましょう。」

「…………」

亮吉は笑い、その笑いをうけて、杏子も少し笑った。

旅館にはすでに電燈《でんとう》がともり、夜が来ていた。

電燈を間に置いた二人は、相対して、いうことはもうなくなり殆《ほとん》ど手のつけようのない、むだな時間ばかり経《た》っていた。なにごとかが始まる前には、こんなふうに黙りこくってしまうものだ、はじまる事がらが重大である場合ほど、こんな息ぐるしい続いた時持はいやなものだった。間があるものだ、杏子は立って服の手入れと荷物を一方に片づけ、こんなことをするのにも何かを紛らわしていることに気づいた。絶えず何者かが迫っていて、それに対《むか》う気持はいやなものだった。

くらい中で

何者かが迫っているとは何か。それは結婚というかたちの中で、男が男の役を果しに迫ることをいうのだ。杏子はそれを恐《こわ》がってはいない、それまでの空《うつ》ろになっている時間の永い事と、その時間が肉体にあたえる鼓動がいやなのである。早く来るべきものが来た方がいいという考えは、どういう弾みにくるかが気がかりになり、鬱々《うつうつ》として絶え間のない長ったらしい、うやむやがいやなのである。

女中が来て床をしきかかった。

「あの、ご一緒にいたしましょうか。」

女中の顔をみると、それが硬い表情の反射をうけていたが、杏子はそれには答えなかった。

「そうだな、やはり別々にとって貰《もら》いますかね。」

この独りごとのような亮吉の語音は、わりあいにおちついたものであって、女中は二つの床をとって去った。はっとすると亮吉はそこにあった酒をがぶっと呑《の》み、さらに、続けざまにがぶがぶと呑んだ、そして亮吉は服を脱ぎはじめ、そこの衣桁《いこう》にぶら下げた。杏子はそれを一々たたむものはたたみ、かけて置く物はかけて置いた、こういう洋服の後始末をすること、洋服のなまあったかいのに触れるのも初めてなので、なまぬるいのが妙に清潔な感じではなかった。女中が冷水の瓶を部屋の入口に置いてだまって去った。

これらの時間に人間の言葉は一つもはなされていない。

亮吉は床にはいるといった。

「寝たらどうです。」

「ええ、ただいま。」

間もなく杏子も寝床に這入《はい》った。

亮吉は命令のような声音で、床にはいった杏子にまた別な事を言い、杏子は自分でしたらよいのに、寝すがたをあらわに見られるので、急激な気の重さが感じられた。

「電燈を消してください。」

同時にお出《い》でになったという気がした。これから何がはじまるのだろう、何もはじまらなかった沢山の夜々のおだやかさが、今夜からわかれてゆき、もう帰って来ないのが今はじめて見えて来た。その自分自身の顔ののびのびした容子が、こちら向きになって笑い、ばかあねえというようでもあり、ふふ、と、笑っている様子でもあった。くらい中で杏子のきょうまで持ちつづけて来た時間が、杏子のからだから、これもわかれるために、少時じっとしていた。

寝具がきゅうに重くなった。

あしのうらから風がはいって来るので、寒くなった。

「僕は避妊したいんだがね。」

亮吉の声ではなく、昔、買出しに行ったお百姓家のおじいさんの声のようなのが、そう言った。

変る山川

翌朝、化粧している間に、見なれないかなしみがわいた。木々も山々も、変りはてて、杏子からはなれてゆくのが見えた。よく見るとちっとも変っていないのに、またの見方では変りはてている景色共であった。一月の元日の朝のようにあらたまった気分であり、捉《とら》えにくいものでもあった。人間はみなこんなふうな馴《な》れ方で、次第に馴らされてゆき、それが当り前のことになって行くのだ。

杏子はこれらの考えを早く誰かに話して置きたかった。いま直《す》ぐでなかったなら此《こ》の気持は、明日になると失《な》くなり忘られてゆくものであることを知っていたから、一刻も早くそれを告げて置きたかった。併《しか》しそれは亮吉に話してみても、もうその話は単にばかばかしい程度のものであり、笑われてしまうものであることを知った、誰にこの話をしたらいいのか、杏子はいま見ている風景がばらばらになって、きのうとは変っている原因を告げたかった。

平凡な朝食が終った。

亮吉の顔には友人としての交際《つきあ》いの時分とはちがった慾望が見えていた。この女をどういうふうに次第に料理して行ったら、自分の所有になるかという見解が、亮吉の中にはやくも整理することに急いでいた。つまりこのバカ女が平山平四郎の娘であるということは扨《さ》て置き、一般的にバカ女なみに仕立てることに就て、先《ま》ず自分の力量をためして見たかった。これは結婚という形で取られる鷲摑《わしづか》みの止むをえない考えであり、だからこそ、結婚の偽礼によって最初からどやしつけて置くべきしろものであったのだ。

「気のせいかしら、けさは元日の朝みたいに、へんに何かが変って見えてくるんですが。」

杏子はたまらなくなって、そう言って男がどういうかに注意した。

「気のせいだよ、何が変っているものかね、昨日とおなじ雀《すずめ》が鳴いているだけですよ。」

亮吉は笑った。

杏子はすがるように言った。

「でも、あなたのお顔だって昨日とは変っていますよ。」

「どんなふうに、」

「眼いろに問答があるわ、わたくしを見てひきりなしに問答しているみたいですよ。」

「どういう問答なの。」

「ご自分でお解《わか》りの筈《はず》なのに。」

これ以上言っても、この男の答えはないだろうと思っていたが、やはり答えはない、答えられないものを杏子は言ったことに気づいた。ここではすでに言うことを控えなければならないものがあるらしい、そして聞くことの出来ないものもある筈だ、男を知ることは修業ではなくて経験であるらしいが、世間がかわって見えることは大したことだと、杏子はそれをわすれまいと心がけた。

せせらぎ

ゆうべ、小用をすまして部屋にはいろうとした杏子は、睡《ね》ていると思った亮吉が立って、電燈に近々と眼を寄せて、なにやら、しらべていた。よくその物体が判らなかった。

「まあ、起きていらっしゃったの、それ何なんです。」

亮吉は見せまいとして慌《あわ》てて、左の手の紙に、その物体をくるんで寝巻の袂《たもと》にいれた。

「いまは見せられないものだが、追々、見せるよ。」

「そう、」

「必要な物だが、見せたくない物なんです。」

「そう、」

亮吉は後架に行った。

杏子はこの昨夜の一場面を、旅館の庭に下りながら、その物体が何であるかを漸《や》っと知った。すぐ谷川がせせらぎになった河原に下りて、美しい石の間をくぐる谷間の水を見ていると、やはり肉体のよごれが、よごれだけが筋のように下腹にひらめいていた。からだに打ち込まれた硬直感を一ときも早く、恢復《かいふく》して元の柔らかいからだに、取り戻してみたかった。併しこの不思議な突きとおっているものは、杏子自身のいまある時間だけではなく、ずっと遠いゆくすえに向っているようで、何時《いつ》もそんなふうに硬張《こわば》っているように思われた。

これは先祖からあったものだ、この馬鹿《ばか》力というのか、可笑《おか》しい所作の歴史は一瞬も絶え間がなかった人間同士が、自嘲《じちょう》しながらもくり返されていたものなのだ、だからこの一撃を当然の回想をもって立つ杏子自身に、いまは実に弱体の立場を早くも強制しているのが不愉快であった。

杏子はその時ふと、おかしい言葉が耳をなぶって来るのを聞きすました。辛辣にその声は何度も、杏子の納得のゆくまで続いた。

「どうだ、味はどんなだったかな。」

杏子はむしろ無邪気に応《こた》えた。

「味も何もないわよ、こんなものだと思っていたのだけれど、ばかばかしい。」

「それでも何かがあっただろう、単にばかばかしいだけではあるまい。」

「男がバカに見えていたくらいだわ。」

「すくなくとも当分はね。だが、次第に引き摺《ず》られてゆくから、まあ、ふくれっ面《つら》をしている間は、まだ処女の匂《にお》いが余韻をかなでているのさ。」

「いい気味だと仰有《おっしゃ》るの。」

「いい気味でもあるし利口にもなるし覚えるということは物がこわれはじめることなんだ、お前という女がいままでのお前を引くるめてみんなこわされてゆくんだよ。」

「そう、こわれたっていいわ。」

「もう、かくごをしているのか。」

杏子ははっとして眼を谷川にそそいだ。

五十人の女

その姿のない自問自答の声はなお続いた。杏子は素直に答えた。

「わたくし自身でも何も彼《か》も見て知ろうという気はあるわ、だけれど、男はまるで試験をしてるみたい、三十年も生きた男がたった一人の女をつかまえて、いままでの女の解らないものを解ろうとする焦りが勢い余って迫って来るようね。」

「誰でもそうなんだよ、男は一人の女からすくなくとも五十人くらいの女の肉体を捜しはじめるのさ、肉体ばかりではなく平常の暮しの中からも、女の精神をあばき立てようとするんだ、それが男のねがう平和という奴《やつ》なんだ、よそめをして他の女に行くまいとするから、五十人の肉体を彼らは手さぐりに寝床の中で、自分の妻から捜《さぐ》り当てようとしているんだ。そしてせめて十人くらいのものを捜り当てると、ほっとしてやれやれ落ちついたという面つきになるんだ、その願いは相当に真面目《まじめ》な苦痛なものだ、彼らがそのやむをえない平和を取りいれられなかったら、不機嫌な破壊の待ち伏せにあう訳だからね。」

「今朝の明け方にも、彼はわたくしの寝床にはいって来たわ、明けかかろうとした雨戸の外には大勢の人が群がって、皆して嘲笑《あざわら》っているなかを敢然と、はいって来たわ、わたくしは聴き取りにくい低い人群れの声が羞《はず》かしくて困ってしまった、ゆうべお冷水《ひや》を閾際《しきいぎわ》に置いて行った女中さんの顔も交じっていて、女中さんの顔にわたくしはいい加減にしないかというお叱《しか》りの声まで、きこえて来るくらいでしたもの。わたくしは女は生涯はずかしさを持ちつづけるが、男はそれを持ち合さないことを見付けたわ。」

「女は生涯はずかしがるものを持っているが、それが男をたすけているのも実際なんだ、自分の持てないものを見て、ほくほくしているのも男なんだ。ところでだね、お前は雨戸の外に人がいて何をお前がしているかを気遣っているのは、褒《ほ》めてもいいね、それを生涯持ちつづける方がいい。」

杏子は不図小説か何かを読んでいる、対手《あいて》がちゃんとして存在している自問自答の境をいぶかしく思った。谷川の水があまりにひききりなしに流れているせいで、頭が変になっているのか、それとも初夜という変りはてた世界から抜け出して一人になったためか、頭がつぎつぎから考えを捲《ま》くし立てて行った。杏子はしまいに判《わか》り切ったことながら尋ねて見た。

「一たいあなたは何処《どこ》の誰方《どなた》なんです。」

杏子の頭の中で笑い声が起った。

「わしは何処の誰でもないが、お前に必要な問答をするために臨時に雇われている男なんだ、これだけ話をすればお前には些《すこ》しずつ判っている筈だがね。」

「判りました、五十人分の女の身代りにえらばれた一人の女だと仰有るのね。」

「そうなんだよ、お利口さん。」

杏子は河原から旅館の庭への、段々をのぼって行った。

八つめの偶然

物憂《ものう》い昼だった。日光の黄ろさがいやに濁っていて、炬燵《こたつ》のまわりまで黄濁の気はいがみなぎった。黙った二人はさし対いになり、何かを期待しながら何も反応のない、むだな時間を過した。そのあいだに何度か杏子は膝《ひざ》に男の手を感じ、そのたびに居ずまいを取り直した。つまりそういう時はそのままにさせて置くのが、しきたりなのかも知れない、併し杏子はそこまで其事《そのこと》を平気でいるには、はるかに肌身をまもることを心に持っていた。男の手は引かれ、引かれるのが当り前な気がした。

亮吉は物事を紛らせる必要に迫られて言った。

「こんなふうになろうと、君はいままでに考えたことがあるかね。」

「一度も考えたことはございません、不自然をつなぎ合せたような気がしますもの。」

「無理にね。」

「あなたもそうお考えになっていらっしゃいますか。」

「つまり二人の人間がつながるということには、やはり在りそうもない考えから出立しないと、結論が出ませんね。」

「たとえばあなたはわたくしと結婚するというお考えを持たれたことが、ずっとのお交際《つきあ》いのなかでお持ちになったことがおありでしたかしら、……」

「それはあった。」

「わたくしと違うわね。わたくしはどういう場合にも、あなたと結婚するという気持を持ったことがないんですもの。」

「では何故《なぜ》僕のところに来たんです。」

「人間はいつも偶然を選んで見ているうちに、一等よさそうな偶然に身をまかせているんじゃないんでしょうか、たとえば七つの偶然があって、八つめの偶然が七つの偶然よりかしたしさがあると、つい、そこに踏みとどまるということじゃないんでしょうか。」

「では、僕は八つめの偶然にえらばれたわけなんですね、その八つめが果して七つの偶然とはすぐれていそうも思われない事だってあるから。」

「………」

杏子はだまった。この眼の前にいる亮吉という男が、自分の一生をとおして生活するんだろうかという考えには、全くの信条がなかった。何人もこの信条をもつことは出来ない、何人も何年かを生活して見てはじめて知ることのできるのは、男というものだ、危険を冒して女は男を見さだめるためには、先ず途方もないいけにえを支払わなければならないものだ、男もまたいけにえを要求する者だ、結婚というものは人間の落ち着きの場所ではなく、そこで男というものの正体を何年かの間に、見きわめる場所らしい、と、すると女は場合によっては何度も結婚しなければならないように、出来ているかも知れないのだ。

杏っ子　素晴らしい男

杏子は正直にいった。

「あなたはたった一晩のうちにお変りになりましたね。」

「たとえばそれはどんな意味ですか。」

「いままでわたくしのことをあなたとお呼びになったのが、けさから君、きみと仰有るようにおなりになったわ。」

「距《へだ》たりが取れたのですよ。」

「そうか知ら、そんなに早く変るものでしょうか。」

「君だって変っている、言葉がずっと近づいているし、敬語が消失しかかっている、

……」

「それに眼のはたらきでも、お友達だった時分のように自然な表情がなくなって、しらべようとしたり知ろうとなさったり、とても忙がしそうよ、そしてそれをさとらせないために取り繕っていらっしゃるのが、眼についてならないんです。こんなふうに一生続いていったらどうなるかしら。」

「それは僕からも言いたいことですよ、君が谷川の散歩からもどって来た時、まるでへいぜいの君の顔とはまるでちがっていた。僕はむしろそのいまの君の顔の方が好きなくらいですよ、君の考えていることは判らないにしても、僕という者を考えつめていることとは実際だ。」

「いいえ、それをもっと細かくいうと、あなたをとおして男という者をやっと今になって、わたくしが見はじめたということなんです、その場合、あなたのことを直接考えたりなんかしていはしません。」

「結局僕をとおして見た男の世界という問題になるとしたら、僕が介在している訳じゃないか、それとも、僕という男をまな板の上にすえて君はそれを料理して見ようとしているのかな、まあそれがもっとも君には必要らしいんだね。だから結局、両方でじっと見ながらなにかを見付けようとしているんだ。」

「男の方って素晴らしい者だと聞いていたものですから、その素晴らしいものとは、どんな物だかを見たくてならないんですもの、そんな物があるのかどうか能《よ》く判らないんですけれど、あるには、あるに決まっているんでしょうから、」

杏子はここまでいうと、恐るべき偉大な音楽家や小説家の名前が口まで出かかっていて、あわてて言葉を切って了《しま》った。眼にはそういう偉い人間の伝記がうかんでいる、何という自分はバカな女だろう、そういう偉大な人間が自分には何の必要があったのだ、それにも拘《かかわ》らずこの場合、杏子はそういう偉大な世界が眼について来た。自分よりか百倍も千倍もすぐれた人間が、凡庸な人間になるほど必要なのだ。

「素晴らしい男にお目にかかりたいものだね。」

亮吉は虚を突かれた形でそういい、杏子という女が何時も飛んでもない考えに耽《ふけ》っているのを、先《ま》ずそれから叩《たた》きこわして見たかった。

男

千円札

一週間が過ぎ二週間が過ぎ、一と月が過ぎ三カ月が過ぎた。

杏子は見た。

亮吉のかわいた眼に、脈のように走っているものが、日没頃から時間的に毎夜あらわれた。いくらかの羞《はに》かみを持ち、反省を背景にしていながら、其処《そこ》から抜き切れないために、寧《むし》ろ空虚な動作とか言葉が発せられ、眼はいよいよ乾いて湿度をほしがっている……。

「あれだ、またあれが起っているのだ。」

杏子は可笑《おか》しい切ぱ詰った、男の呼吸《いき》ぐるしさを掻《か》き分けて見た。そこに空気のようなものを甘くそめようとする、摩擦の努力があった。全くあじわいのない空気を非常にあまくして見ようという、のぞみが見られた。

あれがほしいのだ、馴《な》れ切っていながらいきなりそれがほしいと言えないところに、人間がわずかにその学問とか差恥《しゅうち》とかの手前、ぐずつきながら決してその彷徨《ほうこう》をやめられないところにいるのだ、眼はもはや対手《あいて》にむかうには、あまりにがらす玉のような乾燥した、ただの道具としか見えなかった。

「燐寸《マッチ》を一つ。」

「はい、燐寸。」

「火を点《つ》けて、」

しゅっと燐寸が擦《す》られた。

子「きょうは水曜日だったけね。」

っ「いえ、きょうはまだ火曜日でございます。」

杏「そう、火曜だったけ。」

杏子は、これにもわずかながら愚図ついている貴重な時間を見た。教養というものは嘘《うそ》のはじまりだわね、これを利用しているあいだ、なかなか行為が形になって始まるものではない、そしてこの彷徨感のあるあいだの人間の旺盛《おうせい》な蓄積量は、むずむずしている甘い空気のさわりからも、だんだんにふくれて来る、そのふくれて来ることは悲しくさえあるのだ、実際、女は女のためにこういう時間をかなしみの時間といいたいくらいであった。愉《たの》しさをとおりすぎたかなしみというものは、やはり愉楽感の膨脹《ぼうちょう》したものと見るより外はない。

煙草《たばこ》のけむりが浮わついていた。亮吉の顔はもうゆがんでいたというより、男の顔というものは、こういう時間には皆ひしゃげて見えて来るのであろう、笑うでもなく、媚《こ》びるでもなくまた怒ったりなぞしてはいない、ただ真面目《まじめ》すぎるが品がなくて、くずれていた。

こんな時間に杏子はいつか、わたくし煙草を喫《の》んで見たいわといったことを、殆《ほとん》ど生涯の恥辱のように回顧してみた。これ以上自分にたいする恥辱はなかった。あんなことでも言わなかったら、あの時の時間のあつかいがどうにもならなかったのだ。ずっしりした重い時間のくせに、苦痛をともなわない時間であった。

千円札

しかも、これらの時間は、毎夜、相継いで杏子の前にあらわれた。杏子はこの時間をしだいに嫌い出して来て、これをはらい退《の》けたかった。その行為はいつでも、それを期待するための、いやらしい時間だけだったのだ。

亮吉はひとつの部屋の隅っこに押し込められている窮屈そうな、手巾《ハンカチ》をしぼるような声で、つかぬことを言った。

「君の昼間作ったオムレツの尻尾《しっぽ》は、……」

「それがどうかしたんですか。」

「あの尻尾はね、お城の鯱《しゃち》みたいだったよ。ナゴヤのお城の……」

「硬《かた》かったと仰有《おっしゃ》るの。」

「そうもいえるが好《よ》い色をしていた。」

杏子はあれの時間の胡麻化《ごまか》しな言葉だと思った。がらすの玉はからからになって見え、自分の眼もあんなになっていはしないかと、怖《こわ》かった。きゅうに鏡台にむかって眼を見た。うそが巧《うま》くつけたときみたいに、眼にかわったところがなかった。こんな夜のいきさつには大した術策がないのだ。平凡な対話だけがあった。

「君はいま鏡を見に行ったね、何を見ようとしたの。」

「自分の顔なの。」

「それはなんのためなの。」

「おもに眼を見たわ。」

「どうして?」

「イヤな眼をしていないかと、それを見に行きました。」

「そしたら?」

「変ってなかったのです。」

「では僕は?」

「さあ、鏡をごらんになるといいわ、わたくし先刻から呼吸《いき》ぐるしくて、眼もそんなかと思っていたんです。」

亮吉は立たなかった。

この一瞬間のみじかさにも、男の眼はあらわにがつがつ飢えて来ていた。二人きりで男と女とが夫婦という名前のもとにいることは、みだらになろうとすれば、すぐにも、みだらになれるものであった。そしてそれを抑えているあいだに、乏しい礼儀みたいなものが稀《ま》れにひかって見えることが、杏子には美しいたゆたいだった。亮吉はこのたゆたいを知っているのであろうか、これを知っている者だけが、たとえ結果に於《お》いてかなりに乱れた夜になっても、徳のあるものに肯《うな》ずかれた。徳とか品格とかいうものの顔がこんなにまざまざと見えて来たことが、いまは必要ですらあった。

「おれはどんな眼付をしているかね。」

杏子は一遍にそれを言い現わした。

「何時《いつ》ものようにがつがつしていらっしゃるわ、そのわけもよく判《わか》るわ。」

「がつがつか。」

亮吉はいきなり杏子の肉体をめがけて、飛び込んで来た。女というものがそれ自身、全部のたぐいまれなる瞳孔《どうこう》の形をした穴であるようにも、見えていたのであろう。

千円札

亮吉は飲酒家であり酒くさくなって、つねにその比類ない酒癖をもって登場していた。半年が過ぎ一年が過ぎかかろうとした時分には、どういう男でも持つ自信と矜持《きょうじ》とをもって、充分に女の前にあぐらを搔いて、バカ女のバカ面《づら》をつくづくながめていた。見れば見る程、女というものはバカ面を持っているものだと、酒が腹にはいればはいる程そのバカ面が見えて来て、癪《しゃく》にさわって来てならなかった。この癪にさわるものをどうにも片がつけられないので、亮吉はようやく自分の不倖にそれをかぞえ出した。

杏子ははじめて古物金銀取引所という看板のある、店の中にすべりこんで行った、予《かね》て見て置いた店なので、わりあいらくに這入《はい》られた。

「指輪なんですが。」

「拝見いたしましょう。」

きちんとした中年の主人は、指輪をうけとると、大きな拡大鏡で指輪を永い間しらべた。杏子はこの男の顔が気難しくならないようにと思い、男の顔をながめた。少しも表情に動きがない顔をその調べる間じゅう見ていたが、こんなに永く男の顔を見たこともないし、こんなに死んだ感情で人を見たこともなかった。

「よいダイヤですが、惜しいことには傷がございますね、よほどお古くからお用いの指輪らしいが。」

「母の物で……」

杏子はひくい声だった。

「どのくらい御入用でしょうか。」

「わたくしにも判り兼ねるんですが、」

「そうですね一万五千円くらいなら御用立出来るんですが、それ以上はどうも。」

杏子は早くこの店を出たい、誰かに見られない前に出たい、そんな気がにわかにいらいらと頭にのぼった。男の顔は穏かだった。

「ではそういうことにお願いいたします。」

「お取引きはお宅まで上ってからにいたしたい規約でございますが。」

杏子は一緒でも構わないというと、眼のさめるような美人の娘がもう次ぎの間から出て、支度をはじめた。家の前まで来て、この娘は去った。

杏子はこの十五枚の千円札をよこにならべて眺めた。これだけあれば二週間はあると思った。そばにあった物差《ものさし》をあててみると、横が十六センチ三ミリあった。十六センチ三ミリという長さをなぜ計ってみたのだろうか。杏子はうすあおい静脈のある千円札をみていると、平四郎の手にあったそれをおもい出した。

一週間後に再び杏子はべつの指輪を持って、取引所にあらわれた。所有を失うかなしみは、街ではすでにふりおとされていた。

そしてしみじみ、この不思議なお札というものを、杏子はうたって見た。

「十六センチ三ミリか。」

かなしい階段

何時も雑誌社に表紙の写真をとどける時は、杏子が連れ立って行った。その雑誌社の主幹は杏子も平四郎の家に出入りしていて知っていたからである。杏子はその階段をのぼるときに、何時もうまく写真が採用されてくれればよいと、そればかり気になっていた。温厚な主幹はその日、表紙も四カ月続いたから、面目を一新するために、こんどでひと先《ま》ず、打ち切りたいと言いにくそうに言った。

「では、これは持って帰ることにしましょうか。」

亮吉はちぢんだ声でそういい、そのちぢみこんだ亮吉を見るのが、杏子のからだも縮むようだった。

「切角《せっかく》ですがどうぞ。」

亮吉はいくらか昂然《こうぜん》と、おれは写真屋ではないという気色で、この場の不体裁をつくろうて言った。

「僕も写真の方をやめて本当の仕事をしたいと考えているんです。」

「そうですか。」

「いずれお見せしますが、婦人雑誌の方にでもすいせんして下さい。」

「いずれ拝見しまして、……」

もう話は話下手な亮吉には出来ない、表紙の写真絵をくるくると巻くと、それを杏子がうけ取って風呂敷《ふろしき》につつみこんだ。

「平四郎さんには永くお目にかかりませんが、どうぞ宜《よろ》しく。」

杏子はそう申しつけますといい、また、階段を下りて行った。平四郎に宜しくといった主幹の言葉で、いくらか、たすかったような気がしたが、亮吉は不機嫌だった。

「おれは写真機を売り飛ばそうと考えているんだ、あれを持っている限り本当の仕事が出来ない、いっそ、さっぱりと売って了《しま》えば写真を撮《と》って歩かなくともいいんだ。」

「けれども小説の原稿が巧くゆかなかったら、どうなさるおつもり？」

「巧くゆかないという事はない、編集者はいい作品を見のがしていられない文学全体についての責任がある。おれ一人の問題ではない。」

「けど、写真機だけはお売りにならない方がいいわ、売る物はわたくしの方にまだ沢山あるもの。」

「君はおれを写真屋にするつもりか。」

「いいえ、そんな、……」

「それなら黙っていろ。」

街の道路はでこぼこだった。

亮吉はお茶の店にだまって這入り、杏子はねずみのように尾《つ》いて椅子《いす》に坐《すわ》った。お茶があたたかく出され、だまって二人はお茶を喫んだ。金があるかと亮吉はいい、杏子は、ええ、少々とこたえた。

さるぐつわ

亮吉はいくらか普段の声になり、杏子の顔をむしろ哀れむように見た、それは亮吉自身をあわれむかわりに見た眼つき同様のものだった。

「この間、講文社に送った原稿があったね、あれは何時頃だったろう。」

「そうね、先々週の月曜日だったから、もう半月程経《た》っているわ。」

「これから原稿のことを聞きに行こうじゃないか、ひょっとすると採ってくれているかも知れない。」

「もしそうだったらお返事がいただけている筈《はず》よ。」

「そう手廻しよくはしてくれないよ、此方から聞きにゆくのが礼儀なんだ。」

「それもそうね。」

「君はあれを読んでいいって言ったじゃないか。」

「ええ、……」

「行こう、金がなくてはじたばたも出来ない、……」

講文社の階段も同様に、杏子にはかなしみの橋であった。一段ずつ巧くいってくれれば宜《よ》いと思って登り、何故《なぜ》、平四郎は原稿のことになると自らすすんで紹介状を書かないのか、しかも亮吉もただの一度も小説の原稿を平四郎に見せようとはしていない、平四郎は極めてふだんのままの顔付で、亮吉君は書いているかねと聞くくらいで、それ以上は問《たず》ねない、亮吉が見せようとしないのは平四郎がそれを見たがらない原因もあった、そこには亮吉は決して平四郎に尾いて行くことを嫌っていた。その潔癖を持ち続けさせるためにも、平四郎は一さい原稿のことは口に出さなかった。

杏子は原稿のことになると冷酷になる平四郎を、おもい遣《や》りのない人、たすけにならないれいたんな人、自分の名前ばかり重んじている人だと思い、そこだけが嫌いだった。ちょっと二、三行くらい名刺に紹介状を書いても、大して不名誉でもない筈だのに、いやに勿体《もったい》振っていると思った。だから、どの程度の力量を持っている亮吉だかも、それを見極める人がほしかった。

「おれにはかんがある。他人にこのかんが判ってたまるか。」

亮吉はそのかん一点張りであったが、杏子はその原稿を機嫌の好いときに見せて貰《もら》っても、これがいまたくさんいらっしゃる小説家のどの小説家よりも、うまく書けているとは思えなかった。も一つは亮吉の原稿をよむことは、猿ぐつわをはめられて読むと同じで、そこには、いいと思うわ、たいてい、いいと思うわくらいしか、杏子のいう言葉は他の言葉を彼女自身で禁じていたのだ。杏子の、かなしみの橋は此処《ここ》からも、かけられていて、毎日杏子はそこを音を立てないで、ご機嫌を損《そこな》わない通り方をして行かなければならない、たしなみが必要であった。

一枚の風呂敷

講文社の若い記者はすぐ応接間に出て来ると、つとめてきげん好く亮吉をむかえた。その機嫌好さには他人の原稿を真正面から断れない、どんなに記者の職を永く勤めても、この人はいつも却《かえ》って本人よりも極《きま》り悪げに物をいう性質の人であった。しかも杏子が一緒であることも、その性質に一そう手ぬるい柔軟なものを加えた。雑誌社に妻をつれて原稿の採否をたずねる人は、一人もいない。

水谷記者は一度挨拶《あいさつ》してから、急にまた立ってこんどは原稿を持って来た。

「自然描写など美しいと思いますがね。」

「いや、どうも。」

亮吉は快く笑ってみせ、杏子は唾《つば》をのみこんだ。

「長すぎる憂《うれ》いがありますね、百枚近くあると普通の小説が三本立てられるし、これで三本の小説をやめるとなると考えものなんです。」

「僕も長すぎる気がしているんですが、何なら削除してもいいんです。」

「いや、これは削ったりなぞするより、このままで自然描写の美しい処《ところ》を読ませるべきですね。」

水谷記者は何度も原稿をめくり、何度も、読み直しをしてから、こんどはそれを自分の前に置いて、かんじんの採否に関してはなにも言わなかった。

「どうも僕は遅筆なものですから時間ばかりかかるんです。」

水谷記者はそれには答えずに杏子のほうに向いた。

「お父さんの平四郎さんはお書きになると早い方ですね、それでいて細かいと来ているから人間わざじゃない。」

杏子は赧《あか》くなった。

「父は何時も貧乏だから早く書くんだ、えらい人は遅くなるのが常らしゅうございますが、うちの平四郎さんは自分でも早く書いてほっとするのが愉しみらしいのです。」

「どんな場合でも、すべり出しにすごいテンポがおありになりますよ。」

水谷記者はそこでちょっと黙りこんだ、この間際《まぎわ》に席を立つのが普通であった。自然描写は美しいが長くてこまる、三本立をつぶしてのせる訳にゆかないというのは、原稿を断られたも同様であった。だが、ぐずついた時間がまだ亮吉に迫っていることを彼は知らなかった。

「もっと短かく書き直してお見せしますよ。」

「どうぞ。」

杏子は椅子から立ち、亮吉は原稿を手元によせると、女の家来の眼の前にさし出した。家来はそれを例の写真と一しょに風呂敷につつみこんだ、この風呂敷がこういうときに間にあうことが、間にあう事自身がいやであった。この風呂敷は平四郎の家から一杯ご馳走《ちそう》を入れて、貰ってかえるための風呂敷だったのに、飛んでもないかなしみのたねを、きょうは入れて帰らなければならないと、杏子は風呂敷をにぎりしめた。

お一つ

砂利道に冷たい雨がふっていた。

「それから卵を一つ。」

「お一つですか。」

「え、お一つ、」

杏子は卵を一つ買うことが、問い返された時に一つでは、見っともないと思った。

「ちがうわ、二ついただくわ。」

「お二つね。」

杏子はこのお二つねといわれた時に、のびのびした気持になった。それから人参《にんじん》一本といったが、これには何のこだわりもなかった。

杏子はウイスキーの角瓶《かくびん》に焼 酎《しょうちゅう》一合を買い、砂利を敷いた歩きにくい足もとで、戻って行った。飴色《あめいろ》にぬれた家並ばかりでなく、杏子のからだも飴色につめたく、どこかに、沈んで行くようだった。身も心も寒い。

「只今《ただいま》、……」

うしろ向きに原稿を書いている亮吉は、勿論《もちろん》返事なぞしない、驚くべき根気でもう一カ月以上も打通《ぶっとお》しで書いている。杏子はそれを見て勝手に引き退《さ》がった。これが女房という家来のしごとであった。オムレツを揚げ、さかなを焼いて夕食である。亮吉は一合の焼酎を呑《の》み、杏子は出ながれのお茶でもう早くも夕食は終っていた。そして数すくない皿と椀《わん》を洗うと、くさみが出て寒かった。亮吉はまた原稿を書きはじめた。ここにあるものは漆山亮吉とその妻の生活が、行詰って身うごきも出来ないところに来ているだけである。杏子はその中でもがいても、もがき切れない、原稿がすぐ金になるとは考えられないが、それを書くのが亮吉の仕事であって、たとえ、それがどういう不体裁な結果に終ろうとも、仕事はまたべつのものであった。金になるとか、ならないとかいう問題の前に、杏子は先ず自分の口に、何時《いつ》も猿ぐつわをはめることにしていた。なんにも言わずに好きなことをさせて置く、これが主人に対する家来のまもることであった。

「焼酎をもう一合買って来てくれないか。」

「明日のお出掛けのお金しかのこっていませんが。」

「明日のバス代はおれが作る。」

亮吉は手元にあった本で金は作るといった。バス代、電車賃、そば代、煙草《たばこ》銭、それは金を作るために出掛ける亮吉には、なくてはならないものであった。それを毎日持たせて出すだけでも、何物かを失い、何人からか借りなければ出来ない金であった。金は蛆《うじ》ではない、金をつくるたびに杏子は顔を赧らめることを失い、はにかみを剝《は》ぎとられていた。それはもとに還《かえ》って来ないはにかみであって、失《な》くするものを気づかずにいる大きさは、女というものを作りかえてさえ行くのだ。

杏子はまた砂利道をとぼとぼと行き、一合の焼酎を買った。ぬれた街燈《がいとう》にふたたび寒気をかんじたが、その寒気がからだのしんにとどいて、背骨にくい入っても仕方がなかった。

毛のぬけた熊《くま》

原稿は書き上げられ、亮吉はこれを杏子に読めといったが、その愛情のほどは判《わか》っていたものの、読むことは避けたかった。それが杏子のまなんだ可成りに大きい、亮吉の力量を未知数にかぞえたかったからである。

「読まないでいるほうが気がらくなのよ。」

「それじゃ読まない方がいい。」

二人は出かける用意をはじめた。見当は作品社という厚い季刊雑誌にいる編集長八木原を訪ねるためである。杏子はその編集長が平四郎を訪ねて来ていて、面識があった。なんとか杏子自身も連れ立ってゆくのであるから、採用してくれる気がしていた。亮吉は作品もときには或《あ》る情実を見なければ動かないものであることを知っていたから、八木原を訪ねることに幾らか、はればれしい気がしていた。

そのビルの階段を杏子は例外なく、むなしい気分でのぼって行った。何時でも、これら雑誌社の階段を勇敢に乗降したためしがなく、階段は一段ずつ口を開けて、登るのをはばむ気がしたからだ。先に電話をかけて置いたので八木原は長身の、六尺近いからだを反《そ》りかえるようにして、出て来た。

「結婚されたお話は伺っていましたが、ご主人ですか。」

と、八木原は亮吉に挨拶した。

八木原はすぐ亮吉の持っている原稿に、素早い眼をとどめた。すぐ、杏子にいった。

「平四郎さんは些《ち》っともこの頃お書きになりませんね。」

「どこからも頼み手がないのでぶらぶらしているのでしょう。」

杏子はこんなふうに父親をいうのが、最上の礼儀の気がして愉快であった。併《しか》し八木原はこの杏子の言葉がちっともお書きにならないという自分に対して、かなりにその質問の愚をはね返していることを感じて、少しためらった。

「平四郎さんは寝ていらしっても起き上ると、怖い方ですよ、あんな怖い方はない。」

「平四郎さんは動物園で年とった熊みたいで、お腹《なか》の毛もみんな脱《ぬ》けちゃっているんですもの。」

「熊はひどい。」

「芸当もみんなわすれているらしいんです。」

八木原は不思議な顔でいった。

「何時もお宅でも平四郎さんとお呼びになっているんですか。」

「ええ、みんな平四郎さんといっているんです。」

「ほう、そいつあ面白いな。」

八木原はその間じゅう亮吉の手にある原稿に、眼を射っていた、亮吉は切り出す機会が遅れて、少しいらついて来た。が、亮吉は勇敢にいった。

「きょう実は原稿を持って来たんですが。」

原稿は街へ

八木原編集長は待ち構えている様子で、それでは拝見させて貰いましょうと言い、きょうはこれから直《す》ぐ某作家に稿料を届けなければならないので、永くお話は出来ないのが残念だといい、ポケットから状袋を出して見せた。杏子に対《むか》う話振りと、亮吉に対うそれとに違いのあることを亮吉は感じた。

八木原は原稿の最初十枚ばかりを黙読しているまに、あらわな癇癪《かんしゃく》の色が眼に出て来て、それと同時にとびとびに二、三枚あとを読みつづけると、呆《あき》れはてた手つきで原稿を卓上にばっさりと、置いた。杏子はその態度の威《い》丈高《たけだか》の気配が原稿の内容から八木原をそうさせていることを見取った。

「これは僕の雑誌ではいただけませんよ、これは、この程度の作品ではとても、僕には読み続ける勇気がない、……」

正直な八木原は、寧《むし》ろ親友に対って怒っている語調で、さらに鷲《わし》摑《づか》みにして言った。

「僕はもっと別の物を期待していたのだが、この手法では描写に古さがあるし内材の扱い方にも手ぬるさがある……、」

亮吉は蒼白《そうはく》になり、杏子は指頭がふるえて来た、いくら何でもこんなに手厳しく言わなくとも、もっと言い方に礼儀がある筈だと、杏子はくやしかった。

「これは平四郎さんの眼が通っている原稿ですか。」

「いや誰にもまだ見せてないんです。」

亮吉はしぼられた声音だった。

「平四郎さんの見方も僕と同じだと思いますよ、失礼ですがこの程度では有力な雑誌は加勢してくれはしませんよ。」

「平四郎さんは批評家じゃございませんし、他人の小説など判らない方なんですよ。」腹が立ったのでこの場合平四郎をやっつけるのが、一等役立つ気がして杏子はさびしく笑った。

「いや平四郎さんならきっと判りますよ、じゃ、これで失礼して出掛けるかな。」

八木原編集長は立ち上った。

亮吉夫妻も椅子《いす》を後ろに引いた。

「どうも大変お邪魔しました。」

「もっといい作品を見せてくださいよ、われわれの世界はただもう原稿だけがものを言う世界なんですから。」

殆《ほとん》ど一人で季刊雑誌を編集している八木原の意気は、彼自身でも抑え切れない盛り上ったものであった。

二人は外に出ると、亮吉はぶるっと胴震いをやって言った。

「さんざんに遣っ付けられちゃった。」

杏子はだまって亮吉のあとに尾《つ》いていたが、

「誠実のある方だけれど、あんなに余裕を示してくださらないのは、きっと、きょうは生憎《あいに》く、ご機嫌がお悪かったのでしょうよ。」

亮吉はこのバカ女も、一人前の口を利《き》くと思った。

ふとった頰

息ぬきに杏子は、大森の実家に度たび現われた。ここには何でもあるが、家には何もないという感じがすぐ頭に来た。平四郎はそろそろ君が来る時分だと思っていたといい、菓子が出るし果物が出たが、そういう菓子や果物がこんなに沢山あるのを、杏子はぜいたくに眺め、これだけの物を用意するお金で、杏子自身の生活をたすけてくれたらと、不安定な自分の横顔を見るような気持だった。

「どうだ矢張り書いているかね。」

「毎日だわ。」

「少しは売れたかね。」

「ちっとも。」

「それでも悄気《しょげ》ないかね。」

「いまにみな見返してやると言っているわ。」

「おれも見返される一人かな。」

「さあ、それはどうか、……」

「怖いね。」

「怖いわよ。」

「あの根気は大したものだ、不死身の根気だな、ただ無為の根気になることが一等警戒すべきだね。」

「だから平四郎さんもどこかに紹介して上げてよ。」

「原稿というものはどんな大家の小説でも、何時も冷笑か賞讃《しょうさん》の二つのみちしか展《ひら》かれていない、大抵、現われない冷笑で片づけられて了《しま》う、君の亭主の原稿をおれが持って廻ったら、奴《やつ》のたがも弛《ゆる》んだと言われるよ、亮吉君もおれの紹介はいやだと言うさ。」

「原稿のことになると厳しいわね、親も子もないみたい。」

「親も子もないというのが本当なんだ。たったこれだけで生きているんだからね、碌《ろく》に正確な文字すら書けない奴が、ちょっとした頭の加減の違いで、小説家だとか、チンドン屋とか言われているんだからね、こいつを逆様に振ったらばらばらに壊れてしまう、継ぎだらけな人間共の仕事なんだ。」

平四郎は話頭をかえた。ときに収入があるのかと聞くと、美術全集の写真の方もかたがついて、ここ暫《しば》らくは何も金がはいらないといった。貧乏になれてみると、貧乏というものほど困るものはない、卵一つ買う金もないということが本当のことに思えないと、杏子はいった。

「そこで君は質屋という所に行ったことがあるか。」

「質屋はしじゅうだわ。」

「夜行くか、昼行くか。」

「昼だって行きますがもう平気よ、ただね、貧乏していると気持がすさむわね、顔にもすさみが出ないかと、それが一等こわいわ、顔にあったかさが脱けていくのを見るのは、たまらないわ、だんだん引いてゆくみたいよ。」

杏子はふとった頰をなでて見せた。

「自分で気持のすさみが判る程度なら、まだまだ初歩だね。」

「にくらしいことを仰有《おっしゃ》るわね。」

「君の貧乏くらいはみんながしているよ、金はかさないから安心したまえ。」

「借りないわよ、平四郎さんなんかに可笑《おか》しくて。」

「さてここで喧嘩《けんか》しても始まらないが、何か買いにゆこうじゃないか。」

「何かって何よ。」

「菓子、果物、干物《ひもの》、クリイム、口紅。」

「あら、そう来なくちゃ平四郎は無情冷酷だといわれるわ。」

「平之介、買物籠《かご》を持って一緒に尾いて来い。」

「おう、」

三人は市場のような処《ところ》に出かけた。そして果物屋では枇杷《びわ》、林檎《りんご》、いちご、干物屋ではくさやと、鮭《さけ》の燻製《くんせい》に罐詰《かんづめ》、ついでに、ごまめも一升くらい持ってゆくかというと、一升のごまめを買う人ないわよ、ごまめなら三十円もあれば沢山というと、君はこのごろ急にケチケチし出して来たねと、平四郎は笑った。菓子屋に寄るといきなり駄菓子をあれこれと五百円も買って了った。駄菓子をそんなにどうして買うのと、ふしぎそうに杏子がちょっと包むのを待ってと、お内儀《かみ》さんに言った。

「亭主と喧嘩したら駄菓子をガリガリ嚙《か》むんだ、くやしさの失くなるまで嚙むんだ。」

「歯が欠けるわ。」

「若い歯が駄菓子くらいで欠けるもんか。」

平之介はぶつぶつ言い出した。

「もう持てないよ重くて。」

杏子は呆れた顔付だった。

「沢山いただいたからもうお買いになるのは止《や》めて。」

「どうせついでだ。うんと持って行ったらどうだ。」

「もう沢山、これで一と月分あるわ。」

三人は裏通りにはいると、杏子は言った。平之介にもよめを貰《もら》ったらどうかといい、それは甚《はなは》だよい考えだ。りえ子もやっと部屋に杖《つえ》ついて歩ける程度だし、よめがあれば、女中の仕事の割当も出来るから、杏子のいうようになるべく別嬪《べっぴん》のよめを見付けたいものだ、と平四郎は賛成した。ただ平之介には職業というものがないからその点では困るが、よめをとることは、杏子がいなくて不自由を耐えて来たから、目下の急務だと平四郎はいった。

平四郎は横を向いて平之介に言った。

「どうだ別嬪のあてがあるか。」

「バスでよく会う女でちょっと美人がいますがね。」

「バスで会うなんてぼうばくたることでは判らないな。」

「何でも近所らしいんですよ。」

至極く暢気《のんき》な話である。バスで二、三度会ったくらいでは、この広い大田区内の何処をどう捜していいのか判らない、いかにも平之介らしい摑みどころのない話だった。

子

っ

三　美　人

杏

片側が石垣になった小路にはいると、平之介はだしぬけにまた言った。

「も一人いるんですがね。」

「まだ一人いるのか。やはりバスで会ったのか。」

「え、やはり近所らしいんです。」

「どうも君の話は凡《すべ》て当がない。ときに八百善のお嬢はどうだ。何時《いつ》か菓子を持って来た子だがね。」

「あ、たみ子さんか、あの人もいい、行ってくれろといえばくれるかも知れない。」

「簡単にいうね。目白か何かのようだ、併し結局くれろ、やろうというのが落ちだからね。当って見たまえ。」

「当って見ましょう。」

いよいよ暢気な男である。バスで会った第一の女は、郵便局で会ったのなら、郵便局のおばさんに聞けばわかると杏子は、行って聞いて来てあげるといった。いよいよ本人が見付かったら、わたくしがそのお宅に行って話してみるとも言った。

「八百善の方はわたくしが直接行って正式に会うようにするわ。」

「平之介、三人の候補者が上っているが、一たい誰が君の気に入っているのだ、それが先決問題じゃないか。」

「先《ま》ず八百善から当って見るんですね。」

「そうか、ほかは振られた時の用意に取って置くとするか。」

「つぎつぎに順番をつけるかな。」

「バスで会った人は郵便局から真っすぐに這入《はい》った小路の奥らしい。」

「尾けたか。」

「そこから出て来たのを見かけたことがあるんです。」

「よほど美人か。」

「先ず美人のほうですね。」

「よめさんは先ず美人でなければならないね、美人は眼薬にもなるが、胃腸薬にもなる、……」

「あはは、胃腸薬はよかった。」

暢気な男は石垣もくずれるように笑い、杏子はばかあね、そんな大声で笑ったりしてと、たしなめた。その時、平四郎はいつも杏子の女学校時代に、ピアノのそばに立っては杏子と一緒に、ピアノを弾《ひ》いていた例のりさ子を思い出した。伊豆《いず》の方に疎開《そかい》していて消息もなかったが、もう、よい娘になったろう。

「りさ子はどうしたかね、あの子なら、平之介のよめに持って来いだがな、美人でもあり眼が真黒だし、りさ子はどうしているか。」

突然、平四郎は早足になって言った。

「りさ子はどうしたかな、りさ子は、……」

杏子は余儀なく通俗的に笑った。

「リルは上海《シャンハイ》にもいないそうですが、りさ子は伊豆の修善寺にいるわよ。」

乞《こ》食《じき》

家につくと、りえ子は何気ないふうで、杏子の裸の手を見て言った。

「お前、この頃、ゆびわを嵌《は》めていないね。」

「はたらくのでつい、……」

杏子は勝手に行って女中と二人で、買物の荷作りをはじめ、平之介はまだ何か持ってゆく気らしいと言った。りえ子は指輪のことを訊《き》こうとしたので、平四郎はそれを言うなと手をふった。ただ、平四郎は気になるので甚だしい破綻《はたん》を暗示していった。

「靴もだいぶ不景気だぞ。」

「そのうち買うわ。」

「服装も落ちたね。」

「そこまで手がとどかないのよ、二年経《た》つとみんなだめになっちまう。」

荷物はバスまで平之介が持って送ることになり、意気揚々と庭の中に立っていた。

「時どき掻払《かっぱら》いに来いよ。」

「掻払いは酷《ひど》いわ、十日に一遍くらい来るわよ。」

「亮吉君にあまり呑《の》むなと言って置けよ。」

「ええ、じゃ、いろいろ有難うございました。」

杏子は何時も大きな包を提げて居るので、近所の人に見られるのがいやだったが、きょうもお隣とお向いさんに見られて了った。併《しか》し気持にたすけがあって愉快に家に戻った。夕方も近いのですぐ勝手に出て、支度にかかったが、机からはなれた亮吉はずいぶん貰って来たものだ、こんな見っともないことは以後止めてくれといった。

「まるで乞食みたいじゃないか。」

「乞食とまで仰有るんですか。」

「貰い溜《だ》めみたいだ。貰うのにも限度があるというもんだ。」

「平四郎さんが一緒に行って自分で買って下すったんですもの。」

その時、杏子は酒の臭《にお》いが亮吉の口もとから、ほとばしっているのを知って、呑んでいらっしゃる。悪い時に引っかかったと思った。呑まないとおとなしいが酒がはいると、些細《ささい》なことにも絡《から》んで来る、……

「おれは乞食じゃない。」

また乞食という言葉がくり返された。そうでなくともこの言葉をうけた最初から、杏子はそれをあらためさせたかったが、もう、言葉をうけてそのまま黙っていられなかった。手を拭《ふ》きながらこれが世間でいう夫の正体であるのか、いま一銭の金も持たないで東京の真ン中で生活らしい生活の店を、お隣さんや向うさんに対《むか》って張ってゆく人の、金を作り食物をあたためる対手《あいて》方に対っていう言葉であるのか、杏子はあらたまった言葉でいった。

「も一度乞食だとはっきり仰有れますか。」

亮吉はこの女の顔から平四郎のくそ忌々《いまいま》しい顔を感じて、ふたたび、かっとなった。

「何度言っても同じことだ、僕は平四郎輩の物は食いたくない。」

「平四郎輩、……」

杏子はその輩ということばを、確《しっ》かりと心の中でおさえた。

「僕はあの男の詩は認めるが、小説は読むこともご免蒙《こうむ》りたいのだ、僕の書くものはあんな腰の折れた小説ではない。」

「それから、もっと仰有い。」

「もっと言うならあの男の小説のいのちもちぢまっているし、この頃どこにも書いていないじゃないか。」

「あの男、……」

「あの男はあの男で沢山だ、こんな物を貰って来やがっておれの顔が丸潰《まるつぶ》れになるんだ、こんな物をぶら下げて来やがって。」

亮吉の右足ががくっと上がると、上半身に急激な波が打って、一挙に包の買物が蹶飛《けと》ばされた。併しまだ風呂敷《ふろしき》包をといてなかったので、そのまま、二、三尺先の方に位置を変えたにすぎない、さらに勢い余った二番目にこんな物と呶鳴《どな》って蹶ったときは、ただ蹶ったただけの応《こた》えのないものであった。杏子はあれほど愉《たの》しく買った品物が、ここでこういう悲しい目にあうとは何か先刻から仕組んで、なされたような気がした。

「これ以上の侮辱はもうない筈《はず》ね、わたくし今これからあなたに何を持って対ったらいいか、それをおしえて頂戴《ちょうだい》、父親を故《ゆえ》なく軽蔑《けいべつ》された娘というものが、こういう時にどういう出方をしたらいいか教えて頂戴。」

「利いたふうなことを言うね、先ず、この家を飛び出すとでもいうのか。」

杏子はこの間際《まぎわ》に、ふしぎな笑いが頬にのぼることを感じた。

「よく聞いていただきたいわ、若いあなたが、よぼよぼの平四郎さんと取り組んで見たらどう。そして平四郎さんを完全に投げ飛ばされるかどうか、投げ飛ばすことが出来たら、平四郎輩とでも何とでも言うがいいわ。」

亮吉の顔色から、先刻からずっと人を馬鹿《ばか》にしたものが、さっと退《ひ》かれた。

「あんな人の小説なんか誰もいまは、読者はないんだ。それより君は何故《なぜ》かっとして此《こ》処《こ》を飛び出さないんだ。」

杏子は声を立てないで笑った。らくな笑いであった。亮吉にはこの笑いがしんのそこまで応えて、逆に烈《はげ》しい軽蔑感が起った。

「出て行くもんですか、皆で買物までしてくれた日の晩方に、実家にかえるお馬鹿さんではないわよ、言って見ましょうか、吃驚《びっくり》するようなことを。」

亮吉は顔をふりむけた。

「何が君にいえるんだ。」

「あなたにとどめを刺してをあげしたいのよ、そういう言葉を叩《たた》きつけてあげたいのよ。」

と ど め

亮吉はその杏子の顔から、ふだん見たことのないもの、少しもゆるみのない絶対のさかいに立つものを見取った。

「とどめを刺すなんて、雀《すずめ》じゃあるまいし、何でも言えたら言え。」

「じゃ言ってあげるわ、漆山亮吉のね、小説というものが印刷になった時、この家を出て行ってあげるわよ。」

「印刷になったら、」

「そして雑誌にふんぞり反《かえ》って掲載されたら、……」

「莫迦《ばか》にするな、莫迦に。」

「みんな聞くがいいわ、その小説の新聞広告がでかでかと出た日にね、この家を出て行ってやる。」

「やる、」

「やるわよ。」

「おれを侮辱する気か。」

亮吉の顔は震えはじめた。

「それだけのことしか、もう言えないわね、どんな雑誌でもいいから、のるものなら、のせて見るがいいわ、平四郎さんを見返すというのは、その広告の出た日のことなのよ。」

「畜生、」

亮吉は突然飛びかかると、自分より少し背丈の高い杏子の頭を、かんと引っぱたいた。杏子はうしろ退《ず》さりをしたが、二度目のゲンコツは飛んで来なかった。杏子は真正面の顔の位置をかえないで、あさましい一つの正体を剝脱《はくだつ》する用意をして言った。

「あなたは何時か善意の復讐《ふくしゅう》をすると仰有ったわね、書いたものでその復讐をするといってから、もう一年になる、一たい何の復讐をなさる気なんです、平四郎さんがあなたの仕事の邪魔をしたことはない、ただ、あなたは平四郎さんの娘を女房にしたという近親感から、理由のない反抗をあなたは持っていらっしゃるんだ、そんなもの、皆、打棄《うっちゃ》ってしまわなければあなた自身が恥かしいじゃないの。」

「君はそれだけ悪体をついて愉快なのか。」

「だからとどめを刺して上げると言ったじゃないの。とても、愉快でならないわよ。」

杏子はレインコートに突然手をとおすと、玄関に出て行こうとした。

「何処《どこ》に行く。」

「知れたことじゃないの、お酒をあおって来るのよ。」

亮吉は口を結んで立った。

「バカ女め。」

「酔ぱらいというものはどんなに劣等な人間にたまたま堕落してみせるか、それをあなたに見せてあげるわよ、そんな人間を対手にしている女というものの、精一杯のところを今夜は見せてあげるわ。」

杏子は表に出ると、まだネオンのある通りをかつかつと、快活に早足で歩いて行った。

殴られた女

肴町《さかなまち》から白山に出て、行きつけの喫茶店にはいると、お茶を喫《の》んで、ちょっと電話をかしてといって、杏子は平四郎を呼び出した。

「平四郎さんですか。」

「どうしたの。きょう来たばかりなのに、」

「ちょっと急にお目にかかりたくて、ええ、すぐ出て来られますか。」

「どんな用事が起きたんだ、出るには出られるがね。」

「実は今夜亮吉と喧嘩《けんか》したのよ、あんまり口惜《くや》しいし、お目にかかれば気がらくになるかと思いまして。」

「そんな事でびくびくしていたら、きりがないじゃないか。」

「だからね、平四郎さんに背中を一つ引っぱたいて貰《もら》いたいのよ。」

「そうか、じゃ、何処《どこ》で会ったらいいんだ。」

「新橋ではどう？」

「じゃ行こう、駅だな。」

「駅の玄関口にいますわよ。」

「くるまで行くから二十分待て。」

「ええ、済みません。」

杏子は平四郎の声を聞いただけで、頭にあった暗いものが払われ、勢い好《よ》くくるまに乗った。頭を殴られたことが初めてであったが、まだ、ぶーんといって痛さがのこっていた。男ってみんなあんなものかしら、もう言い詰められて出口のない亮吉の言葉が、げんこつに変ったものらしい、愛情も友愛もない間際だった。いまだって亮吉に対するものは空っぽのままだった。

新橋の階段下から時々玄関口に出たりしているうち、平四郎がくるまから降りた。

「夕食はまだか。」

「お腹《なか》すいちゃった。」

「じゃ江安餐室《さんしつ》にでも行くかね。」

また自動車から降りて階段を登り、往来の見える窓の円卓に対い合った。平四郎からはなかなか口を切らない、杏子は平四郎の顔をみていると、すっかり落ちついて了《しま》った。

「もうお話をするのがいやになって来たわ。」

「じゃ、しない方がいいさ、ただ、聞いて置きたいことは家に帰るというんではないね。」

「いいえ、ちがいます。きょう頭を殴られたものですから、くやしくて。」

「殴るような男かね。」

「はじめてですけれど。」

「そこでどうした。」

「家を飛び出してお電話したの。」

料理がくると杏子は美味いといって、お酒少しいただくわと、女中に命じた。酒なんて呑むのかと平四郎は珍らしがり、杯についでやった。あ、おいしいと杏子はすっかり赧《あか》くなって、今夜は何処かにいって晩《おそ》くまで遊びたいわ、連れて行って下さる？　といったが、平四郎は娘と遊ぶバカがあるかと笑った。

くさり

「亮吉君は僕が眼ざわりなんだね、たとえば友達が大臣になると、その男の顔を見ながら話しているうちに、こんな奴《やつ》が大臣になっていておれは平社員かという、そういう比較の不平均を感じることがあるんだ、だが、大臣になった友達は大臣だけのものは持っているし、平社員はどこまでも平社員なんだ。」

「そこからいらいらして来たら、ただのいらいらしたもので終るわね。」

「つまりこんな奴がという憤《いきどお》りは無意味なんだ、そこらで建て直らなければならないんだ、どんな人間でも何かが出来る奴は、何時《いつ》も尻尾《しっぽ》には尾《つ》いていない、何時の間にか登れるところまで登りつめている、……」

「わたくしきょう、つくづく女というものが厭《いや》になって来たんです、たった一人の男にかしずいて、何でもはいはい聞いているなんて何で引きずられているのかと思うと、それを断ち切りたい気がするわ。鎖みたいな物につながれているんですもの。」

「多くの女が苦しんでいるのも、みな、それなんだ、同様に男もその鎖でもがいているがね、そこにあるものはやはり性欲の反芻《はんすう》が、折返してかれらを元に戻したり突き抜けようとしてもだえている。」

「性の問題だけでしょうか。」

「先《ま》ず性欲が対手方にむかって無関心になる状態が肝腎《かんじん》だ、それの破壊作用が行われたら男なんて、不用の物質になる。」

「わたくしもそれを学んで見ようかしら。」

「男はその点ではさすがに、うまい手心を知っているからね。うっかりそれに乗ると、その瞬間から元の酷《むご》たらしい単なる動物として飼われるようになるんだ。それに女はどんなに確かりしていても、いま喧嘩したあとでも、なさけをしめされると応ずるようになる。心は単純で素直だから、男はそれを付け狙《ねら》っているんだ。」

「平四郎さんの話をきいていると、抜け道が何処にもないわね。」

「抜け道はどこも此処も、男の側からいえば女の肉体で行き詰っているし、女の方も同様に男のそれで行き停まりだ。要は肉体を拒絶することにある。柔《やさ》しいものも沢山要るが、対手方にうっかり乗らないことも必要だ。」

　二人はなんとなく笑った。大へんなことを教えていただいたわね、ぶっつりとここまで言ってもらうと、こころに快い重みがして来たわと杏子はいった。いやはや、大へんな悪い親父《おやじ》になった気《あ》がするが、親切な親父というものはこのくらいの事は話さなければならないものだ、或《あ》る意味で凡《あら》ゆる親父というものは、娘の一生を揉《も》みくちゃにされない前に、智慧《ちえ》をしぼって教えることは教えて置いた方がよい、だがおれの説得はもうだいぶ遅れていると言った。

褒めてあげます

「今夜はホテルにでも行ってのうのうして寝るか、それとも、すごすごと家にもどって行くかね。」

「あんないしていただければホテルに行くわ、すごすごと戻りたくないわ。」

二人は日比谷《ひびや》にあるホテルに着くと、岩と岩の間をこつこつ歩いて、ひとつの部屋の中で対い合った。明日はどうする、明日は大森にうかがって平之介のバスの美人の家でも捜すか、八百善のたみ子さんと正式に会っていただくように、話をしに行ってみましょうと言った。

「このホテルは大谷《おおや》石《いし》ばかりだから、まるでわたくし此処では蟹《かに》みたいね。」

「これがホテルの代だ。」

「いろいろ済みません。」

「少しはさっぱりして来たかね。」

「もう引っぱたかれたことも遠い日みたいな気がするわ。」

「それではおれもそろそろ帰るか。」

「あ、ちょっと待って。」

「何かね。」

「平四郎さんはお母さまを殴ったことがおありになる。」

「ない。」

「何故ないの。」

「おれは子供の時から母に殴られてばかりいたから、人を殴ることはしたくないんだ。変なことをいうね。」

「褒めてあげます。」

「ふん、じゃ、また明日。」

杏子はお湯にはいりながら、ふと、青葉の匂《にお》いが僅《わず》かばかりして来たので、愉《たの》しくそれをかいだ。お湯からあがるとベッドの上にながながと横になった。或る有名な詩人の令嬢でこの人も詩人であるが、何時か平四郎を訪ねて来ての話の末に、もし父のような男が現われて来たら、も一度くらい恋愛をしてもよいと、冗談まじりにいったことを思い出した。平四郎のようなへちゃむくれでも、それに似た男が出て来たら、も一度れんあいして見るかなと考えると、ひとりで可笑《おか》しかった。

岩の間から蟹がはいでるゆめを見て、ゆっくりりねて起きると、あまりに倖《しゃわ》せなねざめだったので、いま頃、亮吉は酒の酔がさめ、いつも自分のしたことをけろりとわすれて、部屋の中をうろうろしているすがたが、妙になれた眼にはいって来た。併《しか》しそれには殆《ほとん》どなんの感傷もなかった。頭にはまだ痛みがかゆみになってのこっていたが、殴られたということが後々に腹が立つものであることも知った。

遅い朝の食堂に出るには、あまりにくたびれた服装が気になったが、ゆうべ平四郎が来てくれた余勢を駆って、どうやら、卓にならぶことが出来た。そして眼をあげた時に一人の紳士が、扉の入口ですばやく杏子を見付けて、にこにこしながら近づいてくるのを見た。

知っていた

「僕、お忘れかも知れませんが伊島です。」

「まあ、お久しゅうございます。」

「あの折はいろいろ、」

「たいへん失礼なことをいたしまして、おわび申しようもございません。」

「いいえ、気にしてはいません、僕もあれから結婚して商用で此方に参りました。お一人ですか。それなら、……」

「ええ、ではご一緒にお食事をいただきましょう。」

「少しおやせになりましたね。」

何時か軽井沢に見合いに来て、殆ど話が決まりかけていた伊島二郎であった。

「ご結婚はお倖せですか。」

「いいえ、もう何だか、……」

杏子は赧くなった。伊島は新調の背広の上の方で、精悍《せいかん》な眉《まゆ》と眼を見せていた。

「でも、こんなホテルにお一人でお泊りになっていらっしゃるんですか。」

「昨夜父と会いましたのでつい晩くなって泊ることにしましたの。まあ、息ぬきみたいなものでございますわ。」

「息ぬきにここにお泊りになるなんて羨《うらや》ましいですね。」

「父に連れこまれたんです。倖せらしゅうお見うけしますが。」

「あなたに振られたので、金沢の女と結婚したんですが、まあどうやら、こうやらやっていますよ。」

「いずれお美しい方でしょうね。」

「いや、これも、どうやらこうやらです。」

食事が終ると、お差支《さしつか》えがなかったらお供をさせてくれませんかと伊島がいい、鳥渡《ちょっと》気になったが、なに銀座を歩くくらいならと思い、一緒に散歩することにした。杏子は午後は平四郎を訪ねる約束があるともいい、まだ午前の埃《ほこり》のない通りに出て行った。杏子は気持にこわれ物のあるときに、伊島に会ったのが小説の一場面のおさらいをしているようで、なにかが起るのもこんな機会であろうと、可笑しかった。伊島は、

「無躾《ぶしつけ》ですが、うまくご主人との間がいっていますか。」

と、気になるらしくいった。

「いいえ、ちっとも。」

「うそでしょう、そんなにぴんぴんしていらっしゃるじゃないんですか。」

「見かけだけですわ、でなかったらホテルなんかに泊りはいたしません。」

伊島は少時黙ってからいった。

「僕は戦地で亮吉君を知っていますよ、亮吉君も知っている筈《はず》ですが。」

「は、何時かそのように申していました。」

「その他には。」

「何も申してはいませんでした。」

伊島は酒さえ呑《の》まなければ漆山君はよい人だが、酒がはいると人が変るらしいですと、くわしい事にはふれなかった。杏子は伊島と亮吉とすれちがった時に、伊島は知らないふうだったが、実際はちゃんと知っていたのである。

こういう喫茶店におはいりになるのはお構いになりませんかと伊島は言い、杏子は構いませんとこたえ、二人は街路の見えるテエブルに、対《むか》い合った。

「男と女が結婚するとか、一緒になるとかいうことは、わずかな違いでそれが巧《うま》くもゆくし、また、そっ気なくわかれて了う場合がありますね。ほんの鳥渡の間に外れてしまうが、その外れることも後には美しくも見えて来ることがありますね、」

杏子はまたあやまって言った。

「お目にかかっていると申訳がないような気がいたしまして。」

「あなたが弁当を買って下さいましたね、あの中にぎんなんがはいっていて、それを永い間噛《か》んで、美味いものだと思いましたよ。」

「あのお弁当はまだ温こうございましたわ。」

「僕は詩人ではないがああいう僅かな事が人間の生涯のなかで、粲然《さんぜん》とのこっているのが妙ですね。」

「純粋な精神ばかりが記憶というものを形取っていますのね、生意気なことを申し上げてご免なさい。」

「だからきょうお目にかかっていても、何にもこだわらずにお話が出来るんですよ。食事を一緒になさることも断られると思っていたんです。」

「いいえ、そんな、……」

「それにあなたは昨夜お父様にお会いになったとお話でしたが、ご心配事でもあったのではないんですか。」

「ええ、少しばかりあったんですけれど、ありふれた事なんでございます。」

伊島はだまって煙草《たばこ》に火をつけた。杏子は燐寸《マッチ》を手にとろうとしたが、火を点《つ》けたあとだったので止《や》めた。こんなふうにお目にかかれて、あの時の絶望感がうまく融和されたと伊島があらためていい、杏子も素直にあやまる機会があったのが嬉《うれ》しかった。

「変なことをいうようですが、僕に今日会ったことを亮吉君にお話になりますか。」

杏子はすらすらと答えた。

「わたくしからは何もいう気が、いたしませんけれど、知れれば言ってもいいと考えています。」

「亮吉君は不愉快に思わないでしょうか。」

「それは亮吉の心の問題でございましょうし、それを咎《とが》めたりなんかしたら卑《いや》しいというより外はございません。」

「失礼ですがそれほど立派にお答えしてもらうとは、僕はいまのいままで考えてもいませんでしたよ。」

「でもそれが本当のことなんですもの。」

「きょうはあなたのよいところばかりを摑《つか》みましたよ、亮吉君だってこれは受け取って
いませんよ。」

伊島二郎はあるだけの喜ばしいものを、つつまずに顔にあらわして愉快に笑った。

あやまる

「まあ、愉快そうになさること。」
杏子はこんなに嬉々《きき》とした男の顔をまだ見たことがなかった。見苦しいくらい伊島は
嬉しそうに顔をほころばせた。
「僕はきょうまで亮吉君に負けた気がしていましたが、きょうは押し返して勝ったよう
な気がしますよ。」
「ではお勝ちになるがいいわ。」
「貰《もら》った勝利ですね。」
が、かれらはもはやお互にわかれる時間を、眼に感じていた。杏子はそろそろ平四郎
を訪ねなければならないし、二人の話は間もなく尽きようとしていた。

「杏子さん、女の人は美しくさえあったら、男には決して負けはしませんよ。」

「美しくなかったらどういうことになります。」

「負けますね、男という奴《やつ》は美しくない者にとって、果しのない惨忍《ざんにん》な動物ですからね、僕もその動物の一疋《ぴき》ですがその感慨を避けることだけは正直に何時《いつ》も勉強しているんです。」

「お避けになられますかしら。」

「避けるのも男という奴です。だから男は生涯そのために言わば苦心惨憺《さんたん》しているんですよ、正直にいえばですね。」

「それもわかりますわ、それはどんなにお辛《つら》いことでしょう？」

杏子は笑った。伊島も立ち上って、こんどは何処《どこ》でもお目にかかれないかも知れないといって、二人は甃石《しきいし》の歩道で別れた。

大森につくと、平四郎は待っていたらしく、何処からか貰ったメロンにも手をつけずに、食卓についていた。

「どうだ岩屋のホテルは？」

「蟹のゆめばかり見たわ、蟹がね、僕はどうしてこう腹が立つんだろうと言ったから、あなたは鋏《はさみ》を持っていらっしゃるからですよ、鋏さえ持っていなかったら、腹も立たない、しずかな蟹なんだと言ったら、うふふと笑って、鋏を取ったらおら誰にも負けどおしだといっていたわ。」

「それから？」

「それでお終《しま》い。それから珍らしい方にお会いしたわ。」

杏子は今朝食堂でほら何時か軽井沢にいらしった伊島二郎さんて方、見合いにいらしったでしょう、あの方にお会いして、一緒にお食事をいただいたの。あの時の破談をあやまって置いたわ、済みませんて。それから銀座に出て、お茶を喫《の》んで先刻までお話していたの。かえりに伊島さんはきょうはいろいろ貰い物をしたといって、とても愉快そうにしていたわ、と杏子も愉しそうに言った。

「それはいい事をしたね、就中《なかんずく》、あやまったのはいいね、あやまるべきだよ。」

「いい方らしいわ、とても。」

「いい人だったね、そして君はぼろを出さなかったかね。」

「ええ、家庭のことは一さい黙っていました。あの方は倖せそうでした。」

心　で

平四郎は逆転しそうもない人生に、逆転の身変りになる言葉をつね日頃愛していた。杏子が伊島に再会して、伊島の頭から抜き切れない唐突な破談の不愉快さを、きょう綺《き》

「結婚前の男に会うと、たいていの女はぷんとして通り過ぎてしまうが、それをしなかった君はいい事をしてくれたね、女は自分で振った男に、心で、済みませんと何年経《た》っても言葉でそういい現わすことは女自身にも、男にもありがたい事なんだよ、それだけで女はさらに美しくなる、……」

麗《れい》にあとも残さずにはらってやった言葉を、女のたしなみに算《かぞ》えて見た。

子「そう褒められると困るけれど、伊島さんはとても嬉しそうだったわ、平四郎さんの言葉を借りていうと、見苦しいくらい四辺が明るくなっちゃって、わたくし鳥渡まともに伊島さんの眼が見られないくらいでしたわ。」

っ「僕もね、昔好きな人に会ったら、やはり眩《まぶ》しくて言葉が出ない気がするが、若《も》し対手《あいて》の女が僕を振ったあの時の、あんなふうなことをしたのを謝まってくれたら、僕は身の置き処《どころ》もないくらい眩惑《めまい》みたいなものを感じるよ、然《しか》しだね、もうこの時勢にそんな女の人がいるかしら？」

杏「いるわよ、絶望しないがいいわ。此処《ここ》にも一人、ほらね、いるわよ。」

杏子は胸を、自分で指差して見せた。

「君ではこまるがね。」

昨夜からの事態は三文小説のいきさつをうまく綴《つづ》っている事、それが普通よく一つの関係を生じる機会のあることが、平四郎には可笑しかった。

「尾張町《おわりちょう》でお別れしたときも、ちっとも妙な感情的なところがなくて、すなおに、何時会えるやら判《わか》らない落ち着きでご挨拶《あいさつ》したわ、何だか鋭敏になれないしたしさがございました。」

「ふん。」

「ふんだって、……」

「ふんと言うより言い方がないんだ、たとえば、男がおっちょこちょいなら、そこで先《ま》ず握手しようとか何とか、しゃれるんだろうがね、そう来たらどうする、……」

「そんな事なさいませんわよ。」

「いや、ものは弾みだ、おれならやるかも知れない。」

「わたくしだってそういう事態が体面上、ほとんど頭に来ないような弾みと瞬間があったら、したかも知れないわ、併しそんな事ない方がきれいね。」

「うむ、ない方がいいね、考えるとおれにも出来ないね、人間はまだまだ精神だけで生きられるゆとりがあるね。」

「ええ、たくさんあるわ。」

「それもわれわれは勉強すべきじゃないか。」

「ええ、」

二人は真面目《まじめ》にくっくっと笑った。

靴と靴

杏子が話合いによって、平之介は八百善という古い料理店の娘たみ子と、ケテルスで会うことになって出掛けた。この暢気《のんき》な男は出しなに、料理店の払いは僕がするのかと平四郎にたずね、先ず男の方で支払うべきだねと平四郎はいった。度たび長女が杏子と同窓であった関係から行き会っていたから、平之介は問題なくまとまると思っていたのだ。

そんなに晩《おそ》くならない時間に、平之介はぶらりと見合いから戻って来た。なにやら平之介は面白くない顔付をし、平四郎は振られたかなと思った。

「たみ子は兄貴と一緒でしたよ。」

「そうか、それで、」

「たみ子は結婚ということと、友情ということとは別種なものだと言っていましたがね、なかなか確《しっ》かりしたことを言うと思いました。それで話がこわれたも同様ですからさっさと食事をして、金を払って帰って来ました。」

「それで終りだな。」

「ええ。」

「別嬪《べっぴん》かね。」

「先ずね、ぽたっとした感じだな。」

「じゃ、こんどはバスで会った令嬢に当って見るんだ。これも杏子が街の料理店で会うことに、何時でも話さえすれば出来ることになっているんだ。藤井みよ子という名前まで判っているがね。」

「何時調べたの。」

「郵便局で聞いたそうだが、どういう感じの令嬢なんだ。」

「ぽたっとした感じですよ。」

「君のはみなぽたっとしている感じの女ばかりだね。」

「勢いそうなりますね。」

二人は腹をかかえて笑った。

一週間後に、こんどもケテルスで夕食をとることにし、平之介は杏子と一緒に出かけた。恰度《ちょうど》、土曜の晩なので狭い食堂が混み合い、平之介は婦人客を顔なみに見わたしたが、バスで会った令嬢のすがたは見られなかった。杏子は自分で行って話して来ただけに、すぐ藤井の姉の顔を見付けたが、隣の席に妹らしい平之介のいうバスの令嬢があの人かと、平之介のズボンの上を指先で突っついて見せた。

杏子は藤井姉妹の卓に近づくと、

「お待ちになりまして。」

といい、藤井の姉はええ、ちょっとと言い、平之介の顔を見た。

「これが弟の平之介でございます、」

平之介は失敗《しま》ったと思う間もなく、

「これが妹のみよ子でございます。」

と、紹介された。人違いだ、こりゃまるで違っている。平之介の顔は見るまに、例の面白くない顔いろに変り、杏子の靴を自分の靴先でこつこつやって、人ちがいだよ、似ても似つかない人ちがいだよと、靴にものを言わせこつこつやった。何するのよと杏子は靴先を追いやった。

もういやよ

紹介されたみよ子は眼立たぬまなざしで平之介を見ていたが、杏子にははなはだそれが柔《やさ》しいものに見えた、こういう眼つきを自分がすでに失っていることに気づくと、一そう可憐《かれん》で、その控えがちな眼つきほど、こころに応《こた》えるものがなかった。いまのいま、平之介が杏子の耳に人ちがいだといったことが、この人をまた絶望に突き落すのかと、此処まで誘い出したことが、悪い事をしたものだと思った。杏子は言葉の行きがかりでつい言ってしまった。

「バスの中でお目にかかったそうでございますが、」

その時、卓の下の平之介の靴先が、また、こつこつ杏子の靴を突っついて来た。

「まあ、バスの中で、」

姉は妹みよ子のほうに向いて笑い、みよ子は極《きま》り悪げな、どこかにきゅうに自信を持たされた立場を愉快そうに頰笑《ほほえ》んで見せた。杏子は平之介のいくらか不興気な顔つきから、もう断るかくごをしているのを見とると、この場だけでもこの人のこころをたすけて上げたい、杏子は弟はまだ職業を持たないことを、なんとなく後の日のために暗示して言った。

食事が終り街路でみよ子姉妹に別れた。夜の街の空気で見たみよ子は、さすがに際立《きわだ》った輪廓《りんかく》のあでやかさを見せた。平之介はいった。

「何だ、まるで人ちがいだ。」

「あの方のお宅に間違いないと言ったから、交渉したのじゃないの、あんな温和《おとな》しい方の心にもう傷をつけたようなものだわ。」

「でも、……」

「器量好みなんて生意気だわよ。」

「平四郎は別嬪でなきゃだめだ、それが第一条件だといっているんだ。」

「平四郎さんのおよめさんじゃないわよ、別嬪だなんて言ったって、そんな別嬪がおいそれと来てはくれるもんですか。」

「僕は大して別嬪は要求していないが、平四郎が強調するんだもの。」

「何が強調なのよ、女の心を傷つけることは全くご免だわ、仲間を虐《しいた》げるようなものだ。」

大森に帰ると、平四郎はまだ起きていて、どうだ、成功かなと笑いながらいった。

「いやはや、人ちがいでしたよ。」

「確かり見とどけないから、そんな事になるんだ。」

杏子は笑わずに言った。

「何だか済まない気がして、……」

「こちらがもっと気の毒だよ。」

平之介はいよいよ面白くなさそうに言った。

杏子はめずらしく怒った。

「ちゃんとお家《うち》を見とどけないから、こんなことになったのよ、困っちゃった。」

平四郎はじゃ第三番目に当りをつけるんだねといったが、杏子はもういやよとはねつけた。

無為

菊と鶴《つる》

杏子の箪笥《たんす》には、着物はもう一襲《ひとかさね》しかのこっていない。一枚ずつ売った日本の着物の最後にのこったのは、藍《あい》きんしゃのところどころに菊と鶴のもようのあるものだが、それをたたみ返して風呂敷《ふろしき》につつみ込むと、さすがに、着る機会がなくとも、日本の着物の一枚くらいはのこしてもよいと思ったが、そんなことをしていたら、明日支払う筈《はず》の金の用意に事を欠くし、月末ではあり毎日せがまれる借銭の言葉を聞くのがいやであった。言訳をするたびに、ふしぎに女のからだまで汚れる気がするが、そんな細かい気づかいは亮吉は知らないであろう。その汚れを受けたくないためにも、金は作らなければならなかった。

雨はやはり砂利道に、しぶとく降っていた。

用意した金は翌日の夕方までにきれいに支払いについやされた。少し残して置こうと思っても、商人の顔をみると、食べてしまった金を払わないということの卑《いや》しさが、それをそう感じまいとしても、支払いに当てて了《しま》った。

亮吉はきょうこそ或《あ》るデパートの広告写真の金を取るといい、例によって杏子と連れ立ったが、往《ゆ》きだけのバス代しかなかった。そんな事にも慣れているので、杏子は特に気持を腐らせなかったが、バス代を払って銀座四丁目に立ったときに、亮吉に大丈夫支払ってくれるかどうかと念を押して、そして杏子はそっと言った。

「かえりのバス代もないのよ。」

「いくら何でも今日はくれるさ。」

そのデパートの事務室に亮吉が上って行ってから、杏子は店内をぶらぶら歩いてみたが、一文なしで歩いているのは自分だけであろう、言わば美事《みごと》に一文なしであった。十円もなかった。杏子はそれが可笑《おか》しくてならなかったが、気がつくと何を買うでもないし、何の品物を手にとるでもないぶらぶら歩きが、きゅうに恐ろしくなり出して来た。売場の女事務員の眼が四方からあつまり、杏子の顔のうえを右往左往した。顔の中にあなを開けそこから胸にくぐりぬけようとする眼付は、エレベエターの前にいる刑事らしい男からも、男事務員の眼付からも、露骨にしつこく射《い》られた。上着はよごれ靴の曲った杏子を証明してくれるものは、ただ、その穏かな何者にも怖《おそ》れない一重瞼《まぶた》の澄んだ眼付だけであった。杏子はその眼付で自分に注意しているらしい眼にたいして、わたくしは十円も持っていないが何も万引なぞはいたしません、そんなにどうか少時でもいいから眼をはなしていて下さいと言いたかった。しばらくしたら幾らかの金がはいるから、その時はなにかを買っておあげしますからどうか此方をもう見ないでくださいと、杏子は一々ことわって歩きたかった。なんという恥かしいものが集まって来ることかと、杏子はエレベエターの前にただ立つだけしか、もうこの大きな店内に身の置くところがなかった。

眼が光る

その時、階段を降りてくる亮吉の、どうにもならない悄気《しょげ》た顔いろを見て、杏子は宜《よ》い事はないと思って、近づいて行った。

「どう?」

「だめだ、来月の支払日に廻されているそうだ。」

「それで、……」

「きょうはお気の毒だがということなんだ。」

二人はそのままならんで、街路に出た。うしろに沢山の軽蔑《けいべつ》の眼付が重なり、それを背負った。

杏子はこの大きなデパートの建物を、うらやましげに見上げた。こんな大きな組織があっても、わたくし達の仕事の僅かな金が廻されない、売る物は悉《ことごと》く現金であるのに、その宣伝の写真代も支払わないなんて、誰にこれを話しても信じてくれないだろう。

「どうなさる。」

「歩いて帰ろうよ。」

「歩くといったって本郷までどう歩くの。」

亮吉はやけくそになって先に黙って歩いた。杏子はやはりならんで、散歩している顔付で尾《つ》いたが、バスや電車に乗る金もないということは、一たい、どんな生活なんだろう、杏子のいまいる生活の位置はどういう人にも、ありえない馬鹿《ばか》げた困り方だ、といって此《こ》のあかるい日に交番に行って電車賃を借りるわけに行かない。

二人はお濠端《ほりばた》に出て、少時、じっとして煙草《たばこ》を喫《の》んだが、爽《さわ》やかな日ざしもむなしいばかりだった。

「君もせめてバス代くらい用意して置いてくれれば宜かったのだ。」

亮吉は出がけに、きょうは大丈夫だからその必要はないと言ったのだ。だが、此処までくると、想像も出来ない馬鹿馬鹿しさが、そのまま馬鹿馬鹿しさをくり返すことになったのである。

「きょうはお金がなかったのよ、お金というものがどこをさがしても一銭もなかったの。」

ことも、むだづかいばかりしているわね。食べることも、むだづかいね、生きている
「むだづかいをするからだ。」
「そうね、むだづかいばかりしているわね。食べることも、むだづかいね、生きている

杏子はこういうと突然、自動車を呼んでこのまま、この男を打棄《うっちゃ》ってしまい、平四郎の家に行こうかと、自動車が走ってくると自分の眼が理不尽に光ることを感じた。くるまはどれも空で安泰なものだった。だが、杏子は腹立たしさに光る眼をおさえた。小川町の交叉点《こうさてん》から明治大学への坂を登り、お茶の水橋を渡ったとき、震災の時に母が焼け出されてこの橋をわたったことを聞いていたが、いま、また十円も持たないでその娘が本郷まで歩いて帰ることを、杏子はまた光る眼のうちにそれを有難いことだと思って、反対にちからが出てどんどん歩いた。いくらでも歩くぞという烈《はげ》しいものが、頭の中で叫びあい、誰かに後押しをされているようだった。

乗客の平和

本郷の通りに出ると、とうとう亮吉は先に立つ杏子を呼んで、どうしてそんなに急ぐんだといった。杏子は汗を感じた背中まで、足のくたびれが搔《か》きのぼってくることを覚えた。電車もバスもきょうはみがいたような窓を揃《そろ》えて、あまえているみたいに、すべ

って響もしずかだった。乗客の後ろ向きの頭は、きちんと揃って見えた。

杏子らが白山町につくまでには、二時間近くもかかったが、家にはいると二人は物も言わずにへた張り、杏子は茶の用意をしたが、この時にも男というものに厭悪《えんお》がにわかに感じられた。眼の前に転《ころ》がっているのは杏子にとっては、亭主であり旦那様《だんな》であり主人というものであった。それが草臥《くたび》れ切って転がっている。転がったままで水をくれといい、お茶をいれろといい、たばこに火をつけてくれといい、焼酎《しょうちゅう》をすぐ買って来てくれといって、同じ長い道路を歩いた杏子の疲労にたいしては、女はあんなに歩いても疲れないものに、考えているらしかった。杏子はそれらの命令をそれぞれに済ましながら、勝手の板の間に腰を下ろして、そろそろこの男とわかれる時が来ていることを感じた。平四郎に心配はさせたくないが、もう杏子自身でいやになっている男をどんなふうにして、いやにならないようにしたらいいかが、頭に問題になって来たのである。

亮吉は半ば笑いながらいった。

「つくづく君の莫迦《ばか》さ加減も、鼻について来たよ。」

「わたくしもそれと同じ事を考えていたわ。あなたをどんなふうに激励したらいいかということよ。」

「おれには仕事があるさ、何も君に励まされるわけがない。」

杏子は少時してから、簞笥の上から厚い原稿が返送されて来ているのを見せた。出がけに来たんですが、後でお見せしてもいいと思って取って置きましたと、顔を見ながらいうと、亮吉の顔色はそれきり停って、あおぐろく変った。

「何故《なぜ》すぐ見せないんだ。」

「お出掛けの気分をこわすような気がしたものですから。」

亮吉は原稿の封を切り、それを机の上に置いた。或《あ》る勢力のある雑誌社の封筒だったが、その原稿を拾いよみしてから、亮吉は杏子の前でそんな拒絶された原稿のことでは、もう取りつくろうことは、しなかった。杏子はただそれをそのままで眺めた。あれだけ永い間かかって書いた原稿であるよりも、その根気の好《よ》い、少しも懲性《こりしょう》もなく書きつづめていた亮吉の、どこかに、それだけの根気が展《ひら》いてゆかなければならない筈《はず》のものを、杏子自身も捜すような気持だったが、もう、その気も失《う》せていたのだ。

急所

「君は原稿が返送されて来ると、僕を軽蔑するような気を持つかね。」

これは亮吉の何時《いつ》もいだく感情だったが、杏子の顔色にある曖昧《あいまい》な軽蔑するでもないし、また特に気を入れているところもない、そんなものを見るのは亮吉には苦手の顔色であった。

「原稿のことなんかわたくしにはよく判《わか》りません。」

「平四郎の娘にそれが判らないことがあるもんか。」

「平四郎さんの小説なんかわたくし読んだこともないわ。」

「読むなというか。」

「読まない方がいいっていうの。」

「僕の小説に何か足りないと思わないか、たまには批評くらいしてくれてもいいじゃないか。」

「小説というものは美人みたいなものじゃないんですか、どうにも、批難の打てない美しい人ってあるでしょう。音声から歩きぷりまでみんな勢揃いして迫る方があるわね、小説もそんな完全なものがいきなり飛び出して来たときに、編集の方がかっとなさるんじゃないんですか。」

「巧《うま》い事をいうね、するとおれの小説は先《ま》ず醜婦ということになるらしい、だから、誰も寄りついて来ないんだ。」

「どこもみんな美しい方で、言葉もなくなるようなところがあればいいのじゃないかしら、皮膚でも、眼でも、歯でもいいわ。」

「君はいうことだけが何時も一人前だ、どうだ、小説でも書いて見たら？」

「小説をかく人はいつの間にか書いているわよ、一篇書いたときにはその一篇で世の中に出てゆかれるもの、十篇書いても出られないのは、十篇がみんなただの一篇の小説におよばないだけのことよ。」

杏子はついお喋《しゃべ》りをつづけた時、ひょいと亮吉の眼をみたが、それは亮吉に初めて会ったときに気づいた、つめたいものも言えない眼つきで、器量のよい男がよくする高慢な、こんな女なんぞという威丈高のものであった。

「すると何かい、おれの十篇も及ばない組なんだね。」

「それは判らないけど書ける方は、十枚書いたらもう判るわ、おいしいものは最初からおいしいんですもの。」

「ふうむ。」

「気にしないで頂戴《ちょうだい》。」

「君は僕の急所をえぐり取ったね。」

「正直にいっただけだわ、言えと仰有《おっしゃ》るから。」

杏子は亮吉の顔に子供ぽい、叱《しか》られた後のようなものを見て、ものを言うと言い過ぎるくせのある自分に気づいた。これは、このままで済むものではなかった。

蹶《け》る

杏子は何にもする気はなかったが、自分自身をすくう気になり、オーヴァを風呂敷《ふろしき》に包みこむと、外の夜気に溶けこむようにして一町先の質の店をくぐり、六枚の千円札をつかむと、先刻、これだけの金があれば歩かなくて済んだのに、こんな時に見ず知らずの人にでも電車賃くらい貸してもよいと思った。酒とつまみ物とを買うと、亮吉の食卓をととのえた。

亮吉はだまって呑《の》んでいた。

杏子が金を作りに出かけたことを今夜は問《たず》ねもしない、問ねないから亮吉は一そう宜く呑み、れいのすごい酔に引きずり込まれるのを杏子はただ見ているだけだった。これが夫婦というものの形だ、これを打《ぶ》ちこわすために杏子はなぜ、ぐずついて時間をむだにしているのだろう、平四郎にいやな思いをさせたくないし、母親にも、心配がかけたくなかった。たった此の二つのことがらが杏子を引きずっているのだろうか、杏子はきまりのつかない自分を眼の前に見て、たまらないいやな気持だった。

「誰がまた質屋に行けと言ったんだ、おれには責任はないぞ。」

杏子はねこの毛をなでるような声で、自分で聞くために言った。

「あんまりお金がほしかったものですから……つい、行ってお金をこさえて来たのよ、お金を手にいれると気持がはればれしくなって来たわ。」

「子供みたいなことを言っている。」

「先刻のむだ歩きの気持をいたわっているのよ。」

「…………」

「だからあなたには出して頂かなくともいいわ。わたくしがお金を作っているのは、わたくしがこれ以上酷《ひど》い目にあわないための用心なのよ、まあ言えば自分で自分をすくっているみたい、」

「…………」

「さあ、たくさんおあがんなさい。」

「おれを酔い潰《つぶ》す気か。」

杏子ははっとすると、廻った酒で、ぐらっとしている眼付だと思った。

「文学少女めいた寝言をいってやがる。おれの前でそんな寝言はやめてくれ。」

「どうも済みません。文学少女で悪うございました。」

杏子はむしろ笑いをうかべた。こんな人くらいで自分をこわされてはならない。自分の持つ物はだいじに持たなければならないと、或る大きな考えにつつまれた。この大きな考えのなかに何時も見えてくるものは、平四郎のでこぼこした顔だった。でこぼこ面《づら》はいつも杏子のよわり果てたときに、ひょっこりと現われて来た。

その時、亮吉はなにかの激動があったのか、突然、顔をあげると、妙な胴震いをして見せた。杏子は何かがまた始まることを予感した。

一疋《ぴき》の動物

亮吉は食卓に片手を支え、食卓をがたがた揺ぶって、或る威かくを示した。

「君は朝から晩までおれを軽蔑している、おれは絶え間もない軽蔑の監視を受けているようなものだ。」

考えように依《よ》ってはこういうところに、この人がかん違いをしているのかと思われた。

「そういう受け方をなさるなんて恥かしいじゃないの、自分で処理の出来ない気持をわたくしのせいになすっては困るわ、それほど困ることはないわ。」

「おれの仕事はいつも君の嘲笑《ちょうしょう》の的になっている、惨酷《ざんこく》に君はそれを見据えているだけだ。」

「だってお手伝いなんてお仕事の性質上、出来ないじゃありませんか、黙って書きたかったら書いていらっしゃるがいいわ、そこにわたくしが何の必要があって介在しなければならないの。」

「じゃ、その軽蔑の眼を片付けろ。」

杏子は無理に笑って見せた。

「わたくしの眼を何処《どこ》に片づけたらいいの、生きているぎり見られるものは見なければならないもの、片づける場所から教えていただきたいわ。」

「おれの眼から遠退《とおの》くことさ。」

「ええ、では勝手にでも参りましょう。あなたから見えない処《ところ》に。」

「待て、」

亮吉は食卓を再び揺ぶると、その上にある皿と鉢《はち》とを畳のうえにすべり落した。残った酒が徳利の口から、吃気《しゃっくり》のようにごぼごぼこぼれた。併《しか》し杏子はそれをそのままで眺めた。恐らくすぐ拭《ふ》きとるか、よごれ物をととのえると見ていた亮吉の考えとは反対に、杏子は表情のない顔色でただ眺めているだけだ、その事自身が一そう亮吉にはふてぶてしく見られた。

突然、亮吉は立ちあがると、足で食卓を蹴飛《けと》ばした。ここで初めてこの夜のたまったものが、やむをえない弱体の暴力によって、亮吉自身が恥かしさから遁《のが》れるために示された。

「こんな家庭があるか。」

杏子は猛《たけ》った男の顔に何の思惟《しい》のない、威《おど》かしだけを見取ると、反対にしずまり切った硬い言葉で言った。

「わたくしは精一杯にやっているんですけれど、これ以上は教えていただかないと、とても出来そうもないわ、お好きな家庭というものはどういう家庭を仰有《おっしゃ》るんですか。」

「そのぬけぬけした顔付が気にいらないんだ。」

「そう、……」

　杏子はそこに一匹の男というものを眺めた。もはや立ち直ることの出来ない男の立場を、見過してやるより外はなかった。多くの女がとった女の立場を杏子自身も取らざるをえないのだ、ただ杏子はそこに「一匹」ということばを捉《とら》えることによって、我慢を続けようとした。

屈辱の事務

　亮吉はそのまま表に飛び出し、杏子は汚れた畳の上と、簞笥《たんす》の抽斗《ひきだし》をながめた。非常にしずかな一瞬間がそこにあった。お前はすぐに汚れ物の跡始末をしなければならない、お前は拭いたあとを元どおりにしたころに、亮吉は戻って来るであろう、恐らく泥酔《でいすい》して帰るであろう、お前は亮吉を寝させるために床をとらずにいられないであろう、お前は女房なのだ、杏子はそういう順序で自分の立場を考え、あおざめた顔をうごかして立とうとした時だった。

「杏子さん、いらっしゃる?」

「ええ、……」

「這入《はい》っていいの。」

「どうぞ。」

　亮吉の姉のすみ子だった。

　軽井沢の釦《ボタン》の店にも、もう客がなくなったので、店を閉じ父母と、杏子の家の近くに洋裁店を開いていたが、例の鼻の鋭い男と別れて、子供は自分で引き取って育てていたが、美貌《びぼう》のすみ子は仕事の過剰で、やつれていた。

「まあ、これ、どうしたの。」

「こういう所をお見せして済みません。」

「亮吉は?」

「お出かけになりました。」

　杏子は跡片付けをはじめ、すみ子も手伝った。

　酒癖がいくら悪いと言ったって、これは余りひどいわね、箪笥がしみだらけになっちゃった、ご免なさい、こんな宜《よ》いお箪笥を汚してしまってと、すみ子は雑巾《ぞうきん》でこすって見ても、しみは落ちなかった。

「男っていやね。」

杏子はだまっていた。

鼻の鋭い男はすみ子に戻ってくれと言い、なかなか籍を抜かなかったが、男は働きもしないで、釦が流行《はや》って売れた時分のゆめばかり見ていたのだ。不倖な彼女は子供を育てるだけでも、夜更《よふ》けまでミシンを踏まなければならなかった。

「よく辛抱していただいていますが、もうお箪笥もからになったわね。」

しみを拭いていても、中身のない箪笥はがたぴし動いた。実際、中はからだった。

「着物なんかまた作れますもの。」

「けれど人間の作りかえは出来ないわね。」

すみ子は弟亮吉のことをこれ以上は言えない、杏子も批評は避けていたものの、もう亮吉との生活が来るところに来ていて、これ以上どの程度持ち応《こた》えるものか、持ちこたえるのが不思議なくらいだった。

亮吉は戻って来ると、すぐ寝て了《しま》った、というより正気を失っていて、二人がかりで服を脱がせた。二人は当然可笑《おか》しいこの酔ぱらいを床にいれるまで、笑うことをしなかった。人が人を寝かしつけるときにある筈の、少しの笑いも怒りも、そこにはなかったのだ。ただ妻というものの厄介千万な、屈辱の事務が存在していたのだ。

ピアノを売る

杏子は平四郎の家にあらわれると、やれやれという気安さがあって、茶と菓子とをおいしく食べた。そして何処かに勤めに出ていて、夕方に戻って来たような気がし、手も足ものびのびしていた。

平四郎は笑わずにいった。

「もう少し着る物に気をつかったらどう、だいぶ、たそがれている。」

「ええ、そのうちに作るわ。」

「暮しは巧く行っているかね。」

「とても、だめ。」

「鐚《びた》一文もうごかないか。」

「え、十円もうごかないわ。」

「すごい夫婦だ、時にすくいの手が一つあるがね。」

「どういうことなの。」

「ピアノを売りたまえ、七、八万にはなる、どうせ君の物だし弾く人もないから、ピアノを売るんだね。」

「だってピアノだけは平四郎さんも大事にしていらっしゃるんだし……」

「おれはもうピアノのゆめもさめているんだ、売った金で立ち直れば結構じゃないか。」

「でもピアノだけは、……」

「おれが売ってやる。金だけは君がうけとればいいんだ、ああして君のピアノを預かっていても埃《ほこり》まみれになるのが落ちだ。」

ピアノは置き場がないので、平四郎の家にあったが、まとまった金になるものは、ピアノくらいであった。買った時に苦心したものも、もう平四郎の頭にはそれがなかった。どうせ杏子の物だから好きにした方がよいと、彼は決して遠慮なぞしないで綺麗《きれい》に売って了えと言った。

「永い間ピアノを弾いたことを考えると、とても売る気にならないわ、済まない気もするし、……」

「明日にでも調律師を呼んで、あの人に売って貰《もら》おうよ、洋服の一着も買いたまえ。」

杏子はだまってピアノのある部屋に行ったが、弾く気はいもなく、平四郎は弾いてくれなければよいと思った。

「椅子《いす》もつけて売るの。」

「椅子もつけるのさ。幾つの時から弾いたかね。」

「七歳のときね。」

「決心がついたようだな。」

「ほんとに済みません。」

「速達で知らせるからね。」

「ピアノを売ったらわたくしの物なんか、もう一つもなくなるわ。」

「何にもなくともいいじゃないか、からだ一つあれば生きられるさ、からだを大事にするんだな。」

「ええ。」

「じゃ決めていいんだな。」

「はい、済みません。」

愛情の蛆《うじ》

杏子は門を出てから、十分くらい経《た》つと、急ぎ足で戻って来た。庭に出ていた平四郎に呼びかけ、植込みのかげに隠れるようにして言った。

「ピアノ売るのは止《や》めにして戴《いただ》きたいわ。」

「何故《なぜ》だ。」

「どうにも気が済まなくて戻って来たのよ。」

その時、杏子の顔色に羞《はじ》らいとも、苦痛とも分けがたい、ふしぎな甘えたようなものを平四郎はみとめた。

「君はあの男と別れる気があるのか。」

「…………」

「別れるなら売らなくていいさ。併しなお現状を維持するならさっぱりと売って、幾らか立ち直って見るんだ。弾かれないピアノならきれいに売るんだね。」

「…………」

「おれは別れることを勧めもしないし、別れるなとも言わない、君次第だ、男女の間にはいざ別れるということになると、親達でも何といっても別れるようになる。君にそんな気がさしているのはよく判《わか》るが、まだ、ぐずついて却々《なかなか》別れられるものではない、それまで、厭々《いやいや》で厭な遊びをするんだ。」

「…………」

「亮吉は大人だし、君はこどもだ、これがいざ別れるとなると、逆になるんだ、君はおとなになり亮吉は子供になる。惨酷な大人はこどもが追っかけて来ても、もう対手《あいて》にならないもんだ、ピアノを売るとまたそれだけで心が緊張して来るから、まあ、おれに任せるんだね。」

杏子はやっと口を解いた。

「お委《まか》せするわ。」

「そうするより外はないさ。」

「わたくし何だか考えることが一杯あるものですから。」

「それもたった一人の男からだが、こいつは他人には判らない厄介なさなだ虫なんだ。いくら薬を服《の》んで絶食しても、肉にくい入っていて、つまみ出す訳にゆかない、自然に下りてくるのを待つより外はない。」

「………」

「男って面白い者だろう？」

「面白すぎて面白くないわ。」

「笑ってつきあえばいいんだ、一生懸命になるしろ物ではないよ。」

「それはそうね、じゃ、帰ります。」

杏子はやっと笑って、ピアノは可哀《かわい》そうねといい、平四郎はそれをもう弾く気が失《う》せている女のほうが、よほど、可哀想だと言った。

靴音は表の方に消え、平四郎は思った、女の前だけで一人前の顔をして、それだけですくわれている男は一体、どれだけこの東京にいることだろう、それが愛情という匿《かく》れた蛆虫《うじむし》のしわざなのだ。

調律師も二十何年かの間、毎年一度はやって来て、音律の調べをしてくれた男だった。若かった彼も美しい調律の仕事をしているまに、年をとり白髪をまじえ、ピアノも古くなったが、彼も年をとったということが、平四郎がその顔を見たときの感慨だった。

「幾らになりましょうかね。」

先《ま》ずこういうふうに聞いた。

「六、七万円くらいでしょうね。」

「出来るだけ早く売って下さい、新聞広告は困るけど。」

「買い手を直接訪ねさせますから、見せてやって頂きたいんですが。」

平四郎はこの調律師にピアノを売って貰うことにし、その翌々日に若い学生風の、或《ある》いは兄妹かと思われる男女が訪ねて来た。そしてその妹の方がお手洗はどちらでしょうかと言い、わかい女というものが、初めて来た家で手洗の場所をきいたことが、その人の身の上のほどが思われて悲しかった。女というものは不浄場に行くのにも、たくさんのたしなみがいるものであって、女にうまれて来ることは大変な派手で細心を要する一つの事業だと思った。

「独逸《ドイツ》製でいいものですが、古いピアノですね。」

兄妹はそう言って去った。

また別の男が来て、機械と音色を調べて、いずれまたと言って去った。

翌日調律師が来て学生の買い手がついたといい、六万円ではいかがでしょうかと言い、その値で契約を結び、調律師は金を置いて帰った。平四郎はその一割に当る金を自分の紙入から出して、調律師にお礼に手渡した。恐らく一生をピアノの調律の仕事をして送るらしいこの人に、お茶と菓子とを出して別れた。こういう何でもない人間同士のわかれに、平四郎は気がひかれた。

呼ばれた杏子は、ピアノの部屋に這入《はい》って見て、あなたはきょうから何処《どこ》に行こうとするの、とでも言う顔付で出て来た。

「何とかスカートの一枚くらい作るんだな。」

「え、何とかするわ、どうも色いろ有難うございました。」

杏子はハンドバッグに金を入れ、何からしてかかればよいか、眼にそういう煩雑《はんざつ》な家庭の事務を見渡すようなふりをして見せた。とにかく失《な》くしたものを整えないで、靴も新調するんだね、と、平四郎は言い、亮吉君はやはり書いているかと訊《き》いた。やはり書いているがこんどは持ち込む所がない。と、杏子は寧《むし》ろ無愛想に答えた。

亮吉はもう三年近く小説を書いていた。それはもはや亮吉自身の良心の現われである外には、なんの役にも立たない。それらは良心を装飾するためでもよいのであろう。無名な人間はそこから何時《いつ》も誰でも立ち上っているからだ。

りさ子現わる

或《あ》る午後、平四郎は机にもたれて庭を眺めていると、一人の若い女が門のところに、しばらく躊躇《ためろ》うているふうであったが、そのまま庭に這入って来るのを見た。雑誌社の婦人記者なぞ、わき見もしないで石畳の上に、靴音までが用向きを現わして這入ってくるが、この若い女はぶらりと這入って来たふうであり、そして相当したしげに茶の間に眼を向けていた。平四郎は眼鏡をかけてみると、りさ子であった。

何時も杏子のそばで、ピアノを弾いていた子である。あの頃はまだ十二、三歳だったのに、構えも成長した若い女になっていた。

杏「りさちゃんか、よく来たね。」

子「そこまで来たんですが、お懐《なつか》しいものですから。」

っ「それはよくこそ、大きくなりましたね。誰かと思ったくらいだ。」

少女の頃からの美貌が、こわれずに、そのまま大きくなっていて、特徴のあるかぶと虫の色をした黒い瞳《ひとみ》が、けぶって美貌の威厳さえも見せていた。

「先日、杏子さんのお宅も訪ねて見ました。」

「杏子はしばらく来ないが、あちらにも行ったの。」

平四郎はこの娘を平之介のよめにしたらと考えたこともあったが、成長したりさ子を見ると、もし話がつけばりさ子を貰ってもよいと思った。平之介は彼方此方とよめをさがしているが、巧《うま》く話がいまだに決まらずにいた。

或る繊維会社に勤めているが、月給の外に社長から手当が出ていて、いまは叔母の所にいるとの事だった。父は母と別れていて、関係がないとのことで、母は或る大きな温泉旅館の帳場に勤めているといった。母親も美貌《びぼう》であるのに、何故別れたのだろうと平四郎は思った。

「するとあなたは自分の始末は、自分でしなければならないんですね。」

「ええ、わたくし一人だから、どうにか、やれると思います。」

「自信がありますか。」

「え、ございます。」

平四郎はりさ子の話振りが固くて、どこかに或る考えを持っていて、そのために、窮屈そうに少々あがっているのかと思った。

「杏子から何か話をされたことが、ないんですか、たとえば、平之介と結婚してくれとかいう話は出なかったんですか。」

りさ子は硬い顔でこたえた。

「ございました。」

「そうか、それであなたはそんなに固くなっているんだな、そしてどんな返事をしたんですか。」

りさ子は硬い上に、もっと硬くなって答えた。

「わたくし済みませんでしたけれど、お断りいたしました。」

自信

平四郎も反射作用で固くなろうとして、わざと、くだけるように努めた。

「何故、断ったんです。」

「まだ結婚したくございませんし、着物なんかの用意もないものですから。」

平四郎はちっとも笑わないりさ子を、何とかして笑わせたいと思った、実はね、あなたの十二、三歳の頃から平之介のよめさんに貰ったらどうかと、あの時分から考えていたんですよ、僕もりさちゃんならきっと巧くゆくと、平之介の幼な友達でもあるから、いまの今もそう思いついているんだ、杏子から話があったのなら、なおさらの事だが、考え直して僕の家に来てくれませんか、と平四郎は穏かに言った。

「皆が知り合っている仲だから巧くゆきますよ。」

「………」

「洋服なぞ少しずつ作ってゆけばいいんだから、どうなの。」

りさ子の顔色はいよいよ硬くなった、顔にしんとした脈が打っているようだった。

「わたくし、やはり結婚いたしたくございません。」

「そう、ではあなたは自分一人で対手の男をさがして、結婚することが出来ますか、そんな気構えがおありですか。」

りさ子はきっぱりと何のまよいもなく言った。

「それは出来る自信がございます。」

「それならもうこの話は止《よ》しましょう。気持を乱して済まなかったね。」

「いいえ。」

平四郎はりさ子の後ろに、りさ子をこんなに固くさせる者がいる気がしたが、無口なりさ子には強情さがあって、それが一旦見栄《いったんみえ》のような状態にかかわると、本人すら気がつかないくらい剛直な気質をあらわして来るものに思われた。

「先刻ね、社長さんが隠れて手当を出してくれると、言っていましたね、失礼だが社長さんが公然と手当を出したっていいんじゃないんですか。」

りさ子はこれにも、よどみなく答えた。

「父のお友達だったものですからそうして頂いているんです。他の社員の手前もございますから、内々にして置いてくれと仰有《おつしや》っているんです。」

「社長さんは幾つくらいです。」

「四十二、三くらいですが、お年のことはよくわかりません。」

りさ子の顔にはそのためにも気色は変えていない、ただ、居苦しそうな硬さが時間が経っても解けなかった。それは擦れからしでない証拠でもあるが、やはり気持に相当手重いものがあるらしい、自分を支えることも容易でないのに、無理にそれを支えているところに、何かの重たい無理がある気がした。

美人を抜かれる

十二、三歳の時に、食卓の下で膝《ひざ》がしらが辷《すべ》り出ることを自分で知って、スカートを折々直していたりさ子は、性分にそういう用心ぶかさがいまも、からだの成長とともにあって、強情なのもそこから来ているように思われた。
笑わないりさ子は、とうとう、その日はにこりともしないで庭に出た。

「りさちゃん、また考え直して見るということもあるからね、その時にまたお出でよ。」

「ええ、我儘《わがまま》ばかりいって済みませんでした。」

「お互に知り合っている友達同士だから、きっと、いいと思うんですよ。」

「は。」

「気をつけて行きたまえ。」

りさ子は帰った。この日、平之介はすぐ近くの或る未亡人の娘のいる家を訪ね、その娘を貰って来いという乱暴な平四郎の言いつけを伝えに行ったのだが、実際訪ねたのかどうか判らない。うさん臭い顔付でぶらりと暢気者《のんきもの》は帰って来た。娘というものは何処の家にでも、おいそれとくれそうに考えている平四郎は、直接に当って砕けろというふうに、平之介に言いつけて置いたのである。

「どうだ、呉《く》れたか。」

「ぐずついて、はっきりしないんですよ。」

「何をぐずつくんだろう、どうせ出す娘なら、もっと、てきぱきしてもいいいんじゃないか。」

「猫の子を貰《もら》うようには、行きませんよ。」

平之介は簡単な物言いをする親父《おやじ》の、小説家なんて世間知らずだと、不平顔だった。

「併《しか》し君も暢気じゃないか、次ぎから女の人が変っても貰う気でいるらしいが、誰でもよいのかね。」

「断られたら次ぎの人を見立てるより外に、方法はありませんよ、それが第一の人、第二の人というふうに美貌が重なって来て、あとの人の器量がよくなくても、重なって来た美しさがあるから次々と移れるんです。」

「なるほど、それだから人間のたすかる所以《ゆえん》もあるわけだね、それでなかったら、この世界から美人ばかり抜かれてしまうことになるんだな。」

「現に抜かれている傾向がありますね。」

「は、は、まさに抜かれているね、金と地位のある奴《やつ》はたいてい美人を引き抜いてゆく、残念だが、どうにもならない難問題だ。これは憂《うれ》うべき現象だね。」

子

「は、は、……」

っ

平四郎は言葉をあらためた。

「先刻ね、りさ子が来たよ、君とよく遊んだりさ子だよ、山本りさ子。」

杏

「りさ子がどうして来たんです。」

「突然ぶらりとやって来た。やはり面白い事でもないかと、そんな気で年頃だから、やって来たんだ、まア美人といってもいいね。」

事務員風な魅力

平之介の顔には無理にりさ子を考え出そうとする、努力がみられたが、見当がつきかねているらしい。

「幾つになるんでしょう、戦争が十年と勘定すると二十一かな。」

「そうだ二十二になるんだ、ところでね、りさ子なら僕も好きな子だから、さっそく持ちかけて見たんだがね。」

「何を持ちかけたんです。」

「君のよめになれという訳だ。そしたら綺麗《きれい》に断られちゃった。まだ結婚する気になっていないとさ。」

「困るなあ、そんなに簡単に話をされては。」

「りさ子ならいいじゃないか。」

「でも僕がまだ見ないのに早手廻しだ。」

「おれが見れば間違いはないよ、眼はかぶと虫のように真黒だし、女事務員風の魅力は充分にあるし、この魅力は一種の流行ではあるが大切な魅力なんだ。」

「は、は、馬鹿《ばか》な、……」

「何が可笑《おか》しい、併しだな何処《どこ》かゆううつで、ちっとも笑わないんだ、固くなっちゃってね、帰るときにまた考え直してお出《い》でと言って置いたよ。」

「そうしたらどう言っていました。」

「我儘ばかり申し上げて済みませんと言っていた、からだも、かちっとしているしね。」

二週間くらいして、りさ子は門のところで少時逡巡《しゅんじゅん》して、例のゆとりのある恰好《かっこう》でふたたび現われた。

顔を見た間際《まぎわ》の印象は此《こ》の間の硬いものがなくなり、頬も眼ものびのびして笑いをうかべていた。きょうはだいぶ此の間とは違うと、平四郎は縁側に出て言った。

「よく来たね、もう君は来てくれないと考えていたんですよ。上んなさい。」

「此の間はたいへん失礼しました。」

「きょうは日曜でもないのに、会社に出なかったんですか。」

「休んで此方にうかがいました。」

「ほう、それは光栄の至りだ。」

平四郎はりさ子がどこか、ほっとしているようなところのあること、計画して訪ねて来たこと、きれいに鬱陶《うっとう》しいものをふりおとしていること、かくごを決めているらしいことなどを感じた。そしてりさ子はさんざ、まようた挙句、まよいを払い切っていることをみとめた。そこに、りさ子の利口さが弾んでいると思った。

平四郎はうかうか口を切ったら、此の間のように断られると困る、些《いささ》か慎重に様子をうかがうようにした。平之介はりさ子を好いているのは判《わか》っているし、何とかりさ子から口を割らせたい。併し此方からもう一度、話をしてもよいと思った。決めるものなら急転直下で、話を決めて了《しま》いたかった。

　りさ子はもじもじしたり、言いあらわすことを考えこんだり、そしてどこにも、はっきりした気持の解き方がわからないふうだった。平四郎はそこからりさ子をらくにしようとして、先《ま》ずりさ子の気持をほぐしかかった。

「此の間はゆううつそうだったが、きょうはからっとしていますね。」

「この間は気がふさいで了いまして、おわかりになりましたか知ら。」

「判っていましたよ、時に、へんなことを言うが、あなたは一身上のことでは自分で決めてもいいと言っていられるが、普通はお母様と相談するということが先決問題になっていますが。」

　りさ子は、苦もなくこたえた。

「わたくし自身のことでは母は何とも申しません。それに、母には何も出来ない立場にいますから、……」

　と、りさ子は母親の話には、ふれたくないらしい、あれほどの美貌の妻とわかれている山本画家にも、よくよくの事情があるらしく思われた。

「きょう、りさちゃんが来てくれたのは、あの話について来たんじゃないの。」

平四郎は軟《やわら》かにいった。

「ええ、実は、……」

「何でも構わないからみんな言ってご覧。」

りさ子は赤い顔をしてみせた。色の白い人だが、はじめて頰をそめたのを平四郎は見た。

「実はああは申しましたけれど、いろいろ後で考えてみたんですが、……」

「家に来てくれる気になったんですか。」

平四郎は言いにくいところを察して言った。

「ええ、わたくしで宜《よ》かったらお言葉に甘えまして、……」

「それは有難いね、平之介もあなたに来て貰いたがっているんですよ。」

りさ子は非常にはっきりと、こういう娘としては立派すぎるくらい、或《あ》る区切りを打って言った。

「母の境遇では今は何も出来ませんし、わたくし自身も洋服なぞも普段着ばかりで、何もございません、それだけは知って置いていただきたいのです。」

「話がきまれば杏子と話して間に合うものを作らして下さい、着類の点では此方で作ることにしますよ。」

りさ子は更に赧《あか》くなって言った。

「靴もとても、はけそうもございません。」

「靴も何とかしますよ。」

わざわざ些細《ささい》な靴のことなぞ言い出したところに、お下げを結ったりさ子の少女らしいすがたが、初めて顔を見せた。平四郎は「愉しき靴」という言葉を頭にうかべた。あなたが杏子の部屋に遊んでいた時分から、縁というものがあったんだね、この間帰ってからも、君はまた来てくれるような気がしていたと、平四郎は上機嫌で言った。

硬質の美人

そこに平之介がぶらりと、帰って来た。きょうも一等先に見たバスの中の美人の所を、もう一度しらべに行ったのである。

「どうだ、分ったか。」

「たしかに小路の奥の家だと思ったのですが、行き止まりで草が茫々《ぼうぼう》と僕の背丈くらい生えているんです。」

平四郎は笑って言った。

「おお方、きつねが棲《す》んでいるんだろう。」

平之介はりさ子を見て、「やあ、りさちゃんか、外からはいると、家の中がくらくて判らなかった。」と言ったが、若い直覚力がりさ子があれから日も経《た》っていないのに、また折り返して訪ねて来た用向きが、何であるかを見抜いているらしく、その為《ため》に平之介はすぐ声がかけられなかったのだ。

「いまね、りさちゃんを口説《くど》いていたところなんだ、家に来て貰おうと思ってね。」

「ご機嫌好《よ》う。」

と、幼な友達のりさ子は言ったが、顔色はそのままで平之介を迎えた。感情のうえのことでは、すぐそれを色に現わさないところが見えた。

「ここの家は忙しいからりさちゃんにやれるかな。」

暢気者は一足飛びにそう言って、もともと美貌《びぼう》だったりさ子は、少女時分の殻をうまく脱ぎすてて人変りのべつの女に、平之介には少女風のゆううつ気分も加えて、見えて来た。

「バスの中の人よりも、りさちゃんの方が別嬪《べっぴん》じゃないか。」

「もうあの話はやめて下さいよ。」

平之介はおやじをたしなめた。

「バスの中の方というのは誰方《どなた》なんですか。」

りさ子は聞きとがめたが、平之介は何でもないことだと言った。

「バスで時々、平之介が見かけた人がいるんですが、その人の身元を彼がしらべに行ったんですよ、りさちゃんが来てくれるなら、そんな的のない調べはもうしなくともいいんだ。」

平四郎は率直にそういい、平之介はにがい顔をしてみせた。

「平之介さんがその方がそんなにお好きなら、切角さがした方がいいじゃないの。」

「僕はどうでもいいんだが、おやじが調べろというからなんだ、僕はご免蒙《こうむ》りたいくらいだよ。」

「なんか仰有って、……」

りさ子は言葉だけ冗談めいているが、顔はやはり色をうごかさなかった。硬質の美人かな、性質に浮いたもののない女がいるものだが、りさ子はそんな女らしい、少女の時分から真面目《まじめ》くさった子であったが、それがそのまま成長しているものに思えた。

蛤《はまぐり》

杏子を呼んでりさ子が承諾したことを話すと、杏子は年ごろの女の気持がすぐ判るらしかった。

「此の間から二、三日も続けて来ましたが、自分でもまよい切っているようだったわ、早くかたをつけたい気持が一方にあるけど、べつの一方ではそれが必要なだけ避けていたいという気持もあったようだわ。いままで何をしていたかも判らないけれど、」

「硬い感じは一たい何かな。」

「あれはお母様があんな器量自慢の方だったから、それをまなんで冗談一ついえないたちに変らせたのじゃないか知ら。」

「平之介のよめにはどうだ。」

「もうお決めになったのでしょう。」

「きめたよ、平之介も気に入っているらしいんだ。」

「幼な友達が一緒になるというのは、どこかへんね。」

「そのへんなところが巧《うま》くゆくと、蛤《はまぐり》みたいな夫婦になるんだよ。」

「蛤夫婦ってのはどういう夫婦なの。」

「身とふたと食っ付いている奴だ。」

杏子は笑った。

「洋服もないらしいから君が見立ててやってくれ、それに靴がほしいらしい、羞《はに》かんで靴も、おんぼろだと言ったよ。」

「だいぶ作らなきゃならないわ。」

「当座の物からつくるんだね。」

「ただ、りさちゃんは小ちゃい時から、この家の生活を見ているから、相当、派手な生活が出来そうに考えていないかと、それが気がかりなのよ、あの子はじっと物を見つめている子だから、こちらに来る気になったのにも、そういう自分を建て直す気があったんじゃないかしら。」

「まようていたね。」

「迷い迷うてたどり着いたような気がするわ、何度も訪ねて来たのも、まよいから来たのだし、……」

「あの子の過去のことは聞くなよ、可哀《かわい》そうだから。」

「そりゃ訊《たず》ねないわ、さびしそうね、でも、平四郎さんのお気に入っているならいいわ、お母様もいいと仰有《おっしゃ》るし、……」

杏子は近日中にりさ子を連れて買物をととのえると言い、買物の控え書きを作ったりした。靴、ハンドバッグ、スーツ、時計、下着など、杏子は細かい数字をならべた。こういう相談の間にも、杏子はピアノを売ってからも、服を一着作っただけらしく、やはりたそがれた姿だった。

「時に君の方はどんなふうなんだ、収入はあるのか。」

杏子は平四郎の顔を見ないで言った。

「ないわ、ちっとも、ないわ。」

す　く　い

「収入がないと言っても、どの程度に入らないのか。」

「全然ないのよ、一銭もはいらないわ。」

「一銭も？」

「ええ、一銭もよ。」

「それは美事《みごと》だな、その間はどうしてやっているんだ。」

「借りたり売ったりしているんです。」

「金はどんな人から借りている。」

「お裁縫の先生、るり子さん、まり子さん、利息のつく方、それから、……」

「もう、いいよ、その間亮吉はやはり小説を書いているのかね。」

「毎日書いているわ。」

「君は亮吉君の仕事に何か意見を持っているのか、たとえば将来有望だとか、どこかで小説が売れるという見込みが、あるとか。」

「全然ないわ、じっと見ているより外はないんです、それはあの人が逃げこんでほっとしている孤独の場所みたい、そこまでわたくしは捜しに行きたくないの、わずかにそこで生きようとしていらっしゃるんです。」

「判ったよ、そこで君は金を作る苦心をするんだね、こんな行詰まりはしまいに破れてしまうことは、知っているのか。」

「ええ、それも、よく存じています、だから、それを見ているより外はないんです。だんだんあの人の実力というものが、本物であるのか、本物であったとしても世間がそれを取り上げてくれるかどうかは、あの人自身でも持ちきれない時が来ると思うんです。」

「君はそこまで蹤《つ》いてゆく気か。」

「ついて行こうとは考えていますけれど、わたくしにも、もうどこにも自信がございません。」

　平四郎はここで杏子の考えを叩《たた》き斬《き》るのもいいし、亮吉という男に苛《か》酷《こく》な批評をしてもいいのだが例によって亮吉に関しては一さい口を切らなかった。それは亮吉の事に関しての批判が、ただちに杏子に影響することを怖《おそ》れたからである。平四郎自身のこの卑《ひ》怯《きょう》をしのんだいい加減な考えは、またもや、彼らをすくうよりほかに、道のないことを知ったからだ。一日でも杏子にあたえる生活が父親としての平四郎の、愛情でもあるからだ、二人の仲を真二つに叩き破ることは、平四郎にとって実に朝飯前のしごとであった。別れろ、別れてしまえと一言でも口を切ったら、平四郎の性質として飽迄《あくまで》それを押しとおすのが、何時《いつ》ものくせだった。人生のごたごたは叩き壊すか、積み上げるかの二つの将来しかないという平四郎の考えは、杏子の場合、いつも無類の屈辱を感じながら後者をえらんでいたのである。文学者の仕事は嘘《うそ》を拒絶したところから発展するものだが、平四郎は杏子の場合は嘘だらけの世界から、一つのすくいの道を展《ひら》こうと試みていた。

「どうだ、君達はこの家に来て見ないか、おれの物を食って暮したらどうか。」

夜道の人

杏子はあわてて言った。

「だって毎日ご飯も一緒に食べることになるし、何から何までしていただくことになると、とても居づらいわ。」

「それより道がないのだ、これが最後の場所になる筈《はず》だが、おれの家にいる間に仕事からの金でそれぞれ返す物を返して、立ち直るんだね、食うのに追われていたら、手も足も出ないじゃないか。」

「そりゃそうだけれど、……」

「そこで間もなくおれは軽井沢に行くことになるから、留守をして貰《もら》う名目で来たらいいじゃないか。それより君だちをすくうみちがなくなっている。」

「…………」

「来て久しぶりで一緒に暮そうじゃないか。」

「済みませんがそうしようか知ら、もう、どうにもならないから。」

「来たまえ、遠慮なぞいらないよ。生れた家じゃないか。」

杏子はその間際に、亮吉の傲岸《ごうがん》と無力、折々の酒癖の発作、実力の問題、も一つ厄介なのは平四郎がじっと続ける言葉のない洞察力が、毎日亮吉に向けられることが怖かった。だが、平四郎の発言は二人をすくうみちであることに疑いはない、この儘《まま》でゆけば煙草《たばこ》や酒やその他の食いものに、追い詰められていなければならないのだ。

杏子は声を落して言った。

「では、そういうことにして戴《いただ》きます。どうも済みません。」

「君達は離れに住みたまえ、食事もあちらで食べたっていい。」

杏子はりさ子の身の廻《まわ》りの物もととのえるために、近日此方に来ることを約して帰った。平四郎の発案どおりに生活を更《あらた》めるより外はない、亮吉はなんというか判《わか》らないが、それより外に亮吉の取るみちもなくなっている筈だ。

杏子は肴町《さかなまち》で下りたときは、すっかり暮れ切った街に電燈《でんとう》が点《つ》き、近道をとって吉祥寺の墓地のあるさびしい通りを急いだ、この近道は杏子が質屋に通い、物を売るための包をさげてゆく、なれた道すじであった、たまに人通りもあった。この夜も杏子はすれちがいの男に気づいたが、考え事に頭をとられていて、この男の顔を見なかった、頭がこれから平四郎と暮すために、どういう暮し方をしたらよいかに奪われていた。何時もの平四郎に似ないで控え目に物を言い、杏子の都合の好《よ》い痒《かゆ》いところに手のとどく言い方に、平四郎がふだんの強い癖を耐《こら》えていること、自説を変貌している父親をみとめた、……

その時、すれちがった男は、杏子をやり過して置いて、ぞんざいに背後から呶鳴《どな》った。

「おい、おれの顔が判らないのか。」

杏子は居竦《いすく》んで、この威丈高な男の声を耳にいれた。

夫という名の人間

「まあ、ちっとも気付かなかったわ。」

男は亮吉だった。

「何だ幾ら夜道だって亭主に行きちがっていて、顔も碌《ろく》に判らないなんて途呆《とぼ》けているじゃないか。」

「ご免なさい、だってこんなに暗いんですもの、どちらへいらっしゃるんですか。」

「どちらに行こうと大きなお世話だ。」

酒もよくこなれた臭《にお》いがして来て、杏子の顔に網のようにそれがかかった。

「じゃ、行っていらっしゃい。」

「亭主の顔もわすれるなんて、たががあがっている、……」

「いま頃此処《ここ》をお通りになるなんて、考えもしなかったんですもの。きょうは少しお話があるんですけれど。」

「平四郎の話ならご免蒙りたいね、おれは平四郎の理解者なんだ、ふん、一杯呑《の》んでから、お話とやらを聞こうよ。」

亮吉は後ろ向きになり、突然、なにか面当《つらあて》らしく流行唄《はやりうた》をうたって暗い中に沈んで行った。そのわざとらしい唄声に杏子は肌身をぞっくりとさせ、道をいそいだ。そのよそよそしい、大してしたしくない人間から物を言われた、寧《むし》ろめいわくげな気持が交っていて、これが一緒にくらしている夫という名の人間かと、杏子はきゅうに亮吉のふだんの生活態度の中から、なにかを見きわめようとしたが、なにも浮んで来なかった。どんな場合にも、きわどい罵《ののし》りのなかにもふしぎに亮吉からは、別れようという気ぶりをしめさなかったし、杏子もしじゅうその行き詰まりの言葉が頭の中にあっても、決してそれを口に出してはいわなかった。ここに杏子のうそがあったのだ、嘘の悲劇のようなものである。つい、きょうは言おうとしても耐えてきたのであるが、これは平四郎にも母親にも、そういう気ぶりを見せなかった。女というものの気丈夫さか、それとも大事をとって言わないのか、すぐ、手のとどくところにその危険きわまりのないものが来ているのだ。

平四郎が同居しろといったのも、その危ないところを見抜いていて、それを一日でも一と月でも延期させるために、こんどの同居のことを言ってくれたのではなかろうか。

杏子が家にかえって一時間ほどすると、亮吉が戻って来た、先刻よりもっと酔っていることは勿論《もちろん》であった。杏子は言った。

「おかえりなさい。」

杏子は酒を呑んで帰る人に、こういう挨拶《あいさつ》がわりの言葉をつかう自分が、今夜はことさらにいやであった。

「家では亭主の顔だけは判るらしいね。」

「…………」

「おれは顔を二つ持っていない筈だ。」

杏子は例によって何かの言いがかりをつけようとする酒癖を、見下だすように眼をふせた。これが夫というものだと、再度《にど》も三度も、自分に言いきかせて見て、内ではかっとした。

お前という言葉

少時して亮吉は言った。

「君はあいかわらず黙っているね、黙っていることは物が言いたくなるから、黙っているんだな。」

「物をいえばからんでいらっしゃるから、黙っているより外ないわ、対手《あいて》にするようなものをあなたは何一つも持っていないから、対手にしないだけだわよ。」

「大きく出て来たね、何がおれに足りないところがあるんだ。」

「では質問しますがね、あなたは誰のものを食べていらっしゃるんです。」

これは亮吉に取って不意の難詰だった。

「君のものを食っているというのか。」

「わたくしのものでなかったら、この東京に誰があなたを食べさせているの、誰があなたの酒乱の子守をしているというの、あなたはそうしてお酒臭い息をしていらっしゃるが、誰がその息をたすけているか判っていらっしゃるんですか。」

こいつ、きょうは手剛《てごわ》く、人変りがして来ているぞ、平四郎の付知恵だ、こいつがこんなにあざやかに切り込んで来るのは、一人で考えたことではないと、一方はたかをくくり、一方は料理しにくい自分の手元が危なかった。

「おれは誰にもたすけて貰っていない。」

「いいえ、女房という冗《くだ》らない名前に追い使われ、わたくしの物を売ってあなたのそのむだ言がいえるようにして上げているのよ。」

「何を売ったというのだ、それでおれが生きていたというのか。」

「指輪や衣類やピアノははたらけない一人の男をたべさせるために、売られていたんじゃないの、共同の生活という言葉はこの場合許さないわ、女房という名前をわたくしに蔽《おお》いかぶせる前に、あなたはその女房とやらをおひげの生えるまで、食べさせることがいまの世間では交換条件だったのよ、あなたはピアノだってがりがり召し上っていたじゃないの。」

「それはピアノでも一カ月くらい食えたかも知れない、ピアノはお前が勝手に売ったのじゃないか。」

「お前とはなんです、お前などと立派につかえるあなたが、何処《どこ》にいるんです。お前とはなんだ、お前とは？　お前などという前に、わたくしはその言葉の対手にどういう言葉をつかったらいいかご存じですか。」

こいつ、何時もとはちがう、こいつの頭に入れかわったものがあると、亮吉は柔順というものにいまさら騙《だま》されたことに気づいた。それならそれでおれは騙されないぞと、危ない落度をごま化したかった。

「お前という呼名のほかにどういう言葉があるんだ。」

「せめて君とかあなたとか仰有《おつしや》い、こんな美しい言葉もおわすれになっていらっしゃるの。」

杏子はうまく言えた頰をゆるませた。

往　還

亮吉の顔もほとんど同時に笑い出された。笑うべき夥《おびただ》しい材料が閨房《けいぼう》の杏子を、亮吉の眼の前に引き摺《ず》り出して見ていた。それは同時に亮吉と半々に分けられる性質のものであるのに、世界の男はそこに女だけのまるはだかを何らの反省もなく、対手方を屈辱するために用意してかかる。男の横着と狡猾《こうかつ》とがそこに常にあったのだ。そんな反省のない男のすべては下品に嘲笑《あざわら》ってかかるのだ。

「あなたと言えだと、笑わせやがる。あなただと、どこを突っつくとそんな音が出るんだ。」

「たまにそんな言葉をおつかいになると、お酒でからんでいらっしゃることもなくなるわよ。夜道ですれちがって、おいなんてお呼びになるのは見っともないわ。」

「おいでたくさんなんだ。」

「小説の一つも書こうとなさるなら、もっとお上品にしていらっしゃっても、お損にならないわよ。」

「君の親父《おやじ》を見ろ、あれがお上品な小説といえるか、泥靴はいて馳《か》けずり廻っている小説のどこに品があるんだ、しまいに、あんな奴《やつ》は文学の往還でのたれ死にをして了《しま》うだろう。」

「有難う、かねがね、そんなふうに仰有りたかったのでしょうに、ずばりと仰有ってさぞよいお気持でしょう、どう、平四郎さんを蹴《け》飛《と》ばして馳けっくらをなさいましたら? 平四郎さんがのたれ死にをするか、あなたがぱっと世の中にお出になれるか、わたくしお友達甲《が》斐《い》に見ていてあげるわ。」

「それは此方から言いたいことだ。小説で復讐《ふくしゅう》してやる、悉《ことごと》く見返してやる、その時は君は手をついてあやまるか。」

　杏子はうれしそうに笑った。

「小説を勉強しているあなたが、世の中にお出になるのは当り前じゃございませんか、まる三年も書きつづめにしていらっしゃって、何が復讐だと仰有るの、じゃ、あなたがお書きになれなかったら、手をついてお謝まりになりますか。」

　亮吉はいよいよ、この女が自分から去ってゆくことを、この間際《まぎわ》にそれを差しのぞいた気がした。ここまで追いつめて来るからには、こいつは、とうに或《あ》る決心をして打《ぶ》つかって来ているのだ。亮吉は例のつめたい眼付を脅迫的に、杏子に矜《ほこ》らしげに示した。

「ばかにするな。」

「わたくしがあやまって、あなたが謝まらないという片ちんばな裁決があるんですか。」

「………」

「女に謝まれと言い、男は謝まらないという馬鹿馬鹿《ばかばか》しいことを今どきの人間が考えているんですか。あなたなぞ女をひとつの物質に考えようとする考えに、まだ取り憑《つ》かれている方なんだ。」

杏子は幾らでも、きょうは反撥《はんぱつ》する気構えで薄笑いさえうかべた。

威をかりる

「君は単なる女という一つの物質に過ぎない、それもだ、傲慢《ごうまん》な何かの威をかりている厄介千万な物質なんだ。」

杏子は笑いをとめた。また、頭がしんとして来た。

「何かの威とはどういう意味なんです。わたくしが誰の威を身につけているというんです。」

亮吉は嘲笑った。

「君の傲慢も、むだ費《づか》いも、利《き》いたふうな屁理屈《へりくつ》も、うしろに君の親父を何時《いつ》も感じているから、ぬけぬけと物が言えるのだ、君自身はいつも空っぽなんだ、止《よ》せ、親父がちょっとくらい有名であるということを身に着けるのは止せ、親父の仕事がその娘に何の関係があるんだ。」

杏子は突き込んで言った。

「お乞食《こも》さんの子と、大臣の子とはちがうわよ、お乞食さんはお乞食さんの子らしい子にならなければならないし、大臣の子はやはりどこから見ても大臣の子なのよ、わたくしが平四郎さんの威をかりているように見えるのは、あなたの手の先が平四郎さんの仕事にとどいていないから、癇癪《かんしゃく》まぎれにとどかない口惜《くや》しさで虎《とら》の威のことをいうのよ、質屋や金銀交換所で指輪を売って食糧にかえているわたくしが、誰の威を借りているというの、きょう一銭のお金のない女がかりようとしたって、誰の威も寄りつかないわ。」

「君のその食ってかかる調子には、うしろにたすけを信じているからそういえるんだ、君は親父のぬけ殻を背負って歩いているんだ、君は君の親父のせいで生きているんだ。」

「巧《うま》く仰有るわね、それには相違ないわよ、あなたのせいで生きていたら、ほら、よく見ていただくわ、きょうこの東京でこんな見すぼらしい姿で生活している女は、どういう階級の女だかご存じですか、よく、見て判断をしていただくわ。」

杏子は立ちあがると、よごれたセーターに、灰色のよれよれになったスカートをなでさすって見せ、これ以上にもはや言うべき言葉もないところから、これだけは言うまいとしていた努力を、かなぐり棄《す》てて言った。

「あなたはこういう姿の女が、お腹《なか》のやぶれたおさかなを買って帰る姿を美しいと見恍《みと》れますか、あなたはそういう女に外方《そっぽ》を向いて、冷酷に見過してお通りになる方だ、生活の設計に身をととのえることすら出来ない女の心を、摑《つか》むことすら出来ない、ありふれたおっちょこちょいなんだ、女の心も知ることの出来ない男が、女と一緒にくらしたって何になるんです、わたくしから言えば女の心を知っているなんてそれこそ生意気だわよ、一生かかったって女の心を知らない男ばかりいる世界の、あなたはその中でも一等女を知らない方なのよ。」

杏子はあるだけ言って了えと思った。

お一人で

亮吉は眼をあげて女を見た、見すぼらしい装《よそお》いの一人の女が立ち、こういう女に遣《や》っ付けられる破れを、すぐに、ととのえ兼ねていた。彼は益々《ますます》厭気《いやけ》のさした杏子を殆《ほとん》ど見るに耐えない眼付で、こんどは反対に落ち着いて見据えた。

「おれは世間の女を知ろうという気は持っていても、君の心とやらを知ろうという気はない、そういう勤勉さがおれにはない、君はいくらでも脅迫するがいい、その度に、君自身が醜悪になるばかりだ。」

「醜悪とは？」

「それが君に一等よく釣合っているのだ、この外のことばはこの場合通用しない、君おっちょこちょいだとおれのことを言ったが、それは最高の悪罵《あくば》だ、これ以上のものは何《ど》処《こ》をさがしても見つからないが、同時にどうだ、おれのいう醜悪という最低のすてぜりふは、君を遣っ付けるにもっとも相応《ふさわ》しい言葉だと思わないか。」

「その言葉はまだわたくしに当てはまらないわ、女を打ち、女を食わさず、実力の有無の判断もない方のほうが、よほど醜悪だわ、ご自分のことを仰有っているじゃないの。」

「仕事のことは言うな。」

「お仕事のことを言わなければこの世界で何をいったらいいの、こんどこそなぞという仕事の口実はみな嘘《うそ》じゃないの。その嘘はいやというほど聞き飽きてしまったわ。」

「何が君におれの仕事がわかるんだ。君は勝手で菜っぱを刻んで黙って居ればそれでいいんだ。」

　杏子は菜っ葉という言葉を可笑《おか》しく受けとった。この男にはもはや言葉も思惟《しい》も行き尽きてしまい、杏子自身を締め上げる武器を持っていないと見取った。

「女は一時間の嘘はときどきいうけれど、男は百年も嘘をついているんだ、あなたなぞ仕事のことでは三年も胡麻化《ごまか》しの嘘をついていらっしゃる、いい加減に嘘もやめるがいいわ。」

杏子は立ってレインコートを小脇にかかえた、そして対手のいない静かさで、玄関に出て行った。

「さんざ悪体をついて何処《どこ》に行くんだ。」

「あなたの敵、あなたの嫌いな人のところに行くんです。」

「そしておれをこきおろすつもりか。」

「そう、先刻からとはもっと酷《ひど》く遣っ付けるつもりだわ。」

「それで君は愉快か。」

「きょうは愉《たの》しい筈《はず》だった、それを逃がしてしまったので、それをもう一ぺん捕まえに行くのよ、このままではどんな人間でもおさまらないわよ。」

「おれだって、……」

「勝手になさるがいいわ、お一人で。」

杏子は表に出るとくるまを停め、大森へと低いあまえた声でいった。

亀《かめ》の歌

平四郎は小耳をかたむけ、自動車が停ったようだ、杏子らしいな、此方に訪ねて帰るといつも悶着《もんちゃく》が起きるらしいとりえ子に言い、平四郎は女中を呼んで自動車代を持たせて、門を開けに出した。やはり杏子だった。顔をみると、むしろ嬉《うれ》しそうにしているので、喧嘩《けんか》は勝ちらしいなと思った。

「どうしたこんな夜中に、さては喧嘩かな。」

「ええ、今夜はうんとやって来たわ。」

「そうか夫婦なんてものは生涯の格闘だからな、幾らでもやれやれ。男は急所をつかれると二の句がつけない正直者ばかりだから、鋭く突き込むんだね。」

「三年分を一ぺんにやったわ。」

「そうか、わかれ話はまだか。」

「そこまで孰方《どちら》からも口をきらないわ、口を切ればもうばらばらよ、だから、それだけは取って置きなのよ。」

「どちらも利口でどちらも愚直だ、結局そこまで行くね、まあ、なにごとも経験だからこの際男というものをよく見て置くんだね。僕らからいえば何人もの女の人とつきあうよりも、一人のひとを見きわめて居れば十人も二十人もの女の人が、その一人にこもって現われて来て教えてくれるんだ、君もよく対手を見きわめれば、百冊の小説を読むより読み応《ごた》えがあるというものだ。」

「平四郎さんと馳けっくらをすると言っていたわよ。」

「おれはもしもし亀《かめ》よ、の、亀さんだよ、あとからゆっくり歩いて行った方が気がらくなんだよ。」

杏子は再び面白そうに笑った。

「気味が悪くないこと。」

「ばかを言え、どんな奴が出て来たって亀さんは、すぐ甲羅《こうら》の中にかくれてしまうし、歩くことはのろいが何時《いつ》も歩いているから負けはしない、ただ、あとから目的地に着くだけだがね。」

お湯にでもはいってゆっくり寝て行くんだね、君の対手をしているとこうふんをして、睡眠不足になると困るから僕は先に寝るよ。明日はりさ子に先刻速達を出して置いたから、銀座に行って身の廻りの物をととのえてやってくれ、まよえる羊は靴もほしいしハンドバッグもいるし、スーツも一着ほしいんだよ、あの子は少女時分からおれが贔屓《ひいき》にしといた子なんだから、明日は愉しい一日にしてやってくれ、君もついでに何か買う物があったら買うんだね、そして美味《おい》しい中華料理でも食べながら、一人ははなよめになろうとし、一人はいずれ喧嘩商売に身をやつさなければならないお互の境遇から、あひるの卵を突っつきあうのもまた愉しいものだよ、寝ろ寝ろ、そしてみんなわすれて寝るんだね、……

まよえる羊

最良の日

りさ子が来た。事務員風な装いと、婦人記者風の憂愁をあしらった扮装《ふんそう》は、簡素で生きの好《よ》いものであった。杏子と家を出ると、杏子の肩にすり寄って来て、円い肩を打《ぶ》つけた。

銀座で灰鼠色《はいねずいろ》のスーツを一着買いこむと、その店を出てすぐりさ子は、甘ったれた声で、あの言いにくいんですけれど、これから雨の日が多いでしょう、とても、雨がふると困るのよと彼女は、一そう甘ったれて言った。

「どうして困るの。」

「わたくし羞《はず》かしいけど、レインコートがおんぼろでもう着られないんですもの。」

「あ、判《わか》ったわ。」

杏子はデパートにはいると、レインコートを買いいれた、バンドのついているのを、りさ子はえらんだ。そして杏子が歩けないくらいに擦り寄ると、熱い息を杏子の頬にさわらせて、急《せ》きこんでせがんだ。

「あのね、あの雨靴ももう漏っちゃってだめなんです。」

「じゃね、皮靴と雨靴と一しょに買いましょうね。」

「あ、嬉《うれ》しい。」

「それからハンドバッグね。」

「ええ、皮のがいいわ、皮だと長持ちするから、皮ね。」

「勿論《もちろん》、皮を奢《おご》るわよ。」

「あ、たまんない、……」

「それからお化粧類はいるだけ自分で選んだ方がいいわ、つけたら剝《は》げない口紅もあってよ。」

「わたくしあれがほしくって。」

「平四郎さんのお金だから受取書さえ持ってかえれば、あるだけ買ってもいいわ。」

「あら、お金までございます？」

「あるわよ、ほら、あるでしょう。」

「わたくし熱くなっちゃった、柄の長いパラソルも一本いただけます？　もう、すぐ暑くなるんですもの。」

「はい、はい、パラソルも買います。」

「きょうがね、わたくしの最良の日なのよ、こんな日はもう再度《にど》と来ないかも知れませ
ん。」

彼女は時計をならべたガラスの箱を覗《のぞ》き込んで、うごかなかった。小さな菊くらいある金の腕時計が、お互に肩をならべてならび、右と左に少しずつゆれて、ゆれているため素晴らしかった。

さすがのりさ子は、少々、きりっとした声音になって言った。時計は予算の中にはいっているんでしょうか、わたくし時計を先に買っていただけばよかった、一等あとに気がついたものですから、困ったわね。

「時計は予算になかったわ。」

「…………」

りさ子はふらふらと、時計のガラスの箱からはなれた、がっかりして声も出ないふうだった。杏子はりさ子の最良の日を、こわすまいとして彼女の耳もとでささやいた。

何万円の時計

「ね、平四郎さんに言ってきっと買ってあげるわ、だから、きょうはこれだけのお買物で温和《おとな》しくするのよ。」

「温和しくするわ、あ、嬉しい、何万円の買っていただけるの、」

「何万円って、そんな、……」

「だって一生つかえるものですもの。」

「よく相談するわ。」

杏子はりさ子に少しの遠慮のないこと、当然いろいろな買物をしてくれる考えを持っていることに、漸《ようや》くはっとするような注意を持ったのである。或《あ》る一つの品物にも、それは此《こ》のつぎに頂くわ、という、控え目がなかった。眼につくものは物品に飢えていて、あれもこれも買ってくれと、すすんで言うのである。ここに何かの考え違いがあるのではないかと思われた。

そうかと思うと、ビニールの透明な小さな箱をほしがって、手巾《ハンカチ》を入れて置くのだという、少女の気分を見せている買物もあった。この際でなければ買って貰《もら》えないという急いだ、あえぐ気持も見られ、可哀想《かわいそう》でもあった。少女の時分から学校の成績も宜《よ》かったりさ子は、ただ利口であることだけ判っていて、性質のふかいくせなぞ杏子には判っていなかった。きょう買物に出てりさ子の性質に初めて打つかったような気がしたのである。何でも買って貰えるし、買わさなければならないという要求が、当り前だというりさ子の見解が、杏子を、再三、はっとさせた。

中華料理店で食事中、りさ子はふいに言った。

「わたくしね、平之介さんをよく知らないんです。」

「子供の時にあんなに遊んでいらしったから、性質だってよく判っている筈《はず》じゃないの。」

「それが妙なのよ、どんなたちの人だったろうと考えて見るんですけれど、ちっとも解《わか》らなくて困っちゃった。」

「その実感は誰でもぴたっと来ないものよ、ただ、顔が見なれているように、どこかに人となりが解っている筈よ。」

「だけど、わからないわ。」

解ろうとしても成人して男となった平之介が、わからないというのが、りさ子の本当の気持であろうと思えた。

「わたくしね、平之介さんと結婚するなんて、本当かしらと思うの、どうしても本当だとは思えないわ、わたくし自身もうそをついているようだし、平之介さんもうそをついているみたいな気がするわ、この区切りがはっきりしないんですもの。」

「その気持もよくわかるわ、結婚してしまったら、うそでなかった事がわかるのじゃないかしら、りさちゃんはいま、とても、純粋な処女の立場からいろいろ考えているのね、」

杏子は自身でも、この考えを持っていただろうかと、ふり顧《かえ》ってみたが、それはりさ子ほど明確に感じてくるものが見当らなかった。

夏には

りさ子はアパートから三日くらい置きに来て、平之介と映画や散歩に出掛け、食卓の向う側にこのあたらしい女王が坐《すわ》っていた。会社の方を辞《や》めたりさ子は、社長からのおせん別の靴をはき、口紅の濃さが庭と家の中で光った。りさ子は食事の手伝いはしない、つとめてしないようにしているようだ。

　結婚の日取りが決まると、料理は金沢の大友奎堂《けいどう》という刀剣の鑑定家が経営している、料理屋から取りよせることにした。これも平四郎の好みで故郷の山河の食べ物を、宴席にならべたかったからである。大友奎堂は或る山奥の茸《きのこ》をとりよせ、それを海のさかなに合せた。この料理の使が東京に着いた日に、平四郎の書斎で小宴をひらくことになっていた。

　りさ子は洋装であったが、よこ坐りをしていて、平四郎はそれが気になったが、最後まで彼女はよこ坐りをつづけていたが、事務員風の憂愁は充分に発揮され、あざやかであった。

　平之介は一週間ほど前、平四郎にことさらしく、敢《あえ》て注意をうながすふうに言った。

「こんどの結婚は最後まで、こわさないでくださいよ。」

「こわすもんか。」

平四郎はりさ子が息子の気に入っているらしいのを見取った。つまり、平四郎という男は絶えず或る話は積み上げ、積み上げて置いてこわすことに於《お》いても先生だったから、平之介はうっかりして気に入らないことがあると、すぐこわして終《しま》うことが心配だったのである。

旅行はまだ寒いが、晩春初夏の軽井沢の家に行って、気儘《きまま》に何カ月でも滞在した方がよかろうということになり、家の掃除も出来上ってかれらはその晩に、立つことになっていた。例の何万円もする腕時計は入費多端であって買い遅れ、りさ子の腕にかがやいて巻かれることがなかった。その事に就てはりさ子からなんの申出もなかったが、装飾のない左の腕ははだかであった。

かれらがトランクを縁側にはこんだ後、平四郎は自分の腕時計を手首から解いた、それは女持には大き過ぎるが、金時計でもあり巻いて巻けないものではないし、物はデニットだから間に合せにでもと思った。

「りさちゃん、これをつかいなさい。」

「は、」

「こんど買うまでの間に合せだ。」

「済みません。」

りさ子はくるくると手首に巻いて、その手首を反《そ》らして見ると、四角の形も、針のうごきもすぐなじんで見えた。彼女は小学生に似たはずんだ声音で言った。

「いただきます。」

「夏には僕も行きますがね、それまでゆっくり遊んで下さい。」

かれらは夕方前に立って行った。

列車の中

まだ枯木ばかりの碓氷《うすい》の山にかかると、りさ子はさっきから言おうとしたことを、言う機会を見付けていった。

「平之介さん、へんね、あなたとさし対《むか》いになって汽車に乗っているなんて、へんね。」

「へんだと思えばへんだね。」

「そしてわたくし達は一たい何処《どこ》に行くの。」

「軽井沢の家に行くのじゃないか。」

「行って何するの。」

「生活するのさ。」

「何の生活なの。」

「どういうことかな、たとえば二人で、人間の皆がしている生活の最初の日に出会《でく》わすわけなんだ。」

「誰が食事の用意するの。」

「君がしてくれるんじゃないか。」

「それならわたくしは半分女中に来たようなものね。」

「そりゃ意味がちがうさ、僕に食わさせてくれるんだ、それくらいは当り前のことなんだよ。」

りさ子は思いがけない迷惑と、不満足な顔いろで、真面目《まじめ》くさって言った。

「わたくし女中に雇われて来たんじゃないわ。」

「それは、そうさ、何なら女中をどこかに頼んで見るよ。あるかどうか判らないけれど。」

「女中がわりはいやだわ。」

「誰も女中がわりに使う気はないよ、二人だけだから煮焚《にた》きくらいは誰でもするもんだ。」

「いやあね。」

平之介はりさ子が初めから、こんなふうに出られると、どこにも、胡麻化《ごまか》しようがなかった、すぐ着いたら女中をさがさなければならない、りさ子は夫人とか奥さんとかいう形式に、はまり込んで自分で手を濡《ぬ》らさないでいたいらしく、そういう生活が平之介との二人の間になければならぬと、思いこんでいるらしかった。困ったことになったと平之介はそれを、もっと柔らげるために言った。

「結婚式のご馳走《ちそう》を二人前持って来たから、二、三日はあれで食べる物なんか作らなくてもいいんだ。」

「だってお国料理って塩辛くておいしくないんですもの。」

「君は東京っ子だね。」

「お料理はあまくなくちゃ、おいしくいただけないわ。」

「だから甘い物を作ってくれよ。」

「いやよ、女中のおしごとなぞ。」

平之介はいまからこう出られたら、どうにも、たすからないぞと黙り込んだ。なぜか、しまったという気がし、それは、だんだんにりさ子をなだめてゆくより外はない、ここで難しいことを言い出すと、もう喧嘩《けんか》になってしまう、女中という言葉に重きを置いているのにも、自分が女中のするしごとをしたくない事と、それに従うたら女中あつかいになる怖《おそ》れがあるらしかった。

古い駅

列車がトンネルから出ると、あざやかな土手の緑が、粉っぽく窓になだれ込んだ。

「あれは釣がね草というんだ、東京では見られない花なんだよ。」

「花にしては癖のある花ね、つりがねの形なんかして。」

「君は花が嫌いなの。」

「こうして坐っていると、東京が後ろになってだんだん見えなくなるような気がするわ。東京は石と鉄とで作ったわたくし達にはどんな花よりも美しいわ。」

「気障《きざ》なことをいうね。」

軽井沢の駅に着くと、まだ季節には早いので自動車は一台もなかった。草津の湯帰りの団体らしい一行が、田舎の言葉訛《なまり》で騒いでいて、りさ子の不機嫌は露骨に眉皺《まゆじわ》にあらわれた。

「自動車も一台もないのね、軽井沢なんて国際都市だと思ったら、まるで田舎の町じゃないの。」

平之介は自動車会社に電話をかけに行ったが、小諸《こもろ》あたりに出向いているらしく、却々《なかなか》くるまは来なかった。りさ子はいらいらして売店に行って見たが、映画雑誌も売っていないと、ふくれて言った。

「わたくしね、軽井沢の駅は真白いホテルの感じだと考えていたんだけれど、こんなに寒いのにもう蠅《はえ》まで出ているんだもの。」

「蠅はお百姓の背中について、駅にあつまって来るんだ。蠅は背中で旅行する奴《やつ》さ。」

平之介は駅の前通りに出て、早く来てくれればよいとくるまを待った。

りさ子は田舎によくある小間物屋に罐詰《かんづめ》類の売捌《うりさば》きも兼ねた、間口ばかり広い通りの角にある店をみると、いやそうに言った。

「ああいう何でも売っているお店を見ると、こちらの気持までかさかさしてくるわね、昔の菅笠《すげがさ》まで下がっているじゃないの。」

「あれはね、一軒で人間にいる物を何でも間に合せている田舎の町に必要な売店なんだ。」

「だって瓦《かわら》を置いた家が一軒もなくて、みんな板屋根ばかり列《なら》んでいるじゃないの、ボロボロでやっと家の形をしている。」

自動車が来て不機嫌になった二人は、それでも元気をとり戻して乗り合った。昔、廃駅だった時分の古い家並が、そのまま今も駅から少しばかりの通りに続いていた。進駐軍とかいう者共が此処《ここ》の通りをくるまを走らせながら、士官らしい奴が口をとがらせていった。

「あのゴミはみんな火を放《つ》けて焼いたらどうだ。」

彼らには町家がゴミの山に見えたらしかった。それとおなじことは言わないが、りさ子は立派な家並ばかりだと思っていたのに、屋根はトタンの町家が続いていたので、愈《いよ》愈《いよ》、面白くない顔付をして見せた。

「わたくしもうこの町、一遍で厭《いや》になっちゃった。」

君は変ったね

裏山から枯れた小枝を拾って下りて来ると、毎朝、平之介は炭火をおこした。りさ子はぼんやり立ってみている。疎開《そかい》中自炊の覚えがあるので、結局、平之介が炊事番をやることになった。

「古い家なのね。」

「この土地の別荘はみんな古くからいる人達だから、家は古いんだよ。」

「別荘ってものは洋館建で、美しいカーテンが窓から下りているものじゃないの。」

「親父《おやじ》が日本趣味だから仕方がないさ。」

「まるで民家ね。陰気くさいわ。」

平之介は事毎《ことごと》に、反対したがるりさ子に腹が立ったが、自分の気持を胡麻化して見ていても、愉《たの》しい筈の此処の暮しも、りさ子の浮かぬ顔を見ていると、一たい、これはどうしたらよいのかと、迷った。

　裏山に登ってみても、たてよこにからだを振りながら、面白くなさそうなりさ子の歩き振りは、山菫《やますみれ》の小粒の花など靴の先でふみにじり、平之介と分けあう山の爽《さわや》かさに、相和するところがなかった。

「君は変ったね。」

「わたくし自身では少しも変っていないつもりよ、どんなところが変っていて、」

「たとえば此処に来てからも、少しも愉快そうにしていないじゃないか。」

「此処はわたくしの性に合わない土地なのよ。」

「どんなところがさ。」

「山だの枯木だのを見ていると、陰気になるばかりですもの。」

「それに君は厭々で結婚したようじゃないか、も、ちょっと活溌《かっぱつ》になってくれよ。」

「こんな処《ところ》に来たんじゃ、結婚でなくて押し込められたみたいよ、厭々で結婚しているなんて仰有《おっしゃ》るが、それが当っているような気もするわ。」

「君は厭々で結婚したのか。」

「何だかあんまり早くて呆気《あっけ》ないのよ。結婚ってものはもっと、華麗なものの筈よ。」

「華麗なもの……」

平之介はりさ子の見ようとする世界は、こんな山の中の生活ではなくて、東京のまん中で毎日出歩いている、ぎらぎらしている光景だと思った。

「君はくるまに乗って彼処此処でお茶を喫《の》んだり、映画を見て遊ぶ生活がほしいのじゃないか。」

「そういう一日もあってもいいし、それが生活の愉しさじゃないの、山から枯木を拾ったり、何処も枯木ばかりしか見られない処に住んでいるより、勤めていた方が余程はればれするわ。」

平之介は社長の贈物の赤い靴を目にうかべ、りさ子の周囲には白いビル街の建ちならんだものしか、興味のないことを知った。りさ子の頭にあるくるまの流れと光とが、この風景を見るのに邪魔をしていると思った。

れんあい抄

りさ子はまた思いがけないことを、さも、大事件のように言った。

「此処に来てからお友達だって一人もないでしょう。お友達ないのは一等こまるわ。」

「お友達って、僕がいるじゃないか。」

その時りさ子は無理に笑い顔を装《よそお》った、その笑い顔は平之介のほかに別の友達がほしい意味と、平之介では食い足りないものを明確には言わないが、それをさとらせたい気持を見せた。

「あなたとは家で毎日一緒にいるけれど、それだけじゃ人間の生活のはばが狭くてきゅうくつになって来るのよ。」

「それは男の友達がほしいのか、それとも女のほうの友達なの。」

「どちらでもお話する人がいるわ。」

「ふう、君が厭々結婚したという意味が、いまの言葉になって現われて来たようだね、君は結婚なぞするよりいろいろな意味で、もっと遊びたかったのだ、こんな生活より今まで君のした生活の魅力が、此処に来てぐんぐん生きて見えて来たともいえるね。」

「うまく当ったわ、みんな打棄《うっちゃ》ってもいいと考えたものが、とても、いまになると、もう再度《にど》とそういう生活が来ないと感じられるの、それは耐《たま》らない気がするわ。」

平之介は一人の女の悶《もだ》えというものが、或《あ》る種類の心理状態の執拗《しつよう》さから決して去ってゆかないことを知っていたが、りさ子が運悪くそのものだもだが断ち切れないでいるのを、いやな眼で眺めた。

平之介はさらにりさ子の変り方の酷《ひど》いのを回顧してみた。つまりそれは十二、三歳のりさ子は、平之介が集めた「自動車の本」の切り張りの手つだいから始まっていた。平之介は新聞や雑誌の自動車の写真を、見つけ次第に切り取りその「自動車の本」に糊《のり》張りにして、種類別に変遷《へんせん》形態を記録していた。遊びに来たりさ子はその切り抜きをもっと叮嚀《ていねい》にふちを揃《そろ》えて切り取り、糊をつけて平之介に手渡ししたが、平之介は一々それを本に張りつけていた。そういう愉しい幼年の時のりさ子の性質というものは、何処にすりへらされて終《しま》ったのか、平之介は捜《さぐ》るにも捜り切れないりさ子の変り方を眼にいれた。それは十二、三歳のりさ子から、二十二歳までの平之介の知らない空白のあいだに、りさ子の性質を変らせた大部分のものであった。

「りさちゃんはれんあいをした事があるの。」

この質問は平之介自身でも、口の重い厭な気持のものであったが、一度くらい聞いて置きたい難問題であった。しかし、りさ子はそんなことくらい何でもないふうで、正直に寧《むし》ろ無邪気にいった。

「あるわよ。」

「最近か、だいぶ先のことなの。」

「そんな事どちらだっていいじゃないの、つまんないことお聞きになるわね。」

頸《くび》　飾《かざり》

平之介はその殆《ほとん》ど無関心な程、ちっとも、わるびれずにりさ子の「あるわよ」という言葉が簡単にいわれたことを、頭に引っかけた。きゅうに重い物を持たされた感じだ。

「君はれんあいしたことをつまらない事だと思うの。」

「れんあいなんてその場きりでいいものよ、みじかい期間ほど後々にのこるけど、長く引張って歩いたらとてもたまらない退屈だわ。」

「そんなに沢山れんあいしたの。」

「そんなことお聞きになってどうなさるの、わたくしみんな忘れちゃったといったら、どうお聞きにもなれないじゃないの。」

「だって君の年齢でそんなに沢山れんあい問題があったなんて、考えようがないな。」

「大小さまざま、長いのと短かいのと、だって二十二にもなっていたら、女はれんあいの山嶽《さんがく》はとうに乗りこえているわよ。わたくしなんか十三くらいで人に愛せられていたわ、先《ま》ず学校の先生。」

「学校の先生が愛するもんか。」

「わたくしはそれが一等先生に感じられたわよ、そしてたくさん教えられもしたわ。」

「たとえばどんな事、」

「そんなことは女の気持から外に出せないものよ、たとえばなんて細かいこと言えばはしないわ、小学校だって学習ばかりおしえるところじゃないのよ、あそこであさがおの芽みたいなものを、パチンと一等先に摘まれちゃった。」

「それから？」

「それから毎日れんあいしているみたいよ。形ではなく眼で、よその眼が毎日電車でも会社でも、わたくしのまわりをうろうろしてくるわ。」

「りさちゃんは大へんな人だね、まるで平気でそんなことを言っている。」

「女は人に好かれた時、ちょっと通りがかりでも人に好かれたなと気付いている時に、自分で美しくなろうという事をおしえられるものよ、それほど大切なことないわ。」

「それはれんあいじゃないじゃないか。」

「わたくしはそれもれんあいだと思うのよ、男なんて毎日頸飾りの真珠に番号を打ってゆくみたいよ。」

「僕は何番目なんだ。」

「あなたはいきなりわたくしの頸飾りを外しちゃったじゃないの、そしてこんな山の中で枯木ばかり見せているんだもの、頸飾りは返していただきたいくらいだわ。」

「返すもんか。」

　平之介ははじめて突っぱねた。幾様にもつみかさねた女の考えが、一つはずしても、次ぎにまた幾重にもつみかさねてあった。りさ子はそれを幾ら外しても外し切れないのかも知れない、あんな少女がこのように考えをたくさん持っていることでは、平之介には及ばない気がした。

ものおもい

山の中の家では、りさ子の、高い縁側に腰をすり寄せてなにか考えこんでいるすがたは、強いくちべにが真先に走ってみえる、過去からもくる美貌《びぼう》があった。そんなぐあいで考えこんでいて、それから決して脱《ぬ》けられなさそうなそれは、平之介には次第に不愉快なものであった。

「飯にしよう。」

「え、あら、もうご飯なの。」

「何時間そんな処にいるんだ。」

「え、あなたが声をかけたものだから、もう飛んじゃったわよ、なに考えていたかしら、……」

「いい加減にしたまえ。」

りさ子は後ろ手に縁側をささえやはりからだをうごかして立ち、逃げた考えを捉《とら》えようとあせった。

彼女はするどい声で、何か言おうとする平之介を遮《さえ》ぎった。

「黙っていて、」

「もう一時近いよ。」

「黙っていて頂戴《ちょうだい》ったら、とうとう、逃げちゃった。いやな方ね、ひとの考えている中まで踏みこんでくるんだもの。」

その眼はしらべることの出来ない、きちんとした、すじみちの通った正眼であった。平之介のほうが却《かえ》ってみだれていたのだ。

長期の疎開中に住みついた平四郎の知合いや、平之介の友人達から、夕食をたべに来てくれという招待があったが、りさ子はただかんたんに厭だと言って行かなかった。その都度、平之介は一人で出掛けた。

或る公使館にいたスイス人で、平之介が外国語を習った館員から、夫人同伴で晩食に招《よ》びに来たが、これは祝いの品物もうけ取っていたので、礼儀上、平之介だけが招宴に列《つら》なる訳にゆかない、特に、夫人に来てくれというのだが、りさ子は不機嫌にそれを断った。

「だって英語も出来ないし、外国人ってわたくし大嫌いよ。」

「でもね、お祝いの品物も貰《もら》ってあるし、こんどは出てくれないと顔向けが出来ないんだ。」

「厭よ、外国人の家は窮屈だし、死ぬほど厭だわ。」

「どうしてもだめかね。」

「厭。」

「君は一々僕の反対側に立つが、それで僕らの永い生活がやって行けると考えているのか。」

「先の事は考えてもみないわ。わたくしにも、やってゆけるかどうかは、とても自信をもって言えないんですもの。」

平之介は突きこんで鋭い歯切れを見せ、りさ子に迫った。

「君は僕を嫌いなのか、それからはっきり聞こう。」

りさ子の顔はそのままの色で、平之介に向けられた。

ひとりで

「好きでも嫌いでもないわ、ふつうの感じしかないのよ。」

この立派で正直な答えは、平之介の思いがけない、そっ気ないものだった。

「では何故《なぜ》結婚を承認したのだ。」

「ふつうの感覚だから結婚したのよ、嫌いだったらしなかったわよ。」

「いまでも普通か。」

「そうね、ふつうだわ。」

「君はもっと、れんあいとか遊びごっこがしたかったのだ、そこを無理に足を洗ったから、それがいまになると惜しくてだだを捏《こ》ねているんだ。」

「そう解釈していただいてもいいわ、とにかく結婚生活くらい、つまんないものないわ、毎日が退屈だし、あなたの言うとおりの生活が強いられるんだもの、自分で考えたことなぞ一つも出来やしない、……」

「じゃ、結婚解消と行こうか。」

「それだっていいわ、ちっとも面白いことがないんですもの。」

晩が来て平之介は今夜も一人で出掛け、一人で戻って来た。外国人だから何故一人で来たといったから、君が厭だといったとも言えないから、からだの工合が悪いといって謝まって来たが、君のテエブルが正座に取ってあって、花束も特別な大きい花瓶《かびん》に生けられてあった。そして最後までその席をあけてあったが、そういう好意を無下《むげ》に拒否した君のへんな性質が、今夜ほど不倖に見えたことがないと、平之介はシミジミそう言ったが、戦争が教育した半端娘《はんぱむすめ》も、やや、つまされたところも見えないでもなかったが、反撥はやはりするどかった。

「あなたの後からぺこぺこお辞儀して尾《つ》いてゆかなくてよかったわ。」

りさ子はおみやげの大きなケーキに、眼もくれなかった。

この夜から何故かそうしなければならない若い平之介は、この事だけがりさ子の盛沢山な反撥作用に対する、その報復のあらわれとして言った。

「僕はおやじの書斎の方で一人で寝るよ。」

「そう。」

「君は好きなところで寝るがよい。」

「そう、じゃお寝《やす》み。」

りさ子は襖《ふすま》をぴしっとしめるとあとは物音も立てなかった。この不倖な腹いせのような、無理にもそうしなければ男の手前が下がる平之介は、ひと晩それを行うと、その翌日も翌々日も、その後の日もそうしなければならなくなり、そのために平之介はすさんで行った。すさみ方は同時にりさ子の物腰にもあらわれ、黙って食事をすまし、黙って美しく顫《ふる》える日がつぶされて行った。もうあんなに話しあうこともなくなり、あんなに話し合った諍《いさか》いがあっても、あの日などは、まだのぞみや、すくいがあるように思われた。だが、いまは、それすらもなかった。

気のせい

或る日りさ子は、腕時計を外していった。

「この時計は重くて大きくて、はめているの羞《はず》かしいわ。」

「立派なデニットの時計じゃないか。羞かしいことなんかあるものか。」

「町の角に時計屋があるでしょう、彼処《あそこ》で話したら、代えるといったから、代えようと思うの。」

「切角おやじのくれたものを君が勝手に売るなんて、何時《いつ》の間に時計屋なんぞに行ったんだ。」

「戴《いただ》いたらわたしの物だわ。」

「後でおやじが聞いたら、いやな気がするだろう、そのデニットはおやじは二十年も大事に持っていたんだ。」

「いくら良い時計だってもう古いわ。わたくし代えることに決めているわよ。」

「じゃ勝手にするさ。」

「女には女持の時計がいるわよ。」

次ぎの日、りさ子の時計は、ちいさい純金の腕時計に代えられていた。平四郎にはわたくしから手紙を出して、諒解《りょうかい》していただくとりさ子は言い、平之介はだまっていた。

平之介は彼処此処の招待には、やはり一人で行った。酒の好きな平之介は、そのたびにへべれけになって戻っても、りさ子は迎えに出なかった。山の中の家はどの部屋の電燈《でんとう》も消されていて、うしろの山と同じ暗のわだかまりに、家全体が溶けこんで見えた。

「たまに迎えに出てくれても、いいじゃないか。」

「お酒呑《の》みなんて大嫌いだわ。」

「…………」

「何よ、その恰好《かっこう》は、泥だらけじゃないの。」

「泥だらけでも自分で始末するからいいよ。」

「誰がお手つだいなんかするもんですか。」

平之介は一人で寝床にはいり、りさ子は起きないで目をさましていた。後ろ山に風が亙《わた》っていて、枯木が触れあって鳴った。まだ時間は早いし睡《ねむ》れないので、りさ子は起きあがるとひとりでに、服を着てしまった。こんな経験はこの家に来てからも初めてであったが、意志の方向もなくて着ものをいち早く身につけることは、よほど、りさ子自身でも、このまま寝るにはさびしい時間であったらしい。

りさ子は裏手から家を出た。

町の百合《ゆり》洋裁店には、火を起して近所の娘達が集まり、りさ子を見ると、いらっしゃいと言ってすぐトランプを切った。裏手から若い郵便局員が出てくるし、泥臭いが気持の紛れるものがたくさんにあった。勿論《もちろん》、女の間でも縹緻《きりよう》のよい者がしぜんに重んじられる傾きがあると見え、りさ子は何時ものように皆から、ちやほやされた。りさ子はこんな田舎の町の集まりに、身を置いてみることが悲しかったけれど、山鳴りを聴き、ひとりで目をさましているには、耐えられないわかさがあったのだ。

百合洋裁店

平之介は何時もなら寝入ってしまうのだが、べつの一人の人間が家を抜け出したかという感覚が、対手方《あいて》にはたらきかけるものがあると見えて、りさ子はもう寝たかということを気にし出した。人間二人の生活では実にこういう時々の思いが、たいへんな間違いを発見することがあった。平之介が襖《ふすま》を開け、そして、りさ子、もう寝たのかと声をかけたときに、勝手口の電燈が点《つ》いていて、ななめに射光が襖のすき間から、怒ったように射《さ》しているのを見た。

勝手に出ると、裏戸は開け放しになっていた。平之介はりさ子のふだんの靴をさがしてみたが、何時も脱いであるところに脱いでなかった。平之介はすぐ着るものを身につけると、山添いの小径《こみち》に出た。乾燥した驚きがすぐ喉《のど》もとに来て、たいへんな事件が起きかかっていて、そこに飛び込んだ自分の狼狽《ろうばい》が町の方へ、がつがつ急ぎ足で歩かせた。一本道の町すじには、人間らしい者は一人も歩いていない、いまは寝る時であるという沈み切った考えが、ふいに平之介になぜ起きて出て来たかということを知らせた。

百合洋裁店は硝子戸《ガラスど》越しに、道路から、トランプを切っているりさ子の顔が見え、その顔は平之介をたちまちに捉えた。十三歳のおりのりさ子の顔が見られたからだ、平常どうにも考えつかない幼年の顔が、ただ、やわらかに其処《そこ》にあった。

平之介は少時それを眺めた。いいようのない可憐《かれん》きわまるものが、なにものの仕業か、いま平之介とは別個の境にあって、咲きほこっていたのである。

平之介が開けにくい硝子戸に近寄った時に、女達の顔はいっせいに平之介の方を見た。さすがに、りさ子は立って硝子戸の方に来た。

「まあ、お起きになったの。」

「帰りたまえ、十時だ。」

「もうちょっとで終るのよ。」

平之介はこらえた。

「では、すぐやりたまえ。」

平之介はごみごみした空気の悪い洋裁店の電燈を見て、どこかでも、こんな変った気持で見た電燈を、頭でさがしていた。トランプは終り、二人は道路に出てだまって歩いたが、道が山下の小径にはいると、わずかな間ではあったが、平之介の怒りがうすらいでいて、いいあんばいだと思った。

「何処《どこ》に行ったのかと驚いたよ、夜中に家を出たりするのはよくないね。」

「一人で暗いお部屋で寝るのは、とても、たまらないわ。だから、ちょっと行って見ただけなのよ。」

「百合洋裁店としたしくしているのも、初めて知ったよ。」

平之介はやはり耐えた。

十三歳の顔

家の中まで山気があった。寒さではなく、人が人の温かさをおのずから欲する、それに似たものだ。かれらは久しぶりで夫婦の行いをし、それが何故二人の間に永い間避けられていたかを、恐ろしい隔離のやむをえないものに、回顧され受けとれた。

「きょう久しぶりにむかしの君の顔を見たよ。」

「トランプをしていたからでしょう、むかしよくしたわね。」

「まるでむかしの、ほら十二、三の時とそっくりな顔をしていたよ、半分笑いかけてさ。」

平之介は百合洋裁店の話を、それ以外には自分から切り出さぬことにした、それの効果があって彼らは穏かに夜を更《ふ》かした。

「何とかして君はこの家におちつくようにしてくれよ。」

「ええ、そりゃわたくしだってそう思うんだけれど、さびしいのが適《かな》わないわ、山の中ってどうにも性に合わないんですもの、」

それからも一つ、りさ子は酒はあまり呑んでくれるなといった。父の画家も、母と別れたのも酒のしわざとしか思えない、父と母の醜いあらそいが段々に心身にくい入って来て、りさ子がいま持っている性質を作り上げたものかも知れないと、彼女は言った。酒の臭《にお》いをかぐとぞっとする、父の酒くさい息が、どんな日にもまじっていると、りさ子は頬をあおくして言った。

「だからあなたがお酒を呑んで帰っていらっしゃると、またかという気がするわ。」

翌日、りさ子は何時もの、この土地にいることのたまらなさを、繰り返して言った。

「魚屋に行ってもおさかななんて一尾もないもの。」

そして後ろ山には、奇怪なふくろうの鳴く声は、毎晩きこえた。ふつうの声ではなく、どこか酔ぱらいの声に似ていて、ううう、と鳴くのである。りさ子は耳に手を当てた。

「厭《いや》だ、厭だ、あの声は?」

りさ子は何もする気がないらしく、山も、枯木林も、小径も、みんな厭だと言い、突然、或《あ》る日トランクを引き出すと着類をつめこんだ。そしてわたくしだけ先に帰京すると言って、だだを捏ねた。

「もう一日も厭よ、毎朝、枯木を燃して火を起すことを考えると、起きるのもいやになっちゃう。」

平之介は落胆していった。

「では東京に帰ろう。」

「あ、嬉《うれ》しい、こんな処《ところ》にいたら息まで窒《つま》ってしまう。」

かれらは近くにこの山の中の家を立つことになった。何一つ美しいものを見ずに、人間のいない自然に飽々して、りさ子は再度《にど》と来ない土地に、わかれの愁《うれ》いさえも感じなかった。

氷の眼

平之介は何とかりさ子の気を引き立てて、この土地にあと一週間くらいでも滞在しようと、山梨《やまなし》がつぼみかけた丘や、サナトリウムの小径、川べりの猫柳の光る土手につれ出して見たが、りさ子の眼はそんな景色になじまなかった。

「あなたは一日延ばしにしていらっしゃるが、わたくしもう耐らないから一人で帰京するわよ。」

「一人で帰る？」

「だって明日もまだ立たないのでしょう。」

平之介は眉《まゆ》をしがめるりさ子を見ると、もう、どうにも引き止めることが出来なかった。

「では明日立とう、」

「きっと立つのよ、わたくしこれから荷作りするわ。」

「二、三軒お別れに行かなければならない家もあるんだ、」

「わたくしお供はしないわよ、知らない方にぺこぺこするのは厭なこった。」

「だって二人分のお祝いを貰《もら》ってあるんだから、挨拶《あいさつ》に行ってくれなきゃ困る。」

「いやよ、わたくし荷作りを済ましたいからお一人で行っていらっしゃい。」

平之介は黙って出て行き、帰って来ると、もう自分のトランクを玄関にはこんであった。平之介は手のつけようもなく、荷作りをはじめた。間もなくりさ子は縁側に出て例のなにかの考えをまとめようと、じっとしていた。りさ子の頭を何かがゆききしていることだけは明白であって、その何かがどういうものであるかは、平之介には見当がつきかねたのだ。

翌日平之介はまだ時間があるので、庭に出て、土手にとおした土管を覗《のぞ》くと、そこに光った物が見え、よく見ると冬の間からのこった氷のかたまりが、執拗《しつよう》に融《と》けもしないで泥まみれになり、そして一処だけ光っていたのだ。平之介はりさ子を呼んだ。

「ほら、土管に光っている奴《やつ》が見えるだろう。あれが氷の眼なんだよ、去年からのこっている奴なんだ。」

「氷の眼っていやあね。」

「冬がどんなに酷《ひど》いかが判《わか》るだろう。」

感動してくれるかと思ったりさ子には、この驚くべき暴威をただ一処にのこしている氷の眼にも、なんの驚きもあたえなかった。

「だからわたくし此処《ここ》が嫌いなのよ、春だのにまだ氷があるなんて、」

「もの凄《すご》いじゃないか。」

「こんなの凄くないわ、寒い土地なら当り前のことよ。」

平之介はこの女とは、とても一緒について行けない、石のようなものを感じた。表面も中身もかんかんの石みたいで、片っ端から弾《はじ》き返されるばかりだった。

べつべつに

平之介夫妻が突然帰京したので平四郎はすぐりさ子と平之介のはずまない顔色を見て、二人の間が巧《うま》くいっていないことを知った。

「こんなに早く帰って来て、どうしたんだ。」

「まだ寒いものですから。」

平之介は顔色から二人の間のいざこざを、読み取られまいとして、平四郎の眼を避けた。

「りさちゃんは山が好きじゃないのかね。」

「ええ、山はあんまり、……」

「空気がいいから、からだにはいい筈《はず》だがね。」

「空気は悪い方がいいんです、始終、悪いところにいたものですから。」

平四郎はひやりとした。余りにうまく言い当てたからである。も一つ、ひやりとしたのは、りさ子の腕時計が代えられていることであった。

けれども平四郎はそれには触れなかったし、りさ子も腕時計には気をつかっていない、却《かえ》ってこれ見よがしにしているふうだった。

その後、平四郎はみんなと食事をしていても、あと片付けにりさ子は立とうとはしない、女中にまかせきりであった。もっと悪い事は平之介もそうだが、黙って食べ、黙って終る食事の息ぐるしい時間の早さが、平四郎には応《こた》えた。何が原因でかれらは仲たがいしているのか、それも相当ふかい根を持っているし、昨日や今日に始まっている諍《いさか》いではないらしい、食事中、茶碗《ちゃわん》がかたっと食卓に打つかっても、飛び上るような驚きが感じられた。

りさ子はとうとう言った。

「わたくし母の処にちょっと行って来ても、いいでしょうか。」

「行っておいで、」

りさ子はもじもじしながら、是非言って置きたいことがございますがと言った。

「平之介のことかね、つつまず言ってご覧、どうも君達はうまくいっていないらしいな。」

「ええ、いまのままだと、母の処に行って帰らないかも知れません。」

「脅《おど》かしなさんな、どんな訳があるんだ。」

「何《なに》も彼《か》も性が合わないんです、それに平之介さんは此方に帰ってからも、お隣の居間で一人で寝ていらっしゃるんです。」

こういう言葉がすらすらとりさ子の口から、質問もうけないでいて話されることが、平四郎には意外な放胆さが感じられ、この頃のわかい女というものは羞《はず》かしいことを、学問をとり扱うようにしていると思った。

「そうか、それは知らなかった。軽井沢でもそういう事があったの。」

「あちらでも、ずっと別々にやすんでいました。」

小学生が教師にうったえるそれらの言葉が、平四郎には顔は小学生に見えても、気性は大学生のように思えた。

もう別れが

平四郎は言葉をあらためた。

「何が原因だとりさちゃんは考えているの。」

「それは子供の時分の平之介さんと、全然性質が違っていらっしゃる原因がおもだと思われます、あの時分から十年もおつきあいしないでいて、わたくしはやはり元の平之介さんだと考えていたことが間違いのもとでないかと思うんです。」

この立派な解釈は、ちょっと平四郎をためらわせたくらいだった。

「君の考えている幼な友達というものが既に違った形であらわれていることが、同時に平之介の考えにもあるわけだね。僕は幼な友達は巧くゆくと考えていたのは、文学上のくだらない考えだったのだね、二人とも十年もあわないでいる間に、成長した十年間をお互が知ろうとして悶《もだ》えたって、解《わか》りっこはないのだ。十年間には君もれんあいの一つもしただろうし、平之介は酒の味もおぼえたろうし女というものも、概略知っていたわけだろうから、これは幼な友達という詩情は先《ま》ず抹殺《まっさつ》してかかっての結婚だったんだね。」

「だから何を持って行っても合わない気がしたんです、昔を知っているからこんな筈がないと考えていても、だめでございました。だから、却って昨日まで知らなかった方なら、なお宜《よ》かったのかも知れません、知っているだけに我儘《わがまま》も出るわけでしょうが、信じているものがみんな失《な》くなっているんですもの。」

「りさちゃんの言うことはよく判るが、だからと言って茲《ここ》で二人の間をこわしてはいけない、何とか出直してもいいから巧く整えてゆくべきだね、それより方法はないな。」

「それは毎日考えていることなんですけれど、毎日の結果がわるいんです。もう、わたくし自分でもどうお気にいるようにしようかという、そんな気もなくなって了《しま》いました。みんな費《つか》い果した気持がしているんです。」

「じゃ、なんにも、のこっていないと言うの。」

「もう、なんにもございません。一時に、和解が出来ても、いままでの事を繰り返す前ぶれみたいになってしまいました。」

「じゃ、君はわかれるつもりか。」

「お願いしたいのはその事だけでございます。なんだか息が窒りそうな気がいたしました。」

「平之介とその話はしたことがあるんですか。」

「ええ、平之介さんとも話して承諾してもらっているのです。」

「それほど厭なの。」

「厭とか何とかいうのではなくて、そうするよりほかにのびのびする所がないんです。」

平四郎はまあそう言わないで、お母様の所に行って、も一度ゆっくり考えるように、結婚三、四カ月で別れるなんて早すぎると言ってみたが、三、四カ月で二人で生活して見てだめなら、のぞみはもう切れている、これは時間的にも、すくいのない人達だった。

生き身

亮吉と杏子は、離れに住むことになり、杏子は空の箪笥《たんす》をはこんで来た。亮吉は写真の或る商会に助手をし、毎日、交通費と昼の弁当代をもって出掛けた。その収入も仕事のあるときにははいるが、大概、ただ、ぶらりと体裁を作って出掛けるらしい。

平四郎は夕食前に限って、何時《いつ》も亮吉が台所にいることを知っていた。そこで十五分くらいいて、茶の間に戻って皆と食事をしたが、何の為《ため》に台所にいるのか判らなかった。平四郎は亮吉と一緒に食事をするのに、なぜか、見なれぬ客というものを覚えた。どんなに砕けた考えを持とうとしても、毎日毎食、他人が一人食卓に加わっているので、戯談口《じょうだんぐち》もきけなかった。べつの意味のきゅうくつさもあった。

犬は勝手の土間にいるので、平四郎は時折犬を見に勝手へ、庭から廻っていったが、或る日、ウイスキーの角瓶に色から見て、酒らしいものが入っているのを見た。また別の日にその角瓶をさげて女中が裏門から出て、酒を買いにゆくのを見た。そして夕食前になると亮吉は台所で、十五分間くらい酒を呑《の》むことが例になり、何くわぬ顔で平四郎と食事を一緒にしていることが判った。

亮吉は平四郎の元からの若い友達の、誰とも故意に親しまなかった。亮吉は慣れると離れで一人で食事を摂《と》るようになり、お膳《ぜん》を作って杏子がそれをはこんで行った。彼は台所で立ちながら酒を呑むことをしなくなり、離れでゆっくり呑むことをおぼえた。

「君は宿屋の女中みたいだね。」

「お眼障《めざわ》りになって済みません。」

杏子は女中を可愛《かわい》がるので、女中はみな杏子贔屓《びいき》だから美味《おい》しい物や、珍らしい物は離れにこっそり搬《はこ》んだ。男というものを見極めることが出来ていても、女は女自身の生き身がどういうものであるかが、見極められないものだ、その間じゅう男は一枚がた上だった。

亮吉は出掛けない日は、やはり原稿を書いていた。恐るべきこの根気は庭を隔てた平四郎に、その原稿がどういう性質のものだか判らないが、押して押し抜くものだけがみとめられた。平四郎も毎日書かねばならない仕事の手をやすめて、離れの原稿書きを障子硝子《ガラス》から見ていたが、一人は有名人であり一人は無名人だった。有名人には雑誌や新聞社の記者が来るし、亮吉はそのたびに或る比較を自身のうえに余儀なくされ、むしゃくしゃしていた。

「同居は彼を却って苦しめはしなかったか。」

平四郎はぼんやりその事に思いついた。

「見たところ凡くら爺《じい》さんの何処《どこ》が一たい、えらいというのだ。」

亮吉のこの必然な観念は、一緒に住んでみると、全くのぼんくら爺さんの正体であった。あいつの鼻の穴を開けてやろうという亮吉の腹構えは、書くことだけに熱中された。原稿の用いられることなぞは問題ではない、書いている間は同等の位置があるような気がしたからである。

同じ家に

亮吉はうしろ向きになって書いているが、窓からその正座のすがたが平四郎の眼に、見まいとしながらも入って来た。これは困ったことになったと思うが、亮吉は終日坐《すわ》って飽きないらしい。平四郎は予定の枚数に達しると、書くことをやめた。おれも亮吉と競争して書いているのかと、平四郎はどういう人間がどんな原稿を書いているにしろ、書いているという事実は大したことだ、書いている生き身はないがしろには出来ない、ペンを原稿紙にうごかしている事実の前では、有名も無名もなかった。ただ惨酷《ざんこく》な才能い。

のだ、だが、いま書いているすがたはいかなる場合でも、これを抹消出来るものではな

の批判の行われる時にだけ、その書きあがりが時間の空費であるかないかが決定される

午後の三時はお茶の時間であった。

かれらはここでお茶を呑み、菓子をつまんだ。平四郎は幾らかいんぎんに、ひとかどの作家に言うおあいその言葉をのべた。

「書けますかね。」

「僕は遅いほうなものですから却々捗取《なかなかはかど》らないんです。」

「遅い人はいいものが書けそうだね。巧い作家はみな遅いらしいな。」

「あなたは早いほうですね。あっという間に書いておしまいになる、……」

「僕は速力のある時だけが書けるので、速力が鈍ると書くことがらも鈍って来るんだ、

書きたくて小便をこらえて書く時だけが成功しているんですよ、或《あ》る種類の作家の内の

僕もその一人だが、小便をこらえて書くような時間がほしいし、何時も肉体と一しょに

書いている気がするんだ。」

お茶の時間が終ると、亮吉は離れに去り、平四郎もまた仕事にかかった。気になって

離れの方を見ながら、同じ家に二人の人間が書くしごとをしていることが、お互に内容

は判らないにしても、気づまりがあった。亮吉のほうがもっと気詰まりであろうが、平

四郎は雑誌社の人が這入《はい》って来ても、なるべく靴音を立てないで亮吉に知られないで、這入って来てほしかった。併《しか》し実際はそんな訳にゆかない。

平四郎は日が経《た》つと、咳《せき》をするのにも大きい咳をしないようになり、家人を大声で呼ぶこともしなくなった。もっと苦痛なことは庭をぐるぐる歩くことを控えたことだ、離れの前にも姿を見せることになるので、しだいに庭に出なくなった。このきゅうくつさは並大抵のものではない、自分の家にいながら何かを憚《はばか》っているのと同じであった。いまからこんな風だと、日が経ってゆくと益々《ますます》きゅうくつになる……

「おれは困ったことを提案したものだ。」

平四郎は離れの方を見て、やれやれと嘆息したのである。

赤い旗

三カ月くらい過ぎ、平四郎はいよいよ亮吉と同じ家に住む窮屈さを、いらいらしく感じ出した。

秋を迎えて半年近くなると、平四郎は唸《うな》り出すような気持になり、どうにも身動きが出来なくなった。他人と同じ家に住むことの狭隘《きょうあい》窮屈さで、平四郎はうっかり縁側に出ることまで控えた。縁側から離れがまる見えに見えたからだ。毎日気鬱《きうつ》になり機嫌が悪く、なるべく亮吉と真正面に顔を合さないでいて、そんな機会を避けた。

亮吉は杏子と庭を掃いていたが、亮吉の庭を掃いたあとを亮吉の留守の間に見ると、神経質にこまかいゴミまで掃き取ってあって、それは亮吉が原稿をかくときと同じ叮嚀《ていねい》さのあるものであった。妙な処《ところ》に亮吉の凝性《こりしょう》を見付けたが、だんだん亮吉が庭を掃くのを見ていられなくなり、寧《むし》ろ、打棄《うっちゃ》って置いてほしかった。平四郎は杏子にそれを話して、庭掃きはやめるように言った。ひとつは亮吉の矜持《きょうじ》が、うやむやにならない平四郎のいたわりもあったのだ。

だが、平四郎のきゅうくつさは愈々《いよいよ》烈《はげ》しくなり、杏子に用事があっても呼ぶことがいやになって来た。ひょっと庭先を見ると、亮吉が井戸端とか煙草《たばこ》買いとか、外出とかに庭をよぎり、顔と顔を合して両方でしまったという顔付をし合い、お互に眼を外らしてしまう、その僅《わず》かなあいだの気まずさを、お互に避けることに気持をくだいているのが、平四郎には耐えられなくなって来た。彼は鬱屈《うっくつ》した犬のように例の唸り声を机の上から勃発《ぼっぱつ》した。

平四郎は或る日、赤いきれで小さい旗を作った。葉書くらいある赤い旗だった。それを母屋《おもや》の硝子戸の間に挟《はさ》んで置いて、杏子に用事があるというふうに、ちらつかせた。一々声を出して呼ばなくともよい思いつきだった。平四郎はこの思いつきで、ちょっと窮屈さを紛らわしてみたのである。よい年をしてこんな胡麻化《ごまか》しで、自分をまぎらわすことをする平四郎は、そのあいだだけ、ほっとした気持になるのである。

離れでこの赤い旗の出るのを、杏子は何遍となく母屋の方を展望していた。赤い旗は出る日も出ない日もあったが、

「ほら旗が出た、呼んでいる。」

という声が離れで起った。

杏子も黙り込んで庭に出なくなった平四郎が、どういうふうにこの毎日の緊張を叩《たた》き破るかが怖《こわ》かった。半年も一緒にいることは無謀であったが、と言って杏子は何処にも出てゆかれないぎゅうぎゅうの暮しなのだ。平四郎のものを食わなければ、何処にも、それにつくことの出来ない行き尽した処では、もはや一日ずつを無理にも此処《ここ》から立ち上ることが出来なかった。だが、この三人の人間はお互に破ったり破られたりする方向が、次第に近づいている予感だけは、一日ずつ受けとっているのである。

足

或る日、亮吉と杏子は出かけようとし、裏門のそばで杏子は犬をあやしていて、その後ろに亮吉が蝙蝠傘《こうもりがさ》を持って立っていた。そして縹緻《きりよう》のよい女中が勝手の方から、主人連を見送っていたが、恰度《ちょうど》、杏子の後ろにいる亮吉が何か悪戯《いたずら》をしなければならない状

態が迫っていたのだ。それは女中が見ている関係上、おれはそんなに大して杏子をだいじにしている訳ではない。これこの通りに君の前でからかって見せているではないか、と、そういう気前から、亮吉は蝙蝠傘を伸して、犬をあやしている杏子の頭をこつんと叩く真似《まね》をして見せたのであった。女中はくくと笑い、亮吉は小気味好《よ》かった。

恰度、そこに平四郎は用があって庭をよぎり、はじめて鋭くその有様を眼にいれた。尤《もっと》もらしいふざけ方で、女中に見せるための軽蔑《けいべつ》であったのだ。こういう事を見たくない平四郎は、かれらの間に表面には判《わか》らないものが、迫っていることを感じた。

或る夕方に杏子のもとの学友二人が来て、茶の間で食事をすることになり、杏子は亮吉には、夕食の支度をして離れにとどけて置いた。茶の間で賑《にぎ》やかな笑い声が起り、客はなかなかかえらなかった。それから少時の後に離れの方に一ぺんにたくさんの茶碗《ちゃわん》の毀《こわ》れる音が、おお方、足で蹴飛《けと》ばした様子らしく、平四郎はすぐにそれを感じたが、女客はちっとも気づかなかったらしい。だが、杏子にはすぐその音響の原因が何であるかが、判ったらしく顔色を変えた。

「あら?」

「離れに行って見たまえ。」

平四郎はそういい、女客はなるほど大きい音がしたと、音響を頭に呼びもどして言った。

「行って見るわ。」

杏子が立って離れにゆくと、すぐ出て来て、女中と二人で雑巾《ぞうきん》とバケツをはこんで行った。そして相当永い時間がかかったが、その間に平四郎は自分の不機嫌を匿《かく》そうと、女客の前でいらいらしていた。

何時の間にか自分で酒を買って来て呑んだものらしく、へべれけになった亮吉は、表情のない顔で皿小鉢の片づくのを見ながら、ね床に入れられて睡込《ねこ》んでしまった。これは大変なことになった、平四郎はとうに気づいているし、胡麻化しようもなかった。

女客はそれを合図に帰った。

平四郎は杏子を呼んで言った。

「どうしたの。」

「例の酔ぱらって食卓を引っくり返したんです。」

「足でか。」

杏子はすぐには答えなかった。

「足で蹴飛ばしたというのか。」

平四郎の声は畳みかけてとがっていた。

飯

杏子はそれでも言った。

「足ではございません。どうも、たいへんな音を聞かして済みません。」

「若《も》し足で蹴飛ばしたのなら、おれの飯を蹴飛ばしたことになる、つまり、おれのはたらいた飯を蹴飛ばすことはおれの顔と仕事を足でふみにじったことになる。おれはまだ誰にも足で蹴られた覚えはない。」

杏子はこういう時に非常な勢いで、立ち上って対手《あいて》を捌《さば》く気短かさのある父親を知っていたので、平四郎が仁王立ちに立ち上るのを怖《おそ》れた。対手が誰であろうが半気狂《きちが》いの気ぶりを見せはじめたら、もう停めることの出来ない男である。併し平四郎は立ち上らなかった。坐ったままでいった。

「おれはあの男の足をへシ折って遣《や》りたい。」

「どうも済みません。」

「こういう君達の内輪のもめごとを知るという意味で、同居も考えものだったな。」

「…………」

「君も根気の好い女だ。まだ別れるとひと言もいわないじゃないか。」

「じっと取って置きにしてあるのよ。それを一たん口に出したら大変なことになりますから。」

「亮吉もそれを口にしたことがないのか。」

「ええ、言わないわ。」

平四郎は二人の話が柔らかくなったので、これはいいあんばいだと思った。

「亮吉は君から別れ話の出るのを待っているのではないか、僕の手前もあって自分から口を切らないでいるのも、あの男の腹がまえが出来ているからだよ、女から口を切らせるようにしているんだ、それまでは生きたおもちゃみたいなものさ。」

「まあ、酷《ひど》い。」

「男の肚《はら》の中はそんなもんだ。」

「…………」

「どんな場合でもその言葉をおぼえて置きたまえ、覚えてさえ置けば、損も、負けもしない、……」

「おぼえて置くわ。」

「何故《なぜ》、女なんかにうまれたのかな、生んで見てお気の毒に耐えない。いまさら唯一《ただ》人の味方である父親も何の足しにもならないし、これは人間同士のどうにもならない啀《いが》み合いなんだ。」

「酒さえ呑《の》まなければいいんですが。」

「いや、酒のせいではないよ、おれという人間に対する厭悪《えんお》があゝいう形に現われてくるんだ、それはどれだけ抑えていても、何等かの機会にふしぎな形で暴れ出して来るものだ。しかしそれも、たかの知れたものなんだがね。」

「だんだん詰ってくるようだわ。」

「それが判れば結構だ、それまで君流に辛抱するかね。」

平四郎は止《や》むをえず、さびしく笑った。

わかれ

伊豆《いず》の母親のもとにりさ子が立つ朝、平之介もりさ子も不機嫌でむっつりとひと言も話をしないで朝食についていた。これが別れになるかも知れないのに、平之介も言葉の一つもかけてやればいいと、平四郎は二人の間を柔らかく融《と》くように言った。

「君達も少しは機嫌を直して見たらどうだ、まるで睨《にら》み合って飯を食っているようじゃないか。」

平之介は苦笑した。

「べつに睨み合っている訳じゃないんですよ、そうだろう、りさ子」

「ええ、べつに。」

却《かえ》って不機嫌な二人は、不機嫌でない嘘《うそ》の妥協をして見せた。

「それならいいがね、りさ子も一週間は滞在するだろうから、君、東京駅まで送って行ったらどう？」

平之介は曖昧《あいまい》な孰方《どっち》つかずの返事をすると、りさ子はお友達の処に寄って出立《しゅったつ》するから、正確な時間が判らないと言って、その話を避けて了《しま》った。

「青葉の田舎はいいだろうね。」

平四郎のこの言葉には、二人とも返事がなく、朝食はすげなく終った。若し向うに行って帰って来ないと、いまの内に金を渡して置く必要があった。神経的にそんな気がしたので、平四郎は何万かの金を用意して、発《た》ち際《ぎわ》のりさ子を書斎に呼んで手渡した。

「これは何かにつかってくれてもいい金だから。」

りさ子は躊躇《ためら》わずに受け取った。

「いろいろご心配をおかけしまして……」

「そこで君は帰って来てくれますか。」

「それは昨夜、平之介さんと話し合ったのですが。」

「どういう話なんです。」

「母ともよく相談しまして、若し母がこちらに帰らなくともよいと申しますようなら、そのまま母のそばにいる考えでございます。」

話は、二人の間でもう固められているらしい。早手廻しの若い二人は、もう元に話をもどす気になっていない。

「平之介はどう言っているの。」

「このまま別れようと仰有《おっしゃ》っているんです。」

「りさちゃんはどうか。」

「わたくしもその気になっているんでございます。」

「そうか、やはり縁がないという奴《やっ》だな、併《しか》し考え直すということも有り得るからね。」

「二人でこの話は先に決めてしまいまして、申し上げるのが遅れた訳なんです。」

「じゃ、だめだな。」

「ええ。」

このまよえる羊の眼には、少しの悲しみも読みとれないばかりか、早く一人になりたいのぞみが見られた。引き摺《ず》られている杏子にくらべると、ちがいの大きさが甚《はなは》だしかった。

百日の結婚

勿論《もちろん》、りさ子は十日経《た》っても、二週間になっても帰って来なかった。荷物は田舎に送り返してくれるように言って来た。平四郎は平之介に当って言った。

「たった三カ月で女房と別れる奴があるか、どちらが悪いか良いかは別として、たった三カ月で別れるということがあるか。」

「別れるとなれば人間はたった一日でも、また一時間の間にも別れる奴は別れますよ、これは時間の問題ではなく人間の食い違いの問題ですよ。」

「この野郎、おれと同じことを言っている。」

「りさ子を貰《もら》ったのは平四郎さんの見当違いだ。」

「君はりさ子を貰うとなると、特にこんどの話はこわさないで呉《く》れと懇願したじゃないか。」

「あの時はあの時ですよ、人間の中身はちょっとでは判りはしません。」

「りさ子はいい子だが、女房には向かないところもあるな。」

「幼年時分のりさ子と、いまのりさ子の違いがあなたには判らないんだ、顔は益々《ますます》美しくなるが、気性はその反対を向いて走っている……」

平四郎は思わず笑って了った。

「これもおれと同じことを言うじゃないか。」

平之介は笑いを耐《こら》えて言った。

「りさ子はあなたの好きな子だが、いくら平四郎だってりさ子のお腹《なか》の中まで好きになれませんよ。」

「平四郎とは何だ、呼び棄《す》てだ。」

「では平四郎さんだ。」

平之介にも、りさ子に対する脈のないことが判ると、平四郎はよしなきことで一人の女を傷《いた》めた思いがし、やはりりさ子を見る贔屓《ひいき》の眼《まな》ざしがあった。

或《あ》る日、突然りさ子から手紙が来た。それにはいろいろ心配をかけて済まなかったと言い、さて更《あらた》めて彼女のいうには小説家平山平四郎たる者の息子平之介は、一人の処女の貞操をもてあそんで、それにただの包み金で事を落着させるとは何事だ、いまは法律的に慰謝料というものが制定されている。平四郎たるものはその名誉にかけても、わたくしの不幸と悲しみに対しては充分にこれを慰めるべきである、と言ってわたくしは法外なことは言いたくない、ただの数万円をこんどのお勤めの見付かるまでのつなぎに、早速にお送りいただきたい、これは誰からも唆《そその》かされた仕儀ではなく、多くのわかい女がそのよめ入り先から帰ったときに、漠然と思うのはお金のことで、お金というものは人間の悲しみに必要であることを思い至ったからである。幼少の折から可愛《かわい》がっていただいて、このような手紙を書くのは本意ではないが、だからと言って何処《どこ》にも縋《すが》りようのないわたくしが、このような手紙をかくこともお許し下さるものと思われますと、長々と認《したた》めてあった。平四郎はよくこの手紙をりさ子が書いたものだと、むしろ快い苦笑を頰にうかべた。

ゆくえ知らずも

なおご送金は母のもとではなく左記にお送りくださいとあったがそれは中央区の或る人の住いの気付になっていた。平四郎は再読してさもあらん、そうしなかったら窮《こま》るだろうと腹立たしさも感じないで、これは何とかしようと心できめた。寧《むし》ろハンドバッグをねだられたのと同じ、明快な気持であった。平四郎は他人から金をゆすられて驚くほど、うぶな人間ではない、つねに半分やけで生き、半分人並以上に義務と正義を愛する平四郎の生き方は、どこまでも大胆不敵に生きることだけが、きょうの平四郎の心の決めであったのだ。

「平之介、これを見たまえ。」

平之介は手紙を読んでかんたんに言った。

「こういう女なんですよ。きっと、こんな手紙くらい来ると考えていたんです、」

「君ならどうする。」

「洋服から靴まで拵《こしら》えてやったんだから、こんな金をやる必要はないと思います。」

「いや、そうではない、りさ子は手紙をかくことを知らないから、ゆすりがましく書いているが、これはりさ子がおれを信じているからだよ、きっとくれるという信じ方が手紙に現われている。これはきれいにやって我々の友情をあとまで汚したくないね。」

「じゃ、やるつもりですか。」

平之介はおもいがけなく、眼をかちっと光らせた。それには一種の感謝めいたものが現われていた。

「やるよ。」

平四郎は当然な顔付で答えた。

平之介はこんどは露骨に、嬉《うれ》しそうな眼をかがやかせた。

「やって戴《いただ》くと僕もうれしいんですが。」

「そう来なくちゃいけない。やって喜ばせてやりたいよ。」

「でも僕からお願いは出来ませんからね。」

「この女にだけは金はやるべきだよ、僕はけちだが、とうからりさ子からこんな手紙が来る予感があったのだ。」

「併しこの手紙の背後には、誰かが指図して書かせたところがありますね。」

「僕はそうは思わない、おもい詰めるとこのくらいの事は、誰でも平気で書くようになるさ。」

平四郎は受取だけは後日のために書くようにいい、金をいれた手紙を送った。少女の時分から特に平四郎から、注意をして見られている感覚を持っていたりさ子は、やはりその感覚の延長を持っていたわけであった。

数日後にまよえる羊から手紙が来て、送っていただいた金で勤めの用意をすると書いて、お目にかかることもないでしょうが、どうぞお達者でと嬉しげに書いてあった。まよえる羊は、その後どうしているか消息も聞いたこともなかった。

唾《つば》

バカ親父《おやじ》

何処《どこ》に行くかわからないが、亮吉は毎日、交通費と昼飯の金を持って出掛けた。それも、台所から都合をしているらしい、夕方に戻ると離れで食事を摂《と》り、例のウイスキーの角瓶《かくびん》にはその時刻には、よい色の酒が買いこまれ、一文取らずの旦那《だんな》さんが召し上っていられた。旦那さんは平四郎の小説はみとめないが、詩はみとめてやると何時《いつ》もの訓示をあたえ、バカ女の杏子は三尺くらい退《さ》がって、はいはいといって畏《かしこ》まり、事態はおだやかな生活ぶりであった。

バカ女は近くの酒屋、魚屋、乾物屋から旦那さんの召し上り物を、つけにして取っていた。平四郎の家庭はすべて現金で買い、借金はならぬことになっていたが、収入のない亮吉夫妻はすべて借りであった。お膳《ぜん》は庭を横切ってはこばれ、平四郎の書斎からその貞節ぶりのすがたが見られたが、平四郎は好きなようにさせていた。どうせ、こいつらは別れる、あとしばらく見ていれば、いやでも見る必要はなくなるであろう、平四郎は亮吉には機嫌好《よ》く笑って見せ、いかなる場合でも意見がましいことは言わなかった。却《かえ》ってバカ娘にはこう言って、亮吉の労をいたわるごとく言った。

「あの根気だけは大したものだ。いや、なかなかのお人だよ。」

そしてこのバカ親父は、背中が痒《かゆ》くなるような気持を、我慢して杏子にいった。

「毎日ああして書いて原稿紙の買い入れがあるのかね。」

バカ娘は得意になって答えた。

「原稿紙は三、四千枚くらいあります。」

「へ、三、四千枚おありですか。へ、三、四千枚とは驚いた。」

「それくらい、なくちゃ書いていられないわよ。」

平四郎は原稿紙の新しいものは、何時も千枚くらいしかなかった。

いつも、千枚の必要はないのだ、千枚あれば一年はあるだろう、五百枚で沢山な気がするのである。その日に書く三、四枚しか机の上には置いていないのだ、この頃の平四郎は何千枚という原稿紙は、もはや原稿紙と名のつく枚数ではなく、ただの白紙の虚《むな》しさが感じられていた。

月末になると、台所に商家の人がつけを持って来て、支払わない酒と乾物の請求をしに来た、バカ娘はその言訳は裏門に出て言った。平四郎は四十年ぶりで借金取りの声を聞いて、悲しくも嬉《うれ》しくもなく、むしろ奇異なおもいがして耳をかたむけた。駅前の呑《のみ》屋《や》から風体《ふうてい》もよくない女が、急《せ》きこんで酒の金を取りに来たが、これにもバカ娘が出て、あてのない言いわけをして、帰した。払いの良いことで信用の厚い平四郎の家には、払いの悪い同居人が却ってその信用を一層強くした。バカ娘が払わなければバカ親父から取る商家の考えだった。

荒《あら》縄《なわ》

亮吉は或《あ》る日、ひと綴《つづ》りの原稿を書き上げた。そして杏子に、これを平四郎君に見せろ、多分、平四郎はこれには相当の敬意を持って見るであろう、と、亮吉は机の上から、四、五枚の原稿を杏子の膝《ひざ》の上に投げた。平身低頭してみると、それは詩というものであった。元来、亮吉はもとは詩を書いていたので、相当の技法はこころえていた。

杏子は平四郎の机のそばに来て今度は詩を書いたそうだが、若《も》しこの詩に見込みがあったら、何処かで印刷だけはして見たいが読んでくれるかといい、平四郎は読もうといった。その原稿は書きなれた詩の勢いに達者さがあったが、最前線の詩ではない、併《しか》し危気《あぶなげ》がないので何処かにたのんで見ようと言った。

「こんどは小説をやめて詩を書き出したのか。」

「苦しまぎれでないでしょうか。」

平四郎はもはや娘としてではなく、市井《しせい》の女としての彼女をじろりと見た。そこに思慮分別を超越した人間としての、一個の物質に見入った。そしてこれは皆がこうなるのが落ちで、ここから引き上げることは容易ならざるものである。これは杏子一人の問題ではなく女がそのために、いつもその生涯の大半を失っているからだ。どれだけ多くの女の人が此処《ここ》で叫び声もあげられないで、荒縄でぐるぐる巻きにされて、おっぽり出されている事か、そのあたりに見よ、一個のきんたまを持った男が控えているだけである。

この恐るべき約束事はふだんの行いに算《かぞ》えられている。

「先刻も借金取りが来たよ。」

「どう仰有《おつしや》ったの。」

「おれが払うなぞと、あまい考えで貸してくれるなと呶鳴《どな》って置いた。四千三百円あった。」

「ご迷惑おかけしませんからどうぞ。」

「電車賃もないのに酒も呑まねばならないところに、君も引っかかっているんだね、そんな酒は美味《うま》いだろうが取りに寄こすのはやめなさい。」

「どうも済みません。」

平四郎の妻のりえ子は言った。

「別れなさい、なにを手間取っているの。」

別れなさいの一点張りであった。

平四郎はそのことでは、一さい、自分から口を切らなかった。意地悪いとでもいえばいえるその黙殺は、やらせるだけやらせろという肚《はら》であった。人生はやってやり抜くことだ、打《ぶ》っ倒れるまで食っ付くものは食っ付かせて置くのだ、どうせ女は損だ、どんな大きな損をどのように小さくまとめようとしてもすでに遅い、残念だが大きい損を背負ってから、くたびれ切って引き上げるのがせいぜいだろう、これは父親でも、亭主でもとどめることは出来ない、損をした人が自分で損というものの下積みで、喘《あえ》いで動けなくなるまでのことだ、ここで映画とか小説の種取りとかが表口で待ち受け、そのバカ女を引捕えて料理するのだ。

バカにひげが生えている

詩の原稿は幸い友人の佐藤春夫が、編集の名をかしている三田文学に、この男は娘のむこ殿でござるが、君の加勢をたのみたいと平四郎は手紙を書き、掲《の》せて貰《もら》うことが出来た。四年間に印刷になった原稿はこれがはじめてであった。なんたる困難なことであろう。

例によって平身低頭したバカ女は、三田文学を旦那さんに見せると、旦那さんは非常に機嫌好く、おもむろにあごを撫《な》でていわれた。

「相当の物をかけばだね、掲載せざるをえないものだよ。」

「よかったわね。」

「余りよくもないがね、まあ読む奴《やっ》もいるさ。」

「原稿料はどうなるんでしょう。」

「そんなものは出るものか、原稿料というものは、君の親父が他人の分まで掻《か》っさらって行くようなものなんだよ、平四郎のような男がいるから、廻らなければならない分の原稿料まで持って行くんだ。」

「じゃ平四郎さんは弱い原稿稼《かせ》ぎの人の分まで持ってゆくと仰有るの。」

「勢いそうなるんだ、一人で十人分取りやがる。だから無名人の十人は日干しになってゆくんだ。それほど、流行《はや》る小説家なんて奴は無名の原稿料まで掠奪《りゃくだつ》しているんだ。」

杏子の右の眉《まゆ》はぴんと張った。

「では、あなたの分まで持って行くと仰有るんですか。」

「おれたちの食えないのは、拙《つたな》い作家とやらが、のさ張っているからだ。」

こんどは杏子の左の眉がぴんとはね上った。

「そんな吝《けち》くさい考えを持っていらっしゃるから、四年間書きとおしていても、原稿料は一銭もはいらないじゃないの、他人が百万円取っていたって、取れるわけがあって取っていらっしゃるんです、お馬鹿《ばか》さん、他人の原稿料に口出しの出来るお方かどうか、ちっとは馬鹿も休みやすみ言うがいいわ。」

「馬鹿とは何だ。僕に対《むか》ってそれがいえる言葉だと思うのか。」

「あなたでなかったら誰にその言葉がいえるもんですか。わたくしは二十四時間ずつ毎日見ていたわ、どんなにあなたがお馬鹿さんだったかを言えるものは、わたくしが最適任者なのよ。」

「すべため、何をいうんだ。」

「わたくしはあなたに引き摺《ず》られている点ではバカだが、その外の意味ではあなた程のバカではない、あなたのバカにはひげが生えている、……」

「畜生。」

「飛びかかったら声を出すわよ、バカのひげちゃん、……」

杏子は庭から母屋《おもや》に行った。

家の中には時計が刻む音だけが平常よりか厳格にカチカチと聞えていた。

もつれ

茶の間で見た杏子の眼に、男の怒ったときと、同じものが見られた。それは、わずかな間に消散したが、女も怒ると男の眼に似てくると思った。

「やったか。」

「ええ、喧嘩《けんか》して来ました。」

「勝ったか負けたか。」

「勿論《もちろん》勝ったけれど、それがどこまで勝っているか判《わか》らないわ。」

「とにかく喧嘩するなら、ぎゅうぎゅうまで遣《や》れ。対手《あいて》がふらふらになるまで、畳みかけて遣るんだ、いい加減の喧嘩なら、やめるがよい。」

「あんまり遣ると可哀想《かわいそう》だわ。」

「男は可哀想なんて気は女には持たないよ、憎み放しのものだよ。」

「でも、仕事はうまくゆかないし、いらいらもして来るらしいわ。」

「君のそのあやふやがいけないのだ、それなら、初めからはいはいで畏《かしこ》まって居ればいいんだ。」

「そうもゆきません。」

「莫迦《ばか》野郎、男の一人くらい、まる呑みに出来ないのか。」

「まだ其処《そこ》まで手がとどいていません。夕に諍《あらそ》い、あしたに笑うバカのかぎりをつくしているのよ、まだ、当分だめだわね。」

「それが女の常識らしいが、君がその気でいるならそれもよかろう、併し男ってものは離れられないものだな、懲《こ》りて怒って食っ付いているのを見ていると、バカだなと思うが、それも一概にはいえないね、対手が男だからな、一生そいつを目あてにして生きて来たんだからな、併し厭《いや》になっちまう、ずるずると引き摺られているのを見ると、物もいいたくなくなる。」

「済みません。」

「ほら、何処かにまた出掛けるらしいよ。」

「勝手に行くがいいわ。」

亮吉は服を着かえて、出て行った。

平四郎は言った。おれの気短かなのに、君のしんぼう強い奴がうまれたことは、妙だと思わないか、おれから見ればどこに好いところがあるのか判らない男に、君は引き摺られている。それは君がはじめて男を知ったからなのだ、はじめてでなかったら君ももっと手剛《てごわ》い女になっただろう、情がふかいというのか、あの男のあやつりに技術があるのか、おれは小説を書いていても女のことは判らないと、平四郎は話を打ち切った。

「併し女は別れようと決めてかかると、殺されても厭だといい張るものだ、最後は偉いくらい強い。」

併し何遍もいうことだが、その時は、もう一さいが遅すぎるのだ、そこに行くと、りさ子は利口な娘だった。一度で、さっと身を引いた鮮かさがあったと平四郎はいった。

夜中の焚火《たきび》

夜も十時に廻った時分、焼酎《しょうちゅう》をあおった亮吉は、書きための原稿をトランクや本箱からつかみ出すと、それを畳の上に投げ出した。

「どうなさいます？」

杏子は何時もより、もっと暴力をふるう亮吉の眼を見入った。

「原稿を燃してしまうんだ。」

「こんな夜中にですか。」

「この家の前で燃せば平四郎に何も遠慮はないじゃないか、往来で燃すんだ。」

亮吉は一抱えの原稿を持つと、さすがに、靴音をしのばせて表に出て行った。残りの原稿をかかえて杏子もあとに蹤《つ》いた。母屋の電燈《でんとう》はついていない、平四郎はもう寝入っているらしい。

往来の溝際《みぞぎわ》で、亮吉は綴《と》じた原稿をほぐし、それをつみ上げると燐寸《マッチ》を擦った。火はあたりに照った。杏子はやはり原稿をほぐしては、燃えた中に投げ入れ、亮吉は口を利《き》かないが、杏子にもなんの感慨もなかった。却って燃して了《しま》ったら原稿いじりはしなくなるだろうと思った。ふと見ると、亮吉の眼は憎悪《ぞうお》にあえいでいて、いまはこの原稿すらも愛することが出来なくなり、早く燃したいらしく火を掻き立てて、焦《あせ》っていた。

表小路に靴音がし、警官が一人少し急ぎ足で入って来た。

「何を燃しているんです。」

「書きほぐしの原稿なんです。」

「こういう夜中に大量の火をもすのは止《や》めて下さい、もう、十一時近いですよ、すぐ消して明日の昼にでも燃して下さい。」

「は、」

「見受ければ教育もおありの方のようだが、こんな夜中に軽率なことはしないで下さい。」

「は、」

杏子は用意の水で、火を消した。あたりはやっと人の顔がみとめられる程度の、濃いくらさに返った。

「平四郎さんのお宅の方ですね、同居している方なんですか。」

杏子は慇懃《いんぎん》にこたえた。

「家の者でございます。」

警官は去り靴音は消えた。

二人は黙って後始末をした。亮吉は碌《ろく》に原稿も燃せもしないと、腹立たしげに言い、残りの原稿を抱えて庭にはいると、平四郎の書斎に電燈がついたが、すぐにまた消えた。

「平四郎は起きていたようじゃないか。」

「すぐ電燈が消えたから気がつかなかったらしいわ。」

「警官の声が大きかったからだ。」

亮吉は残りの酒をあおり、杏子はただそれらを冷淡なまなざしで眺めた。君は何をするにも冷たくなったという亮吉には、だまって返事をあたえなかった。悪いゆめはまた杏子を沈みきらせた。

書留郵便

夏が来ると平四郎は軽井沢の家に行って留守だったから、亮吉は酒にしたしむ機会が多くなり、平之介も離れに行って、母親にかくれて酒を呑んでいた。りさ子と別れてから、やけ酒も手伝った平之介は、別れ話をまとめてりさ子の贔屓《ひいき》をしている平四郎に、顔を反《そむ》けていたのだ。

これらの酒の費用をつくるため、杏子は或《あ》る日の郵便物に書留郵便があったので、母親にこのお金を二、三日借りていいだろうかといい、二、三日の立替えなら構わないだろうということになり、書留は信州に凡《すべ》て送ることになっていたものの、そのまま杏子の手で抑えられた。原稿料とか印税はすべて雑誌社から、郵便でとどけられ、それを更に留守宅から信州に再送していたのである。

郵便は毎日配達され、その中にある書留郵便を手にとって見入っている杏子の頭には、も一度立替えて貰い近隣の借金を軽くしたいのぞみを持つようになり、その書留郵便もついまた抑えてしまった。毎日の酒ではあり平之介も交っているので、費用はかさむ一方であった。そんな日はりえ子にご馳《ち》走《そう》を作り、からだの不自由なりえ子の好きなものをつけていた。

雨ばかり続いた初夏のくらい空気は、一そう亮吉や平之介のくさくさした気分に酒の必要が迫り、杏子は酒と料理に趁《お》われ、くらい気持になって書留郵便は次ぎから次ぎへとおさえた。

亮吉は気にしないでいった。

「なあに返せばいいじゃないか。」

平之介は笑っていった。

「おやじだって酒は呑《の》んだのだから、おれ達を責めてばかりいられないさ。」

杏子は第四、第五の書留郵便を、ぶるぶる顫《ふる》える指先で封を切った。りえ子はそばでそれを見ながら、一たい、そんなに来る書留をみんな費《つか》ってしまって、後でどうする気なのと、そろそろ顔色を変えて言わなければ、ならなくなっていた。

杏子は書留郵便の来るのが怖くなり、また、書留の到着を待つことが毎朝、どきどきする気分で迎えられた。金高の尠《すくな》いのには心に傷《いた》みがすくなく、金高がかさむとその日一日、気は重く、異様な悲しみが胸を固くしめつけた。もはや抑えた原稿料の総額は、とうてい亮吉夫妻の償える額ではなかった。

杏子は計算して身慄《みぶる》いを感じた。

さすがの亮吉も、金策に二、三日出掛けたものの、どこにも金の動く知己朋友《ほうゆう》の好意はなかった。

「大変なことをして了った。」

杏子の手元は、信州から原稿料未着の紙片の計算書が送られて来て、すぐ、取り寄せて当方に送るように書きそえられてあったが、手紙の文面には少しも疑義をさしはさんだところがなかった。

風のごとき男

しかも平四郎の追い書には、毎日書留郵便の到着を待っているが、見えるものは青葉ばかりで、青葉若葉は金のかわりには使えないと、書いてあった。これは平四郎らしい手紙である。杏子はすぐ返事を書いて抑えた金の額を明記して、苦面してつくった僅《わず》かな金をあやまる証拠にして信州に送った。返事が来て、おお方そんなことだろうと内々察していたが、以後気を付けろといって来ただけであった。杏子はほっとし悉《ことごと》く酒にかえられた原稿料のいたましさが、平四郎が一枚でも余計に書いて、こまかく作った金のくるしさを知ったのである。

こういう留守宅に、風のごとく現われた一人物がいた。官猛雄といい、二十一歳で平四郎と会い、何十年も家族の一人として出入りしていたが、共産党にはいり六年間くらい引込んでいたのである。杏子は官のことを官ちゃんといい、なじんでいた。

「泊る処《ところ》がないので当分置いて下さい。」

と、官は率直にいい、りえ子は何も構えないけれど、ゆっくりしていらっしゃいと言った。官は平四郎の書斎で寝泊りをし、この男らしく落ち着いて、好きなお茶漬で毎日くつろいでいたが、最初に亮吉と眼を合したときから、例によって亮吉は官を好かなかった。杏子がいろいろ世話をしているのを見て、亮吉はこの風のごとき人物に何も話はしなかった。

「あの男は一たい何者なんだ。」

「平四郎さんの可愛《かわい》がっている詩をかく人なの。」

「ふうむ、そんな詩人は聞いたことがない、君はべちゃくちゃ身の廻りのことをしているが、……」

「生れた時から抱いて貰《もら》った人、」

「何だ抱いて貰った人なんて。」

「赤ん坊なら抱いて貰うのが当り前じゃないの。」

「どうもあの傲慢《ごうまん》さが堪《たま》らないね、自分以外の物の存在も一さい無視しているふうじゃないか。」

「そう見えるだけで本当はとても、いい人なのよ。」

「おれは好かない、……」

亮吉は例によって平四郎の家に出入りする人達を極端に悉くといってよい程嫌った。しかも、官は気質的にも、誰にお愛想なぞはいわない、赤ん坊時分の杏子のつれあいの亮吉を見ても、何一ついう言葉もない男である。

杏子はちょっと使に出るときに、官も、どこかに出掛ける矢先で、つい、一緒に出てゆくと、亮吉はそれを不愉快げに見送っていった。

「いやな男だ、」

官は、杏子に言った。

「ご主人も何かいい物が書けるといいがね、根気さえあればいいかも知れん。」

脱皮の六年間

官猛雄はふふと唇の先で笑った。

「僕も詩は書いて見たが、机の上で原稿紙をいじくっているのが莫迦莫迦しくてね。」

亮吉はそろそろ反撥《はんぱつ》し出した。

「机の上だって街の中だって書くことのちがいはない筈《はず》だよ。」

二人の前につめたい焼酎があった。杏子は切角、官と亮吉とを紹介して見たものの、この頃では酒の上の反撥作用ばかりが先立ち、きょうは、だいぶ手きびしくなっていた。それは、永続きの雨が歇《や》む間もなく降っているせいもあるが、官はこらえ切れないふうで言った。

「君はどこの雑誌に書いている。」

これは亮吉にとって手痛い質問だった。

「いずれそのうちに書くよ。」

「そのうちに詩はさかなみたいに、裏がえしになってくたばって了うさ。」

「では君はどこに書いているんだ。」

「おれか、おれは原稿なんて間だるっこい。」

二人は黙りこんだ、酒の座で黙っている時は酒をあおるより、ほかはない、にがい酒がぐいぐい呑まれた。杏子はこの二人がどういう弾《はず》みで、いどみ合うかわからない危なさが感じられた。そしてこういう二人の酒の座にすわっている杏子自身の、バカの深さがもがくほど、はまり込む気がした。二人の眼は犬のようにお互を見ることを、警戒し合ったのだ、眼が人間の場合かち合してはならぬ時があった。合えばそこから、弾みがついて叫ばれるのだ。

亮吉はほかのことを、この場合に無関係のことを杏子にたずねた。

「平四郎はもう寝たのかね。」

「君、いま平四郎といったな。」

官の眼が、光った。

「うん、言った。」

「君は平四郎さんを呼び棄《す》てにする、がらかね。」

「あの人はおれの先生ではない。」

「そんな事を聞いているんじゃないんだ、君が平四郎さんの飯を食いながら呼び棄てにしている生意気をおれが注意しているんだ。」

杏子は唾《つば》をそっと呑みこんだ。

亮吉は口を捩《ね》じられた気がした。

「君だって平四郎の飯を平然と食っているじゃないか。」

「いや、おれはいただいて食っているんだ。そしてあの人を呼び棄てにしてはいない、少しは物を言うのに気を付けろ。まだ、小僧のくせに、……」

「小僧とはなんだ。」

「おれから見ればまだまだ小僧だ、おれは六年間服役している間に、小僧らしい分だけは完全に脱皮して来たんだ。」

官猛雄は何処《どこ》からでも来いという顔付で、隙《すき》だらけの容子《ようす》だった。

「服役ということが君達にそんなに箔《はく》をつけていることになるのか、えらそうに勲章をぶら下げているように言うが、……」

「おれの言いたいことは、君とはお人がらが異《ちが》うということなんだ、原稿だの小説だのという物を担《かつ》ぎ廻っているその面構《つらがま》えが見ていられないと言うんだ、女房の里にころがり込んで一人前の顔をしようとする、そんな通用しない一人前を先《ま》ず叩《たた》き壊して見たくなる、……」

「何も僕がここに坐《すわ》り込んでいる訳ではない、頼まれたから此処《ここ》にいるんだ。」

「留守番なら温和《おとな》しくたまには庭でも掃くがいい、おれも留守番をしたことがあるが、庭だけは毎日お礼心に掃いていたよ。」

「誰が庭なんぞ掃くものか、こういう時代に庭なぞ作ってのほほんしていられるという無神経さが気にいらないんだ、一宿一飯の礼儀を知ったら、君こそ庭でも掃いたらいいだろう。」

「おれは何時《いつ》でも掃くよ、喜んで掃くさ、見ていろ、君がそこでおれの掃くのが無関心で見ていられない程、丁寧に掃いてやるよ。」

官猛雄のこの素直な言葉は、亮吉の気先を躓《つまず》かせたが、亮吉はそこを飛び越えて杏子に言いつけた。

「官君に庭箒を出してやりたまえ。」

「箒なんぞお出ししなくとも、お庭ならわたくしが掃くわよ、もう、宜《い》い加減に失礼なことは言わないものよ。」

「何が失礼なんだ、掃く人に掃かせたらいいじゃないか。」

「官さんはお家《うち》のお客様なのよ、それも久振りでいらっしゃったのだから、平四郎さんからも休ませて上げるようにとお手紙が来ているわ、あなたには何の関係もない事じゃありませんか。」

「君は官君をかばう心算《つもり》か。」

「当り前だわよ、六年間も理由なしでつらい目におあいになったんだもの、お宿くらいは誰でもするわよ。」

「君まで僕を遣《や》っ付けるつもりか。」

「わたくしは当り前のことを言っているのよ、お客様に庭箒を出せなんて仰有《おっしゃ》るあなたこそ、何を手頼《たよ》って威張っていらっしゃるの。それだけの言葉をここの家で言える人は、平四郎さんより外にない筈よ。」

「あ、また平四郎が出た、毎日平四郎の出ない日がない、おれを厭《いや》がらせるために平四郎の名前が出る、……」

「この家では平四郎さんの名前で生きている人ばかりだもの、犬までもそうなのよ、名前くらい出るのは仕方がないわ。」

「犬までとは?」

「犬もあの人がいなければ、食えないわ、ここで誤解なさらないがいいわ。」

その時、官は母屋《おもや》に引き上げた。

杏子は庭に出て箒を手に取った。

つ　ば

そこに平之介が外から戻って来て、離れに立ち寄ったが、亮吉はひとりで、ぐいぐい呑んでいた。

「まあ呑め、いま官が来てやり合ったところなんだ。」

「官は我々の手には負えないよ。」

「何を、あんな奴《やつ》くらい。」

亮吉は庭をじいっと眺めていた。

杏子は此処で平之介に呑ませないよう、晩《おそ》いから母屋にもどって寝たらどうといった。

それでも平之介は戻らずに、呑んでいた。

「平ちゃん、もう寝るがいいわ、晩いわよ。」

亮吉がかばった。

「二人で呑んだ方が美味《うま》いんだ、君こそ、母屋に行ったらいいだろう。」

「皆さんお寝《やす》みだもの、」

「官が起きているじゃないか。」

「官さんだってお寝みよ。」

「あんな奴にさん付は分に過ぎていら。」

杏子はだまっていた。

亮吉はまだ庭を見入り、何度も舌打をし、うるさそうに植込みの枝と葉の茂りをながめた。眼はいまにも飛びかかりそうな何時もの、酒乱の烈《はげ》しい気はいを圧していた。

「この庭を叩き壊せると面白いがなあ、思うさま暴れ廻って叩きこわすと痛快だが。」

亮吉は憎々しげに庭を見つめて言った。

「何をいっていらっしゃるの、もう、おやすみになったら。」

杏子はもう空の酒瓶に見入ったが、亮吉はまた生きた人間を対手《あいて》にするように庭を見入った。

「庭というが、碌《ろく》な庭ではない。」

「お庭のことはいわないで頂戴《ちょうだい》、もう三十年も作っていらっしゃるんだから、いい悪いはいわないで頂きたいわ。」

「これで三十年も作庭を凝らしているのか、しかも、これだけしか作れないのか、ばかばかしい時間潰《つぶ》しじゃないか。」

「やめて頂戴ったら、やめて。」

杏子の眼は怒り出した。それと同時に、平之介は亮吉をしだいに睨《にら》むようになり、酒をがつがつ呑んだ。

「何だ、こんな庭、」

亮吉は縁側に出て、ぺっと唾を吐いた。そしてさらに繰り返して、それを吐いた。

「そんなに平四郎さんが憎いんですか、小言一ついわないで笑っていらっしゃる人があなたの敵なんですか。」

「おれはこの庭が気にいらないんだ、この庭の作者もきらいなんだ、こんな庭を見ていると厳格そうにかまえる嘘の面《つら》まで見えて来るんだ。」

「面だと仰有るんですか。」

「面で悪かったら、何と言ったらいいんだ。」

杏子はふっと気がつくと、何時もの酒乱のさかいに亮吉はもう来ていて、顎先《あごさき》ががつがつ顫《ふる》えていた。

石

杏子は見なれた逆上の顔付を、この人はいつも酒癖でなにごとをもごまかしている。その手にはもうのるまいと思った。

「あなたはいまお庭に唾をお吐きになったわね。」

「それがどうした。」

「それを拾っていらっしゃい。」

「唾が拾えるか。」

「じゃ拭《ふ》いていらっしゃい、ほら、ここに手巾《ハンカチ》がございます。」

「唾が拭けるものか。」

手巾が亮吉の手によってぴゅっと裂かれ、そこに投げ出された。杏子は比較的しずかにそれを眺めそれをたたんで背後に押しやった。

「あなたは侮辱出来るだけの侮辱をなすったから、もうこれで沢山でしょう。併《しか》し唾だけはお拭きになった方がお立派だとおもうわ、わたくしもきょうはこの儘《まま》で済まされない、……」

「で、どうするというんだ。」

「あなたをお庭に連れて出て、拭かせて見せるわ。」

「何をいいやがる。」

「だめ、威《おど》かしたってもう利《き》かないわよ、いくらあなただって気がついたら一言くらい彼《あ》の時はああだったが、悪かったとくらい言ってもいい時が来ているわ。」

「おれは唾より外に対手にくれてやるものがないんだ、こんな威圧の虚勢を振り廻した庭の何処が好いというのだ。人間が出来上っていたら、もっと人を寄せつけない庭が作れるんだ、人間も出来ていないくせに作庭なんて呆《あき》れらあ。」

「そう仰有るだけは褒《ほ》めてあげるわ、併しあなたがこの庭に石一つ据えられる自信がおありになる？　八方にある石の配置の中でどこに据えたらいいかということが、お判《わか》りになるか知ら、ばかもいい加減に仰有るがいいわ、原稿紙に字をうめることもまだお手の内でないあなたが、百貫もある石が小指一本で指図お出来になると、お思いになれる、……」

杏子ははじめて笑った。

亮吉はいった。

「原稿紙の上で一字も動かないことは、百貫もある石のうごかないのと大した変りがあるものか、石は人間の手で動くが、おれの一つの文字はおれでなかったら、誰も動かすことは出来ないのだ。」

「それはそうだわ。だが、或《あ》る人は一生涯かかっても、一字もうごかない人さえあるんだもの。これは理窟《りくつ》ではない、ご自分のお机の上を見たほうがいいわ。早く文字を動かした方が勝ちよ。」

「ふん、平四郎程度なら、何でも書けるがね、おれはそうかんたんに行かないよ。」

亮吉は言うまいとしても、眼の前にある障碍物《しょうがいぶつ》は結局打《ぶ》つからざるを、えなかった。

杏子は意外にも、つべたい声音でいった。

「あなたはお仕事の上で何故《なぜ》平四郎さんに向うを張らないんです、おれは平四郎を見返してやると何時も仰有っていたじゃありませんか。」

「君は平四郎が大事か、おれが大事か、はっきり言え。」

「父親は一生の人ですが、あなたは一生だか何だか判ったものじゃないわ、わたくしにはもうあなたとの先が見えているんです。」

「見えている先がどうなるんだ。」

「自分で自分に聞いて見るがいいわ、あなたのような人間に一生蹤《つ》いてゆくということは、よくよくの莫迦《ばか》でないかぎり蹤いてゆけはしません。」

「君はそんな気でいるのか。」

「なぜ男らしく別れるといえないの、わたくしから言い出すのを待っているなんて、ずるいわよ。」

「そちらから片をつけろ。」

「あなたから立派な口を利いて貰《もら》いたいわ。」

「別れるものか。」

「引き摺《ず》ろうとしたって引き摺れないから、いまに見ていて頂戴。」

その時、先刻から黙っていた平之介が、ねじれた声でいった。

「先刻、君は庭に唾を吐いたね。」

「いまだって唾くらいは吐くよ。」

「おれの親父《おやじ》の顔に唾を吐いた奴は、ただでは置けない、……」

「では、どうすると言うんだ。」

亮吉はその時、庭に跳《おど》り出て行った。そこに離れにつかう四方仏の手洗が据えられ、雨上りの空あかりをうつした鏡が、まんまるく光っていた。

「こんな庭なぞ、こわして了《しま》え。」

亮吉は二十貫もある四方仏を、石の台座からずるずると動かすと、一挙に横倒しにして了った。よほどの力がないと、四方仏は動かない物だが、ふしぎな倒壊に一そうのちからを得た亮吉は、そこにある石燈籠《いしどうろう》の傘蓋《かさぶた》に手をかけた。

「何をなさるんです、危ない。」

杏子の声がそう叫ばれた時に、すでに、石燈籠の宝珠がころがり落ち、傘蓋が倒れ、燈口のある部分と中台と丸胴が、一挙にずしんと倒れてしまった。

「こんな物を植えやがって、……」

亮吉はあたりに下草がわりに植えた、あせびの木を片っ端から引き抜こうとしたが、これは石燈籠のようにかんたんには、抜けなかった。それをちから一杯に何か叫び声を上げながら、抜いでは叩き付け、へし折っては投げ出して行った。

杏子は呆《あき》れ果ててただ見ているだけだった。その時、先刻から殺気を押し耐えた平之介は、ふしぎな普段の平之介らしくない声で何やらいうと、これも庭に跳り出た。

反逆の仮象

平之介の最初にいった言葉は、杏子には意外な驚きをあたえた。

「おれも手伝うか。」

「この屋敷神という奴を引っくり返してやるんだ。」

亮吉はせいは低いが、角胴になった四、五十貫もある屋敷神の屋根に手をかけた。これはがたっとも動くものではなかった。屋根と中胴とが古くからあるので、容易にはなれなかった。

平之介は怒りながら叫んだ。

「おれは貴様に加勢しているのではないぞ、おれは一生に一度おやじに反逆するために、こいつを引っくり返すんだ、こんな反逆がなかったら、君と泥まみれになって格闘しているところなんだ、おれは君の味方ではないぞ。おれは君を叩きのめすために、敢《あえ》てそれを避けるために、こいつを倒壊してやるんだ、判ったか、おれは君に味方をしていないことだけ覚えて置け。」

「おやじに反逆するなら、堂々とやったらどうだ。」

「正確な反逆の理由がないのだ、ただ、君の暴力振りを見ていて反逆の仮りの対手を作ってみたのだ。そうでなかったら君をただで置くものか。君はおやじによって亦《また》もや痛い目をのがれたのだ。」

「君はおれをだしに使いやがった、ぐず付かないで手伝え。」

「手伝ってやろう、その間は無事で暴力が揮《ふる》えるというものだ、へた張るな、もう力が不足して来ているだろう。」

平之介はまたもや突然、亮吉と手をそろえて、低い石燈籠を反対側の庭の隅に行って、これを崩してしまった。そして再び、もとの屋敷神に取りついた。

「こんな物を、こんな畜生を……」

亮吉はこう叫びながら、どっこいしょ、畜生、うごかねえぞと、二人は一遍に勢い切って、はずみをかけてついに石の屋敷神を倒壊してしまった、亮吉は縁側につるした竹で編んだすだれに手をかけると、これも、ついでにがりがりと一枚を二枚に引き裂いて棄《す》てた。

「まだある、あの織部《おりべ》もやって了え。」

二人は茶燈籠を右と左から、引き倒した。

彼らは離れの前庭に、まだ残っているあせびの株を、一株ものこさずに引き抜いて棄ててしまった。

杏子は物を言わずただ茫然《ぼうぜん》と、見入っているだけであった。喉《のど》は乾いていたが、からだの顫えはしだいにおさまりかけ、気持は澄みかがやいている程、しずかですらあった。凡《すべ》て石と名づけられるものは、倒壊の限りをつくされて了っていた。

暗の中

亮吉は泥だらけの手をぶら下げ、そこにある宝篋印塔《ほうきょういんとう》を一挙に崩してしまい、その泥の手を下草でふいた。

平之介も泥まみれであった。乱暴の限りをつくされた庭先に、さっと電燈《でんとう》の光が走った。杏子が電燈の明りで庭を照らしたのだ。

平之介は言った。

「まだやるか。」

亮吉はすかさず言った。

「まだ打倒す物はたくさんあるんだ。」

「じゃ、はじめろ。」

電燈の光では、二人の顔は皿のように不自然に白かった。亮吉は眩《まぶ》しげにその光を避けて杏子にいった。

「何故、電燈なぞさしつけるんだ。」

杏子は物を言わなかった。気のせいか、亮吉は嘲笑《あざわら》われたような気がした。

「お怪我《けが》をなさると、それこそ、もっと困ることになる、……」

「それは皮肉のつもりか。」

「何のつもりでもないわよ、これだけ暴れたら、気がせいせいしたでしょう、これからあなた方二人で燈籠を組み立てるんですよ、夜の明けるまでに元通りに積み重ね、そして下草を植えてもとのままにして返して貰うのよ。」

「カイザルの物はカイザルに返せという奴か。」

平之介は笑い、亮吉は呶鳴《どな》った。

「これは平四郎を懲戒するために白日の下に見せたいんだ、三十年の作庭も一瞬のうちに叩《たた》き壊せる、……」

「平四郎さんはこれを一瞬の内に、もとどおりにするわよ、あなた方の気《き》狂《ちが》いじみた跡始末が、見ている間に片づけられるのよ、莫迦莫迦《ばかばか》しい復讐《ふくしゅう》があったものね、こんなことであなたが立ち上れたり、人に尊敬されると思うの、一たい誰に何を見せようと壊しはじめたの、ただの乱酔者の行状だけが此処《ここ》にあるだけじゃないの、つまりあなたはわたくしに示す暴力の代りを、庭の物に向けたのね、おれはこれだけの破壊に対する勇敢を持ち合しているということをお示しになるためのね。」

平之介は面白そうに笑った。

「男というものの威かしなんだよ、おい、亮吉君、もっと壊そうじゃないか。」

先刻から黙っていた亮吉は、そこにあった竹竿《たけざお》を取ると、突然そこらにある低い植木を叩きはじめた。弱い葉と枝はこなごなに砕けた。

「ついでに松の枝も叩き折れ。」

平之介も再びいきり立って、松の小枝をへし折った。

杏子は電燈を消した。二人は暗の中でただ気狂いじみた、樹木と格闘をはじめた。

九重の塔

泥だらけになった亮吉と平之介は、期せずして広庭の方に、眼をはしらせた。庭は座敷の正面に、苔《こけ》の平地を見せる位置になり、二基の石燈籠と、九重塔が椿《つばき》の木にかこまれて黒々と見えていた。九重塔は九つの傘蓋からなり立っていて、一重の傘蓋は十貫目もあり、総重量は百二、三十貫をかぞえるものであった。

平之介のわかい悪い誘いの眼が、冷笑を走らせて、九重の塔にそそがれた。高さは四メートルに及ぶものであった。

「どうだ、あの九重の塔は？」

「あれは？」

亮吉の酔眼にも、この塔を倒壊することは、返り血をあびるような、俄然《がぜん》、頭の上に崩れる危険が感じられた。

「あれは手に負えまい。」

「何、ひとひねりだ、」

「真中を押せば頭の上に崩れ落ちて、下敷になる、……」

「止める気か。」

「塔の下敷になりゃ笑いものだ。」

二人は広庭にのそのそ歩いて行った。

かれらは四メートルもある塔の相輪を見上げた。

その時分からかれらの酔は次第にさめかけ、ひどい疲労がからだの節々に、急激な腕力の消耗を告げた。もう、なにもする気がなくなっていた。

杏子は言った。

「広庭であばれたら、官さんを呼ぶわよ。」

二人はだまって突立っていた。

「官さんを怒らせたら、二人のうちの誰かが大怪我をすることになる、あの人は六年間も刑務所にいた方だ、ほら、お書斎に電燈がついたのが判らないの。」

二人は眼を返した。書斎と、りえ子の部屋と茶の間の電燈が、何時《いつ》の間にかこうこうとついていた。官猛雄が庭に下りようとしているのを、事態が一そう悪化するのを怖《おそ》れて、りえ子が止めているらしかった。かれらは寧《むし》ろ、電燈がかがやいて、そこにいる人間がたとえば官猛雄であるなしに拘《かかわ》らず、こうこうたる電燈の光に圧倒されたのだ。

「あなた方のあばれた跡を見るがいいわ、平四郎さんは明後日お戻りになることを忘れていたの。」

二人は杏子の顔を見返した。

平之介は慄然《りつぜん》として言った。

「失敗《しま》った。明後日おやじが戻って来る。」

「何、平四郎が明後日帰京するのか。」

亮吉は泥の手をぶらりと下げ、これも、失敗ったことをしたと口走った。酔はほとんどこの時、二人の顔から完全にちかい程、さめて行った。杏子はしずかに言った。

「さあ、お湯殿に行って手を洗って服を着換えてから、何をあなた方は今までしていたかを、寛《ゆっ》くり考えて見るがいいわ。」

石は叫ばない

二人は母屋《おもや》の地震戸から這入《はい》り、湯殿に下りて行った。茶の間に官猛雄は服を着換えて、例のずんぐりした眼付で廊下を見ながら、早くも起きていた。その落ち着き払ったこの男の過去の刑歴が、その坐《すわ》りこんでいるすがたに一種の鬼気を伴《ともの》うて見せていた、というより、二人はいままで暴れた自分達とは、あまりにも反対の穏かさを見出《みいだ》して、暴れ方が非常識であったことが頭に来たのだ。

亮吉と平之介が湯殿から上り、ふたたび地震戸の潜《くぐ》りから庭に出ようとすると、官の声が呼びかけた。

「ちょっと待て。」

二人は戸口で、一せいに顔をならべて、官の顔を見つめた。

「いまから夜明けまでかかって、暴れた跡片付けをしろ、今、庭の電燈を点《つ》けてやるから、君達が何をしたかを、よく気を付けて見ろ。」

官猛雄は庭の電燈をつけた。それは客が晩《おそ》く帰るときに何時も、庭全体を眼にいれるために、用意されていた二構えの電燈であった。

「…………」

　二人はこれには答えずに去った。

　離れには茶の用意がしてあって、二人はだまってお茶を喫《の》んだ。もう喋《しゃべ》ることも何もする気がなかった。

「平ちゃんは母屋に行って寝るがいいわ。もっと、暴れたければ別だけど。」

「…………」

「お母様にあやまるんですよ、ひと言でいいから。」

「だって工合が悪いや。」

　平之介はなま白い顔で去った。

　この女にこんな考えが、先刻から計画されていたのかと、亮吉は石のように硬《かた》い頭にそれを聞いた。

「明朝すぐ植木屋を入れてね、植える物と、据える物とを手早く片付けてしまわないと、人が訪ねて来たら解《わか》るから、早起きしてくださいよ。植木屋も三人くらい呼ばないと、石燈籠だって組めないわ。」

「重いからね。」

「とにかく平四郎さんには発見されないようにしなきゃ、さあ、お寝《やす》みになったら？」

「うん、えらい事をやっちゃった。」

「わたくしね、母屋に行って一応お母様にあやまって来ますから、あなたはすぐお寝みになるがいいわ、指からそんなに血がにじんでいるじゃないの。」

「そこらを引き抜いでいて、傷をしたんだ。」

「そこを繃帯《ほうたい》しておくといいわ、ずいぶん切ったわね。」

「いやはや、まるで気狂い沙汰《ざた》だ、おれにも、困るね。」

「じゃ、あやまって来るわ。」

杏子は傷の手入れを済ますと、母屋に出かけて行き、夜はしんとして更《ふ》けて行った。

自《じ》　嘲《ちょう》

平四郎は旅行から帰ると、何時も家にはいらずにすぐ庭を一巡してから、茶の間にあがるのが例であったが、その日は夕方もおそいので、庭は見廻らずに茶の間にあがった。杏子は停車場でも話を切ろうと考えたが、口が重くて出来なかった。庭を見ずに家にはいったので、一日だけたすかったと思った。いずれは平四郎のことだから、庭がどんなに巧《うま》く跡片付けがしてあっても、匿《かく》しきれるものではない、平四郎は一草一木の位置のちがいを見逃《みの》がす男ではなかった。

翌朝、平四郎は庭に出たので、杏子はこれから叱言《こごと》がはじまる覚悟をしなければならない、茶の間からようすを見ていると、平四郎はすぐ四方仏の手洗のそばに行って、見入っていた。その見方はいつもより叮嚀《ていねい》で、なにか、ふしぎそうなまなざしであった。そして彼はさらに叮嚀に見て歩いた。ふしぎでならないのは四方仏の鏡の角と、石全体にあるこまかい傷であった。それは横倒しになったとき、まわりの役石とかち合ったきずであった。この重い手洗が人間の手でなければ倒れるということはない筈《はず》だ。誰かが外から人がはいって来て、引き倒したものであろうか。

「はあて、と。」

平四郎は植えこんだあせびの下草の向きが、みな向き方がちがい、根元の土に地下足袋の蛇腹《じゃばら》がのこっているのが、眼に立った。三本五本十本と見てゆくうち、悉《ことごと》くのあせびがたった昨日あたり植えこんだものに見えた。これも誰かの悪戯《いたずら》から引き抜かれたものらしい、よく見ると葉のちぎれたもの、根が土の上にむき出しになっているものが、ぞっとするくらい鋭い悪感《おかん》となって来た。

「これは面白い、偉い奴《やつ》が出て来て、ここらを搔《か》き廻したらしい。」

平四郎の顔色には、自嘲《じちょう》のいろが搔きのぼった。

屋敷神の屋根の四つの角は、硝子玉《ガラスだま》が白く撥《はじ》いたようにきずがついていた。貞享《じょうきょう》年間の在銘だが、こうなると、きず物になってしまっていた。

「こいつも、やられている。」

低い三尺の石燈籠《いしどうろう》の角も、はじいてこぼれていた。これほどの倒壊には相当時間も必要だし、腕力もなかなかにいるものだ、気がつくと、離れの裏に夥《おびただ》しいあせびの折れ木が、束にして匿してあった。悉く引き抜いではへし折ったものである。なにも折らなくても、よいのにと思った。平四郎の自嘲はいよいよふかく、それが怒りに変り自嘲に移り、また憤《いきどお》りをあらわしては、絶えず変化して行った。

茶の間で杏子はお茶をいれながら、手がふるえて来て茶碗《ちゃわん》にうまくつげない、こぼれてしまうのである。永い間かかって調べた平四郎は、突然、茶の間の方に顔を向けた。ただ、ふつうの眼つきをしていたが、激しい自嘲が全面をつんざいていた。

「杏子、ちょっと来たまえ。」

他人の怒り

「はい。」

杏子は庭に下りた。

その眼には亮吉と平之介が凶暴の限りをつくした有様が、縮んだ動かない写真のように見えて来た。

平四郎は思いがけないものを見付けた。

であった。

「あれは誰が吐きつけたのか。」

棄石のうえに唾《つば》がひかっていた。よほど気をつけて見ないと、乾いてわからないもの

杏子はこれには、余りに無礼な跡をまざまざと見て、すぐには答えられなかった。

平四郎はまた意外なことをいった。

「あそこに煙草《たばこ》の吸殻が土にもみこんであるし、それに……」

見ると燐寸《マッチ》の棒がなまなましく棄てられてあった。植木屋でも、平四郎自身でも、燐寸の棒は棄てないで、ふだん庭の中では、箱の中にしまっていたのだ。

「何とも申訳ございません。」

杏子のいうことは、これだけしかなかった。何から何まで見抜いた平四郎の顔色には、しかしまだ何故《なぜ》これだけの崩壊の手が加えられたかに、うたがいが眼にのこっていた。惘《あき》れ返ったものが事態を解くために、ついやされている……。

「外部から這入って来た男の仕業ではないな、これを見たまえ。」

離れの外の柱とか、下地窓とか、縁板のへりとかに、手についた泥をこき落したあとが、乾いて皮肉なささくれを見せていた。

杏子はそれを見られまいと、叮嚀に掃除をした筈であったが、失敗《しま》った、気がつかなかったと思った。あおざめた杏子の顔色を見ながら、平四郎は反対に柔らかく言っ

た。

「これは君が共犯でないことは判《わか》っているから、気をつかうな。併《しか》しここまで遣《や》られるということは僕には意想外だ、ちょっと信じがたい気がするんだ。併し此処《ここ》まで痛快に遣っ付けるということも、あり得ることだ、僕の精神状態を叩《たた》き壊すためには、先《ま》ず庭を叩き壊すということは僕の急所にいささか触れたともいえるね。これより外に僕を遣っ付ける方法はない……」

杏子はやはり黙っていた。

この瞬間に杏子の受けとったものは、平四郎が父親であるという感覚が全然失しているきびしさ、釈明も謝罪もなしがたい他人の間のきびしさのあることだった。どうにも、言いようのないものが、ふだんと異った難しいものを見せて来た。こんな他人同士の対決感を持ったことは、はじめてであった。

平四郎は冷然として言った。

「家に這入ろう。」

「はい。」

杏子はどこかの警官のような男に、平四郎が見えて来た。

手の跡

家にはいると、平四郎は重々しく口を切った。

「植木屋を入れたらしいね。」

「ええ。」

「だいぶ念のはいった悪戯だが。」

「ええ、少し、……」

「犯人は誰か、つつまずに皆言いたまえ。」

「亮吉がついお酒の上で、……」

「重量のある物ばかりだが、怪我《けが》はなかったか。」

「ございませんでした。」

「それは宜《よ》かった。足とか手とか、石の下敷になったら潰《つぶ》れてしまう。」

「何とも申訳がございません。」

重い言葉がまた切られた。亮吉がいくら酒の上のこととはいえ、庭をこわす考えを持った原因が、対手《あいて》が庭だけに、やはりそのわけがはっきりしなかった。併しそれはやはり平四郎に対する地位とか、仕事の成績に就ての平常のくさくさしたものが、勢いを得て半気狂いになって庭に飛び出すと、片っ端から打倒したり引き抜いだとしか見るより外はない、……

「一人ではやれない筈だが、誰とやったのだ。」

「平之介が手伝ったのです。」

「平之介もか。」

平四郎は破婚以来、くさっていた平之介がつい、やって了《しま》えと一緒に酔っぱらってやりそうなことに思われた。

「それで判ったよ、一人ではあれは却々《なかなか》崩すことが出来ない、併し好い処《ところ》に気がついたものだ。ついでに広庭の分まで打倒《ぶったお》せばよかったのに、併し或いは大怪我をしたかも知れない。」

平四郎は九重の塔を見上げた。

杏子は頬をぶるっと慄《ふる》わせた。

平四郎は突然、例の他人のような、たすかりようのない突っ放した言葉づかいで言った。

「これを機会に君達夫婦はこの家を退去して貰《もら》いたい、僕のいうことはこれだけしかない、それも相当に早い期間に出て行ってほしいんだ。」

「はい。」

「君にはわるいが、これだけはおれの言い分を通させて貰いたいのだ。」

「明後日までに引越して行きます。」

平四郎はこういう重い問題になると、一向気乗りのしない突き放した態度になるのが例であった。これが出たら万事休すである。杏子はすごすごと離れに引き上げて行った。

夕方、雨戸が閉められたあと、雨戸の地震戸のまわりに、かれらが跡をつけた泥の手と指の形が、栗色《くりいろ》に塗った板の上に、一面に乾いて泥あとが印せられていた。

平四郎は女中を呼んで洗い落すように言いつけたが、べに殻塗りの上の泥あとは、どんなに洗っても落ちなかった。都合、四つの手形の泥あとが気味わるく、のこった。

亭主という「兵営」に住む女の兵隊

亮吉夫妻が本郷の方に越してから、杏子はしばらく顔を見せなかった。お天気が好ければ、きょうあたり来そうなものだとおもい、雨がふればふるで、このくらいの雨なら却《かえ》って出て来るかも知れないと、平四郎は細君のりえ子と噂《うわさ》していた。婦人記者の靴音が表門にきこえると、杏子が来たかと机から、伸びあがって庭先を眺めた。

平四郎は結婚後に抱いた杏子の感覚は、つねに、はたらきに行っていて、家に来るときは悲しい宿さがりをしている感じであって、亭主とくらしていることは、其処《そこ》で年季奉公に行っている感慨であった。も一つ、極端にいうなら昔、兵営というものがあった時分、日曜だけの外出を愉《たの》しんで息子をむかえる、おやじ共のどうにもならない諦《あきら》めに似たものがあった、それは亭主という兵営に一兵卒として住み込み、靴みがきや雑巾《ぞうきん》がけに、馬の手入れまでしていて、時どき、その生き馬の後ろ脚で蹶《け》られることもあったのだ。だから平四郎はよめ入り先の亭主というものに、親しみも愛情も持たなかった。自分の娘を好きなようにしている亭主というものには、つとめて会いたくないし、なにごとも知らないでいたかった。人間が凡《すべ》てそうなるのが当り前なのに、平四郎は顔を反《そむ》けていたいのである。世界の父親というものにはこの考えがたくさんにある筈だが、みな黙って兵営の雑役もまた止《や》みがたいものだと、きょうも手にあかぎれを切らして働いている娘だちを見送っている、……

人間の修業ということは、こういう雑役婦になり下がっている自分の分身を、ただ、いたずらに見過していて、よいのかどうか。

よいお天気の或《あ》る日に、兵営の日曜日を走って出た一人の兵隊は宿下がりをして来た。それは迎えられることに於《おい》て、いよいよ情のあついものであった。

併しこのわかい女の兵隊は言った。

「わたくしね、しばらく別居して見ようかと思うの、時どき会う程度にして、その間にあの人に生活を建て直して貰おうという考えなんです。」

平四郎は待っていましたという顔付で、なにも、よろこばしい事のないこの頃に、きゅうによろこばしい事を無理にも発見したふうで、立て続けに言った。

「別居はいいね、別居にかぎるな、別居したまえ、」

杏子は叱《しか》られるどころか、意気込んで賛成する父親を、あ、そうか、この人はこんな人だと俄《にわ》かに気づいた。おずおず杏子は言った。

「それに就てはこちらに置いて戴《いただ》きたいのですが。」

「置くも置かないもあるものか、兵隊には休暇がいるんだよ。」

杏子は不審な顔付でいった。

「兵隊って誰のことなの。」

「亭主という兵営にいる兵たいのことなんだ。休暇を取れ、それが一生の休暇だって構わない。」

一生の休暇

杏子はその兵隊という言葉が、よく判らないふうだった。だが、一生の休暇という意味はわかった。

「昔ね、兵隊の屯《たむろ》している所を兵営と呼んでいた。つまり軍国主義の時代だ、そこには兵隊の面会日という決った日があって、息子の父母兄弟が面会に行ったものだ、何も持って行かないが只《ただ》食べ物だけはうんと背負って行って食わせたものだ、あんぱん、肉饅頭《にくまんじゅう》、お寿司《すし》というふうなものを、兵隊の息子に面会所で食わせるのだ。兵隊は麦飯ばかり食っているから、碌《ろく》に親達の顔も見ない前に、がつがつ手当り次第に食えるだけ食って、やっと腹が一杯になってから、ああ甘美《うま》かったとか言って、やっと、親兄弟の顔を見るという餓鬼道の生活なんだ、この餓鬼共はまだ余っている食物を同じ兵隊で、面会人の来ない奴を呼んで来て、こいつらにも、腹一杯食わせるのさ、何の事はない兵隊はまるで食わずにいる程、何時《いつ》でも腹がへっているんだ。だが、兵隊は三年間辛抱すれば除隊になるが、亭主兵営は一生の勤務だからね、婆《ばあ》ちゃんになったら姨捨山《うばすてやま》、ならない前に叩き出される奴もいるがね、とにかく、一生兵隊はいやだな。」

「寒気がするわ。」

「毎日叱言《こごと》だ、毎日の虐使《ぎゃくし》だ、たまに蹶飛ばされ、その挙句じりじりと追い出す算方が企劃《きかく》される、じりじりと気永に惨酷《ざんこく》な黙殺の中でね。」

「…………」

「君はバカ女だ、これだけの言葉で尽きるが、これは君一人が歩いているみちではない、皆さんが歯を食いしばって歩いているのさ、歯はぼろぼろになり舌は荒れ、喉《のど》に鴉《からす》が夜鳴きしていても、亭主という将軍は叮嚀《ていねい》に爪《つめ》を剪《き》り、ひげを剃《そ》って新調のコバルト色の洋服でお出掛けだ。」

「人間を廃《や》めたい気になるわ。」

「人間を廃業する奴《やつ》はバカだ、絶望感があるほど逞《たくま》しい奴はない、一生の休暇をやっと君はつかまえたのだから、そこでお化粧の仕直しをやるのさ。」

「兵隊には月給があったの。」

「一日五銭くらいはあったらしいね、あんぱんが十個くらい買えたんだろう、いまの金だと百円くらいかな。」

「わたくしの兵営はお給料は出なかったわ、兵隊はお馬の尻尾《しっぽ》の毛を抜いて、そっと売りに出ていたようなものだわ。」

「馬の尻尾は釣鉤《つりばり》の糸になるからね。併し君はもうそんな物は売らなくともいいんだ。」

「ええ。」

　平四郎はこれだけ言っても、やはり杏子のどこかが、亭主兵営に引っかかっているのを眺めた。

本物

　杏子はまだ平四郎の家から、本郷の亮吉のもとに通うて洗濯物や、綻《ほころ》び物、食物のことで先方で終日暮していた。部屋の掃除もそうだが、時には買い溜《だ》めもして翌日のひるすぎに帰った。大てい、週に二度くらいであったが、それが週に一度になることもあった。次第に出かける時は小さくちぢこまっている感じで、何か皮肉をいわれはしないかと、気をつかっているふうであった。

「お出かけかね。」

「行ってまいります。」

「よく続くね。そんな大きな洗濯物の包をさげて。」

「軽いわ。」

「ふん。軽いだろうさ。」

「あら、笑っていらっしゃる。」

「男ってそんなにいいものかい。敢《あえ》ておたずねしますがね。おれももう一度若返りたいのだ。」

「若返りなさるがいいわ。」

杏子は出て行き、その翌日の夕方近いころに何時も、きまり悪げに裏門から音のしないように戻って来た。

「只今、」

杏子は浮かぬ顔をしていた。

「どうだ仕事は繁昌《はんじょう》しているか。」

「いいえ、お酒ばっかり呑《の》んでいるわ。やけ酒みたいに。」

「同棲《どうせい》と逆戻りするかな。」

「厭《いや》、真平だわ。」

「だいぶしけこんでいるね。お湯にでも入って薩張《さっぱ》りしたまえ。」

「ええ。」

それでも、十日にいちどは出掛けたが、平四郎はその日数がしだいに間隔を置かれているのに、注意し出した。もう一つは出かけるときには、大して愉快そうにしていないし、きょう雨ふりだから止《よ》せというと、そうね、止しましょうねと言って渋って出かけなかった。そろそろお出《い》でなすった。こんどは何か本物が近づいている。ぎりぎりまで趁《お》い詰められ、そこから戻ろうとしない傾きがあった。来る時が来ている窮屈さが、沈滞の中にちらついて見えていた。

家の買物などで忙しく、杏子ははじめて二週間出かけなかった。平四郎はだいぶ向うでも待っているだろうから、行ったらどうかというと、行く気がしないから止めるといい、ついに二十日間も出かけなかった。いよいよ、時がしぜんに来ていると平四郎はつとめて杏子と散歩するようになった。そして彼女自身も亮吉のことを言わず平四郎もまた、それを口にしなかった。

杏子はつぎの月は、一度も行かなかった。

平四郎はこれは面白くなって来たと、彼女にいよいよ注意し出した。実際、少しも行きたそうにしていないのが、眼に見えて来た。

巌《がん》石《せき》

お天気は好い、人間の心もはればれしている日にも、杏子は出かけずにいた。

「だいぶ決心が出来たらしいな。」

「ええ、もう、眼につくものはないわ、ここまで来て見ると、実になんにもないわね、空々漠々ということばがありますが、いまのわたくしがそれなのよ。」

「併しよくも、此処までつきつめたものだ、みんな嚙《か》み下したようなものだね。」

「嚙んで吐いてしまったわ。」

「実はね、おれも君がそこまで遣って来るのを態《ざま》あ見ろという気で見ていたんだ、本人が吐かないかぎりおれが吐く訳にゆかないさ。併しずいぶん手間がかかった。それほど念入りにぐずついた女なんてまだ見たことがないんだ、だから、片がついたら、君は絶対に逆戻りはしないだろう。」

杏子は身ぶるいをしていった。

「まさに厭そうだ、おれは君のしびれを切らせるのを指折って算《かぞ》えていたんだよ、併し男という者はどんな男でも、なかなかの者だよ、君より役者が何枚も上だ、じっと対手《あいて》が去ってゆくのを見とどけているということは、男が相当に注意しながら生きている証拠だよ、女に別れ話を持ちかける正直な人間はもういなくなった。女が出てゆくのを見送るということほど、酷《むご》たらしい勝利はないんだ。君に何か残っているか。」

「もうとても厭、」

「何もないわ。」

「馬鹿《ばか》を見たという気がするかい。」

「いえ、やはり当然あった事をみんな馬鹿を見たといいたくないわ。」

「与えられた物だね、やむをえない生き者の二人だ。」

「やむをえないものね。」

「併《しか》しだね、どういう風の吹き廻しで、君はもういちどくらい出掛けることがあるかも知れないと思うがね。」

「とても、わたくしには何も今はうごいていないわ、うごいているものは巌石のような物があるだけよ、むしろ人間であるよりも、もっと憂鬱《ゆううつ》な物質みたいなものが見えるわ、物もいわないで見えるわ。」

「そうだ、人間も窮極では全く巌石や石塊に見えてくることがあるね、こちらの感情がうごいていない場合がそれだ、憎悪《ぞうお》する気はあるか。」

「ないわ。」

「ほう、天晴《あっぱ》れだ。」

「ちっとも憎む気はない筈《はず》よ、もう巌石なんですもの。」

平四郎は自分で育てた者が女になり切っていることを、いまさら、いたわりになって感じられた。

盛　装

杏子は或る友達と夕食をとるため、新橋で下りた。何時《いつ》もとはちがって、靴先が軽快で肩のあたりが明るく、きゅうに、蔽《おお》うているものが取り除かれた感じだった。左の肩先がことさらに軽い、左の肩にならんで何時も亮吉の肩があったのだ、それが今日はからりとしている。

土橋をわたる時に、夕映えの川波がうつくしく、往来の若い男達のズボンは、どの人も折目がきちんとし、杏子は爽《さわや》かにそれを見過した。

橋を渡りきると、おなじ川べりを一人の男が此方向きになり、少しうつむきかげんに歩いて来た。それは見なれているためか鳥渡《ちょっと》亮吉であるかどうかが、あやしまれる不意のすがただった。こんな処でいま頃逢《あ》う訳がないという偶然を、杏子は殆《ほと》んどばかばかしくさえ感じ出したのだ。ひょろひょろして勢いのない灰鼠色《はいねずいろ》の背広服が、会わないでいた二カ月の間に、よれて重そうに靴先に向ってなだれていた。あれから亮吉の方から手紙も来ないし、杏子も平四郎が早くかたをつけたまえと言うのを、一日延ばしに憂鬱な手紙を書く気がしなかったのだ。

その亮吉が向うから歩いて来るのである。杏子はさすがに歩調をゆるめ、顔色は笑いをまぜなかったけれど、ただ、こんなに真正面に亮吉という男をすみからすみまで、見とどけたことがなかった。少しの動揺も気負いもなく、知りあいの男の人を見るぼやけたものだった。こんな人が自分の夫という男であったかという、余りにかけ離れた人種であることが可笑《おか》しかった。

杏子はそれでもいった。

「お久しいわね。こんな処《ところ》でお目にかかるなんて、きょうはへんな日ね。」

亮吉はさばさばした言葉づかいに、どこかに自制したつめたいしんを見せていった。

「君はいまから何処《どこ》にお出かけなんだ、見たところ大した盛装をしているじゃないか。」

「お友達に夕食を招《よ》ばれたものですから、これから出掛けるところなの。ずっとあれからお変りないようね。」

「君は盛装でこれから夕食だが、おれは土橋を渡って新橋の階段をのぼって行くんだが、夕食も盛装も橋の上から投げ込んで了《しま》いたいくらいさ。」

杏子はきょうは剃らなかったらしい髭《ひげ》あとを、あんなによく剃っていたのにそれを怠っていることに、気がついた。

「でもお元気でいいわ、ぴちぴちしていらっしゃるじゃないの。」

亮吉は左の靴先で煙草《たばこ》の火を、ふみにじって言った。

「泥鰌《どじょう》だって生きていりゃぴちぴちしているよ。」

あ　ば　よ

亮吉はまぶしげに眼を瞬《まばた》かせて、急《せ》きこんで言った。

「お友達って男かい。」

「男の方ならいいんだけれど、女なのよ。あなたはもうお帰りなの。」

亮吉は面倒くさそうに言った。

「金はないし新橋から帰ろうとしているんだ。一杯呑みたいんだが、君をさそうても応じないだろうし、……」

「きょうはだめなの、けど、お金なら少しくらいあるわよ。」

「そりゃ景気が好いな、知らない間でないんだから、少し貸せよ。」

杏子はハンドバッグから紙幣を抜いて、寧《むし》ろふしぎな習慣から亮吉に手渡した。杏子はべつに亮吉に卑《いや》しさは感じなかった。

「これで足りるかしら？」

亮吉は急きこんで、杏子がどんな気になるかを殆ど問題にしないで言った。

「これでもいいんだけれど、もう一枚出してくれないか。」

杏子はこの人と金の話をするのが、きょうがお終《しま》いだという身慄《みぶる》いのようなものを、全身に感じて微笑《ほほえ》みまでうかべた。それにはこの人の最後のあまさと、それを比較的に素直にうけとれる自分を厭に感じないで、さらに一枚の紙幣をハンドバッグからつまみ出した。

「ほら、はい。」

「おやじの処にいると小遣銭に不自由しなくていいだろうな、だから、おれの方はお見限りだ。」

「そんな訳じゃないけど、もう、気が重くてうかがえないわ。前のような素直な気持にはとてもなれない、……」

「そうか、逢わずにいると平気になるもんだよ、おれだって君を待つことなんか、なくなって来た。」

「ご挨拶《あいさつ》ね。」

「両方の気持なんて何時も反射し合っているものさ、君の考えていることは、それと同じ時間に此方も考えているんだ。」

「打っちゃって置けばしぜんに別れると、お考えになっていらっしゃるの。」

「そうともかぎらないがね。」

「じゃ、また、お達者で。」

「切角美味《おい》しいものでも食べてね。」

「え、ありがとう、あなたもね。」

「あばよ。」

かれらは川べりを右左に別れた。

杏子は頭がすっとして来て、いま向うむきに歩いている男が、嘗《かつ》て肉体を分けあった男であるとは思えなかった。そう思うには、亮吉に対するものの大部分、いや、おそらくみんなが失《な》くなっていた。その顔も、胸も、その大部分の肉体には、少しも杏子の眼にとまるものはなかった。

「あばよ。」

だと、うまく亮吉は言ったものだった。

手紙

何時も亮吉の所に出かけるには、朝から、もじもじした気持の現われがあったが、そういうものが一つも見られなかった。きょうも天気が好いし、きのうも天気が好かった。そして来る日はみなからりと晴れていたが、杏子は出かけなかった。平四郎は女の決心というものは、たいへん時間のかかることを知った。

「これを見て、」

と、一通の手紙を杏子は見せた。

「いよいよ書いたか、」

「ええ、もう来るところに来て了いました。」

「手間がとれすぎたね、待ちくたびれたよ。」

「どうも何とも済みません。」

亮吉にあてた手紙では、この間、新橋でお会いしたのを最後にきまりをつけたいと書き、荷物その他は人を介して事を行いたいと、ただ、それだけで、寧ろ呆気《あっけ》なかったが、こういう手紙はこんなふうに書くものだと、平四郎は笑った。

「この手紙で一挙にかたがつくだろう、亮吉もこんな手紙が来るのを待っているに違いない。自分からそれを言い出さないで、君からの申出を待っているところに、あの男の根気のよさがある。」

「男なんてみなそうね。」

「女だってみなそうなんだよ。智慧《ちえ》をしぼって二人の異性がからみあうところに、人間の生活の面白さがあるのさ、だから、亮吉はこの手紙を見てぺろりと舌を出して笑うかも知れない、まあ大体そんなところが落ちだ。」

「女は損ね。」

「それはどちらも損なんだ、だが、女は生涯の損をしなければならないのに、男は一時の損をするということの違いの大きさがある。併しそれも何百万人の女の苦しんだみちで、どうにもなるものではない、厭なことだが、こいつが一等苦しみなんだ。こいつがあるので芸術とか学問とか映画とかいうものが作り出されるのさ。まあ、くさくさするな。」

「くさくさどころかさっぱりしているわ。」

「その意気で居《お》れ、後はおれが引き受ける。不倖なんてものはお天気次第でどうにでもなるよ。人間は一生不倖であってたまるものか。」

「では手紙出して来るわ、速達にしようか知ら？」

「普通郵便でいいよ、」

「これからまたご厄介な女がまた一人ふえたわね。」

「それもそうだが喧嘩《けんか》しながら昔どおりに暮そうよ。君は娘だし、おれはおやじという動物だし、巧《うま》く暮してゆけるよ。」

「え、ありがとう。」

では、そういうことに

杏子はこれらの事態を自分から切り出さずに、じっと時期を待ちつづけていた父親を、そこに見た。じれったいのを我慢をし、しびれを切らしてはいるものの、女の底抜けのだらしのないまでの本物が、しだいに厭気にかわるのを平四郎は待っていたのだ、杏子は言った。

「ずっとこれからたべさせていただくのよ。」

「着るものも手ぎわよく作れというのであろう。着のみ着のままだからね。」

「何もないわ、きれいに。」

「下着ははいているか。」

「はいて居ります。」

「そこでだ、きょうから君はおれの相棒だ、先《ま》ずスーツを一着作れ。」

「はい、作ります。」

「それから靴、レインコート、」

「四年間にみんなぼろぼろになりました。」

「おれは稼《かせ》ぐ、君は身の廻りの物を作れ。」

「はい。」

「映画、演劇、お茶、何でもござれ、四年間の分をみんな遊べ、おれと出掛けろ。」

「お伴《とも》をいたします。」

「出来るだけ綺麗《きれい》になれ、構うものか、ぺたぺた塗れ。」

「ふふ、……」

「たとえばだ、おれがよその女と口をきいても妬《や》くな。」

「妬くものですか。」

「途中で誰かに会ったら、おれをそっち退《の》けにして誰かに蹤《つ》いてゆくことはなかろうな。」

「そういうことは致しません。そんな誰かなんかいやしません。」

平四郎は機嫌好く、女中を呼ぶと、にやにやして言った。

「きょうから杏子を奥さんなぞと、呼ばないでください。」

「は、」

女中はふしぎそうな顔付で、更《あら》めて問《たず》ねた。

「あの、どうお呼びしたら、ようございましょうかしら。」

「そうね、半分お嬢で、半分は、……」

平四郎は笑い出して了った。

わかい女の兵隊は、その日から紅《あか》い肩章《けんしょう》に黄ろいズボンをはいて登場した。借金は凡《すべ》て月賦《げっぷ》償還、郵便で送ることにしたが、半年はかかるだろう。これは相当に面倒な事だが礼儀として返さなければ、ならない義理のある金であった。

わかい兵隊は唐時代の官女のように、頭のてっぺんに髪を結い上げて、平四郎のあとに今日も明日もついて歩いた。

「男なんかいないと、さばさばするわ、生れ変ったみたいね。」

この憐《あわ》れな親子はくるまに乗り、くるまを降りて、街に出て街に入り、半分微笑《わら》いかけてまた笑わず、紅塵《こうじん》の中に大手を振って歩いていた。

あとがき

作家というものはその生涯をつくして、絶えず自分をほじくり返している者である。或《あ》る作家は何万枚かを書き、尠《すく》なく書く作家も何時《いつ》かは十数冊の書物を机につみあげている。悉《ことごと》く作家自身が、わずかに眺めえた或る日の十行ばかりの人間の行状から、たちまち数百枚を頭にゆり起す秘密を知っていて、其処《そこ》からの展望にはいつも蹉跌《さてつ》を拒み、あったことに更にあったことを加えることも、作家という数個の頭をもった人間の業績なのである。

作家はその晩年に及んで書いた物語や自分自身の生涯の作品を、どのように整理してゆく者であるか、あらためて自分がどのように生きて来たかを、つねにはるかにしらべ上げる必要に迫られている者である。私にもその不可避の切迫がよく頭に来ていたけれど、それはもう書く機会はあるまいと考えていた。本篇の後半にあるありふれた結婚とか離婚とかいう日常茶飯事の問題は、それ自身は文学では在りえない、それを避けて生きてゆくことにこそ私はあかりを見ようとし、作中人物もそれのみが目標でもあったのであるが、それは例外なく飢えた人類によってくいちらされるところの、やむをえないいけにえになっていた。だから私はそれをかくまいとし、あと廻しにしながらも、振りかえって見ることは一日として、これに眼をとどめることを怠らなかったものだ、それにつながる私という一個の生き方に終りの句読点をも打ちたかったのであるが、その機会はやはりあるまいと思うていた。事実ありえなかったのだ。

私がなさねばならない多くのしごとを、恰《あたか》も取って置きの悶々《もんもん》の状態に置いて眺めていた時、偶然にも東京新聞は私に連載小説の執筆を依嘱した。私はただこの一つの生涯の決算ともいうべきごたごたを、秩序をもって整えてゆくことを決心したのである。東京新聞は回数に制限なく又取材の範囲については、殆《ほとん》ど私を信じ放しの方針であるだけに、私の負うべき仕事のうえの取得は、一行といえどもでたらめは避けねばならなかった。昭和三十一年の十一月から今年の八月まで殆ど一年間に私はしやわせにも、その生涯の整理的な事業を寧《むし》ろうれしげに為《な》し遂げたのである。私には今後これ以上のしごとは出来ないと言ってよい、しかも東京新聞は完結前に当ってもっと書けという。作家にとっては、これ以上のほめ言葉のない鞭撻《べんたつ》をあたえてくれた。併《しか》し私の企図したものはこれ以上に展《ひら》いてゆくとすれば、たちまち再び尨大《ぼうだい》な紙面を要するので、最後の句読点をここに打ちこんで、文学のうえの悶々をはらい退《の》け、私ははればれとしたのである。

私は生涯をつうじて私自身に中心を置かない作品は、ときに、つめたい不測の存在としていた。そして私という作家はその全作品を通じて、自分をあばくことで他をもほじくり返し、その生涯のあいだ、わき見もしないで自分をしらべ、もっとも手近な一人の人間を見つづけて来たわけである。この過《あやま》ちのない正じきな傲《おご》らない歩みは、今日に於《おい》てもそれががらに合い、それで宜《よ》かったのだと思ったのである。

私はこのごろ映画で「戦争と平和」を見て、トルストイ原作という文字を読み、トルストイをわすれて十数年間をすごしたこと、そのトルストイ原作という文字を読み取ったなつかしさで、しばらく笑いをたたえて、小説のふるさと人《びと》の映画に見恍《みと》れていた。一人の文学少年の生い立ちが今日此処《ここ》まで辿《たど》りついた偶然を、そら恐しく回顧したものだ。私は生意気とか傲慢《ごうまん》に美を感じないし、よしなき謙遜《けんそん》に余栄ありとも思わない、すべてが偶然を予測し、つねに未完成のまま生きて来ただけである。一人のちんぴらがそだって、その作品がこれが文学であるという大胆なことばを誰の前にも平然として言えるという光栄は、全くがらにない恐愕《きょうがく》にあたいする事どもであり、それのみが未《いま》だに今日のなぞの一つを残しているといいたいくらいである。私が若《も》し二年前に死んでいたら、この「杏っ子」一篇は存在しなかった筈《はず》である。ここにかすかながら誰でも文学に生きるということは、決して後から生きてむだでなかったということが証拠立てられるのである。

本篇をよくほぐして見ればおよそ二百篇くらいの短篇が群巒《ぐんらん》をつくり、女の半生というものも、つまびらかに描出されている筈であり、私の文学の過ぎ越しがここにそのあけくれを集成しているわけである。だから結局この一篇でぼうふらのごとき文学老年の一野人のしあげが、つねに為《な》されたことをいまは決して不遇であったなぞと、いいたくない、私の文学のうえの履歴書は斯様《かよう》にして六十余年を閲《けみ》して、ようやく今日書き終ったのである。私の作品の中でも八百枚をかぞえる最大の長篇になったわけである。

（昭和三十二年十月）

解説

亀井勝一郎

『杏っ子』は昭和三十一年の十一月から、翌三十二年の八月まで、東京新聞に連載されたもので、およそ八百枚の長篇小説である。室生氏の作品中でも、最も長い作品である。その性格をもし一口で言うなら、自分の生涯全体をかえりみた上での「詩と真実」と言ってよかろう。

『杏っ子』の後半は、作家平山平四郎のひとり娘―杏子の成長と、結婚と、破綻《はたん》が中心になっているが、前半は、目次をみてもわかるように、「血統」「誕生」「故郷」「家」という風につづいて、自叙伝の形をとっている。室生氏の初期の作品『幼年時代』『性に眼覚める頃』『或る少女の死』などと、題材の上で―かさなりあっている部分もある。

これを書くに当って、作者は次のような感想を述べている。『杏っ子』が単行本になったとき、「あとがき」として書かれたものだが、六十八歳に達したときの心境を見ることが出来ると思う。

「作家はその晩年に及んで書いた物語や自分自身の生涯の作品を、どのように整理してゆく者であるか、あらためて自分がどのように生きて来たかを、つねにはるかにしらべ上げる必要に迫られている者である。」

「私がなさねばならない多くのしごとを、恰《あたか》も取って置きの悶々《もんもん》の状態に置いて眺めていた時、偶然にも東京新聞は私に連載小説の執筆を依嘱した。私はただこの一つの生涯の決算ともいうべきごたごたを、秩序をもって整えてゆくことを決心したのである。」

　私は一部分だけを引用したが、室生氏はこの作品で、自分の生き方に対して、終りの句読点をうちたかったのである。「生涯の整理的な事業を寧《むし》ろうれしげに為《な》し遂げた」とも言っている。後年は娘と息子の結婚とその破綻の話だが、そこにも自己を血統的にからませているし、同時に男と女のやりとりに関するすさまじい智慧《ちえ》も働かせている。言わば父として、男としての自伝が、後半ではひとつの傍題のように展開され、前半の主題（自己の生い立ち）と連続しているのがこの作品の構成である。全体をつらぬくものは、結局は作家平山平四郎の作家であることとの運命と言っていいだろう。平四郎という分身を設定しつつ、そこに作家であることの運命を凝視したと言ってよいのだ。

　この運命は、作者の生い立ちの数奇な運命にもむすびついている。生みの母の行方不明と、その母を求める心は、室生氏の生涯にわたってつづいていたものである。「ただ、このような物語を書いているあいだだけ、お会いすることが出来ていた。（中略）物語をつづるということで、生ける母親に会うことのできるのは、これは有難いことと言わざるをえない、有難いことのなかの特に光った有難さなのである。」と言っている。

　作家でありえたこと、即《すなわ》ち描くということの中に、室生氏はこうした生の秘密と、ふしぎな邂逅《かいこう》の喜びを知っていたのである。母だけではあるまい。生涯のうちに、幾たびか出会った女人たちについても、物語ることで、ひそかな哀歓を味ってきたと言っていいし、この思いは「王朝もの」の場合でも同じことであった。たとえば『かげろうの日記遺文』のなかの、街の小路《こうじ》の女（冴野《さえの》）のうちに、氏はやはり母を求むる心を託したのであった。

この作品には、芥川龍之介や菊池寛や百田宗治など、実名の人も出てくる。室生氏が作家・詩人として自活しはじめ、漸《ようや》く安定した頃、関東大震災に遭《あ》い、その騒ぎの中に杏子は生れる。その頃から第二次大戦で軽井沢に疎開《そかい》し、やがて戦争が終り、成長した杏子が結婚するまで、父親として娘を育ててゆくときの独特の幻想が、この作品の中ではやはり見どころであろう。

「おれは一人の女を自分の好みにまかせて、毎日作り上げようとしているのではないか、それは自分の血すじを引き、自分からわかれて出たものを、これまで生きて見て来たあるだけの美しい女に、つくり変えようとしているのではないか、そしてそれを世界に見せびらかす前に、平四郎自身がつくづく美人だということを知りたかったのだ、美人というものはどういうものであるかを、平四郎は自分の肉親の子供に知りたかったのだ……」

父と娘という関係とともに、作家として抱いた美女のイメージがあり、作家である故《ゆえ》にこのイメージは、娘に即しながら、それを離れてまた別に飛躍してゆく。至るところで「女人」の実体に密着し、言わば室生氏の色好みにまで及んでくることは、「家」の「うすもの」「抱かれる」等を読むとあきらかであろう。

室生氏は一方では逞《たくま》しい生活者であるとともに、他方では途方もない耽美《たんび》派なのだ。ここで「途方もない」というのは、作品の上で奇想天外の幻想を生み出し、或《あ》る点で荒唐無《む》稽《けい》な世界を現出するということである。『杏っ子』だけではない。『かげろうの日記遺文』にしても『蜜《みつ》のあわれ』にしても、色好みにおける荒唐無稽さにかけては室生氏は第一人者であった。そういう面白さ、或る場合は筆のあそびとも言えるものが、『杏っ子』の中にもある。自分の娘を美女に育てあげてゆくという意味は、言うまでもなく作品における創造であって、だからその夢はあらぬ方にまで拡大されてゆく、言わば女人についての奔放な夢の世界が現出するのである。

＊

『杏っ子』の後半、「氷原地帯」から以後は、杏子の結婚生活に入ってゆくわけだが、杏子の夫の亮吉は作家志望である。平四郎はすでに高名の作家であり、娘の夫は無名の作家だ。しかもいくら原稿を書いてもものにならず、それでも懸命に原稿を書きつづってゆくその執念と、同時に生活上の破綻がくる。亮吉と杏子は、次第に険悪な状態のうちに生活をしなければならなくなる。

ところでこの作品を読むと、作家平四郎はひとりの男として、男のあらゆる要素を娘に教え、結婚生活という一種の修羅場に、娘が耐えてゆくよう絶えず教育しているようである。男女の争いといったものの本質、その性的な面にまでふれてゆくわけで、この父と娘は、親子であるとともに「友人」といった印象を与えられる。或る場合は共謀者と言ってもよい。

それとともに無名の作家―亮吉の姿が、ふしぎに活写されている。いくら原稿を書いても、どうにもならないときの気持ちのみじめさ、焦《あせ》り、劣等感、やけ酒と、心のなかのあがきが、まるで手にとるように描かれているのだ。作家平四郎と亮吉とは、室生氏の中のおそらく二つの分身なのだ。換言すれば、ものを書くという生活が、どんなに危いものであるか。有名無名に拘《かかわ》らず、生の或る危険をつねに実感しつつ生きてゆくということだ。

「君、ひやりとするね。」

「おれもひやりとするんだ。」

「これは一生ひやりとする奴《やつ》か。」

「一生だね、こいつがないと小説は書けない。」

「では、しじゅうひやりと仕通しみたいなものじゃないか。」

「そうなんだ、いいものを読んでも悪い物を読んでも、ひやりとする……。」

これは平四郎自身の頭の中の問答だが、亮吉に対して「ひやり」とする気持ちと、自分の生涯をかえりみ、自分の作品を思い出したときに「ひやり」とする気持ちと、それが或るところでぶつかり合うのだ。そういう危さの中へ、娘を嫁がせたのである。

やがて生活の破綻に堪えきれず、亮吉夫婦は平四郎の家に同居するようになる。頭の中の問答が、今度は日常的なものに変化してきて、平四郎はいらいらしてくるし、亮吉の方はまたひどい劣等感から、平四郎に対してことさら敵意を抱くようになる。

杏子の弟の平之介も結婚するが、これもわずか三カ月で離婚する。杏子自身も離婚の危機に毎日直面している。平四郎の留守に、泥酔した亮吉と平之介が、父の丹精した庭を片っ端からこわす場面がある。このため亮吉夫婦は再び別居することになるが、杏子は遂《つい》に父の家にとどまる。離婚したような、しないようなかたちで、しかし事実上は離婚も同様の生活に入った。四年間の泥まみれの結婚生活にひとつの終止符をうったと言っていいだろうが、作者室生氏の逞しい生活者ぶりがあらわれるのは、こういう場面である。

「女は損ね。」

「それはどちらも損なんだ。だが、女は生涯の損をしなければならないのに、男は一時の損をするということの違いの大きさがある。併《しか》しそれも何百万人の女の苦しんだみちで、どうにもなるものではない、厭なことだが、こいつが一等苦しみなんだ。こいつがあるので芸術とか学問とか映画とかいうものが作り出されるのさ。まあ、くさくさするな。」

「くさくさどころかさっぱりしているわ。」

「その意気で居《お》れ、後はおれが引き受ける。不倖なんてものはお天気次第でどうにでもなるよ。人間は一生不倖であってたまるものか。」

父と娘の会話である。逞しい生活者と言ったのは、作者が全生涯を通じてたたきあげてきたあげくの、博大な心のことだ。娘への愛情と言っては平凡すぎる。さんたんたる結婚生活とその破綻に対して、びくともしない、それは人生への宥《ゆる》しなのだ。杏子自身もこうしてたたきあげられてゆくのである。

同時に人間であり、父娘《おやこ》であることに「あわれ」を、室生氏は逞しさの背後に絶えず感じている。『杏っ子』は独特の自伝小説だが、それは数奇な運命のもとに育った父と不幸な娘との、「さすらい」の物語と言ってもいいのである。

(昭和三十七年六月、評論家)

表記について

新潮文庫の文字表記については、原文を尊重するという見地に立ち、次のように方針を定めました。

一、旧仮名づかいで書かれた口語文の作品は、新仮名づかいに改める。
二、文語文の作品は旧仮名づかいのままとする。
三、旧字体で書かれているものは、原則として新字体に改める。
四、難読と思われる語には振仮名をつける。

なお本作品集中には、今日の観点からみると差別的表現ととられかねない箇所が散見しますが、著者自身に差別的意図はなく、作品自体のもつ文学性ならびに芸術性、また著者がすでに故人であるという事情に鑑み、原文どおりとしました。

（新潮文庫編集部）

杏《あんず》っ子《こ》

新潮文庫　む－2－5

昭和三十七年六月十日 発行
平成十三年六月二十日 四十六刷改版
平成二十四年五月三十日 五十刷

著者 室《むろ》生《う》犀《さい》星《せい》
発行者 佐藤隆信
発行所 株式会社 新潮社
郵便番号 一六二―八七一一
東京都新宿区矢来町七一
電話 編集部(〇三)三二六六―五四四〇
読者係(〇三)三二六六―五一一一
http://www.shinchosha.co.jp

価格はカバーに表示してあります。
乱丁・落丁本は、ご面倒ですが小社読者係宛ご送付ください。送料小社負担にてお取替えいたします。

印刷・東洋印刷株式会社　製本・株式会社大進堂

ISBN978-4-10-110306-8 C0193